KB139196

목지국 막내공주傳

목지국 막내공주전 2

지은이_신순옥 | 초판 1쇄 인쇄_2009년 5월 22일 | 초판 1쇄 발행_2009년 5월 29일 | 발행처_도서출판 청어람 | 발행인_서경석 | 편집장_문혜영 | 편집_유경화, 조수희 | 주소_경기도 부천시 원미구 심곡2동 163-2 서경B/D 3F | 등록_1999년 5월 31일(제1081-1-89호) | 문의전화_032)656-4452 | 팩스 _032)656-4453 | http://www.chungeoram.com | 전자우편_eoram99@chollian.net | 어람번호_8-0017 | 파본은 구입하신 서점에서 교환하여 드립니다. 저자와 협의하여 인지를 붙이지 않습니다. 책값은 뒤에 있습니다.

ISBN 978-89-251-1816-1 04810
ISBN 978-89-251-1814-7 (SET)

목지국 막내공주전

2

목지국 막내공주전

신순옥 지음

도서출판
청어람

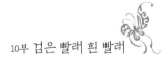

울어머니 병이들어 어의에게 진찰하니
약방약도 무약이요 백사약도 무약이라
약없다고 탄식하니 궁에계신 나랏님이
약을써서 편지했네

그편지 읽어보니 수라져라 깊은물에
단도라지 좋다해서 단도라지캐러 나는갈래
그때가 삼사월인가 오만풀잎은 만발되고
싹잘몰라 못캐겠네

오던길로 돌아서니 뒷동산에 상여꾼들
하늘같은 우리부모 둥치둥치 잘매주소

언니머리 여자머리 내머리는 대자머리

질염질염 슉아다가
물레에 금베틀에 수실좋게 메여짜서
아랫물에 씻어갖고 웃물에다 흔들쳐서
베꽃같이 바랜베를 밀꽃같이 다듬어서
언니야 이레장에 엄마사러 나는갈래

엄마엄마 울고가니 저건네에 바위틈에
숨은새가 하는말이
오만전은 다있어도 부모전은 없는기라
그말을 깊이듣고 베한필을 펼쳐놓으니
귀족도 내리좋다 백성도 내리좋네
그베한필은 좋건마는 부모팔이 어딨겠소

그말을 깊이듣고 대작대기 움켜잡고 치마앞이 못이졌네
그것도 샘이라고 잉어한쌍 붕어한쌍 쌍쌍이 들어오네
잉어야~ 붕어야~
네어디뜰때 그리 없어 눈물강에 네가 떴냐
강물도 강이지마는 뜻이있어 내가 떴네

삼년묵은 먹을갈아 사년묵은 붓대들고
그려보자 그려보자 어머님의 화상을 그려보자
어머님화상을 그릴라해도 눈물이 강물되어
글발젖어 못그리네[1]

----

[1]서사민요 '사모곡', 삼베 짜는 과정 중 베나르기 할 때 불리어졌다. 이 책에 쓰인 사모
곡은 경남 거창에서 채록된 '사모곡' 을 바탕으로 하여 각색 수정하였다

"검은 거 흰 거 좋아하네!"

묵묵히 방망이로 빨래를 두드리고 계곡물에 흔들 치던 바리가 멀리서 들려오는 곰보할멈의 노랫소리에 갑자기 검은 빨래와 흰 빨래를 냅다 집어 던졌다. 지난 아흐레 동안 하루도 빠지지 않고 계곡에서 빨래를 해보았지만 검은 빨래는 검고, 흰 빨래는 흴 뿐이었다. 헌데 곰보할멈 그런 바리를 놀리는 양 산을 내려올 때마다 저런 노래 불러대며 속을 박박 긁어댔다.

바리가 손이 시리다 못해 이제는 물에 퉁퉁 불어 욱신거리는 두 손을 그러쥐고 따뜻한 입김을 불어댔다. 여름이 코앞이라 해도 계곡물이라 얼음장처럼 물이 시렸으니, 어느새 바리의 손 시뻘겋게 부어올라 시큰시큰 쑤셔오기 시작했다. 하여 바리가 물속 바위 사이에 걸려 있는 검은 빨래와 흰 빨래를 원수인 양 노려보는데, 곰보할멈 지나가는 길에 그 모습을 보고는 혀를 끌끌 차며 타박을 놓았다.

"쯧쯧. 아주 걸레를 만들어라, 걸레를. 네 그런 정성과 머리로 잘도 삼신산에 가겠다. 그 옷이 네 아비 어미 수의라 해도 네 그런 식으로 집어 던질 테냐?"

'수의?'

바리가 눈을 휘둥그레 떴다. 그냥 검은 빨래 흰 빨래라고만 생각했지, 부모님 수의일 수도 있다는 생각은 해본 적이 없었다. 허나 제 부모 죽는 것을 기정사실인 듯 이야기하는 것 같아 바리 문득 화가 치밀었다. 지난 아흐레 동안 사람 있는 대로 골탕을 먹여놓고, 이제 와서 네 아비 어미 결국 죽는다고 저주를 하는 것인가.

"제 어머니 아버지가 저걸 왜 입어요? 입는다 해도 금실은실로 짠 거 입으실 테니 그런 소리 마세요."

그렇게 아락바락 대드는 바리를 보며 곰보할멈 아직 멀었다는 얼굴로 혀를 찼다.

"금실은실로 짠 수의 입고 가면, 네 아비 어미한테 물든 죄상이 사라진다더냐?"

바리는 곰보할멈의 의미심장한 물음 앞에 갑자기 머리가 멍해졌다. 그저 불가능한 일을 시키며 포기하고 돌아가라 그렇게 골탕을 먹이고 있는 것이란 생각이 들었는데 그게 아닌 모양이다. 허긴 삼신산 가는 길 아는 분이면 아무 생각 없이 이런 일 시킬 분 아닌데 그새를 못 참고 파라락 성질을 내버렸구나.

"근데 어디 가세요?"

바리가 살짝 부끄러워하는 얼굴로 공손히 물었다. 그러자 곰보할멈 바리를 물끄러미 쳐다보더니 퉁명스레 한마디 하고는 뒤돌아섰다.

"지지러 간다."

"예?"

보아하니 곰보할멈 사나흘에 한 번 어디 갔다 오는 눈치였는데, 지난 아흐레 동안 빨래만 죽자고 매달리느라 따라가 본 적 없었다. 한숨 돌릴 겸 바리가 계곡물 속에 던졌던 빨래 휘휘 걷어놓고 곰보할멈 뒤를 따라갔다.

곰보할멈 따라가 보니 웬 숯막이 나왔다. 두류산 올라오던 길과 반대편에 있는 중턱이라 미처 그런 숯막이 있는 줄 알지 못했다. 곰보할멈은 수염이 텁수룩한 숯쟁이와 몇 마디 나누시더니 숯쟁이가 가리키는 가마로 들어가 버렸다. 바리 깜짝 놀라 그 모습 쳐다보고 서 있는데 숯쟁이 그런 바리를 보곤 껄껄 웃었다.

"괜찮다. 오늘 아침에 숯을 뺀 가마라 안 타 죽는다."

바리 그제야 지지러 간다던 곰보할멈의 말 이해하였다. 아직 열기가 남은 가마에서 몸을 지진다는 뜻이었다. 뭔가 비밀스러운 곳에 곰보할멈이 가는 것인가 하여 내심 기대를 하였던 바리가 기운이 빠진 듯 뒤돌아섰다. 그러다 열을 식히기 위해 큰 독에 넣어져 바람을 맞고 있는 숯을 보곤 걸음을 딱 멈췄다.

"털보아재, 혹시 숯으로 흰 천을 검게 물들일 수 있나요?"

검은 숯을 보니 흰 빨래를 검게 물들일 수도 있겠다는 생각이 든 것이다. 다른 가마의 불길을 조절하고 있던 숯쟁이는 바리의 말에 눈을 끔벅였다.

"글쎄다. 내 생각엔 들일 수도 있을 것 같은데 잘 모르겠구나."

"……네."

바리가 다소 실망스러워하는데 숯쟁이가 지나가는 말처럼 반가운 말을 해주었다.

"조금 있다 염색장이가 오기로 하였는데, 그때 한번 물어보거라. 물들이는 데는 따를 자가 없는 냥반이니 아마도 알고 있을 게다."

바리가 활짝 개인 얼굴로 고개를 끄덕이는데, 숯쟁이는 먼발치를 힐끔 보더니 한마디 더하였다.

"호랑이도 제 말 하면 온다더니, 저기 오는구나."

바리가 몸을 돌려 숯막으로 오는 사람을 살펴보았다. 그 사람 염색장이라 그런 것인지 입고 있는 옷 색깔부터가 남달랐다. 대부분 흰옷 입거나, 그나마 노란 치자로 물들인 노란 옷 입는 것이 호사인데, 염색장이는 위아래로 새파란 쪽빛 옷을 걸치고 있었다. 그 색깔 어찌나 청명하고 고운지 마치 하늘 한 조각을 뚝 떼어 두른 것 같았다.

알아보니 그 염색장이 염색하는 데 쓰이는 석회 가루 얻기 위해 때 되면 조개껍데기와 굴 껍데기 바리바리 들고 와 가마에 구워달라 하였던 것이다. 하여 그날도 다 구워 재가 된 석회 가루 받으려고 오는 참이었다.

"하늘아재, 흰 천을 검게 물들이려고 하는데 저 숯으로 물을 들일 수 있나요?"

"하늘아재?"

염색장이는 질문에는 답하지 않고, 하늘아재라는 호칭에 더 관심을 기울였다. 바리는 말을 잘못하였나 싶어 우물우물 답하였다.

"예, 입고 계신 옷 색깔이 꼭 하늘 같아서요."

"그래?"

염색장이는 싱글벙글 기쁜 기색을 감추지 않았다. 사실 쪽물을 들일 때 높이 쳐주는 것이 그 색이 하늘의 청명함을 닮아서였다. 헌데 자신이 물들인 쪽빛이 하늘과 같다고 하니, 어느 염색장이가 기뻐하지 않겠는가. 한껏 들뜬 염색장이가 바리에게 상세히 방법을 이야기해 주기 시작했다.

"음, 검은 물을 들이려면 숯으로는 좀 힘들고, 오배자나 먹으로 물을 들이면 가능하단다."

"오배자요?"

오배자는 붉나무에 기생하는 벌레집이었으나, 가을에 벌레가 밖으로 나가기 전에 채취해야 하니 바리가 낭패스러운 얼굴을 하였다. 아직 여름도 되지 않았는데 가을에 나는 것을 어찌 구한다. 하여 먹으로 물들이는 방법을 묻는데 염색장이 생각에 잠긴 듯 미간을 좁혔다.

"근데 먹으로 물을 들여서 검은색을 내려면 수십 번을 반복해야 한단다. 허니 시간이 많이 걸리지."

"뭐, 어쩔 수 없죠."

아직 오배자를 구할 수 없으니 시간이 좀 걸리더라도 할 수 없다 생각하였다.

"헌데 다른 색들 다 놔두고 왜 하필 검은 물은 들이려는 것이냐?"

염색장이가 연유를 물어오자 바리가 곰보할멈이 내준 과제를 이야기해 주었다. 그리곤 부모님 살릴 약려수 구하기 위해 그 과제 꼭 풀어야 한다 하니, 염색장이는 바리의 말 듣고 깊은 생각에 잠긴 듯 고개를 끄덕였다.

사실 염색장이 젊은 시절 염색에 미쳐 온갖 장인들 찾아다니며 가르침을 받느라 어머니의 임종을 지키지 못했기에 부모님 이야기만 들으면 울컥하였다. 가난하고 비천하여 평생 흰옷만 입으셨던 어머니, 그 어머께 가을 하늘부터 들판의 온갖 아름다운 꽃들 다 색깔로 물들여 입혀 드려야지 했었는데 막상 고향으로 돌아갔을 땐 어머니 이미 숨을 거두어 그 어떤 색도 물들일 수 없는 수의밖에 입혀 드릴 것이 없었다. 온갖 고생해 가며 터득한 염색 기술, 그를 고원국의 내로라하는 염색장이로 만들어주었지만 정작 어머니에게는 아무것도 해드릴 수가 없었다. 그것이 항시 한처럼 남아 때때로 홀로 눈물을 지었던 그인데 아직 나이도 어린 도령이 부모님 살리겠다 이리 고생을 자처하고 있으니 도와주고 싶은 마음이 절로 솟아났다.

"내게 작년에 따서 말려둔 오배자가 있으니 물을 들여주마."

생각지도 못한 도움의 손길에 바리가 고마워하다가 혹시라도 쓰려고 둔 오배자를 자신에게 쓰려는 건가 싶어 걱정스레 말했다.

"다른 곳에 써야 하는데 괜히 저한테 쓰시는 건 아니에요?"

"괜찮다. 곧 있으면 가을인데 그때 또 따면 되지."

"고맙습니다, 정말."

염색장이 바리의 인사에 되었다 손을 내젓더니 하나하나 준비해야 할 것을 헤아려 보았다.

"흠, 오배자는 가져오면 되고, 매염제로 철장액을 만들어야 하는데 쇠를 어디서 구한다?"

궁에서야 쇠를 이용하여 칼이며 도끼며 만들었지만, 쇠라는 것이 워낙 귀해 일반 백성들은 아직 청동도 감지덕지였다. 하여 고원국에서도 철장액만큼은 허락을 받고 쓸 정도였으니 염색장이 쇠를 구할 방법을 궁리하는데 바리가 퍼뜩 한 가지를 물었다.

"하늘아재, 혹시 단검도 괜찮은가요?"

그가 고개를 끄덕이자 바리가 벌떡 일어났다.

"저한테 단검이 있거든요. 곰보할매 집에 놔두었으니까 얼른 가지고 올게요."

"그래? 그럼, 나는 오배자를 가지고 오마."

염색장이 그리 답은 하면서도 이 어린 도령이 어찌 그 귀한 단검을 가지고 있을까 놀라워하였다. 쇠로 만든 단검이라면 지체 높은 귀족이나 왕족들이나 가지고 다닐 수 있는데 말이다. 허나 귀족이든 왕족이든 그것이 중요한 것이 아니니 염색장이 이따 저녁에 다시 숯막에서 만나자 약속을 하고 일어섰다.

바리가 얼른 두류산 꼭대기에 있는 곰보할멈 집으로 향하는데, 이 두 사람의 대화 숯막 뒤편의 수풀 속에서 몰래 듣고 있던 청목이 바리보다 먼저 도착하려고 서둘러 하늘 위로 올라가 산꼭대기로 향하였다.

곰보할멈 초가에 도착한 바리가 곧장 작은 방으로 들어가 멍구럭 안을 뒤졌다. 단검 외에도 산삼, 단궁, 미투리 등 온갖 것 들어 있어서 손을 넣어 이리저리 뒤져 보는데 아무리 구석구석 뒤져 보아도 단검이 잡히지 않았다. 하여 멍구럭 안에 있는 것 다 꺼내보았는데 귀신이 곡할 노릇이라고 딱 단검만 보이지 않았다. 도둑이 든 것일까? 아니면 호랑이나 곰이 빼간 것일까? 허나 단검만 싹 빼간다는 게 기이하였다. 도둑이라면 산삼과 단궁도 다 가져가야 할 것이며 호랑이나 곰이라면 산삼을 가져가지 왜 먹지도 못할 단검을 가져가겠는가.

"이상하네."

바리 너무도 이상하여 자신이 단검을 챙겨 넣었다 착각하고 궁에 그냥 두고 온 것인가 갑자기 헷갈리기 시작했다. 아니면 멍구럭에 구멍이 나서 단검만 쏙 빠진 것인가 하여 멍구럭을 살펴보지만 비력할아범이 촘촘하게 짜준 멍구럭은 작은 구멍 하나 뚫린 곳이 없었다. 물론 바리보다 먼저 도착한 청목이 단검만 싹 빼간 것이지만, 바리로서는 알 턱이 없으니 참으로 답답한 일이었다. 결국 바리가 어쩔 수 없이 빈 손으로 곰보할멈 집을 나섰다.

"분명 챙겨서 넣었는데, 이상하네."

숯막으로 돌아간 바리가 오배자를 가지고 온 염색장이에게 어찌 된 일인지 단검만 없어졌다 솔직히 이야기를 하였다. 속상한 얼굴로 죄송 하다 말하는 바리에게 염색장이는 크게 낙심할 것 없다는 양 말을 건 넸다.

"내 그렇잖아도 혹시 몰라 먹을 챙겨왔다. 시간은 좀 걸려도 검게 물들일 수 있으니 너무 낙심 말거라."

동해용왕의 후계가 숲 속에 숨어 못마땅한 눈길로 그를 노려보는 것 모르고, 염색장이는 온갖 기술 다 익혔다 뻐기고 있었다.

그 염색장이 이때 동해용왕 후계의 노여움 사, 이후 일 년여 동안 물 들인 천 볕에 내걸 때마다 비가 주룩주룩 내려 낭패보게 된다는 것 까 맣게 모르고, 그저 어머니에게 못해주었던 것 이렇게라도 다른 이의 부모를 위해 해줄 수 있다는 것에 기뻐하였다.

다음날 재료를 모두 준비한 염색장이 먹물에 식초 서너 순갈 타서 휘휘 저어 따끈하게 데우더니, 흰 빨래 넣고 조몰락조몰락 잿빛으로 물을 들였다. 그리곤 볕에 말리기 위해 빨랫줄에 척척 걸었는데 무슨 조화인지 흰 빨래 모두 볕에 널자마자 갑자기 장대비가 쏟아지기 시작 했다. 물론 청목이 하늘로 올라가 있는 대로 장대비 쏟아붓는 것이었 지만 그런 사실 알 리 없는 바리와 염색장이는 갑자기 먹구름으로 가 득한 하늘을 올려다보며 기막혀 하였다. 아침까지만 해도 말짱했던 하 늘이 기다렸다는 듯이 비를 내리니 황당했던 것이다. 게다가 먹물 들 여 볕에 말리는 과정, 검은색이 될 때까지 수십 번 반복해야 하는데 이렇게 비가 내리면 언제 검은색을 낼까 걱정스러웠다. 바리 처음에는 여름이 다가오니 소나기인가 보다 하고 가볍게 넘겼다. 아직 장마철 아니니 금방 멈추리라 그렇게 기대했다. 헌데 이놈의 비, 나흘이 지나고 엿새가 지나도 계속이었다. 더욱 기막힌 건 볼일 때문에 산 아래에 내려갔다 온 염색장이의 말이었다.

"글쎄, 산을 내려가 봤더니 비가 전혀 안 오지 뭐냐. 사람들한테 물어보니까 요즘 비 구경 해본 적이 없다는 거야. 도대체 이게 무슨 조홧속인지 모르겠구나."

그러니까 두류산에만 비가 쏟아지고 있었던 것이다. 염색장이의 말 가만히 듣고 있던 바리가 물끄러미 하늘을 올려다보더니 흰 빨래 담은 함지를 들었다.

"그럼, 비가 그치기를 기다리지 말고 우리가 비 없는 곳으로 가죠 뭐."

염색장이 그거 좋은 생각이라며 염색 재료들 챙겨 막 산을 내려가려는데 어느 순간 빗줄기 가늘어지더니 이내 뚝 그쳐 버렸다. 산 아래로 내려가면 묵을 곳도 그렇고 빨래 말릴 곳도 그렇고 마땅치가 않았는데 그나마 다행이었다.

"하늘께서도 도령의 효심을 아셨나 보네그려."

사실 이레 넘게 비를 내린 청목이 갖고 있던 기운 모두 소진하여 더이상 비를 내리지 못하는 것인데 염색장이 청목의 속 모르고 이런 소리를 하고 있었다. 하늘 위에서 기진맥진해하던 청목이 구름에 기댄 채 염색장이를 노려보고 있었다.

'어디서 저런 화상이 나타나 가지고서는…… 어휴.'

청목이 박박 이를 갈며 다른 방도 없나 고민에 빠져든 사이, 바리와 염색장이는 본격적으로 흰 빨래에 검은 물을 들이기 시작했다. 하여 나흘 동안 먹물과 햇볕 사이를 오가며 수십 번 잠겼던 흰 천은 마침내 이레가 되었을 때 검은빛을 띠기 시작했다. 염색장이가 미리 짜놓은 콩즙에 검게 물들인 천 넣고 주무르니 검은 천은 제 안에 스며든 먹물 더 짙게 빨아들여 자신의 색으로 받아들였다.

바리가 그 과정을 지켜보곤 검은 빨래 또한 콩즙을 먹여서 색이 빠지지 않는 것인가 생각하였다. 하여 검은 빨래를 희게 물들이려면 어떻게 해야 하느냐 물으니 염색장이 그것은 좀 어렵다는 듯 난색을 표했다.

"하얗게 물을 들이는 것은 보통 누런 삼베나 명주를 하얗게 만들 때나 하는 것이다. 허니 검은 천에 하얀 물을 들인다 하여 하얗게 될 리는 만무하지."

"그럼, 하늘아재. 검은 빨래에서 검은색을 빼내려면 어떻게 해야 해요?"

"흠…… 색을 뺀다?"

염색장이가 함지에 들어 있는 검은 빨래 내려다보더니 신통치 않은 표정을 지었다. 알고 있는 방법이 몇 개 있었으나 과연 색이 빠질지는 장담할 수 없었다. 일단 이 검은 빨래 무엇으로 물을 들였는지 알 수가 없었고, 안다 하여도 한 번 물을 들인 색 빼는 것은 굉장히 힘든 일이었다. 허나 해보는 데까지는 해봐야 하는 법, 염색장이 검은색 빼는 방법 차례대로 다 해보았다. 우슬 가루를 물에 개어 바른 후 볕에 말려보고, 살구 씨도 빻아 문질러 보았다. 허나 검은 빨래 무엇으로 물을 들인 건지 소용이 없었다. 염색장이는 마지막 방법으로 끼무릇과 오징어뼈, 그리고 활석과 고백반을 가루로 만들어 모두 섞은 다음 검은 빨래에 묻히고는 골풀로 석석 비벼 개울물에 빨래를 해보았다. 허나 검은 빨래 끄떡없었다. 여전히 어둠처럼 새까만 빛을 띠며 제 어둠을 잃지 않았다. 어느 정도 예상을 하고 있던 염색장이는 덤덤한 얼굴로 검은 빨래 쳐다보았지만, 바리는 크게 낙담한 듯 한숨을 내쉬었다.

"전혀 안 빠지네요."

염색장이 위로하듯 바리의 어깨를 토닥이며 말했다.

"원래 물을 들이는 것은 쉬우나, 그 색을 빼는 것은 어렵단다. 그것도 검은색이니 오죽하겠냐."

바리가 고개를 끄덕이며 검게 물들인 흰 빨래와 검은 빨래를 번갈아 쳐다보았다. 곰보할멈, 금실은실 수의 걸친다고 부모님에게 물든 죄상 사라지느냐 물었는데 이제야 그 뜻 알 것 같았다. 살면서 죄에 물드는 것은 쉬워도, 그 죄 씻는 것은 쉽지가 않다는 것을 이름이구나. 삼신산 가려면 이토록 씻어내기 어려운 죄상은 짓지 말아야 한다는 뜻일까.

바리, 곰곰이 생각에 잠기다가 그래도 포기할 수는 없어 염색장이에게 물었다.

"아재, 색을 뺄 수 없다면 흰 물이라도 들여볼게요. 하다 보면 언젠간 하얗게 되지 않을까요?"

그것이 얼마나 요원한 일인지 염색장이 잘 알고 있었지만 바리의 의지를 꺾을 수는 없었다.

"누런 삼베나 명주를 하얗게 물들일 때 잿물로 탈색을 하거나, 호분으로 물을 들인단다. 허나 검은 빨래 희게 만들 정도로 물을 들이려면 수십 번, 아니, 수백 번 해야 할지도 모른다. 아니, 그렇게 해서 된다면 다행이지."

바리 말없이 고개를 끄덕이고는 그동안 고마웠다 인사를 하였다. 더 이상 염색장이의 발목 잡을 수 없으니 이제 될 때까지 혼자 해보겠다 마음을 먹었다. 염색장이도 자신이 더 이상 어떻게 해줄 수 없으니 그쯤에서 손을 떼기로 했다. 또 미뤄두고 있던 일 때문에 두류산에 더 머물러 있는 것도 힘들었다.

염색장이가 산을 내려간 후 바리가 홀로 검은 빨래 잿물에 담갔다가 빨래하여 볕에 말리기 시작했다. 허나 그것도 하루 이틀이지, 열흘 내내 하여도 검은 빨래 해지고 바랠 뿐이니 바리 답답한 마음에 곰보할멈에게 억지를 써보았다.

"곰보할매, 흰 빨래는 검게 물을 들였으니 반만 알려주면 안 돼요?"

바리의 꼼수 어린 말에 곰보할멈은 바로 일갈을 하였다.

"반을 했으니 반을 알려달라고? 허면 네 아비도 반만 살려야겠구나. 네 어디 말해보거라. 네 아비 넋을 살리겠느냐? 아니면 육신을 살리겠느냐?"

넋이 없는 육신과 육신 없는 넋, 둘 중의 하나를 고르라 하니 바리 할 말이 없었다. 하여 터벅터벅 다시 계곡으로 내려가 검은 빨래 잿물에 담가 볕에 너는 일 다시 시작하였다. 그래, 언젠가는 되겠지. 얼핏 보면 검은빛이 이제는 먹빛으로도 보이니 조금씩 색이 빠지기는 하는 것도 같아 바리 미련을 버릴 수 없었다.

그렇게 한 달이 지났다. 그 한 달 사이 숲에는 여름이 찾아와 햇볕이 쨍쨍 내리쬐었고, 숲은 우거질 대로 우거져 그야말로 녹음방초를 이루고 있었다. 그동안 검은 빨래 잿물에 담가 헹궈 말리던 바리는 이제 두 손이 있는 대로 불어터져 손가락이 항상 퉁퉁 부어 있었다. 그뿐인가. 여름이라 해도 차가운 계곡물에 하루 종일 손 담그고 있었으니 몸속에 점점 냉기 스며들어 오뉴월에 개도 안 걸린다는 고뿔이 바리를 떠나지 않았다. 물론 그런 고생쯤 검은 빨래 색만 빠진다면 열두 번도 더 할 수 있었다. 허나 검은 빨래 한 달이 지나도록 계속 먹빛이니 바리 시간이 갈수록 지쳐 가고 포기하고 싶은 마음이 들기 시작했다. 허나 지금껏 해온 것이 아깝고 억울하여 그날도 묵묵히 검은 빨래 잿물에 담가 두고, 곰보할멈이 해놓으라고 한 삼실 잣기를 하였다.

그동안 곰보할멈 지켜보니, 곰보할멈 삼밭 매어 삼실 잣고 삼베 짜는 일을 하였는데 그 삼베 어찌나 좋다고 자자하게 소문이 났는지 왕족이니 귀족이니 소문 듣고 찾아와 수의 해 입겠다고 온갖 패물 내놓

으며 삼베 좀 내어달라 청하였다. 헌데 곰보할멈 무슨 셈속인지 수의
입을 사람이 어찌 살아왔는지 인생 내막을 차근차근 따져 묻고 사람을
가려 삼베를 내주었다. 하여 인색하고 악행을 일삼은 자에겐 아무리
금은보화 들고 와도 내어주지 않았으나, 진심으로 죄상을 씻고자 하는
사람이나 선하게 다른 이들 챙겨가며 작은 생명이라도 귀하게 여기며
살았던 이에게는 은전 한 닢에도 삼베를 내주었다.

헌데 곰보할멈 얼마 전부터 삼실 잣고 삼베 짜는 법 일일이 가르치
는가 싶더니 이제는 이거 해놓아라 저거 해놓아라 시켜먹기 일쑤였다.
공짜 밥 얻어먹는 처지이니 차마 못하겠다 할 수는 없고, 검은 빨래 희
게 만드는 것에 온통 정신 나가 있는 바리로서는 곰보할멈이 시키는
일 하면서도 속이 끓었다. 정말 처음부터 불가능한 조건 내걸고, 이리
삼베 짜게 만들려는 속셈 아닌가 그런 의심도 들었던 것이다.

바리가 삼실을 잣아놓고 짜놓으라 하는 삼베를 짜며 이러다 이곳에
서 아버지 수의만 만들어가겠다 투덜거리고 있을 때, 이레 넘게 비 내
리고 지쳐 나가떨어졌던 청목은 동해로 돌아가 쉬었다가 다시 두류산
에 와보고 있었다. 설마하니 아직도 검은 빨래 흰 빨래 붙잡고 있나 살
펴보았는데, 맙소사 계곡에 가보니 검은 빨래 잿물에 담겨 있고 바리
는 곰보할멈의 종이 되어 뼈 빠지게 일을 하고 있구나.

얼마 전에도 잠깐 보고 갔었는데 아직도 그러고 있으니 청목 이제는
그 꼴 보는 것만으로 속이 터질 지경이었다. 목지국 궁에서 일이 년 곱
게 있다가 자신에게 시집이나 왔으면 좋겠는데, 저승에 있는 삼신산
가겠다고 고생을 바가지로 하며 저러고 있으니 청목의 속이 부글부글
끓었다. 청목은 더 이상 그 꼴 보고 싶지 않아 계곡에 내려서는 잿물
에 담겨 있는 검은 빨래 꺼내어 계곡물에 집어 던지려고 하였다. 허나
계곡물에 던지면 어차피 저 계곡 아래로 떠내려가 찾게 될지도 모를
일, 차라리 흔적조차 없애 버려야 한다는 생각이 들었다.

청목이 검은 빨래 물기를 쫙 짜내고는 함지에 넣어 숯막으로 향했다. 그리곤 숯쟁이가 잠시 자리를 비운 사이에 우럭우럭 타오르는 숯가마 불길에 검은 빨래 던져 넣었다. 검은 빨래 물기에 젖어 있어 처음에는 치지직 불길을 잡아먹는가 싶더니 이내 불길에 휩싸여 같이 타기 시작했다. 청목이 그 모습 흐뭇하게 바라보고 서 있다가 가마 있는 곳으로 돌아오는 숯쟁이의 걸음 소리 듣고는 얼른 하늘로 올라가 구름 속에 숨었다.

숯쟁이는 가마의 불길이 흔들리는 게 이상해 불길 안을 살펴보다가 장작더미 위에서 타고 있는 검은 빨래를 보고는 소리를 내질렀다.

"으이씨, 누구야아아아?"

가마 온도 일정하게 맞춰줘야 숯이 잘 나오는데 그 안에 장작 말고 다른 것 넣었으니 불길 흔들려 숯을 망치게 되었을까 봐 숯쟁이 깜짝 놀랐다. 헌데 숯쟁이의 외침 소리 듣고 숯 꺼낸 가마에서 몸 지지고 있던 곰보할멈 무슨 일인가 싶어 어슬렁어슬렁 밖으로 나왔다. 그러다 불길 안에서 타고 있는 검은 빨래 보고는 놀랍다는 듯 눈을 동그랗게 떴다.

"곰보할매애애!"

삼베를 짜놓고 계곡에 내려왔던 바리는 검은 빨래가 없어진 것을 보고는 희뜩 놀라서 숯막으로 달려오고 있었다. 바리가 차오르는 숨을 가다듬고 검은 빨래 혹시 가져가셨느냐 물으려 하는데 곰보할멈 의외라는 얼굴로 바리에게 이러는 것이 아닌가.

"네 어찌 이 방법을 알았느냐?"

"예?"

바리가 곰보할멈이 힐끗 쳐다보는 불길 안을 바라보니 검은 빨래가 활활 타고 있었다. 아니, 거의 다 타서 흰 재가 되고 있었다. 바리 입을 벙긋거리며 불길 속을 쳐다보고 있는데, 곰보할멈 그런 바리를 보며 혀를 차면서도 웃고 있었다.

"알고 태운 것이 아니라 그냥 한번 태워본 것이냐?"

곰보할멈의 말이 의미심장하여 바리 대답을 안 하고 무슨 뜻인가 유심히 그 낯빛을 살피었다. 곰보할멈은 혀를 끌끌 차더니 이죽거리듯 말하였다.

"소 뒷발로 쥐 잡았구먼."

바리가 눈을 끔벅이며 다시 불길 속의 검은 빨래를 쳐다보았다. 이제 검은 빨래는 흔적도 없이 다 타서 장작 위엔 흰 재만 묻어 있었다. 그 흰 재를 보고서야 바리가 무언가를 깨달은 듯 눈을 가늘게 좁혔다.

곰보할멈의 요구대로 검은 빨래는 하얗게 되어 있었던 것이다. 그토록 잿물에 담가 볕에 말려도 끄떡없이 검었던 빨래는 불길 속에서 제 자신을 모두 소진시키고 나서야 하얗게 될 수 있었다. 어째서 이 생각을 못했을까. 바리, 이제야 곰보할멈이 말한 것이 무엇인지 알 것만 같았다. 검은 빨래 흰 빨래는 가는 방법을 알려주기 위한 시험인 동시에 가는 방법 그 자체였던 것이다.

"할매, 이렇게 흰 재가 되어야 삼신산에 갈 수 있단 뜻인가요?"

곰보할멈, 고개를 끄덕이며 이제껏 본 적 없는 진중한 얼굴로 입을 열었다.

"사람에게 물들었던 검은 죄상, 저렇게 빼내기가 쉽지 않다. 삼신산에 가려면 저승에서 네 죄상 저렇게 다 씻어내야 하니 각오를 하고 가거라."

바리가 고개를 끄덕이자, 곰보할멈 따라오라 하고는 삼밭 쪽으로 길을 잡았다. 영문 몰라 하며 따라간 바리에게 곰보할멈 삼밭에서 삼 수십 포기를 뽑아주더니 손에 들려주었다.

"저승에 가면 쓰일 날이 올 것이다. 허니 챙겨가거라."

바리가 그 말 듣고서야 왜 그동안 삼밭 매고 삼실 잣고 삼베 짜는 그 모든 일 가르쳐 주었는지 알 것만 같았다. 하여 건네받은 삼 소중히 챙겼다.

두 사람의 모습 내내 구름 속에 숨어 지켜보고 있었던 청목이 결국 자신이 검은 빨래 희게 만들어준 것을 알고는 머리를 쥐어뜯으며 뒤로 넘어가고 있을 때, 바리는 떠날 채비를 하며 쏜살이와 검덕이를 배불리 먹였다.

그날 밤, 두류산에 천둥번개가 연이어 내리쳐 고목 몇 개가 반쪽으로 갈라졌다. 약이 잔뜩 오른 청목 차마 바리가 자고 있는 곰보할멈 초가에 번개를 내리꽂지는 못하고 그렇게 애꿎은 나무들에게 분풀이를 하고 있었다.

'아아아아아, 짜증나아아아아아.'

바리가 저 북쪽에 있다는 불함산을 향해 말을 달리고 있을 무렵, 목지국 궁에 있던 해월공주 이른 아침부터 어머니 왕후마마가 처소로 속히 들어오라 명을 하니 무슨 일인가 영문 몰라 하고 있었다. 막냇동생이 삼신산의 약려수 구하러 길 떠났다는 말에 아버지 대왕마마 환후 버티시며 견디고 계시는데 혹시 대왕마마의 환후 간밤에 다시 중해진 것인가 염려를 하였다. 허나 곤전에 들어서니 어머니 왕후마마 생각지도 못한 말을 꺼내며 해월공주 엄한 눈길로 바라보시는구나.

"네 적한이란 자를 아느냐?"

해월공주 희뜩 놀라 눈만 껌벅였다. 어떻게 어머니 왕후마마가 적한을 아는 것인지 가슴이 철렁 내려앉았다. 그녀 모르게 적한이 어머니 왕후마마를 뵌 것일까. 해월공주, 마른침을 꼴깍 삼키고 애써 덤덤한 얼굴을 하며 '그걸 왜 물으셔요' 되물으니 길대부인 아느냐 모르느냐 한 번 더 확인하는구나.

해월공주, 어찌 대답해야 하나 잠시 갈등하다 남해용왕에게서 도망쳐 나올 때 도움을 준 이로다 그렇게 꾸며 대답하였다. 모른다 딱 잡아 떼려니 어머니 길대부인 곧이듣지 않을 것 같았고, 그렇다고 적한이란 자가 바로 남해용왕이다 말하면 놀랄 것 같았다. 게다가 아무리 헤어진 사이라도 적한의 정체 밝히는 것이 그에게 해가 될 것 같아 말하기가 조심스러운 해월공주였다.

왕후마마는 더욱더 의심스러운 눈으로 여섯째 딸 바라보며 슬쩍 떠보았다.

"사지(死地)에서 도움을 받았으니 네 그 사내를 남다르게 여기겠구나."

해월공주 어머니 왕후마마가 무슨 뜻으로 그런 말을 하는 것인지 알 수 없어 미간을 좁혔다.

"왜 갑자기 그자의 일을 묻는 것인지요?"

해월공주, 왕후마마가 혹시 적한이 적룡임을 알고 있는 걸까 가슴이 두근거리는데 왕후마마 가락에게 밖에 있는 시동을 데려오라 명하였다. 밖에서 기다리고 있었는지 가락이 그 명 떨어지자마자 시동을 데리고 방 안으로 들어왔다.

해월공주 왜 갑자기 시동을 부르시나 어리벙벙 쳐다보고만 있는데 왕후마마 시동에게 아까 하던 노래 다시 한 번 해보거라 시키었다. 어린 시동은 왕후마마와 해월공주 눈치를 살피는가 싶더니 들릴 듯 말 듯 작게 노래를 시작했다.

"해월공주님은 남해에서 정을 통해놓고……."

시동의 입에서 노랫소리 흘러나올수록 해월공주의 얼굴이 하얗게 질려갔다. 시동은 지금 자신이 혼이 나고 있다 여겼는지 주저주저하며 입을 다물었다.

"괜찮다, 마저 해라."

왕후마마 길대부인 인자한 얼굴로 시동을 바라보며 안심을 시키니 그제야 어린 시동 노래를 마저 불렀다.

"밤에 몰래…… 우웩우웩 하시네."

노래가 끝나기도 전에 해월공주 입이 떡 벌어졌다. 길대부인은 딸의 기색이 어떠한지 눈 가늘게 좁히고 살피고 있었다. 허나 해월공주 입만 벌리고 아무 말 못하는데 분위기가 심상치 않은 것을 느낀 가락이 눈치 빠르게 시동을 데리고 방을 나갔다. 그러자 왕후마마 하얗게 질린 채 아무 말 않고 있는 해월공주에게 엄히 물었다.

"말해보거라. 어떻게 저잣거리에 이런 노래가 퍼진 것인지."

"저잣거리에요?"

해월공주가 얼이 빠진 듯 멍하니 되묻자 왕후마마 어찌 이 노래를 듣게 된 것인지 이야기를 해주었다. 가락이 사가에 갔다 오면서 이 노래를 듣게 되었는데 알고 보니 벌써 궁 안에도 노래가 퍼져 궁에 있는 시동들이 뜻도 모르고 따라 부르고 있었다는 것이다. 하여 가락이 내내 쉬쉬하며 단속하였지만 어찌 된 일인지 노래는 더욱더 일파만파 퍼지고 있어 어쩔 수 없이 왕후마마에게 아뢴 것이다. 왕후마마 기가 차서 처음에는 말이 나오지 않았고, 해월공주 성품이며 행동거지 단정하고 여물다 믿고 있어 노래에 담긴 이야기 믿지 않았다고 한다.

허나 진실이 무엇이건 간에 이런 노래 퍼졌다는 것 자체가 불쾌하고 괘씸하다. 가뜩이나 남해용왕에게 잡혀갔던 일과 기저국과의 혼사 작파된 일로 여느 왕족이니 귀족이니 해월공주와의 혼사 맺기 꺼리고 있는 판국에 이런 노래 저잣거리에 퍼져 있으니 이것은 망신 중의 망신이라.

기저국의 성주, 해월공주 행실이 불경하다 그리 대섰는데 이런 노래 퍼져 있으면 사람들이 어찌 생각하겠는가. 벌받아서 죽었다고 생각한 기저국의 성주, 사실은 여자 잘못 만나 화를 당한 것이 아닌가 그런 소리 할 것이 뻔하며 도대체 왕후마마는 딸 교육을 어찌 시켰느냐고 수군거릴 것이 아닌가. 아니 땐 굴뚝에 연기 날까 그런 생각 드는 것이 인지상정 사람 마음인데, 왕후마마 길대부인도 정말 여섯째 공주가 몰래 사내와 통정하고 있는 것이 아닐까 슬슬 의심이 나기 시작했다.

"네 사실대로 말해보거라. 정말 저 노래가 근거없이 퍼진 것인지?"

해월공주 억울한 얼굴로 설레설레 고개를 저었다. 동생 일로 석 달 전 남해에 있는 적한의 사저 다녀온 적 있지만 그 이후로 적한 얼굴 본 적 없고 남해에 걸음한 적 없었는데 어떻게 저런 노래가 저잣거리에 퍼진 것인지 알 수가 없었다.

그나저나 회임한 사실 숨기고 있다는 것을 어찌 알았을까. 해월공주 등골에 식은땀이 줄줄 흘러내렸다. 허나 의연한 얼굴로 남해에서 도움을 준 적한이란 사내에게 예전에 한번 고마움의 인사를 드린 적 있어 그런 소문이 났나 보다 왕후마마에게 아뢰었다.

왕후마마, 남 속이거나 행실 허투루 하지 않는 여섯째 딸이 그렇게 말하니 뭔가 이상하다 하면서도 일단은 믿고 넘어간다.

곤전을 나서 처소로 돌아가던 해월공주 우뚝 걸음을 멈추고 갑자기 하늘을 째려보았다. 처음에는 당황하여 어찌 사람들이 적한과 그녀의 일을 알고 있을까 괴이하게만 여겼는데 차분하게 생각을 해보니 이 모든 것이 적한의 짓이란 생각이 들었다. 그렇지 않고서야 어찌 남해가 거론될 것이며 회임하였을 것이라는 말까지 회자되었겠는가. 이건 분명 그녀가 제 발로 찾아오게 만들려고 적한이 덫을 놓은 것이리라. 적한의 의중을 파악한 해월공주 어디 두고 보자 이를 갈며 그렇잖아도 흔들리고 있던 마음 다시 다잡았다.

가뜩이나 회임한 것을 깨닫고 혼자 속이 시커멓게 타고 있는데 어찌 이럴 수 있단 말인가. 게다가 입덧이 시작되고부터는 사람들 속이랴 앞으로 어찌할까 골머리 썩고, 그래도 아이 아빠에게는 알려야 하는 것인지 갈등하고 있었는데 적한이 하는 행태가 가관이라. 어디 한번 해봐라, 끝까지 아이 가졌다는 말 하지 않을 테니, 차라리 궁에서 쫓겨 나면 저잣거리에서 혼자 아이 낳고 살리라 해월공주 다부지게 작심했다.

한편 저잣거리 아이들에게 노래를 퍼뜨려 놓고 이제나저제나 해월 공주 흥분하여 달려오기만 기다리고 있던 적한, 아무리 기다려도 해월 공주 나타나지 않자 결국 조급증이 도져 목지국의 궁으로 향했다. 회 임을 하였는지 안 하였는지 일단은 알아보자 꿍꿍이를 뱃속에 잘 챙겨 넣고는 순식간에 하늘 가로질러 목지국의 우물에 몸을 숨겼다.

늦은 밤 적한이 사람들 눈에 띄지 않게 우물에서 나와 해월공주 처 소로 향했다. 속이 메슥메슥하여 뜰에서 밤바람 쐬고 있던 해월공주 담벼락에서 고개 내밀고 기웃거리는 그림자 보고는 거기 누구요 물으 니 적한 어쩔 수 없이 모습을 드러냈다.

해월공주, 어둠 속에서 모습을 드러내는 적한을 보곤 순식간에 노기 서린 얼굴 되어 이리 비꼬았다.

"아이들에게 노래 가르치느라 바쁘신 양반이 예까진 어인 일이에 요?"

그는 험험 헛기침을 내뱉으며 괜스레 주위를 둘러보았다.

"무슨 소리인지 도통 모를 소리를 하네. 나는…… 그저 그대가 어찌 지내나 들러본 것뿐인데."

그리고는 아무것도 모른다는 얼굴로 발뺌을 하였다.

"아이들에게 노래를 가르치다니, 그건 또 무슨 소리야?"

해월공주가 눈을 가늘게 뜨고 적한을 조용히 노려보았다. 뻔뻔하다 뻔뻔하다 천하의 이런 뻔뻔한 이 또 있을까. 더 이상 대거리하기 싫어 해월공주 잘 지내고 있으니 걱정 마라 쌀쌀맞게 내뱉고는 휙하니 등 돌려 가버렸다.

그 와중에도 배가 불렀나 안 불렀나 그가 고개를 이리 삐쭉 저리 삐쭉 살펴보느라 정신이 없었다. 허나 요즘따라 몸이 자꾸만 으슬으슬하여 여름인데도 속곳에 열두 폭 치마에 비단 유까지 겹겹이 껴입은 해월공주이니 눈으로 봐서는 회임을 하였는지 안 하였는지 알 수가 없었다. 그러자 적한이 사저 부엌에서 미리 챙겨 가지고 온 굴비 한 두름을 옆구리에서 끼고 있던 동고리에서 꺼내 들고 성큼성큼 뒤따라갔다. 그리곤 일부러 해월공주 코앞에 들이대며 굴비를 이리저리 흔들었다.

"특별히 챙겨온 것이니 끼니때마다 챙겨 먹어."

하고는 해월공주 반응 어떤가 유심히 살폈다.

해월공주, 굴비가 코앞에 오는 순간 욕지기 치밀어 인상을 찡그리다가 적한의 두 눈이 무언가를 노리듯 반짝이니 그 욕지기 꾹 참고 아무렇지 않은 얼굴을 하였다.

"잘 먹을게요."

그리곤 적한이 들고 있는 굴비를 넙죽 받아 들었다. 그러자 적한의 얼굴이 찡그려졌다. 이상했다. 분명 석 달 전 해월공주 안을 때 회임할 것 같았는데 굴비를 앞에 두고도 입덧하는 기색 안 보이니 자신이 잘못 알았나 싶어 실망스러웠다. 하여 굴비 두름 척하니 손에 쥐고 처소로 들어가는 해월공주 뒷모습을 뚱한 얼굴로 바라보고 있던 적한, 궁금증을 참지 못하고 자신도 모르게 해월공주 등 뒤에 대고 버럭 소리를 쳤다.

"정말 아니야?"

해월공주 무엇을 묻는지 뻔히 알면서도 모른 척 뭘 말이냐 되물었다. 그는 긴가민가 의심이 가득한 눈빛으로 해월공주 빤히 쳐다보다가 갑자기 화딱지 나는지 해월공주 내버려 두고 훌쩍 뒤돌아 가버리는구나.

적한이 사라지고도 한참을 바라보고 있던 해월공주가 아무 소리 들리지 않자 손에 들고 있던 굴비 두름 얼른 마루에 던져 두고 시녀 불러 당장 저 비린 생선 수라간에 가져가라 명하였다. 그리고는 수세할 물 떠오라 하여 손에 배어든 생선 비린내 박박 씻어냈다. 그렇잖아도 입덧으로 하루하루 밥상 대하는 것이 고역인데 비린내 나는 생선은 오죽하랴. 해월공주, 적한 앞에서 간신히 참았던 욕지기 새삼 솟구쳐 굴비는 이미 수라간에 가 있는데도 그 후 한참 동안 욕지기에 시달려야 했다.

허나 회임한 사실 숨기는 것도 하루를 가지 못했다. 다음날 새벽 잠에서 얼핏 깨어나 보니 이상하게 방문 밖에서 비린내가 진동하였던 것이다. 설마 어제 맡은 굴비 냄새가 아직도 맴도는 것인가, 아니면 벌써 아침 밥상이 올라와 그 굴비가 상에 놓여져 있는 것인가 해월공주 의아해하며 입과 코를 손으로 틀어막고 빠끔히 방문을 열어보았다. 그런데 이게 웬일인가. 굴비보다 더 비린내 심한 은어와 농어가 마루에 지천으로 깔려 있는 것이 아닌가. 해월공주 어찌 된 일인지 앞뒤 재볼 것도 없이 훅하고 끼쳐 오는 비린내에 욕지기가 솟아났다. 하여 입을 틀어막고 방문을 닫으려는데 적한이 마루에 걸터앉아 그런 해월공주 바라보며 얄궂은 웃음 물고 있는 것이 아닌가.

해월공주 한 손으론 입을 틀어막고 한 손으론 문고리 움켜잡은 채 적한을 있는 대로 쏘아보는데 적한은 뭐가 그리 즐거운지 싱글싱글 웃으며 이리 말을 건넸다.

"회임을 한 것이야, 그렇지?"

해월공주 죽어라 적한을 노려보다가 더 이상 비린내를 못 참겠는지 방문을 활짝 열어젖히고는 버선발로 마루를 뛰어나갔다. 그리고는 처소 멀찍이 담벼락 있는 곳까지 뛰어가더니 나무 옆에서 우웩우웩 헛구역질을 해댔다.

그는 해월공주 있는 곳으로 다가가다 계속되는 헛구역질에 기운 쪽 빠진 해월공주 휘청휘청 일어서니 얼른 뛰어가 품에 안았다. 해월공주 대거리할 기운 없어 잠시 그에게 기대고 서 있는데, 그는 창백해진 해월공주가 걱정스러우면서도 새록새록 기쁨이 솟아나는지 비식비식 입꼬리를 올렸다.

"내 이럴 줄 알았어. 그날 그대를 안는데 뭔가 느낌이 오더라고."

"김칫국 작작 마셔요. 내가 요즘 체기가 있어 그런 것이니."

휘청휘청 서 있던 해월공주 어느 정도 욕지기 가라앉았는지 대뜸 적한에게 쏘아주고는 품에서 벗어나려고 가슴팍을 떠밀었다. 허나 남해 용왕인 적한 해월공주 손길 정도에 떠밀릴 리 없으니 해월공주 여전히 품에 갇혀 있구나. 그는 해월공주 더 꽉 끌어안고는 실성한 사람처럼 실실 웃고만 있었다.

"암, 체기 때문이겠지. 체기면 어떻고 회임이면 어때. 요 뱃속에서 내 아이가 자라고 있다는 게 중요하지, 안 그래?"

해월공주 약이 바짝 올라 적한 얼굴을 확 그어주려고 손톱을 세웠다. 하지만 그런 것조차 예뻐 보이는 그는 실실 웃으며 늘쩡늘쩡 뒷걸음질을 치는구나.

"……어, 어. 왜 그래. 뱃속의 아이가 뭘 보고 배우라고."

해월공주, 약이 오르다 못해 제 분에 못 이겨 결국은 울음을 터뜨렸다.

"으흑, 저 화상이 애 아버지라니. 내가 못살아. 내가 못살아, 정말."

허나 울음을 터뜨리며 회임 사실 인정한 해월공주, 함께 남해로 내려가자 하는 적한의 말 거절하고 고집불통 막무가내 궁에 있겠다고 버티었다. 저잣거리에 망측한 노래 퍼지고, 그의 아이 가졌음에도 그를 따라 남해로 갈 수 없다 하는 것이다. 그러니 적한 남해로 내려가지도 못하고 매일 궁 안 우물에 웅크리고 숨어 지내며 밤마다 나타나 해월공주 채근하고 협박하고 달래느라 진땀을 뺐다. 해월공주에게 시간을 주고 남해에 다녀와도 될 성싶었지만 이미 뱃속의 아이 어이없이 잃어본 적 있는 적한이니 쉽사리 발길이 떨어지지 않았고 어떻게든 자신이 있는 남해에 해월공주를 데려다 놓고 싶었다. 언제든 제 눈으로 보고 확인할 수 있게 말이다. 허나 해월공주, 안 가겠다 완강히 버티었다.

영원히 가지 않겠다는 것은 아니었다. 병든 부모만 두고 갈 수 없으니 동생 바리가 돌아오면 그때 남해로 가겠다 말하고 있었다. 허나 바리가 언제 돌아온단 말인가. 어찌어찌하여 삼신산에 도착한다 해도, 그의 바람대로 약려수 지키고 있는 무장에게 아이 셋을 낳아주려면 최소한 삼사 년은 걸릴 터인데 말이다. 그런데 이런 속사정 해월공주에게 말할 수 없으니 적한 이러다 제 아이도 제대로 못 안아보겠다 싶어 애가 탔다. 게다가 그의 오랜 부재로 남해 쪽은 가뭄이 들어 백성들이 아우성이었다.

마침내 그가 다른 방도를 생각해 내었다. 남해에 있는 고원국의 귀족 자제로 행세하며 왕후 길대부인을 찾아간 것이다. 길대부인, 적한이란 사내가 뵙기를 청한다는 가락의 말에 얼른 들이라 명하였다. 소문의 당사자가 직접 찾아왔으니 놀랄 노 자였고, 이참에 어떤 사내인지 살펴보아야겠다 벼르고 있었다. 해서 처소로 들어서는 적한을 살펴보는데, 그 풍기는 기운이 범상치 않음이라 단순히 소국의 귀족 자제로는 보이지가 않았다. 저잣거리에 퍼진 노래에 거론된 사내라 들어서면 혼구멍부터 내려던 길대부인은 칼끝처럼 날카롭고 강건한 기세에 멈칫하였다.

"고원국에서 오셨다고요?"

적한은 적한대로, 장모 될 분 앞에 처음으로 앉았으니 긴장이 안 될 수가 없었다. 예전에 해월공주 호위무사로 정체를 숨기고 궁에 있을 때는 아무도 그의 정체 모르니 상관없었는데 이젠 해월공주 아내로 달라 청하러 온 입장이니 입 안이 바싹 타 들어갔다.

"예. 고원국 개로가의 독자 적한이라고 합니다."

땅끝에 있는 나라의 귀족 자제까지 알 리 없는 길대부인이니 적한이 사기 치는 것도 모르고 그런가 보다 고개를 끄덕였다.

"딸아이가 용왕에게서 도망칠 때 도움을 주었던 분이라 하던데 그분이 맞소?"

적한의 한쪽 눈썹이 살짝 올라갔다. 해월공주가 저잣거리에 퍼진 노래를 그렇게 둘러대었구나. 그가 일면 수긍하는 표정을 지어 보이며 그보다는 뭔가 더 있다는 기색을 풍겼다.

"예, 그렇게 인연이 시작되었지요."

길대부인, 소문의 장본인이란 생각에 속이 부글부글 끓었지만, 사내의 용모 늠름하고 엽렵하니 일단은 살펴볼 요량으로 끓는 속 드러내지 않았다. 그런 길대부인에게 적한이 정중한 어조로 말을 꺼냈다.

"해월공주님을 제 처로 맞이하고 싶어 이렇게 찾아왔습니다."

길대부인 소문에 대한 불쾌함에 비꼬아 응수하였다.

"제 딸아이가 불경한 소문으로 망신살이 뻗쳤는데, 어찌 그런 마음을 드셨소?"

적한은 왕후 길대부인의 서슬 퍼런 눈빛을 보고 속내를 얼른 알아차렸다. 그런 소문 퍼뜨려 망신을 시켜놓은 자에게 딸을 주느니, 차라리 처녀로 늙히겠다는 의지가 엿보였던 것이다. 그런 소문으로 해월공주의 위신과 체통 다 떨어뜨려 궁지에 몰아넣고 달라 하는가, 길대부인은 지금 묻고 있었다.

허투루 말을 꾸미거나 돌려 쳐서는 씨알도 먹힐 것 같지 않아, 그가 있는 그대로 진심을 이야기하였다. 자신이 남해용왕인 것은 그대로 숨겨둔 채 말이다.

"그 노래, 사실은 제가 퍼뜨린 것입니다."

이러고 이실직고 말해 버리니, 그런 소문 상관없다 말하며 능치면 가만 안 놔둔다 노리고 있던 길대부인 의외의 대답에 눈을 동그랗게 떴다.

"그래요?"

"예, 해월공주 마음에는 품었으나 제가 작은 나라의 보잘것없는 집안 출신이니 해월공주님 달라 하면 주시지 않을 것 같아 불경하게도 그런 일을 꾸몄습니다."

적한은 자신이 남해용왕이라 감히 달라 할 수 없었던 입장을 그렇게 빗대어 전하고 있었다.

길대부인, 적한을 뚫어지게 바라보았다. 심성이 나빠 보이지는 않는데 속을 알 수가 없으니 뭔가 꺼림칙하였다. 진실된 것 같으면서도 진실되지 않은 음험한 기운이 느껴졌던 것이다.

"허면 저잣거리의 그 노래는 다 거짓이라 이 말씀이오?"

"예. 그 노래 듣고 왕후께서 해월공주 내치기를 기다렸는데 그렇게 되지 않아 이렇게 제 발로 찾아온 것입니다."

"나는 소문보다 딸아이를 더 믿소. 특히나 해월 그 아이는 반듯한 성품이라, 그 아이가 팥으로 메주를 쑨다 해도 그런 사정이 있겠거니 이해할 거요."

적한, 면구한 얼굴로 고개만 끄덕였다. 그리곤 처분만 바란다는 얼굴로 길대부인 바라보는데, 길대부인 여전히 개운치 않았다. 결국 속으로 갈등하여 이러지도 못하고 저러지도 못하던 길대부인, 밖에 있는 가락에게 해월공주 데려오라 명하였다. 해월공주와 적한이란 사내 대면하게 하여 딸의 본심이 무엇인지 알아볼 요량이었다.

적한이 어머니 왕후마마와 함께 있을 거라고는 꿈에도 생각 못한 해월공주, 곤전으로 들어서다 적한을 보고는 화들짝 놀랐다.

길대부인, 딸의 눈치를 살펴보며 뭘 그렇게 놀라느냐 슬쩍 떠보았다.

"오랜만에 보는 것일 텐데 인사 나누어라."

해월공주가 멀찌감치 앉아 적한에게 고개를 숙여 인사를 드리고는 '이곳은 어쩐 일이신가요' 의미심장하게 물었다. 적한이 시치미를 뚝 떼고 '오랜만이오' 말을 건네니 해월공주 힐끔 적한을 쳐다보는데 그 눈빛 어이없어하는 기색 역력하였다.

그런 두 사람을 번갈아 쳐다보며 기색을 살피던 길대부인, 긴가민가한 얼굴로 해월공주에게 말했다.

"이분이 너를 달라 청을 하는데, 네 생각은 어떠하냐?"

해월공주 화들짝 놀란 얼굴로 어머니를 바라보더니 이내 굳은 눈빛으로 적한을 바라보았다. 당장은 갈 수 없다, 그렇게 사정을 하고 설명을 하였는데 그는 이번에도 제 마음대로 일을 친 것이다. 요즘 좀 잘한다 싶어 마음을 많이 열었던 해월공주 그러면 그렇지 제 마음대로 하는 그 버릇 누굴 주겠어 속으로 비꼬았다. 네 그렇게 나의 말 귀담아듣지 않고 마음대로 한다면 나야말로 정말 마음대로 하겠다는 오기가 불뚝 솟아 어머니 왕후마마에게 이렇게 말을 올렸다.

"망극하게도 제가 그럴 수가 없는 처지입니다."

길대부인, 해월공주가 얼씨구나 반가워할 거라 예상하고 있다가 의외의 대답에 눈이 동그래졌다. 소문이 그리 장했으니, 딸아이와 이 사내 사이에 뭔가가 있다고 여겼는데 말이다. 하여 말만 꺼내면 해월공주 '어쩔 수 없지요' 대답하고 혼사를 받아들일 줄 알았는데, 이건 또 뭔 소리인지 모르겠다. 길대부인, 딸아이가 용왕에게 잡혀갔다 온 일로 자신의 처지를 비관하나 싶어 다시 한 번 떠보았다.

"그러지 말고 네 진심을 말해보거라."

"진심입니다. 말씀드리기 어려워 그동안 숨겼던 것이 있사온데, 사실은 저를 잡아갔던 용왕이 요즘 밤마다 저를 찾아오고 있습니다."

해월공주의 말에 길대부인과 적한 모두 입을 쩍 벌렸다. 왕후의 얼굴이 하얗게 질렸고 적한은 해월공주가 이렇게 나올 줄 몰랐기에 놀라서 입을 다물지 못했다. 물론 길대부인은 적한이 그런 이유로 놀라는지는 전혀 몰랐다. 여하튼 대경한 길대부인, 이 일을 어찌하면 좋으냐 태산 같은 걱정에 휩싸이는데 해월공주 왕후마마 놀란 마음 안심시켜 주었다.

"걱정 마셔요. 용왕이 저를 아끼시니 저는 괜찮습니다. 그런데 어마마마……."

해월공주가 잠시 주저주저하며 말을 끊자 길대부인 무엇이냐 어서 말해라 재촉하였다. 앞에 있는 적한은 해월공주가 또 무슨 말을 하려고 저러나 긴장했다.

"어마마마, 아뢰기 망극하나 제가 지금 용왕의 아이를 가졌습니다."

왕후 길대부인, 해월공주 말 떨어지기 무섭게 놀란 숨 들이켰다. 심장이 벌렁벌렁 두 손이 오들오들, 길대부인 너무나 놀라고 기막혔다. 용왕에게 도망쳐 나왔으니 되었다 생각했는데, 맙소사 딸아이 처소까지 찾아와 회임까지 시키다니 이게 무슨 억장이 무너지고 살 떨리는 이야기란 말인가.

해월공주는 할 말 다 한 듯 새치름하게 눈 내리깔고 있었지만 적한은 울그락불그락 얼굴이 말이 아니었다. 다 된 밥에 코 빠뜨리고, 다 된 죽에 재 뿌린다고, 해월공주가 이렇게 그와의 혼삿길을 막을 줄 누가 알았단 말인가. 그렇다고 내가 바로 남해용왕이오 정체를 밝힐 수도 없으니 적한 그야말로 복장이 터질 것 같았다. 하여 해월공주가 용왕의 아이를 가졌어도 상관없다 왕후에게 급한 대로 피력을 하는데, 이미 해월공주의 회임 소식에 놀랄 대로 놀란 길대부인은 손을 내저으며 그의 말을 막았다.

"이건 자네가 상관없다 한다고 될 문제가 아니오. 용왕이 점찍고 놓아주질 않는 마당에 그대와 혼사라도 치렀다간 더 큰 화를 면치 못할 것이니 오늘 자네가 한 청은 없던 걸로 하는 게 낫겠소."

다 잡은 물고기를 코앞에서 놓치는 낚시꾼처럼 그가 낭패 어린 얼굴을 하자 길대부인 위로의 말을 건넸다.

"인연이 아니라고 생각해야지 어쩌겠소. 부모인 나도 딸아이가 번듯한 사내와 혼인하여 평탄하게 살기를 바랐지만 그렇게 되지를 않으니 내 속은 어떻겠소."

적한 끝내 자신이 용왕이다 밝히지 못하고 그 자리에 물러날 수밖에 없었다. 허나 곤전에서 해월공주 나오자마자 사람들이 보든 말든 다짜고짜 팔목 움켜쥐고 외진 곳으로 끌고 갔다.

"정말 이렇게 나올 거야?"

해월공주, 손목을 뿌리치고 아픈 손목을 매만지며 같이 받아쳤다.

"누가 할 소린데요. 내가 몇 번을 말했어요. 동생이 돌아오면 그때 가겠다고."

"그게 언제일 줄 알고?"

적한이 버럭 소리를 지르자, 해월공주 지친 듯 한숨을 내쉬었다.

"말했잖아요. 그건 언제가 되든 상관없다고요."

그는 모든 계획을 수포로 돌려 버린 해월공주에게 화가 나 씩씩거리며 응수했다.

"불러오는 배는 어쩌고?"

"이젠 됐죠 뭐. 용왕의 아이라 말했으니 다들 알게 되었고 감히 누가 뭐라 그러겠어요. 그리고 용왕 아이 맞지, 아니에요?"

"그럼 난 계속 당신 때문에 남해에도 못 가고 여기 우물 속에서 숨어 지내라고? 우물이 얼마나 비좁고 냄새나는 줄 알아?"

"아니, 왜 사서 고생이에요? 남해에서 있다가 가끔씩 보러 오면 되지. 사나흘에 한 번씩 오면 되지, 미련하게스리 왜 우물에서 그러고 지내요? 두레 바가지도 아니고 말이야."

적한, 해월공주와 대거리할수록 열이 뻗치는지 갑자기 소리를 바락 지르며 펄쩍펄쩍 뛰었다.

"내가 지금 미련해서 이러니? 당신이랑 뱃속의 아이가 여기 있는데 내가 어떻게 갈 수 있겠냐고?"

해월공주, 적한의 큰소리에 시녀들과 내관들이 기웃대는 것을 보고 자신의 처소를 향해 걸음을 옮겼다. 적한은 그 옆에서 온갖 불쌍한 척을 하며 하소연을 하였다.

"언제까지 이렇게 지내야 하는 거냐고. 같이 밥을 먹을 수 있나, 같이 잠들 수가 있나, 그렇다고 어디 마음 편히 안아볼 수가 있나."

들으라는 식으로 적한이 불평불만을 해댔지만 해월공주 모른 척 냉정히 응수할 뿐이었다.

"당신이 뭐라고 해도 난 동생 올 때까지는 여기 있을 거예요."

한숨을 내쉬며 처소 마당까지 따라오던 적한이 사람들 걸음 소리 들리자 얼른 몸을 숨겼다. 해월공주가 뒤돌아봤을 땐 적한의 모습 보이지 않았다. 하늘에 숨었나 우물에 숨었나 그녀가 주위를 둘러보다가 이내 흥 하니 콧방귀를 뀌고 처소 안으로 들어갔다.

그의 마음 모르는 것은 아니었으나 동생 바리와 약속하였으니 설혹 사람들에게 망측하고 해괴하다 비난과 조롱을 받는다 하여도 궁을 나가지 않을 생각이었다. 몸가짐 마음가짐 누가 뭐라 해도 스스로에게 당당하니 그런 수군거림 상관없었다. 편히 못 지낸다 그는 불평하지만 어쨌든 얼굴 마주하고 몰래라도 볼 수 있으니 된 것 아닌가. 오직 마음에 걸리는 것은 동생의 안위와 오늘내일하시는 대왕마마였다. 이럴 때 자신마저 떠난다면, 어머니 왕후마마 얼마나 외롭고 울적하시겠는가.

차라리 잘되었다. 뱃속에 있는 아이 숨기느라 그동안 온갖 고생하였는데, 차라리 밝히고 나니 속이 시원했다. 밤마다 적한 드나드는 것도 신경 쓰였는데 용왕이라 말했으니 누가 감히 훔쳐보고 함부로 입방아를 찧겠는가. 다들 용왕이 무서워 그림자도 보이지 않을 것이 자명한 일, 차라리 잘되었지 싶은 해월공주다. 진즉 이렇게 할 걸 뭐가 무섭다고 사람들 시선 눈치 보아가며 스스로를 감옥살이하게 만들었을까 해월공주 이제야 자신의 어리석음 깨달았다. 허니 동생 바리가 무사히 돌아오기만을 바랄 뿐이다. 만약에라도 동생이 돌아오기 전에 대왕마마 승하하시면 자신이 임종 지켜야 한다고 해월공주 흔들리는 마음을 다잡았다.

그날 밤 이런저런 생각으로 잠을 뒤척이던 해월공주가 밤늦게 방문을 두드리며 문 열어달라는 적한 때문에 일어나 앉았는데, 문을 열어주니 그가 아무 눈치 안 보고 휘적휘적 방 안으로 들어와서는 떡하니 이부자리에 누워버렸다. 매일 밤 해월공주가 먹고 싶다는 귀한 음식 사방에서 구해와 가져다주면서도 남들 눈에 뜨일까 봐 조심하던 그 모습 사라지고, 이건 마치 제 안방에 온 것처럼 굴고 있었다.

해월공주, 기가 차서 그를 물끄러미 내려다보는데 적한은 뻔뻔한 얼굴로 이런다.

"생각해 보니 밤마다 용왕이 찾아오는 것으로 알 사람은 다 알 터인데, 더 이상 눈치 볼 필요 없겠더라고."

하고는 해월공주 괴고 있던 베개는 자신이 괴고, 오른팔 척 내밀며 품에 안겨라 그런 눈으로 바라보는 게 아닌가. 해월공주 어처구니가 없어 그런 적한 노려보았다. 어찌나 머리가 재게 돌아가는지 그녀의 말을 역이용하고 있었다. 해월공주 그런 그가 얄미워 이리 비꼬았다.

"그런데 어쩐대요? 누가 보면 당신이 용왕인 줄 모르고 남해 사는 개로가의 적한인 줄 알 터인데."

남해 사는 귀족 자제로 속이고 데려가려던 것이 이렇게 자승자박하게 되어 어쩌오 해월공주 비꼰 것인데, 적한은 정말 그것이 고민이었는지 심각한 얼굴로 대꾸했다.

"그러게. 내일부터는 머리에 뿔 달고 용왕인 척 변장을 좀 해야 하나."

머리에 뿔을 달까 아예 무서운 탈을 쓸까 고민하는 적한을 보며 그녀가 설레설레 고개를 저으며 혀를 찼다.

"참으로 안타깝구려. 용왕이 용왕인 척해야 하다니."

하는데 적한 골치 아픈 건 나중에 생각하고, 일단 급한 불부터 끄자는 식으로 곁에 앉아 있는 해월공주 덥석 잡아당겨 품에 끌어안았다.

"왜 이래요?"

"왜 이러긴, 그걸 몰라서 물어?"

적한 느물느물 웃으며 해월공주 속곳 벗겨내기 시작했다. 해월공주, 얼굴이 벌겋게 물들다가 퍼뜩 뱃속의 아이 생각하고 안 된다 밀어내는데 그가 이미 알아볼 거 다 알아봤다는 식으로 이야기를 꺼냈다.

"내 그렇잖아도 의원에게 다 알아봤어. 회임한 지 넉 달이 넘어가면 괜찮다 그러더라고."

그런 적한이 얄미워 해월공주 속에 있던 말 토해내 버렸다.

"그 정성의 반의반만 내 동생 돕는 일에 쓰면 얼마나 좋을까. 그럼, 당신도 나 빨리 데려갈 수 있어 좋을 터인데."

그가 옷고름 풀어 젖히자마자 젖봉오리에 입술 가져가다, 퍼뜩 고개를 들어 해월공주 바라보았다. 그리곤 살짝 난감한 표정을 지으며 이리 말했다.

"지금은 내가 돕고 싶다 해서 마음대로 도울 수 있는 상황이 아니야. 도움을 줄 수 있을 때까지 기다려야 한다고."

적한이라고 왜 바리를 돕고 싶지 않겠는가. 해월공주 동생이기도 하지만, 무장의 앞날이 달린 일이라 도와주고 싶은 마음 굴뚝이었다. 하지만 두류산의 곰보할멈과 불함산의 곱사등이할아범 두 분 다 만만치 않은 성격에 눈치가 귀신이라 용왕이 옆에서 도움 준 것을 알면 당장 산에서 내려가라 역정을 내실 분들이었다.

어차피 곰보할멈이 내는 과제는 적한도 도움을 줄 수 없었다. 흰 빨래는 검게 만들었으나 검은 빨래 희게 만들지 못해 결국에는 흰 천을 구해 하얗게 만들었다 속이려 하였던 그였다. 곰보할멈, 어떻게 안 것인지 지팡이로 적한을 후려치며 돼먹지가 않았다나 뭐라나 하면서 난리를 쳤었다. 어쨌든 적한으로서는 바리가 그 두 분의 과제를 해낸 후에야 도움을 줄 수 있었다. 만약 두 선인에게 답을 얻기만 한다면 그때는 정말 물불 안 가리고 도와줄 생각이었다. 하여 처제가 건강히 지내고 있는지 조만간 보러 갈 생각이었다 말을 하니 해월공주 적한이 이리 동생 생각 해주는 줄 몰랐다가 새삼 감격하였다.

고맙고 감격한 마음에 해월공주 먼저 손 내밀어 그의 얼굴 쓰다듬고 머뭇머뭇 그 보드라운 입술로 입을 맞추니 적한의 애간장이 살살 녹다 못해 용암 끓듯 끓어오르는구나. 해서 해월공주 무섭고 망측하다 싫어할까 봐 여태껏 하지 못했던 요런 짓 조런 짓 다 하기 시작했다.

"뭐…… 뭐 하는 거예요?"

교접할 때 나오는 야릇한 소리 처소 밖으로 새어나갈까 봐 크게 말은 못하고 해월공주 처음 겪어보는 망측하고 부끄러운 자세에 화들짝 놀라 속삭였다. 허나 이미 눈 시뻘겋게 변한 적한은 해월공주의 저항 받아줄 생각 없다는 듯 등 뒤에서 공주의 가녀린 허리 끌어안은 채 그대로 해월공주의 몸속을 파고들 뿐이었다. 동시에 그의 입에서 잔뜩 잠긴 목소리 흘러나왔다.

"쉬잇…… 가만히…….."

그의 단단하고 뜨거운 양물 해월공주의 몸속을 가득 채우다 못해 타는 듯한 아픔을 느끼게 하니 그녀가 자신도 모르게 허리를 비틀며 빠져나가려 하였다. 해월공주의 따뜻한 몸속에 깊이 양물 꽂고 여체에 푹 잠겨 있는 그 느낌 음미하고 있던 적한, 해월공주 도망가지 못하게 허리를 꽉 끌어당겨 안는구나. 그리곤 다른 손으로 그의 양물 버거워하며 힘들어하는 검은 숲 속을 살살 어루만졌다. 희롱하듯 애태우듯 만지는 그의 손길에 해월공주 흐느낌 섞인 신음을 뱉어내니 적한 흐뭇한 웃음 입가에 물고 천천히 몸을 움직이기 시작했다. 그러자 몸속 깊은 곳에서 샘솟고 있었던 여체의 애액, 짙은 방향 내뿜으며 주루룩 흘러나오더니 그의 양물을 적시기 시작했다.

적한은 몸속의 욕구 제어하며 천천히 움직였다. 서둘러 방사를 해버리기엔 너무나 오랜만에 안는 것이라 이 즐거움을 한껏 늘어뜨리고 싶었다. 벽장 속에 감춰둔 꿀단지 아껴 먹는 것처럼 그가 해월공주 그렇게 안기 시작했다. 애액에 젖은 채 붉은 열기 내뿜으며 솟아 있는 그의 양물, 여체에 닿을락말락할 때까지 천천히 빼낸 다음 다시 천천히 그 안을 파고들어 그의 검은 숲 해월공주의 엉덩이를 애태우듯 간질이니 해월공주 그야말로 혼미하여 눈앞이 흐릿하였다.

차라리 다른 때처럼 거칠게 취하면 눈 딱 감고 부딪혀 오는 그의 몸 견디면 될 일인데, 이리 천천히 그것도 등 뒤에서 들어왔다 나가기를 반복하니 형용할 수 없는 야릇한 느낌 찾아와 미칠 것 같았다. 발가락 끝까지 저릿저릿하여 해월공주 몸을 뒤틀며 발가락을 오므렸다 폈다 그야말로 몸부림을 쳤다.

"으음, 적한…… 그만……."

한참을 해월공주 애태우며 드나들이하였던 적한은 그 신음 섞인 애원에 양물 쑥 빼내더니 해월공주 그대로 안아 들고 벽에 기대었다. 그리곤 공주의 두 다리 허리에 얽고는 단숨에 파고드니 공주 쓰러질 듯 그의 어깨에 팔 두르고 아픔에 이를 물었다.

적한은 공주의 등 차가운 벽에 닿는 것이 신경 쓰였는지 제 팔로 공주의 등 단단히 감싸 안고 더 이상은 늦출 수가 없는 듯 한층 거칠게 몸을 움직였다. 허니 애태울 대로 애태워진 공주의 몸 이미 뜨겁게 부풀어 그의 몸 죄어오니 적한 드나들이하면서도 신음 소리 절로 뱉어지는구나.

"아아아…… 해월아……."

해월공주 땀에 젖어 붉게 달아오른 얼굴로 멍하니 적한을 바라보니, 그가 해월공주 입술 잡아 뜯을 듯 이로 물고 빨아대며 거칠게 양물 깊숙이 묻기를 반복했다. 해월공주 교성 섞인 비명 내지르다 적한의 어깨를 물고 터져 나오는 신음 소리 막았다. 그럴수록 적한의 움직임 거세지고 빨라지니 해월공주 어깨를 문 채 자신도 그의 움직임에 맞추어 허리를 들썩거렸다.

애액은 흘러넘쳐 그녀의 다리 아래로 흘러내리기 시작했다. 두 사람이 서로의 몸에 맞추어 허리를 움직일 때마다 처억처억 살 부딪치는 소리 자아내니 해월공주 망측하고 부끄러워 고개를 들 수가 없구나. 그 모습 물끄러미 내려다보며 드나들이 계속하던 적한은 아직도 부끄러워 어쩔 줄 몰라 하는 해월공주 놀리고 괴롭히고 싶은 충동 일어나 쑤욱 하니 양물 빼내고 해월공주 안은 채 바닥에 주저앉았다. 해월공주 무언가 폭발하기 직전에 그의 몸 빠져나가니 자신도 모르게 저항 어린 앙탈을 하는데, 그는 바닥에 무릎 대고 해월공주의 턱 한 손으로 잡고 벌리게 하였다.

해월공주 무얼 하려고 이러나 어리둥절 그를 올려다보는데 적한은 불뚝 솟아 있는 그의 양물 해월공주의 아랫입술에 대고 어루만지듯 쓸기 시작했다. 붉게 달아올라 잔뜩 힘줄이 곤두서 있는 그의 양물, 데일 정도로 뜨거우니 그 모습 징그러운 걸 넘어 무섭기까지 하였다. 하여 해월공주 망측하고 무서워서 피하듯 시선 내리고 고개를 돌리려 하니 이미 애욕에 눈 뒤집혀 용왕으로서의 본능 깨어난 적한 해월공주의 턱 움켜쥐어 활짝 입 벌리게 하였다. 그리곤 단단하게 부푼 그의 양물 젖은 입속으로 집어넣었다. 해월공주 입 안 가득히 들어오는 그의 양물에 놀라기도 하고 버겁기도 하여 괴로운 듯 그를 올려다보자 적한 신음 뱉어내며 살짝 빼내었다. 하여 동그란 앞부분만 해월공주 입속에 넣어져 있으니 해월공주 자신도 모르게 숨을 들이 내쉬며 혀로 입 안에 닿은 그것을 핥았다.

"으으음……."

그의 몸이 움찔 떨며 요동을 쳤다. 그는 미치도록 좋은지 해월공주 턱 움켜쥐고 있던 손으로 단단히 벽을 짚고, 다른 손으론 해월공주 머리채 감아쥐더니 제발 더 해달라는 듯 재촉을 하였다.

언제나 기세등등 무지막지하게 그녀를 밀어붙였던 적한이 그리 몸을 떨며 애원하는 듯한 표정을 짓는 것은 처음이라 해월공주 처음에는 의아한 얼굴로 그를 살피다가 이내 무엇 때문인지 깨달았다. 하여 그녀의 작은 애무에도 몸을 떠는 그 모습 더 보고 싶어 해월공주 그의 양물 혀로 살살 핥고 급기야는 입에 담뿍 물고 빨아들였다. 그러자 적한 얼굴 일그러뜨리며 요동치듯 등을 젖혔다.

"큭……."

해월공주 그 모습에 순간 작은 웃음소리 뱉어내자 적한이 잔뜩 붉어진 눈으로 그녀를 내려다보았다.

"겁이 많이 없어졌군."

그가 씨익 웃는가 싶더니 어느새 무표정한 얼굴이 되었다. 해월공주 그 얼굴 보고 슬쩍 무서워지는데 적한은 감아쥐고 있던 그녀의 머리카락 잡아당기더니 해월공주의 입속에 깊이 양물 집어넣고 드나들이하기 시작했다.

"하아……."

그의 입에서 뜨거운 신음이 절로 터져 나왔다. 해월공주의 작은 입

속, 그의 양물 버거워하며 벙긋벙긋 물고 놓기를 반복하니 적한 엄청
난 자극에 더 빨리 드나들이하였다. 그러다 마침내 양물이 터질 듯 온
몸이 짜릿하니 그가 얼른 양물 빼내고 해월공주의 두 다리 벌리었다.
그리곤 터질 듯이 부푼 그것, 다리 사이 젖어 있는 검은 숲 속에 거침
없이 집어넣으니 해월공주 형용할 수 없는 감각에 몸을 떠는구나.

"……아."

해월공주 얼굴을 찡그렸지만 적한은 그의 양물 넣을 수 있는 최대한
밀어붙이며 파고들었다. 두 사람의 검은 숲이 하나가 되어 빈틈없이
맞물렸다. 적한은 해월공주의 엉덩이 힘껏 잡아당기더니 젖어 있는 공
주의 입술 자신의 입술로 덮었다. 밀려드는 쾌락에 억눌린 신음을 뱉
어내는 해월공주에게 적한은 화답하듯 뜨겁게 속삭였다.

"내 것이야. 처음 볼 때부터 너는 내 것이었어."

짐승 같은 그의 목소리 멀리서 들려오는 듯했다. 몸은 폭발할 듯 부
풀었고 미칠 것처럼 떨렸다. 하여 몸 전체를 휘돌며 자극하는 그 느낌
견디지 못하고 흐느껴 울기 시작했다. 아, 미칠 것 같다. 아니, 죽을 것
같다. 이제껏 느껴본 적 없는 느낌에 해월공주 당황스러웠다. 미묘하
고 야릇한 느낌은 몇 번 받았지만 이런 느낌은 처음이라, 어질어질 눈
앞이 뱅뱅 돌 정도였다.

"흑……."

해월공주 볼 위로 눈물이 흘러내리자 적한이 그 눈물 혀로 핥으면서
도 맞붙은 그곳 떼지 않고 애태우듯 계속 드나들이하니 해월공주 적한
의 어깨 잡아 뜯을 듯 움켜잡았다.

"그래, 해월아. 참지 말고……."

끝까지 몰아붙이며 질척질척 그곳을 부딪쳐 오던 적한, 해월공주가
마침내 울음을 터뜨리며 경련하듯 몸을 떨자 양물을 끝까지 빼낸 후
어느 순간 있는 힘껏 밀어 넣었다. 마침내 몸을 떨며 기진맥진해하는

44

공주의 몸 안에 파정을 시작하니 적한의 그 모습 그야말로 포효하는 짐승 같구나. 인간들 따위 단숨에 숨통 끊고 쓸어버릴 수 있는 남해용왕 적룡, 해월공주 앞에서는 이성을 잃고 쾌락에 떠는 사내일 뿐이었다.

그 후로도 며칠 동안 그가 해월공주의 처소로 밤마다 찾아와 그녀를 취했다. 적한은 한 번 물꼬가 터지니 참지를 못하겠던지 아주 뽕을 뽑을 태세였다. 궁에 있는 시녀들은 밤마다 뿔 달린 사내가 해월공주 처소를 찾아오는 것을 보고 용왕이라 생각하여 얼씬도 하지 못했다.

여하튼 이렇게 남해용왕 적한 쌓였던 욕정 실컷 풀고 나니 그제야 좀 몸과 마음이 개운한지 목지국에 온 지 한 달 보름 만에 남해로 내려갔다. 물론 해월공주가 지금 동생 좀 어디에 있나 찾아봐 달라 부탁하며 등을 떠민 것도 이유였다.

제때 비를 내려주지 못해 가뭄으로 아우성인 남해 땅에 비를 내려준 적한이 바리가 어디에 있나 찾아보러 길을 떠났다.

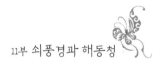

"오잉? 게 누구시관대 남이 점찍어놓은 생땅을 일구고 있는 게야?"

입에서 쉰내가 나도록 곡괭이로 돌과 잡초를 뽑아내고 있던 바리는 갑자기 복장이 터진다는 듯 악을 쓰며 소리쳤다.

"아, 또 왜 그러세요? 할배가 이거 일구어놓으라고 했잖아요."

곱사등이노인은 자신이 언제 그랬냐는 듯 손가락으로 제 얼굴을 가리키며 되물었다.

"내가?"

이런 일이 한두 번이 아니었는지 바리가 이를 벅벅 갈아대며 말했다.

"그래요, 할배가요. 할배가 그랬다고요. 여기 다 일구어놓으면 삼신산 가는 길 알려준다고 그랬잖아요."

곱사등이노인이 반도 남지 않은 백발을 긁적거리며 자신없게 중얼거렸다.

"그래? 내가 그랬단 말이야?"

바리는 예의가 아닌 줄 알면서도 도저히 뻗치는 성질을 참을 수가 없는지 도끼눈을 하고 곱사등이할아범을 노려보았다.

"일부러 그러는 거죠? 저 골탕 먹이려고 또 기억 안 나는 척하는 거죠?"

곱사등이노인은 짐짓 난감하고 미안한 표정을 지으며 손을 내저었다.

"아니여, 아니여. 일부러 그럴 리가 있나. 내 나이가 먹어서 깜빡깜빡하는 것이지. 여튼 알았응께 마저 해."

바리는 대충 얼버무리고 자리를 뜨려는 곱사등이노인을 잡아 세우더니 단단히 못을 박았다.

"확실히 해요, 할배. 이거 다 일구면 가르쳐 주는 거예요. 저번처럼 또 기억이 안 나네 어쩌네 그러면 저 정말 미쳐요. 그땐 정말 할배 논밭 다 쑥대밭으로 만들어 버릴 거예요."

사실 불함산에 온 바리가 곱사등이노인에게 목간을 건네주었지만 노인은 눈이 침침해 목간 내용이 무엇인지 읽을 수도 없었다. 아니, 읽지 못하는 것인지 못 읽은 척하는 것인지 그것도 이제 와서는 의심스러운 바리다. 여하튼 바리가 불함산의 이 노인을 찾아내어 자초지종을 설명하고 삼신산 가는 길을 가르쳐 달라는 부탁을 하였는데 곱사등이노인은 논에 있는 벼 다 수확해서 겉겨를 벗겨내야 하는데 나이가 들어 기력이 없어 큰일이라며 온갖 앓는 소리를 할 뿐이었다. 그러니까 이 말은 그 일 해주면 알려주겠다 이 뜻이렷다. 하여 바리, 불함산 오자마자 죽을 똥 살 똥 논에 있는 벼 다 베어내고, 디딜방아로 낟알 겉겨 다 벗겨내었는데 이 벼락 맞을 곱사등이노인이 기억이 안 난다 오리발을 내미는 게 아닌가.

그뿐인가. 기억은 안 난다면서 해야 할 일은 어떻게 그리 총명하게 기억하고 있는지 이번에는 콩밭을 매야 하는데 허리가 아프다 땡볕에

앞이 뱅뱅 돈다 또 앓는 소리를 하니 바리 혼자서 집 뒤꼍에 있는 콩밭도 다 맨 참이었다. 그때도 콩밭 다 매었으니 이제 가르쳐 달라 부탁을 하였는데, 이 뻔뻔한 곱사등이노인을 보아라. 이젠 가르쳐 주겠다는 말을 한 건 가물가물 기억이 나기는 하는데 저승에 갔다 온 건 하도 오래된 일이라 그게 또 기억이 안 난단다. 그러면서 하는 말이 산 중턱에 있는 생땅 일구어주면 그동안 자신은 그 기억을 되살려 보겠노라 뻔뻔한 소리를 해대는 것이다.

바리, 그때 정말 성이 나서 자신이 수확해 놓은 쌀 강에다 다 쏟아버리고 김매놓은 콩밭 다 밟아버릴까 하다가 그래도 삼신산 가는 길 가르쳐 줄 분은 이분뿐이라 감히 뭐라 하지 못하고 으득으득 분을 삭였다. 그런데 이제 와서 또 기억이 나지 않는다 하니 바리 눈앞에 보이는 바위에 머리를 꽉 박고 싶은 심정이었다.

바리가 그렇게 부글부글 거품을 물고 난리를 쳐대니, 곱사등이노인 벌집을 건드렸단 생각이 들었는지 살짝 뒤로 물러났다. 이 도령 눈 까뒤집는 꼴을 보니 더 이상 시켜먹었다가는 큰 사단이 날 것 같았는지 노인이 살살 바리를 달래는구나.

"알았다니까. 내가 기억을 되살리는데 매진을 할 터이니 걱정 붙들어 매."

곱사등이노인 그 말 하고는 산을 내려가려는 듯 걸음을 돌리는데, 꼭 들으라는 식으로 이리 중얼거렸다.

"큰일이네. 닭장에 구렁이들이 득실거리니 이거 무서워서 어쩐다."

아마도 곱사등이노인이 여기에 온 건 저 말을 하고 싶어서이리라. 바리는 너무 어이가 없어서 곱사등이노인의 뒤통수만 죽어라 노려볼 뿐이었다.

사나흘에 한 번씩 꼭 닭장에 구렁이가 있다며 잡아달라고 하는 곱사등이노인이었다. 동해안에 살 때 숲에서 뱀이나 구렁이 만난 적이 있었기에 그리 무섭지 않았지만 어찌 된 일인지 곱사등이노인 댁 닭장에는 구렁이들이 잡아도 잡아도 계속 들어오는 것이다. 바리는 이게 다 저 노인네가 골탕을 먹이려고 일부러 구렁이를 잡아다 풀어놓는 것이 아닌가 의심마저 들기 시작했다. 또 아무리 노인네라지만 구렁이는 제 손으로 잡을 일이지, 아직 어린 도령인 바리에게 꼬박꼬박 잡으라 하며 자신은 무서워서 근처에도 못 간다 온갖 엄살을 부리니 바리 곱사등이노인이 갈수록 얄미웠다. 헌데 뾰족한 바리 눈빛, 곱사등이노인도 느꼈는지 들으라는 식으로 궁상을 떨었다.

"……이 산골에 늙은이 몸 보하는 건 그저 달걀뿐인데. 구렁이들이 다 잡아먹어 버리면 난 뭐 먹고 기운을 차리나그래. 에휴, 그래서 늙으면 죽어야 혀, 구렁이도 못 잡는 게 오래 살아서 뭐 혀. 괜히 젊은것들 발목만 잡는 것이지."

그러며 곱사등이노인 산을 내려갔다. 바리가 그 뒷모습 말없이 노려보고 있다가 어느 순간 씩씩거리며 돌멩이가 원수인 양 곡괭이로 내리찍었다.

"어휴…… 저놈의 궁상……."

그 모든 광경 하늘에서 지켜보고 있던 적한, 멀찍이 떨어진 곳에서 슬쩍 땅으로 내려와 바리가 있는 곳으로 걸어갔다.

"바리야."

이런 산중에 누가 찾아오리라고는 생각 못 한 바리, 아니, 너무 화가 나 있어서 적한이 부르는 소리 듣지 못하고 옹골차게 땅속에 박혀 있는 돌멩이 하나만 씩씩거리며 파내고 있었다. 그러다 어디선가 자신을 부르는 소리가 자꾸 들려와 이상하다 고개를 들었는데 적한이 지척에 서서 자신을 바라보고 있는 게 아닌가.

"어! 동백꽃아재."

적한은 그 호칭에 웃음을 짓다가 바리의 몰골을 보고는 깜짝 놀랐다. 바리의 몰골이 말이 아니었던 것이다. 거친 사내 옷을 입은 것은 둘째 치고, 얼마나 고생을 하였는지 두 손이 다 부르트고 온통 흙투성이였다. 그뿐인가, 궁에서 뽀얗게 피었던 얼굴은 그동안 뙤약볕에 얼마나 오랫동안 서 있었는지 그을리다 못해 새까맣게 변해 있었다.

바리는 놀라움과 반가움에 여길 어떻게 왔냐며 적한에게로 뛰어오더니, 무슨 생각에서인지 갑자기 적한에게 성을 냈다.

"아재, 뭐예요? 도대체 뭐라고 썼기에 곰보할매가 아재가 준 목간을 보자마자 던져 버려요?"

적한이 아무 말 못하고 쓴웃음만 짓는데 바리는 뿔난 마음이 가라앉지 않는지 계속 투덜거렸다. 곰보할멈은 그렇다 치고 곱사등이노인은 읽지도 못하는 분인데 목간은 왜 줬냐며 말이다. 그리고 이렇게 성질 고약하고 오락가락 사람 골탕을 먹이는 분이었으면 말을 해줬어야 할 거 아니냐고 그동안 쌓여 있는 울분을 터뜨리고 있었다. 게다가 두류산에서 검은 빨래 흰 빨래 염색을 하는데 어찌나 비가 오던지 있는 대로 애를 먹었다며 바리는 그동안 고생했던 일을 물 만난 고기마냥 쏟아내었다.

한쪽에선 그동안 바리를 돕느라 같이 돌멩이 파내고 일일이 입에 물어 버리던 검덕이와 벼 수확할 때 곱사등이노인이 키우는 소와 함께 쟁기를 끌어야 했던 쏜살이까지 원망스러운 듯 적한을 노려보고 있었다. 한때는 흰 날개 펄럭이며 하늘을 날았던 천마 쏜살이는 이제 흙투성이에 때가 꼬질꼬질하였고, 궁에서 온갖 맛난 것 먹으며 가지런히 털 빗어 내렸던 삽살이 검덕이는 멀리서 보면 걸레로 착각을 할 정도였다.

적한은 쏜살이를 유심히 보면서 고개를 갸웃하더니 두류산으로 향할 때부터 비가 계속 내렸던 바리의 말 심상치 않아 생각에 잠겼다. 짚이는 곳이 있으나 바리에게는 말할 수 없어 그가 말길을 돌렸다.

"그나저나 해월이 네 걱정을 많이 하고 있는데 어찌 지내고 있는 것이냐?"

한참 투덜거리던 바리가 해월공주라는 말을 듣고 조용해졌다. 아니, 궁에 있는 왕후마마와 대왕마마가 생각났는지 침울해진 듯도 했다.

"대왕마마와 왕후마마는 안녕하세요?"

적한이 궁 소식을 전하여주고, 해월공주가 바리에게 주고 오라 한 보따리를 꺼내 펼쳤다. 그 안엔 바리가 좋아하는 곶감과 유밀과 그리고 갖가지 떡이 가득 들어 있었다. 물론 노잣돈으로 쓸 은전과 목간도 들어 있었다. 바리 그동안 구경하지 못한 먹을거리 보고는 얼른 곶감 하나 집어 입에 우겨 넣었다. 그리곤 목간을 펼쳐 읽었다.

「바리야, 어디에 있니? 몸은 건강한 거니? 그 험한 길로 널 보내놓고 언니는 궁에서 너무나 편안히 지내고 있어 미안한 마음 가늘 길이 없구나. 바리야, 정히 힘들면 돌아오렴. 내가 지금 먼 길 나설 수 있는 몸이 아니어서 이 사람에게 너를 만나고 와달라 부탁을 하였으니, 만약 힘들거든 이 사람과 함께 돌아오너라.」

목간을 찬찬히 다 읽은 바리가 그 목간 차곡차곡 접어 소중히 품속에 넣더니 방금 전까지 일구고 있던 생땅을 물끄러미 바라보았다. 사람 손 한 번 타지 않은 땅이었다. 잡목이 우거지고 돌멩이와 바위가 뿌리 깊숙이 박혀 있는 그런 땅이었다.

곱사등이노인은 그 생땅을 일구어놓고 내년 봄이 오면 옥수수와 감자를 심겠다 벼르고 있는 참이었다. 바리, 비력할아범과 공덕할멈을 따라 구걸도 해보고 물고기도 잡아보고 산에서 나무도 하고 온갖 나물도 뜯어보았지만, 이렇게 완전히 날것의 땅을 혼자 힘으로 일구어본 적은 없었다. 이것을 언제 다 하나 아득해하기도 하였지만, 조금씩 맨

살의 흙으로 일구어지는 땅을 보며 알찬 보람 같은 것도 느끼는 중이었다. 세상에 나고 자라는 온갖 열매 먹을 줄만 알았지, 씨앗을 심는 것이 이렇게 힘에 겹구나 뼈저리게 깨달으며 말이다.

바리가 입술을 꾹 물고 펼쳐진 보자기 다시 묶었다. 이렇게 해월 언니가 다시 돌아오라 말해준 것만으로 충분하다 그런 얼굴이었다.

적한이 왜 안 먹고 보자기를 묶느냐 물어보자 곱사등이 할아범과 같이 먹겠다 바리가 대답하였다. 의외의 대답이었다. 그가 곱사등이노인 만나보니 어떠하더냐 슬쩍 물어보는데 바리는 곱사등이노인 떠올리며 인상을 찌푸리다가 이내 한숨을 내쉬며 웃었다.

"……얄밉기도 하고 귀엽기도 하고 그래요. 일 시키는 데는 도가 튼 양반인데, 오죽하면 그럴까 싶기도 하고. 그리고 심심할 땐 나한테 말 걸고 싶어서 눈치 보는 것 보면 귀여운 구석도 있는 분이고요. 그래서 속는 줄 알면서도 해달라는 대로 계속 해주고 있어요."

적한은 안 본 사이 훌쩍 어른스러워진 바리를 보며 속으로 놀라워하였다. 지기인 무장 생각만 하고 이 어린 녀석을 삼신산으로 가게 꾀기는 하였지만 과연 이 녀석이 갈 수 있을까 반신반의하였는데 지금 이 순간 어쩌면 바리가 정말 삼신산으로 갈 수 있을 것 같단 생각이 들었다. 그는 바리가 저승을 넘을 때 어떻게 도와주는 것이 좋을까 심각하게 고민하기 시작하는데 바리는 곱사등이노인의 얄미운 꼼수는 일단 미뤄두고 해월공주의 안위를 물어왔다.

"근데 해월 언니 몸 안 좋아요?"

"왜?"

"아니, 목간 보니까 먼 길 떠날 몸이 아니라고 해서요. 어디가 아픈 거예요?"

바리가 걱정스러운 얼굴을 하는데, 적한은 흐뭇한 표정을 지었다.

"아, 그거. 아픈 것은 아니고…… 아니, 아프긴 한 건데 다섯 달만 있으면 싹 나을 병이니 걱정 안 해도 된다."

바리가 고개를 갸웃했다. 이건 또 뭔 소리인가 싶다.

"다섯 달 후면 싹 나을 병이요? 그게 무슨 병인데요?"

그는 해월이 자신의 아이를 가졌다 사실대로 말해줄까 하다가 왕후 길대부인 그 아이를 용왕의 아이로 알고 있으니 나중에 바리가 돌아온 후 서로 말이 꼬일 것 같아 말해주기가 저어되었다. 하여 혼자 실실 웃기만 하고 그런 병이 있다 말을 얼버무렸다. 바리 궁금하긴 하지만 걱정 안 해도 된다 하니 일단은 넘어간다.

"그런데 아재는 우리 언니랑 어떻게 되어가고 있어요? 언니가 이제 아재 마음 알아요?"

적한이 싱글거리는 얼굴을 하였다.

"글쎄다, 아는 것도 같고, 모르는 것도 같고."

바리, 말을 얼버무리는 적한을 보며 답답한 듯 얼굴을 찡그리다가 그럼 혼사는 언제 치러지는 것이냐 또 물었다. 그제야 웃음기 머금고 있던 적한의 얼굴에 근심이 드리워졌다. 혼사라는 말만 들어도 한숨이 절로 나오는지 적한 우거지상을 하였다.

"나는 당장 했으면 좋겠는데, 네 언니는 못하겠다 버티고 있다."

"왜요?"

"네가 돌아온 후에나 하겠다는 거야."

바리, 이해한다는 듯 고개를 끄덕였다.

"하긴…… 제가 언니한테 부탁을 했거든요. 약려수 구해올 때까지 왕후마마랑 대왕마마 곁을 지켜달라고요."

적한, 그제야 해월공주 왜 그렇게 고집을 부리는지 연유를 알 것 같았다. 동생 바리가 그런 부탁까지 하고 갔는데 더더욱 궁을 떠날 수 없었던 것이리라. 하여 바리에게 당장 그와 혼인하라는 목간을 써달라 부탁을 해볼까 갈등을 하는데 바리는 이러고 있을 겨를이 없다는 듯 곡괭이를 집어 들었다. 그리곤 그 곡괭이 적한에게 척하니 내밀었다.

"이제 곧 있으면 형부가 될 터인데, 온 김에 처제 좀 도와주고 가요."

적한, 곱사등이노인에게 들키는 건 차치하고 곡괭이질 자체를 해본 적이 없었다. 하기야 남해용왕이니 인간들의 두려움과 숭배를 받는 것에 익숙하지, 땀 흘려서 땅 일구는 것은 절대 자신이 해서는 안 되는 일이다 그렇게 여기고 있는 적한이었다. 하여 곡괭이를 무슨 기괴한 흉물 보듯이 쳐다보니 바리 답답하다는 듯 채근했다.

"아, 좀 해줘요. 저는 소여물도 만들어야 하고, 구렁이도 잡아야 하고 할 일이 태산이란 말이에요."

그가 곡괭이를 향해 손을 주춤주춤 뻗다가 도저히 곡괭이 잡는 것이 내키지 않는지 갑자기 기운없는 시늉을 했다.

"근데 여기까지 걸어와서 그런지 당최 기운이 없구나. 봐라, 이거. 손 떨리는 거."

사실 해월공주와 교접하느라 온 힘을 다 썼으니 손이 떨릴 만도 하였다. 허나 그런 속내 전혀 모르는 바리는 이해가 안 된다는 얼굴로 적한을 쳐다보았다.

"이 먼 길을 걸어서 왔다고요?"

바리가 차마 곡괭이질해 달라는 말 더 이상 못하는데 적한은 해 지기 전에 이만 가보아야겠다며 일어섰다. 그런 적한에게 바리는 곱사등이노인 눈이 침침하여 목간을 읽지 못했으니, 아재가 한번 만나달라 청을 하였다. 적한이 그러마 대답을 하고는 곡괭이질하는 바리를 두고 홀로 산을 내려왔다.

물론 적한은 곱사등이노인 만날 생각은 없었다. 예전에 일은 일대로 시켜놓고 기억 안 난다 발뺌하는 곱사등이노인에게 약이 올라 힘들게 갈아놓은 논밭에 돌무더기 잔뜩 쏟아놓고 내뺀 적 있으니 이제 와 곱사등이노인 만난다고 서로 좋은 소리 나오기는 힘든 상황이었다. 허나 닭장에 있다는 구렁이쯤이야 손쉽게 잡아줄 수 있는 일이니 그거나 몰래 잡아주고 갈까 하여 곱사등이노인 댁으로 향하였다. 예전에도 곱사등이노인 적한에게 사나흘에 한 번씩 구렁이 잡아라 하였는데, 그 일을 또 바리에게 시키고 있는 듯했다.

그는 곱사등이노인 마당에 나와 있나 슬쩍 둘러보고는 닭장 앞에 내려섰다. 헌데 닭장 안엔 닭은 안 보이고 온통 구렁이 천지였다. 어디서 이리도 몰려왔는지 능구렁이, 먹구렁이, 황구렁이 갖가지 구렁이들이 똬리를 틀고 닭장 전체를 장악하고 있었다.

"곱사등이노인네가 이리 모두 오라 하던가?"

구렁이들은 적한이 용왕임을 알아보더니 흠칫 놀라 쉭쉭 뒤로 물러났다. 그중 우두머리로 보이는 먹구렁이가 혀를 쌕쌕 날름거리며 대답하였다.

"우리를 수호하는 사신장(巳神將)의 명을 받았소."

"사신장께서?"

적한의 한쪽 눈썹이 치켜올라 갔다. 사신장이 무슨 일로 이런 일에 나선단 말인가.

"연유는 우리도 모르겠소. 그저 여기 사는 어린 도령을 잔뜩 겁주어서 내쫓아라 그리만 말하였소."

그 말 듣자 배후가 누구인지 알 것만 같았다. 사신장은 뱀들의 수호신이라, 옛날부터 용의 존재들과 사이가 각별했는데 사신장이 이런 사사로운 부탁 들어주며 바리를 내쫓으라 하였다면 그건 동해용왕의 후계 청목이 사주한 일일 가능성이 컸다. 아까도 두류산에서 비가 계속 내렸다 했을 때 이상하다 여겼는데, 벗으로 지내고 있던 바리에게 사내의 감정 품고 가지 못하게 발목 잡고 있구나 적한 알 것만 같았다.

'훗, 이렇게 훼방까지 놓으시겠다?'

해월공주에게 어떻게 했는지 자신부터 되돌아보라 일갈했던 후계 청목, 후계는 어찌하나 지켜볼 요량이었는데 그 행동 가관이구나. 부모님 살리겠다 고생길 나선 어린 애기씨를 도와주지는 못할망정 사사건건 발목 잡고 훼방을 놓고 있으니 생각할수록 기가 차는 적한이었다.

그는 닭장을 점령하고 있는 구렁이들을 그대로 내버려 두고 곧장 대청산으로 향하였다. 기저국에서의 살상으로 십이지들의 눈이 매서운 이때 사신장의 아이들까지 살상을 하면 괜한 빌미만 잡힐 터, 직접 나서지 말고 후계처럼 그도 다른 이에게 사주를 해보아야겠다.

대청산에 다다른 적한이 꼭대기에 있는 절벽이 보이자 땅에 내려섰다. 대청산은 북해를 끼고 있어 그 뒤에 검푸른 물결이 일렁이고 있었다. 그는 절벽 한가운데 서 있는 낙락장송 앞으로 걸음을 옮기더니, 가지가 축축 늘어질 정도로 몇백 년은 되어 보이는 웅장한 소나무 위쪽을 가만히 바라보며 말을 건넸다.

"깃 중의 깃, 신우(迅羽) 게 있소?"

정적이 감돌던 소나무에서 이내 목소리가 들려왔다. 허나 무성한 소나무 가지와 솔잎에 목소리의 주인이 누구인지는 보이지 않았다.

"그대가 이곳까지 웬일인가?"

적한, 다시 소나무 위쪽을 향해 말했다.

"내 그대에게 청이 하나 있어 이렇게 찾아왔소."

"청?"

소나무 안에 몸을 숨기고 있는 자는 모습을 드러내지 않고 반문할 뿐이었다. 적한은 굳이 나와보라 하지 않고, 종족들을 모아 곱사등이 노인의 닭장에 드나드는 구렁이들을 좀 잡아달라 청을 하였다. 그러자 오랫동안 대답이 없던 자, 푸드득 하늘로 날아오르더니 낮은 가지 위에 앉았다. 가지 위에는 새 중의 새 해동청이 황금빛의 눈을 하고 적한을 바라보고 있었다.

"그거야 어렵지 않지만, 나의 종족들이 그 청을 들어줘야 할 이유가 무엇인가?"

"그대가 모셨던 무장이 지금 삼신산에 있는 것은 알고 있을 거요."

천제의 아들 무장이 어린 시절 해동청을 길들여 하늘과 땅을 오가며 소식을 전하였었다. 해동청 신우는 무장이 삼신산의 형벌을 받은 후 조용히 지내고 있던 참이었다. 해동청은 흥미롭다는 듯 적한의 말에 귀 기울였다.

"지금 바리라는 애기씨가 삼신산 가는 길 얻으려고 불함산의 곱사등이노인 집에 와 있다오. 헌데 그대도 알다시피 사람 달달 볶아대는 그 냥반, 구렁이 잡아라 시킨 모양이오."

이미 무장의 형벌 잘 알고 있는 신우, 긴말 듣지 않아도 적룡이 바리라는 애기씨를 삼신산에 보낼 요량임을 알 수 있었다.

적한은 구렁이들 배후에 동해용왕의 후계가 있다는 것 말하면 신우가 망설일 것 같아 그 말 하지 않았다.

그 무렵 곡괭이질 끝내고 산을 내려온 바리는 당연히 적한과 곱사등이노인이 이야기를 나누고 있겠거니 여기고 방문 앞을 기웃거렸는데 갑자기 방문 벌컥 열리고 곱사등이노인이 생땅은 다 일구었느냐 물으니 어리둥절했다. 방 안에 적한 있을 줄 알았는데 아무리 살펴보아도 곱사등이노인만 앉아 있었던 것이다.

"적한아재, 여기 안 왔어요?"

"누구?"

"적한아재요. 여기 온다고 했는데…… 이상하다."

"그 벼락을 맞을 놈이 여길 왜 와?"

곱사등이노인 자신이 골탕 먹인 건 생각 안 하고 적한 생각만 하면

이가 갈린다는 듯 성질을 부리며 문짝이 부서지도록 방문을 닫아버렸다. 바리는 이상하다 정말 이상하다 혼자 그 말 되뇌며 마루에 걸터앉는데 방 안에서 곱사등이노인의 앓는 소리가 또 들려왔다.

"아이구, 삭신 쑤셔. 여물도 쑤어야 하고, 구렁이도 잡아야 하는데 어쩌나."

바리, 마루에 걸터앉아 긴 한숨을 내쉬고는 방문을 향해 외쳤다.

"아, 해요, 해. 한다고요."

그리고는 터벅터벅 마당 한쪽에 있는 볏짚과 건초를 쑹덩쑹덩 자르면서도 입은 연신 삐죽빼죽했다.

"그놈의 삭신은 잠잠하다가도 왜 나만 보면 쑤셔?"

하고는 자잘하게 자른 볏짚과 건초 부엌으로 가져가 여물을 쑤기 시작했다. 그리곤 저녁밥을 안쳐 놓고는, 오겠다 말만 해놓고 사라져 버린 적한을 향해 이를 갈았다.

"으이씨, 그 아재 뭐야. 잘 말해준다 해놓고 오지도 않고. 어디 두고 봐, 해월 언니랑 혼사는 내가 기필코 막는다."

이렇게 바리가 혼자 투덜대는데 외양간에 있는 소가 여물 냄새를 맡고 코를 벌렁벌렁거리며 음매음매 소리를 냈다. 회가 동하니 빨리 달라는 뜻이었다. 바리는 곱사등이노인처럼 자신을 깨 볶듯 달달 볶는 소가 얄미워 외양간 쪽을 째려보다가 어느 순간 포기한 듯 한숨 어린 말을 뱉어냈다.

"지금 쑤고 있어, 기다려 봐."

바리가 한바탕 끓은 여물을 함지에 퍼 담아서는 외양간으로 갔다. 소는 벌써부터 침을 질질 흘리며 입맛을 다시는데, 바리는 뜨거운 여물을 식히려고 멀찍이 떨어져 앉아 바가지로 휘저었다.

"기다려, 지금 먹으면 뜨거워서 입천장 다 데."

바리가 바가지에 조금씩 여물을 담아 후후 바람을 불어 식혀서는 여물통에 조금씩 쏟아주자 소가 뜨거워하면서도 후적후적 먹기 시작했다.

곱사등이노인처럼 나이가 많은 소였다. 곱사등이노인의 일꾼이면서 벗이었는지 노인과 함께 세월의 고개를 함께 버티고 넘고 있었다. 처음에는 제 주인 말만 듣고 바리 말은 듣지 않아 속도 어연간히 썩었지만 지난 두어 달 동안 새벽부터 해 질 때까지 바리와 함께 꼬박 손발을 맞췄기에 정도 어연간히 들어버린 소였다. 바리는 열심히 여물을 씹는 누렁이를 지켜보다 문득 코에 뚫려 있는 코투레를 쳐다보았다. 어릴 적 뚫어서 이제는 아프지 않겠지만 생살을 뚫었으니 얼마나 아팠을까.

"너도 참……. 어쩌다가 저 냥반에게 코를 꿰어서는 그 나이까지 고생이냐."

바리가 먹는 거 끊어지지 않게 남아 있는 여물을 마저 쏟아주며 누렁이한테 하는 것인지 자신에게 하는 것인지 모를 말을 중얼거렸다.

"고생도 해본 놈이 한다고 너나 나나 일할 팔자인가 보다, 그치?"

바리가 누렁이의 콧잔등을 쓱쓱 쓰다듬어 주고는 닭장으로 가보았다. 곱사등이노인의 말대로 닭장에 구렁이가 또 똬리 틀고 있나 살펴보는데 닭장 앞에 다다른 바리 기함하여 뒤로 물러나다 엉덩방아를 찧었다. 세상에 구렁이가 한두 마리가 아니었던 것이다. 이미 닭들도 다 잡아먹었는지 열서넛 되던 닭이 온데간데없고 수백 마리의 구렁이들만 닭장 주위에 득시글하였다. 어디서 저 많은 구렁이가 모여든 것인지 놀라울 따름이었다. 바리가 비척비척 일어나 뒷걸음질을 치며 곱사등이노인에게로 뛰어갔다.

"할배애애애! 얼른 나와보세요. 난리났어요!"

"어엉?"

곱사등이노인 방 안에서 잠깐 잠이 들었었는지 어리둥절해하며 늘쩡늘쩡 방을 나왔다.

"구렁이가…… 구렁이가 글쎄 떼로 몰려와서는 닭들을 다 잡아먹었어요."

바리가 식겁한 얼굴로 말을 쏟아내는데 곱사등이노인은 무슨 생각을 하는지 고개를 갸웃하였다. 사실 구렁이, 바리에게 잡는 훈련시키려고 가끔씩 한 마리 풀어놓았는데 떼로 몰려왔다니 이게 무슨 소리인가 싶다. 분명 한 마리만 풀어놓았는데 말이다.

곱사등이노인은 동해용왕의 후계가 십이지 중 사신장(巳神將)에게 부탁을 하였다는 것 알 턱이 없으니 이 무슨 해괴한 일인가 싶다. 하여 바리가 혹시 생땅을 일구다 구렁이 알을 건드려 구렁이의 노여움을 산 것인가 추측을 해보는데, 앞서서 닭장 근처로 다시 걸어갔던 바리는 또 무슨 일인지 다급히 곱사등이노인을 불러댔다.

"할배, 할배, 얼른 와봐요."

곱사등이노인 터벅터벅 닭장으로 가보니 바리가 놀라서 부를 만도 했다. 하늘에서 온갖 매들 나타나더니 닭장으로 내려와 구렁이들과 싸우고 있었던 것이다. 그 모습 본 바리는 이게 꿈인가 생시인가 믿어지지가 않아 두 눈을 비벼댔다. 헌데 아무리 눈을 비비고 볼때기를 꼬집어보아도 사방에서 구렁이가 잡혀가고 있었다. 도대체 저 많은 구렁이가 어디에서 몰려온 것일까. 바리는 2)산지니들이 수백 마리의 구렁이를 낚아채는 걸 보면서 입이 쩍쩍 벌어졌다. 웬만하면 달려들어 도와주려 해도 구렁이 사냥을 하는 산지니들의 기세가 무서울 정도로 대단하여 감히 닭장 가까이에 접근할 수가 없었다.

해거름 지나 하늘이 어둑어둑해질 무렵에야 뒷마당에서 치러진 혈전이 모두 끝났다. 닭장 앞은 아비규환이었다. 치열한 전쟁이 치러진 듯 여기저기 피가 튀기고 산지니들의 깃털이 나뒹굴고 있었다. 구렁이

---
2)야생의 매를 이르는 말

들이 잡아먹은 닭들의 깃털인지 알 수 없으나 분명한 건 구렁이들의 공격도 만만치 않아 매들도 꽤 상처를 입었다는 것이다. 산지니 중 몇몇은 구렁이의 공격에 다쳤는지 피를 흘리며 비틀거렸다.

바리가 얼른 방 안에 들어가 동여맬 헝겊을 챙겨 나와서는 피멎이로 쓸 약초로 마당 한쪽에 피어 있는 물봉선화 몇 송이를 뿌리째 뽑아냈다. 그리곤 돌절구에 빻아 헝겊에 올리는데 기이하여라. 야생의 산지니들은 다친 후에 곧장 몸을 숨기는 편인데 신기하게도 바리에게 하나둘씩 다가왔다. 바리가 방금 전 일어난 구렁이와 매의 혈전에 놀라 손을 벌벌 떨면서도 산지니들이 아파할까 조심조심 약초를 대고 헝겊으로 매주었다. 그러자 헝겊을 맨 산지니들이 뒤도 안 돌아보고 하나씩 산으로 날아가기 시작했다. 헌데 산지니들 중에서도 유독 몸집이 크고 빛깔이 검푸른 산지니는 돌아가지 않고 담장 위에서 버티고 있었다.

바리는 멀찍이 떨어져 있는 그 산지니에게 다친 데 없냐며 물었지만 그 산지니는 날아오지도 그렇다고 날아가지도 않은 채 조용히 바리를 쳐다볼 뿐이었다. 바리가 어떻게 해야 하는 건지 몰라 난감해하다가 왠지 그 산지니가 사람의 말을 알아들을 것 같아 말을 건네보았다.

"근데 여기에 구렁이가 많은 걸 어떻게 알고 온 거야? 나도 그렇게 많은 구렁이는 오늘 처음 봤는데."

산지니는 여전히 반응없었다. 바리가 난감한 얼굴로 산지니가 지금 무엇을 원하나 생각을 해보는데 이 모든 광경을 말없이 지켜보기만 하였던 곱사등이노인이 방 안으로 들어가더니 무언가를 들고 나왔다.

"날아들 곳을 기다리고 있잖어."

"예?"

곱사등이노인은 쇠가죽으로 만들어진 큰 장갑 하나를 내밀고 있었다. 그것은 매를 부릴 때 매잡이가 끼는 버렁이었다. 바리가 버렁을 집어 들고 어쩌라는 거냐는 의미로 쳐다보니 곱사등이노인 혀를 차며 한

마디 하였다.

"저분이 네를 3)봉받이로 선택한 것을 지금 모르겠냐?"

"봉받이요?"

바리가 어리둥절 손에 쥔 버렁을 내려다보고 있다가 혹시나 하여 우물쭈물 버렁을 손에 끼었다. 그러자 담장 위에 앉아 있던 그 산지니 훌쩍 버렁 위로 날아들더니 그 단단한 발톱으로 버렁을 콱 움켜쥐고 서는 것이 아닌가.

갑자기 날아온 그 산지니에게 깜짝 놀라 바리가 악 비명을 내지르다가 너무나 점잖게 구는 산지니를 보고는 그제야 곱사등이노인의 말이 무슨 뜻인지 깨달았다. 허나 왜 이 산지니가 자신을 봉받이로 선택을 한 것인지 이해할 수가 없었다. 자신이 매를 부리는 매잡이도 아니거니와 그렇다고 꿩 사냥을 해보고 싶다 그런 말도 한 적 없는데 말이다. 또 그 많은 구렁이를 왜 잡아준 것인지 그것도 불가사의였다.

"저기…… 근데…… 구렁이는 왜 잡아준 거야?"

바리가 무심결에 몸을 움직였는데 산지니는 누군가의 손길에 익숙한 듯 균형을 잃지 않고 휘영청 자세를 다시 잡았다. 바리가 그런 산지니를 보고 고개를 갸웃했다.

"너, 혹시 다른 매잡이가 기르던 4)수지니 아니야? 다른 사람이 몰래 네 5)시치미를 뗀 거지?"

산지니는 말없이 시치미를 뗐다. 단지 방금 전 구렁이를 너무 많이 잡아먹었는지 시원하게 트림을 뱉어냈다. 바리가 쏠린다는 듯 얼굴을 구기고 고개를 돌렸다. 그리곤 버렁 낀 손을 최대한 멀리 뻗으면서 한마디 했다.

---

3)매를 길들이고 훈련시키는 매잡이를 달리 이르는 말
4)사람 손으로 키우거나 길들인 매
5)수지니 꽁지에 매어두는 꼬리표로서 주인인 매잡이의 이름과 주소를 적는다

"생긴 건 멋들어지게 생겨가지고 그게 뭐니? 넌 앞으로 우웩이라고 불러야겠다."

산지니는 우웩이라 부르겠다는 바리의 말에 노여웠는지 그 큰 부리로 바리의 머리를 콕콕 쪼아댔다. 바리가 비명을 지르며 팔로 머리를 가리고 버렁 낀 팔을 휘저었다. 해동청은 버릇을 고쳐 놓겠다는 양 우악스럽게 바리의 머리카락을 부리로 잡아 뜯었다. 그러자 마당 한구석에 있던 검덕이 달려와 짖기 시작하고 쏜살이 또한 히이잉 울어대며 하지 마라 경고를 하는구나. 그래도 바리가 제 주인이라고 건드리지 마라 위협을 했던 것이다. 해동청은 문득 쏜살이의 울음소리 듣고 뚫어지게 쳐다보는가 싶더니 잡아 뜯은 바리의 머리카락 마당에 퉤 하고 뱉어내곤 담장 위로 다시 날아갔다.

바리가 욱신거리는 머리를 손으로 비벼대며 씩씩거리는데 이 모습 말없이 지켜보던 곱사등이노인은 어슬렁어슬렁 외양간으로 향하더니 누렁이가 목에 달고 있는 쇠풍경을 풀어내었다.

"어, 그건 왜 푸세요?"

바리가 그 옆으로 다가가 어리둥절 물으니 곱사등이노인 풀어낸 쇠풍경 흔들며 소리를 냈다. 마치 누렁이가 밭을 가는 것처럼 쇠풍경 소리가 딸랑딸랑 울려 퍼졌다.

"이게 무슨 소리로 들리냐?"

"예?"

곱사등이노인은 쇠풍경을 한 번 더 흔들어댔다. 바리는 이 양반이 뜬금없이 왜 이러시나 하는 얼굴로 곱사등이노인을 쳐다보다가 우물쭈물 생각나는 대로 답했다.

"음…… 일하라는 소리요."

누렁이가 쟁기질할 때 이 쇠풍경 딸랑딸랑 소리를 냈으니, 바리 꼭 쟁기질을 해야만 할 것 같은 느낌이 들었다. 곱사등이노인 그 대답 듣고 비식 웃더니 고개를 끄덕였다.

"맞다. 일하는 소리, 땅 일구는 소리다. 바로 봄이 왔다는 소리이지."

갑자기 왜 이런 말씀을 하시나 바리가 의아하여 쇠풍경과 노인네를 번갈아 쳐다보는데 곱사등이노인네 들고 있던 쇠풍경 바리에게 내밀었다.

"받거라. 그곳에 가면 쓰일 일이 있을 게야."

그곳이라면 삼신산인가? 드디어 가는 길을 알려주는 것인가 싶어 바리가 눈을 동그랗게 뜨고 쇠풍경을 받아 들었다. 그러자 곱사등이노인 주위에 있는 쏜살이와 검덕이, 그리고 우웩이를 두루 보시더니 이렇게 말하였다.

"첩첩지옥이라 네 과연 갈 수 있을는지는 모르겠지만, 사람이 한번 원(願)을 세우고 이루고자 마음을 먹으면 또 그것보다 무서운 것이 없는 법. 이미 많은 분들이 너를 돕고 있으니 잘하면 네 원을 이룰 것 같구나."

곱사등이노인, 처음 쏜살이 보았을 때 인간 세상의 말이란 생각 들지 않았다. 하여 이 아이 하늘의 도움 받고 있는 것인가 긴가민가하였는데, 이날 구렁이 잡으러 날아드는 산지니들을 보니 분명 하늘이 바리를 돕고 있다는 확신이 들었다. 과연 저승지옥과 황천강 모두 건널 수 있을지 알 수 없지만 이리 범상치 않은 말을 타고 해동청이 날아드는 것을 보면 분명 무언가가 이 도령을 삼신산으로 가도록 이끌고 있는 것 같았다. 게다가 저 검덕이란 개는 또 어떤가. 비록 어린 개이나 삿된 것을 보면 짖어댈 정도로 그 기운 남달랐다.

곱사등이노인은 이 도령을 삼신산으로 이끄는 것이 누구인지는 모르겠으나 더 이상 잡아두어서는 안 될 것 같아 결정을 내렸다.

"헌데 할배, 이제 어디로 가야 돼요?"

곱사등이노인의 말 귀 기울여 듣고 있던 바리가 문득 가는 길을 물었다. 노인은 어디를 보는 것인지 저 먼 하늘을 물끄러미 바라보다 의미심장하게 말하였다.

"흠…… 일월산에 가서 검버섯을 따거라."

"검버섯이요?"

"가보면 안다."

검버섯? 바리는 알쏭달쏭한 말에 미간을 좁혔다. 노인네 얼굴에 검버섯 피는 것은 봤어도 산에도 검버섯이 피다니 처음 듣는 말이었다. 그래도 일월산 찾아가면 알겠거니 일단은 떠날 채비를 하였다.

다음날 곱사등이노인 아침상 차려주고 인사를 하고 나오는데 우웩이 또한 따라가겠다는 양 하늘을 날아 빠르게 달리는 쏜살이 뒤를 따라왔다. 그 모습 청목이 속이 부글부글 끓는 얼굴로 바라보고 있다는 것 모르고 바리는 어느새 늦가을 접어들어 온통 낙엽 진 세상을 바라보며 감탄을 하고 있었다.

일월산으로 떠난 길은 호락호락하지 않았다. 계절은 겨울에 접어들어 추위가 뼛속을 파고들었고, 건너야 하는 강들은 죄다 얼어붙어 날이 풀리기를 기다리며 근처 인가에서 지내기 일쑤였다. 허니 이제 일월산 가는 길은 가는 길이 아니라 사는 길이었다. 먹을 것 입을 것, 모두 혼자 구해야 하고 같이 떠난 검덕이와 쏜살이, 그리고 우웩이의 먹을 것 살펴야 하니 바리 사냥부터 낚시까지 온갖 것 안 해보는 것이 없었다. 그나마 다행인 것은 겨울이라 농사일 쉬는 사람들 꿩 사냥하는데 우웩이 좀 쓰자 하여 바리 꿩 사냥 참가하고 그 대가로 먹을 것 구할 수 있었다. 또 겨울에 베 짜는 여인들 도와주어 이런저런 필요한 것 구할 수 있었다. 그마저도 도저히 구할 수 없을 때 해월공주가 보내준 노잣돈과 궁을 떠날 때 챙겨왔던 분첩과 꽃기름병 팔아 먹을 것 구할 수 있었다. 그렇게 겨울 한철 동안 추위에 발이 묶였던 바리, 경칩 지나 얼었던 강물이 풀리자 나룻배 타고 일월산이 있는 땅에 내려설 수 있었다.

사람들에게 물어물어 뒤에는 검덕이 달고 하늘에는 우웰이 날고 바리는 쏜살이 타고 일월산이 있다는 마을에 도착했다. 하루 종일 말을 달렸던 바리는 기진맥진 마을 입구에 있는 팽나무 아래에서 잠시 쉬고 가자 쏜살이를 멈춰 세웠다. 그리곤 단내 나는 입속에 물 흘려 넣고 쏜살이와 검덕이 물 먹이고 먹을 것이 있나 멍구럭을 뒤져 보았지만 역시나 텅텅 비어 있었다. 먹을 수도 없는 것만 가득 들어 있었다. 그렇다고 귀한 산삼을 홀랑 먹어버릴 수는 없는 일, 바리가 잠깐 고민하는 얼굴로 산삼을 내려다보다가 이내 멍구럭에 다시 넣고 일어섰다. 그리곤 멍구럭에 매달아놓은 바가지를 풀어내어 손에 쥐었다.

"그래, 오랜만에 실력 발휘 좀 해볼까."

그 말에 검덕이와 쏜살이 잘 생각했다며 눈을 반짝였다. 겨울이라 쏜살이 뜯어먹을 풀도 없거니와 검덕이도 배불리 먹어본 일이 없어 항시 걸근거리던 참이었다. 우웰이는 못마땅한 눈길로 그런 바리를 쳐다보는가 싶더니 휙하니 어디론가 날아가 버렸다. 제 먹을 것은 제가 찾아 먹겠다는 뜻이었다. 바리가 들고 다니던 수저를 휘저으며 자존심이 상한 듯 우웰이에게 소리쳤다.

"야! 네가 몰라서 그렇지 내가 맘만 먹으면 못 빌어먹는 게 없어. 너 나중에 후회하지 마!"

검덕이와 쏜살이는 들쥐나 실컷 잡아먹고 오게 내버려 둬라 하는 눈빛으로 얼른 밥 빌어와서 우리 배 좀 채워다오 바리를 쳐다보고 있었다. 하여 바리가 낯선 마을 고샅길을 돌며 타령을 시작하였다.

"얼씨구씨구 들어간다, 절씨구씨구 들어간다. 작년엔 안 왔던 바리 년이 일월산이라 찾아왔지."

하고는 고래고래 타령을 불러 젖히며 마을 고샅길을 두루두루 다니는데 어찌 된 일인지 누구 하나 밥 주겠다 나와보는 이가 없었다. 하기야 북해용왕 휴면 들어가 오랜 가뭄에 시달리고 가뜩이나 겨울 막 지난 때라 먹을 것이라곤 봄에 심으려고 남겨둔 종자뿐이었다. 하여 씨오쟁이 품에 안고 죽어나가는 농사꾼 한둘이 아닌 이때에 낯선 도령이 밥 달라 타령을 하니 먹을 것 줄 리가 없었다. 게다가 바리 차림은 비렁뱅이 행색인데 웬 명마가 뒤따라오고, 결발한 머리에 쓰고 있는 절풍건 귀한 집 사내들이 쓰는 것이니 굶어 죽기 직전으로는 보이지 않았던 것이다.

마을을 다 돌았는데도 밥 한 덩이 못 얻은 바리 마지막 집을 보고는 한숨을 내쉬었다. 마을의 마지막 집 어찌나 궁색하고 옹색한지 서발막대로 휘저어도 거칠 것이 없어 보였다. 하여 걸음을 돌리려는데 그 집에서 한 아재 다리를 절뚝이며 나오더니 바리를 불러 세웠다.

"지금 그렇잖아도 저녁 먹으려고 하는데 괜찮으면……."

뒤돌아서 보니 한눈에 보기에도 비쩍 곯은 아재가 같이 먹자 하고 있었다. 바리가 미안한 마음이 들어 망설이는데 옆에 있던 검덕이 꼬리를 흔들며 먼저 그 집으로 들어갔다.

집 안으로 들어가 보니 열 살 정도 되는 사내아이가 밥상 앞에 앉아 있었다. 허나 그 아이 어디 아픈 것인지 병색이 완연하여 자꾸만 콜록거렸다. 방 안에 들어서던 바리는 누추하다 못해 세간 하나 없는 휑한 방을 보고 멈칫하였다. 부뚜막에서 저분을 챙겨오던 절뚝아재는 그런 바리에게 편히 앉아라 하고는 아이와 제 밥그릇에 있는 꽁보리밥을 빈 공기에 덜어주는구나. 상 한쪽에 주춤주춤 앉았던 바리가 그 모습을 보고는 조심스레 이것저것 사는 형편을 물었다.

"이 아이는 어디가 아픈 거예요?"

절뚝아재 속상함이 가득한 얼굴로 짠하게 아들 녀석을 바라보았다.

"어릴 적부터 몸이 약하기는 하였는데, 처지가 이래서 의원에게 한

번 데려가 보질 못하고 있다오."

이름이 장수라고 하는 그 아이를 바리가 물끄러미 바라보다가 고개만 끄덕였다. 아이 엄마는 어디 간 것이냐 묻고 싶었지만, 남의 집 사정 그리 깊이 묻는 것도 예의가 아니라 바리 그 말 쑥 삼켰다.

"헌데 도령은 어딜 가는 길이요?"

바리가 삼신산의 약려수 구하러 간다 하니 절뚝아재 눈을 빛냈다.

"아, 그 죽은 사람도 살린다는 약려수 말이오?"

"예."

"아이고, 어린 사람이 대단도 하오."

바리 낯부끄러워하다가 문득 일월산 검버섯에 대해 혹시 아느냐 물었다. 헌데 인연이 닿은 것인지 아니면 정말 하늘이 돕고 있는 것인지 절뚝아재 이러는 게 아닌가.

"검버섯? 혹시 석이(石耳)를 말하는 건가? 그게 원래 높은 벼랑이나 절벽에만 피어 있어서 옛날부터 석이꾼들이 석이 핀 곳을 검버섯 핀 곳이라 그리 말하는 걸 내 들은 적이 있소."

바리는 검버섯을 따라던 곱사등이노인의 말 이제야 알 것 같았다. 삼신산이 저승에 있으니 검버섯 따며 네 목숨 줄기도 따라 그 말이구나. 지금 생각해 보면 검은 빨래 흰 재로 만든 것도 죄상 씻기 어렵다는 뜻도 있었지만 흰 재가 되어야 갈 수 있다는 뜻이었다. 허나 일월산에서 삼계회의 열리는 이유가 이승과 저승의 통로가 있어 가끔 저승의 열시왕들 그 통로 통하여 수호자 만나러 온다는 것 바리는 알지 못했다. 바리가 이런저런 생각에 잠기는데 절뚝아재 일월산 떠올리며 미간을 찡그렸다.

"헌데 검버섯이 그 석이라 하여도 일월산을 오르기는 쉽지 않을 것이오. 워낙 안개에 휩싸여 있어 사람들 일월산 오르다가 낙상하여 목숨 잃은 일이 한두 번이 아니라오. 석이꾼들과 석청꾼들도 일월산은 정기가 너무 강하여 위험하다 오르지를 않고 있다오."

바리가 절뚝아재의 말 새겨듣고는 밥 챙겨 먹자마자 마을에서 가장 잘사는 성주를 찾아갔다. 흉년이라 하여도 그득그득 곳간 채우고 사는 성주, 어린 도령이 쌀을 좀 사러 왔다 하니 처음에는 코웃음을 치다가 금덩이 은덩이 보여주니 태도가 싹 달라졌다. 그 금은덩이 적한 편에 해월공주가 보낸 것들이었다. 혹시 모르니 노잣돈으로 갖고 다녀라 바리에게 보낸 것이나 될 수 있으면 쓰지 않으려고 이제껏 갖고 다녔던 바리이다. 허나 검덕이와 쏜살이 배불리 먹여야 저 험하다는 일월산 오를 수 있을 것이며 없는 살림에 밥 나눠 준 절뚝아재 모른 척하고 가기도 마음에 걸렸다. 하여 금은덩이 성주에게 주고 다음날 이른 새벽 마을 입구에 있는 팽나무 아래 쌀 한 수레 갖다 놓기로 약속을 하였다. 그리곤 성주에게서 고기를 받아온 바리가 고깃국을 끓여 실컷 퍼 먹이고 절뚝아재에게 말하였다.

"아재, 내일 새벽 일찍 팽나무 아래 가보세요. 거기 있는 것 다 아재 것이니 보거든 놀라지 말고 다 가져오시고요."

절뚝아재, 어리둥절해하며 그것이 무엇이냐 물었지만 바리는 그저 웃기만 하였다.

그 밤, 바리도 장수도 절뚝아재도 다 잠들어 있는데 검덕이가 삐그덕 문을 밀고 방으로 들어왔다. 검덕이는 킁킁거리며 바리의 멍구럭 찾는가 싶더니 머리맡에 있는 멍구럭에서 고개를 들이밀고 산삼을 찾아 꺼냈다. 그리곤 산삼 물고 바리 옆에 잠든 장수에게 슬금슬금 다가가 산삼을 그 앞에 내려놓고 아이의 얼굴을 핥는구나.

아이는 기침을 하느라 깊이 잠들지 못하고 있다가 삽살이가 꼬리를 흔들며 자신을 핥는 것을 보고 잠결에 빙그레 웃었다. 밖이 추워서 함께 자자 그런 뜻인 줄 알고 장수 들어올 수 있는 품을 만들며 어서 들어오라 하는데 검덕이는 그런 장수에게 산삼을 먹으라는 듯 산삼 물고 입에다 자꾸 대주었다.

"나 먹으라고?"

장수는 도라지이겠거니 생각하고 산삼을 손에 쥐는데 검덕이 꼬리를 흔들며 어서 먹어라 고개를 끄덕였다. 장수는 이 강아지가 왜 이러나 하면서도 도라지이니 무슨 큰일 나겠나 싶어 아삭아삭 천 년 된 산삼 한 뿌리를 홀랑 먹어버렸다. 그러자 검덕이 장수의 품에 안겨 몸을 비벼대었다. 장수는 자기 먹으라고 도라지를 가져다준 삽살이가 고마워 그 등을 쓸어주었다.

허나 천 년 된 산삼 먹은 장수, 얼마 안 가 그 자리에서 쓰러져 깊은 잠에 빠졌다. 사실 년조가 오래된 산삼을 먹으면, 그것도 노인이나 아이들처럼 기운이 약한 이들이 먹으면 그 자리에서 사나흘은 잠에 빠져들게 되는데 장수 또한 산삼의 기운 이기지 못하고 잠에 빠져든 것이다. 검덕이는 그 모습 한참 동안 바라보더니 조용히 방을 나가 다시 마루 밑으로 들어가 잠을 청했다.

다음날 이른 아침, 절뚝아재가 마을 앞에 있는 팽나무로 갔다가 수레에 실려 있는 쌀가마니를 보고 기함하고 있을 땐 바리는 이미 검덕이와 쏜살이를 데리고 일월산으로 향하고 있었다. 수레를 그대로 끌고 집으로 돌아온 절뚝아재는 그 다음날이 되어도 장수가 잠에서 깨어나지 않자 쌀가마니 들고 의원에게 급히 데려갔다. 헌데 의원 하는 말이 아이가 병이 나으려고 깊은 잠에 빠졌다는 것이다. 절뚝아재 이게 다 무슨 일인가 얼떨떨하였다. 바리라는 그 어린 도령이 하늘에서 온 분인가, 그가 뒤늦게 놀라 하늘을 향해 절을 올렸다.

절뚝아재가 바리라는 그 도령 어디를 가든 원하는 것 모두 이루게 해달라 정화수 떠놓고 기원을 드리고 있을 때 바리는 험난하고 기묘한 일월산의 산세에 눈이 휘둥그레져 있었다.

일월산은 소문대로 영묘했다. 봄 여름 가을 겨울 사계절이 동시에 공존하고 있었다. 파릇파릇 새싹부터 시작한 숲길은 어느새 울창한 여름 숲으로 변해 있었고 이내 얼마 안 가서는 붉게 물든 가을빛을 내뿜더니 급기야는 살을 에는 추위와 폭설이 산 정상에서 기다리고 있었다. 산을 오르던 바리는 추위에 시려오는 두 손을 입김으로 녹이며 올라가는 것을 멈추지 않았다. 어젯밤 절뚝아재에게 들은 대로 산은 안개에 싸여 추위가 더 심했다. 울창한 숲과 햇살, 그리고 지저귀는 새들의 영롱한 노랫소리를 들은 것이 마치 수년 전의 일인 듯 꿈결같이 느껴졌다.

묵묵히 뒤에서 따라오던 쏜살이는 어느새 산길이 비탈지고 눈에 덮여 있자 자꾸만 뒤처져 이젠 바리의 시야에서 벗어나 버렸다. 그나마 검덕이가 바리 곁을 떠나지 않고 함께 산을 오르는데, 안개 때문에 나무와 나무 사이를 날아가며 올라가던 우웩이도 짙은 안개에 날개가 젖어드는지 그 움직임이 굼떠졌다.

바리는 거친 숨을 뱉어내며 한 발자국 한 발자국 앞으로 향했다. 뒤를 돌아보니 주위는 온통 안개에 갇혀 흐릿했다. 돌아갈 길은 없었다. 오직 앞으로 향하는 것밖에 수가 없었다. 정상에 올라 반대편으로 내려가든가 안개가 걷히기를 기다리든가 둘 중 하나였다. 그렇게 나흘에 거쳐 눈앞에 있는 초목과 바위 귀퉁이를 움켜잡고 바리가 일월산을 올랐다. 둥근 것보다 모난 것이 바리를 이끌어주었다. 정 맞기 딱 좋은 모난 돌들은 제 모난 것을 잡고 올라가라 몸을 내어주고 있었다.

마침내 정상에 다다랐을 때 놀랍게도 청명한 하늘이 바리를 기다리고 있었다. 그곳까지 오는 동안 일 년이란 세월을 통과한 듯 사계절을 차례로 보여주던 일월산은 고요하고 평화로웠다. 사람의 발길을 허용하지 않는 일월산 꼭대기는 온갖 꽃과 풀이 자라 있는 극락 그 자체였다. 갑자기 따사로운 햇볕이 내리쬐어 바리가 손으로 눈가를 가리고 천천히 걸음을 옮겼다.

저 끝에 무엇이 있을까, 온몸은 쓰러질 듯 기진했으나 오직 그것밖에 생각나지 않았다. 검버섯은 도대체 어디에 있는 걸까, 물러설 수도 도망갈 수도 없는 일월산 꼭대기에서 바리는 낭떠러지로 이어지는 벼랑으로 향했다. 그리고 그 끝에 다다랐을 때 뭉실뭉실 구름 같은 산안개 속에서 깎아지른 벼랑을 맞대고 있는 일월산 봉우리들을 볼 수 있었다.

발아래를 확인했다. 발아래는 이른바 낭떠러지였다. 몸을 던지면 저 구름이 받아주는 걸까? 왠지 흰 솜이불이 몸을 감싸줄 것만 같은 느낌, 그러니 몸을 던져 품에 안겨라 유혹하는 것 같았다. 그만큼 현실 같지 않았다. 바리는 정신을 똑바로 차리고 꼭대기 가장자리에서 낮게 엎드렸다. 그리고 보았다. 낭떠러지에 분명히 흩뿌려져 있는 검은 석이들을. 바로 곱사등이노인이 말한 검버섯이었다.

바리가 천천히 눈앞에 보이는 검버섯을 향해 팔을 뻗어보았다. 허나 검버섯은 원래부터 사람의 손길을 허락하지 않는 듯 손끝에 닿을락말락 지척의 거리도 허락하지 않았다. 벼랑을 직접 타고 내려가야 손이 닿을 곳에 검버섯은 고고히 피어 있었다. 아뜩한 낭떠러지, 보고 있는 것만으로 다리가 후들거려 납작 엎드려 있던 바리는 몇 번이나 안타깝게 팔을 뻗어보았지만 검버섯이 위로 올라올 리 없으니 손에 닿을 리 만무했다.

지난 나흘간 굶주림과 산행으로 지칠 대로 지친 바리는 눈앞에 보이는 검버섯을 두고도 아무것도 할 수 없는 이 상황에 울컥 눈물이 치밀었다. 도대체 어떻게 해야 하는 것인지, 무엇을 해야 하는 것인지 아무리 생각해도 답이 떠오르지 않았다. 급기야는 나뭇가지를 꺾어 벼랑 아래로 휘둘러보고, 쿡쿡 찔러도 보았지만 검버섯은 바위에 뿌리 깊이 박혀 있는 것인지 꿈쩍도 하지 않았다. 오히려 마른 모래처럼 검버섯 귀퉁이가 툭툭 부서져 벼랑 아래로 떨어져 나갈 뿐이었다.

이를 지켜보며 한쪽에서 쉬고 있던 우웩이는 바리가 검버섯을 가리키며 부리로 쪼아 뜯어보라 시키자 그대로 해보았다. 허나 소용없었다. 우웩이는 두 발로 검버섯을 움켜쥐고 뜯어보려 애도 써봤지만 검버섯은 날카로운 발톱에 부서질 뿐 뽑히지는 않았다. 마침내 우웩이마저 지쳐 나가떨어지자, 바리가 숨을 가다듬고 눈을 감았다.

여기까지 오느라 일 년이 걸렸다. 아무것도 이루지 못한 이 상태로 되돌아갈 수는 없는 일이었다. 여기서 멈춘다면, 여기서 뒤돌아선다면, 앞으로 무엇을 해낼 수 있을까. 바리는 지난 일 년여를 떠올렸다. 수많은 사람이 도와주었다. 그러니 더더욱 포기할 수 없었다. 벼랑 앞에 주저앉아 있던 바리가 갑자기 무슨 생각이 났는지 벌떡 일어나 근처 숲을 둘러보았다. 그러더니 숲 한쪽에 자라 있는 피나무로 다가가 피나무 껍질 뜯어내기 시작했다. 그리곤 어느새 수북하게 벗겨낸 껍질을 한군데 모아두고 잘게 찢었다.

쏜살이는 날개를 펴고 하늘로 날아봤으나 일월산이 온통 안개에 휩싸여 앞이 보이질 않았다. 어쩔 수 없이 날개를 접고 다시 비탈진 길 걸어 올라가는데 그사이 바리는 곰보할멈이 준 삼 줄기를 꺼내어 똑같이 잘게 찢었다. 그리곤 피나무 줄기와 삼 줄기를 섞어 밧줄을 꼬기 시작했다.

한편 일행과 동떨어져 혼자 산을 올라온 쏜살이가 헐떡대며 정상에 도착했을 때, 정상 위에서 검덕이만 짖어대고 있었다. 바리가 밧줄을 근처 나무에 칭칭 묶고 반대편 쪽은 자신의 허리에 감은 후에 벼랑 아래로 내려가고 있었던 것이다. 검덕이는 벼랑 아래를 내려가는 바리를 보며 우왕좌왕 짖었고, 우웩이는 하늘에서 날며 바리를 지켜보고 있었다.

바리는 까마득한 낭떠러지를 힐끔 내려다보다가 벼랑에 매달린 채 덜덜 떨고 있었다. 막상 벼랑에 매달려 바위를 짚고 버텨보니, 무서워서 발을 올리지도 내리지도 못하겠던 것이다. 그러나 아무도 도와줄 수 없고, 스스로 길을 열어야 한다. 잡고 있는 바위를 놓지 않고 그대로 있으면 점점 기운 빠져 나중에 올라갈 힘도 남아 있지 않게 될 것이다. 어느 순간 바리가 이를 악물고 덜덜덜 떨리는 다리를 떼어 한 발자국 한 발자국 아래로 내려갔다. 그렇게 한 번 발 떼고 참고 있던 숨 내뱉기를 열두 번, 드디어 눈앞에 그 검버섯이 보였다.

허나 눈앞에 있는 검버섯에 감히 손을 뻗지 못했다. 두 발과 두 손으로 간신히 바위를 짚고 매달려 있는데 바위에 딱 달라붙어 있는 검버섯을 어찌 뗄 수 있을까. 돌 귀퉁이를 간신히 잡고 있는 손을 놓지도 떼지도 못하고 바리가 코앞에 있는 검버섯만 쳐다보고 있었다. 그러기를 한 식경, 아슬아슬하게 벼랑에 매달려 검버섯만 쳐다보고 있던 바리가 애통하게 울기 시작했다.

아, 손만 뻗으면 되는 일인데 손을 뻗을 수 없으니 애통하고, 도대체 왜 자신이 벼랑에 매달려 있는 건지 이제는 아무것도 모르겠다. 도대체 왜 자신을 버렸던 부모는 늙고 병든 모습으로 나타나 마음을 헤집고 괴롭히며, 그 많은 언니들은 안 나서는데 왜 자신은 나섰을까 갑자기 모든 것이 분하고 원통했다.

바리가 솟구치는 원망과 서러움으로 엉엉 울면서도 지금 이 상황에서 자신을 살리는 자는 자신밖에 없다는 것을 깨닫고 흐르는 눈물을 멈추었다. 아무도 도와줄 수 없다. 같이 온 검덕이도 쏜살이도, 그리고 우웩이도 자신을 살려줄 수 없다. 하여 깊이 숨을 들이마셨다가 내쉬며 마음을 진정시켰다.

그러기를 몇 번, 마침내 세상은 고요했고 검덕이의 짖는 소리도 들려오지 않았다. 벼랑과 벼랑 사이에 바람 한 점 불어오지 않았다. 이상하다. 발아래 낭떠러지는 생각나지도 않고, 원래부터 벼랑에 그렇게 매달려 있었던 것처럼 마음이 평온했다. 바리가 넋이 나간 사람처럼 돌 모서리 잡고 있던 한 손을 검버섯을 향해 뻗었다. 그리고 조심조심 가장자리 뜯어내기 시작하는데, 무언가 투둑 작은 소리가 들려왔다. 그제야 퍼뜩 정신을 차리고 위를 올려다보니 벼랑 가장자리에 걸려 있는 밧줄이 끊어지고 있었다.

"석이를 따다가 발 한 번 헛디디면 그대로 죽어나가니, 석이를 검버섯이라 부른다오."

바리 툭툭 끊어지기 시작하는 밧줄 멍하니 올려다보며 절뚝아재의 말 떠올렸다. 몸이 움직여지지 않았다. 밧줄이 끊어지는 게 꼭 자신의 힘줄이 툭툭 끊어지는 것처럼 느껴졌다.

'그렇구나. 검버섯을 따라는 건 내 목숨 줄기를 따라는 말이었구나. 검버섯 찾아가라는 건 죽을 자리 찾아가라는 말이었구나. 그래야 삼신산 갈 수 있단 소리였구나.'

바리, 그렇게 깨달은 순간 미약하게 버티고 있던 밧줄의 남은 줄기마저 투둑 끊어져 버렸다. 그 순간 벼랑에 매달려 있던 바리가 백척간두의 허공 아래로 떨어졌다. 단말마의 비명조차 나오지 않았다.

이 광경을 하늘 위에서 지켜보던 우웩이가 바리를 따라 재빠르게 땅으로 낙하 비행을 했지만 벼랑 위에 있는 검덕이와 쏜살이는 이들이 어디로 간 것인지 알 수가 없었다. 벼랑 아래는 온통 구름밭, 바리와 우웩이는 구름 속으로 사라져 버렸다. 검덕이가 일월산 정상을 두르고 있는 구름 띠를 향해 천둥 치듯 짖어댔지만, 산은 고요할 뿐 아무 소리도 들려오지 않았다.

일월산 정상에서 검덕이와 쏜살이는 울부짖었다. 우웩이라도 바리를 찾았으면 날아와 알려줄 터인데, 어찌 된 일인지 우웩이도 나타나지 않았다. 검덕이는 목이 쉬도록 짖어대다 마침내는 꺽꺽 울음소리를 뱉어냈다. 그리곤 본능적으로 나무에 묶어놓은 밧줄 냄새를 킁킁 맡았다. 밧줄을 엮을 때 스며든 바리의 손끝 냄새 찾아낸 검덕이 그 냄새 자신의 몸 깊숙이 담았다. 그리고 벼랑 반대쪽, 나흘 동안 함께 오른 산비탈 길을 뛰어 내려가기 시작했다.

쏜살이도 검덕이를 뒤따라가기는 하였지만 비탈진 길 익숙지 않으니 검덕이만큼 잴 수 없었다. 하여 검덕이 혼자 구름 아래 숲으로 달려가 바리를 찾는데, 쏜살이는 구름으로 휩싸인 일월산 바라보다가 어느 순간 날개를 펴고 하늘로 날아올랐다. 바리가 저승 문턱에 닿으면 알려달라 했던 적한에게 소식 알리기 위해 천마는 곧장 남해로 날아갔다.

구름 아래 산 중턱을 샅샅이 헤매며 바리의 냄새를 찾던 검덕은 도저히 냄새의 꼬리를 찾을 수 없자 산을 내려갔다. 그리곤 며칠을 달려 동해안에 다다르니, 검덕이의 울부짖는 소리 듣고 청목이 나타났다.

무슨 일인가 싶어 의아해하며 나타난 청목은 검덕이의 행동 심상치 않으니 가슴이 철렁 내려앉았다. 사신장에게 부탁하여 구렁이까지 때로 불러보았지만 갑자기 산지니들 나타나 다 잡아가니 청목 그때 무장의 수지니인 해동청 신우를 보고는 뭔가 이상한 조짐을 느꼈다. 왜 무장이 바리를 돕는 것인지 알 수 없으나 천계의 후계에게 함부로 맞설 수는 없는 일, 일단은 다른 방법 생각해 보자 하고 동해로 돌아온 참이었다.

게다가 바리가 일월산으로 향하는 것 알고는 사람들의 발길 들어설 수 없는 일월산이니 자신이 훼방 놓지 않아도 가지 못할 것이라 그리여겼다. 곧 있으면 치러야 하는 용의 성년의식 조용히 준비하며 바리가 어찌하는지 지켜보자 하였는데 갑자기 검덕이 홀로 나타나 꺽꺽 울부짖으며 도움을 요청하니 바리에게 무슨 사단이라도 난 것일까.

청목이 용이 되어 서둘러 일월산으로 향하였다. 용의 후계라 하여도 수호자가 아닌 이상 마음대로 일월산 드나들 수 없어 조심스러웠는데 상황을 보아하니 이것저것 따질 계제가 아니었다. 하여 검덕이를 데리고 곧장 일월산 정상으로 올라간 청목이 묵언 때문에 소리를 내어 바리를 부르지는 못하고 오직 눈으로 사흘 밤낮을 뒤지고 다녔다. 허나 어디로 간 것인지 흔적조차 보이지 않았다. 일월산 전체를 이 잡듯이 뒤졌던 청목은 결국 끊어진 밧줄만 대롱대롱 매달려 있는 벼랑 위로 다시 올라갔다.

'바리야아아아.'

청목은 절망 어린 심정으로 벼랑 끝에 주저앉았다. 금방이라도 등 뒤에서 여기서 뭐 하냐는 천연덕스러운 바리의 말 들려올 것 같은데 일월산은 바리를 꿀꺽 삼켜놓고 토해낼 생각이 없었다. 멍청이, 멍청이, 청목은 소리없는 욕을 해대며 산을 뒤지고 다니다 사흘째가 되어도 바리를 찾지 못한 채 속절없이 날이 저물자 결국 눈물을 흘렸다.

'이 팻국물아, 어디에 있는 거야, 정말.'

일월산을 뒤덮은 어둠에 청목이 산을 내려갔다. 지난 사흘 동안 청목과 함께 일월산을 뒤지고 바리의 냄새를 찾아 헤맸던 검덕이도 청목이의 등을 타고 일월산을 내려왔다. 청목이 마을 어귀에 내려서자 검덕이 짖어대며 어디론가 청목을 이끌었다. 청목은 왜 마을로 가는지 의아해하였지만 검덕이의 행동에 그럴 만한 연유가 있을 것이라 여기고 조용히 그 뒤를 따라갔다.

마을 고샅길로 들어선 검덕이는 다 쓰러져 가는 어느 귀틀집 앞에서 멈추었다. 검덕의 뒤를 따르던 청목이 영문을 몰라 하며 귀틀집을 바라보는데 검덕은 그 집 마당 안으로 들어서더니 천둥 치듯 짖어댔다. 그러자 절뚝아재가 방문을 빠끔히 열어보다 얼마 전 어린 도령과 함께 왔었던 검덕이를 알아보곤 놀란 얼굴로 밖으로 나왔다.

"아니, 그 도령 분은 어디 가고 너 혼자 왔느냐?"

절뚝아재 혼자 나타난 검덕이를 보곤 걱정스레 물었다. 그러다 싸리 문 앞에 서 있는 청목을 보고는 눈을 휘둥그레 떴다. 한눈에 보아도 지체 높은 가문의 자제 분 같았는데 이런 저녁에 남의 집 문 앞에 서 있으니 무슨 일인가 싶었다. 허나 그 도령 아무 말도 하지 않고 그저 자신의 목을 가리키며 고개를 저었다.

"말을 못합니까?"

청목이 고개를 끄덕였다. 절뚝아재 그 대답 듣고는 알아서 이리저리 추측하여 물었다.

"이 개와 함께 왔던 그분을 찾으러 온 것입니까?"

청목이 고개를 끄덕이자 절뚝아재 생각에 잠긴 얼굴로 일월산 쪽을 바라보았다.

"얼마 전에 이곳에서 하룻밤 묵고 가셨는데, 그 후로는 소식을 듣지 못했습니다. 그때 지나가는 말로 일월산에 대해 물었는데, 그 산을 오른 것인지도 모르겠습니다."

청목이 이미 알고 있다는 뜻으로 고개를 끄덕였다. 절뚝아재 그제야 상황을 알 것 같았다. 그 어린 도령 일월산 오르다가 낙상하여 지인이 찾으러 나섰구나 싶었던 것이다. 하여 청목에게 어서 들어오시라 방으로 안내하였다. 이미 밤이 늦었으니 이곳에서 하룻밤 묵고 내일 다시 찾아보시라고 말이다.

일 년 먹을 쌀에다가 바리라는 도령 왔다 간 후로 아이의 병세가 호전되어 언제 그랬냐 싶게 건강해졌으니 그분의 지인에게도 잘해 드려야겠단 생각이 들었던 것이다. 하여 절뚝아재 먼저 부엌으로 들어가 상 차릴 준비를 하느라 부산스러운데 마당에 있던 검덕이 갑자기 뒤를 돌아보더니 사납게 으르렁거렸다. 청목은 검덕이의 행동도 기이하고 등골이 오싹하니 한기가 드는 것이 이상하여 뒤를 돌아보았다. 그러나 청목의 눈에 아무것도 보이지 않았다.

검덕은 자신의 눈에 보이는 것을 확인이라도 시켜주듯 갑자기 어둠 한가운데로 달려가 무언가를 물어 잡아당기며 계속 으르렁거렸다. 검덕이, 이제 한 살 갓 넘은 어린 개이나 귀신과 같은 삿된 것을 보면 반응하고 물어 죽이는 삽살이로서의 본능이 피와 살에 흐르고 있었다. 하여 윤곽이 드러나지 않는 어둠 한가운데에서 삿된 무언가를 느끼고 물어 채는구나.

청목은 검덕이가 하는 행동에 뭔가가 있다고 생각하여 무언가를 물고 놓지 않는 듯 행동하는 검덕이 곁으로 다가갔다. 그리곤 검덕이 근처의 어둠을 손으로 더듬어보았다. 그러자 차가운 기운이 손끝을 타고 흘러들어 왔다. 외양을 드러내지는 않으나 분명 어둠 속에 누군가가 있었다. 청목의 눈이 푸른 불길로 빛나며 어둠 속을 노려보는데 어둠 한가운데에서 검은 천 같은 것이 부스럭거리더니 온통 검은 복장인 한 사내가 나타났다. 그 기이한 광경에 청목이 놀란 숨을 들이켜는데, 사내는 자신의 옷자락을 물고 놔주지 않는 검덕에게 성을 냈다.

"야, 이거 좀 놔봐."

사내는 지친 듯 한숨을 뱉어냈다. 사실 눈에 보이지 않아 그렇지, 검덕이에게 물린 옷자락을 빼내려고 무던히도 애를 쓰고 있던 참이었다.

청목은 그제야 검은 옷의 그 사내가 저승에서 온 일직사자임을 직감하였다. 하여 못 본 척 몸을 돌리고 댓돌 위에 신을 벗는데 일직사자는 마당에 있던 어린 도령이 자신을 본 게 아닌가 긴가민가하다가 못 보았나 보다 그렇게 넘겼다. 보았으면 분명 말을 하거나 비명을 내질렀을 터였다.

검덕이는 여전히 일직사자의 옷자락을 물고 으르렁거리고 있었다. 이판사판이다. 바리를 찾을 때까지 지푸라기라도 잡는다 뭐 그런 기세였다. 아니, 일직사자인 걸 안 이상 이대로 놔줄 수 없다는 본능적인 행동이기도 했다. 일직사자는 검덕이에게 이제 그만 좀 놔라 일갈하며 손날로 옷자락을 탁 쳐냈다. 검덕이 뒤로 물러났지만 지켜보겠다는 듯 일직사자를 노려보았다. 그런 검덕이와 잠시라도 함께 서 있는 게 싫다는 듯 일직사자가 청목이의 뒤를 따라 방 안으로 들어갔다.

청목은 방 안에 들어서는 일직사자 계속 못 본 척하였다. 어릴 적부터 그들을 보아도 못 본 척하라 누차 이야기를 들었고, 괜히 아는 척하면 일직사자들의 간계에 넘어가 저승 구경하게 된다 아버지에게 들었던 것이다. 일직사자는 아이의 혼을 가지러 온 것인지 잠들어 있는 아이 곁에 가만히 앉아 아이의 얼굴을 지그시 내려다보고 있었다.

그 모습 보고 있는 것만으로도 오싹하나 애써 담담한 얼굴을 하고 있던 청목이 절뚝아재가 차려오는 밥상을 받고는 고맙다는 말 대신 고개를 숙여 마음을 표했다. 절뚝아재는 바리라는 도령에 대해 이야기를 풀어내며 아무쪼록 그 도령이 무사하였으면 좋겠다 걱정을 하였다.

"그 도령께서 왔다 간 후에 우리 장수가 글쎄 사흘을 내리 자더니, 갖고 있던 온갖 병증이 다 사라졌다는 것 아닙니까."

절뚝아재는 그 도령이 어떤 분인지 궁금하여 미칠 것 같았다. 하여 청목에게 이것저것 물어보고 싶은데 이 도령은 말을 못한다니 답답할 노릇이었다.

"그저 그 도령 분 찾게 되면 꼭 우리 집에 한번 와주십사 말씀 좀 하여주십쇼. 어디 사는 누구인지 전혀 모르니 은혜를 입고도 갚을 길이 없어 제가 아주 속이 탑니다."

청목 묵묵히 밥술을 뜨며 절뚝아재가 하는 말에 고개를 끄덕이는데 자고 있는 아이를 들여다보던 일직사자 무슨 낭패를 보았는지 얼굴을 일그러뜨리며 혼잣말을 하였다.

"천명(天命)을 다하여 이제 저승 갈 일만 남은 아이에게 산삼을 먹이다니……."

청목은 일직사자의 그 말 듣고, 바리가 갖고 있던 천 년 묵은 산삼을 이 아이에게 주었구나 추측하였다. 하여 빙긋이 일직사자 모르게 입꼬리를 올렸다.

'바리 그 녀석이 남 속 뒤집는 능력이야 내가 잘 알지.'

청목이 번번이 실패했던 온갖 훼방 떠올리며 쓸쓸한 웃음 입가에 무는데 일직사자는 이 일을 어쩐다 이 노릇을 어찌한다 그렇게 난감 어린 소리 뱉어냈다. 그러다 이내 소맷자락 안에서 두루마리를 꺼내 들고는 두루마리에 적힌 이름을 쭈욱 훑어보며 고개를 이리 갸웃 저리 갸웃 혼자 고심을 했다.

"하아, 누구를 데려간다. 이 근처엔 이 나이 대에 죽을 아이가 없는데, 어쩐다."

눈치를 살펴보니 그 일직사자 장수라는 아이 대신에 다른 사람이라도 데려갈 심산인 듯했다. 헌데 두루마리를 내려다보던 그 일직사자 문득 고개를 들어 밥술 뜨고 있는 청목을 쳐다보았다. 청목은 등골이 오싹하였지만 못 본 척 밥을 계속 먹었다. 일직사자는 이제 청목의 곁으로 다가오더니 청목의 얼굴 살펴보며 중얼거렸다.

"흠, 열다섯은 되어 보이는군. 이 정도면 괜찮겠지."

청목은 일월산에서 자취가 사라져 버린 바리가 분명 저승으로 간 것이라 여기고, 이 일직사자가 이대로 자신을 데려가게 해야겠다고 생각하였다. 하여 절뚝아재가 펴주는 이부자리에 누워 일직사자가 자신을 깨우기를 기다리는데, 청목의 생각대로 밤이 깊어지고 절뚝아재마저 잠이 들자 일직사자가 청목의 어깨를 흔들었다.

"일어나 보거라."

청목이 부스스 일어나 앉아 일직사자를 보고 깜짝 놀란 표정을 지어 보였다. 일직사자는 장수라는 아이 대신 데려가는 것이 켕기는지 어르듯 말하였다.

"아이야, 네 명이 다하였으니 꽃구경 가자."

저승 가는 걸 꽃구경 가자는 말로 꾸미는 일직사자의 말 어이없었지만 청목이 일부러 맹한 표정 짓고 고개를 끄덕였다. 일직사자는 장수 대신 다른 아이 데려간 것을 알면 큰 벌을 받을 터인데, 천행인지 대신 데려갈 이 아이 말을 못하니 안심을 하였다. 그가 모시는 평등대왕 앞에서도 한마디 못하여 장수가 아닌 것 들키지 않으리라. 대신 데려가는 사내아이가 동해용왕의 후계인 것 모르고 일직사자는 말 못하여 다행이다 좋아하며 길을 나섰다. 하여 청목이 그 뒤를 따르니 마당에 있던 검덕이 그 모습을 보고 청목을 뒤따랐다. 일직사자는 검덕이가 따라오는 것을 보고 혀를 찼다.

"저런 어리석은 것. 저승 가는 줄도 모르고 제 주인이라고 무조건 따라오네."

일직사자 자신의 옷자락 물고 늘어지며 위협하던 검덕이가 괘씸하여 따라오도록 그대로 내버려 두었다. 청목과 검덕이 그렇게 바리를 따라 저승으로 가게 되었다.

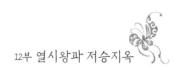
의식을 잃었던 바리가 어슴푸레 눈을 떠보니 검은 옷을 두른 한 사내가 내려다보고 있었다. 사내는 무언가 못마땅하다는 듯 인상을 잔뜩 찌푸리고 있었다. 벼랑에서 떨어졌던 걸 기억해 낸 바리는 어디가 부러진 건 아닌가 하여 몸 이곳저곳을 더듬으며 일어나 앉았다.

"아재가 저 구해준 거예요?"

바리는 하나도 다치지 않았다는 것이 너무 놀라워 자신의 두 손을 활짝 펴고 정신없이 몸을 움직여 보았다.

"이상하다, 분명 벼랑에서 떨어졌는데……."

검은 옷의 사내는 의아함이 가득한 얼굴로 말을 건넸다.

"너는 아직 이곳에 올 때가 아닌데 어떻게 온 것이냐."

그 말에 바리가 사내를 올려다보며 천연덕스럽게 되물었다.

"여기가 어딘데요, 아재?"

저승의 열시왕 중 염라대왕의 일직사자인 그는 저승에 온 건 아예 상상도 안 하는 이 어린것에게 어떻게 말해줘야 좋을지 몰라 운을 떼지 못하고 있었다. 그는 차마 자신이 저승의 일직사자임을 밝히지 못하고 빙 돌려 말했다.

"나는 아재가 아니란다."

바리는 끝없이 펼쳐진 들판을 둘러보고는 벼랑에 매달렸다 떨어진 건 꿈이었나 헛갈려 하고 있다가 일직사자의 그 말에 멍하니 대꾸했다.

"아, 아직 혼인하지 않으셨구나. 그럼, 형이라고 부를까요?"

잠시 할 말을 잃고 침묵한 일직사자 한숨을 푹 내쉬더니 담담하게 말을 이었다.

"나는 염라대왕이 보낸 일직사자다. 너는 지금 저승에 온 것이니 나를 따라오너라."

바리가 멍하니 주위를 다시 한 번 살피더니 재차 그 말이 정말이냐 확인하였다.

"정말 여기가 저승이에요? 제가 저승에 온 거예요?"

일직사자가 말없이 고개를 끄덕이자 바리 기쁨에 겨운 얼굴로 벌떡 일어나 오히려 어서 가자 일직사자를 재촉했다.

"저승 형, 삼신산 가려면 어디로 가야 돼요? 저 거기 가려고 여기 온 건데."

일직사자는 어이가 없다는 듯 물끄러미 바리를 내려다보았다. 삼신산이 어딘 줄 알고 가겠다고 나서는 것이며, 지금 염라대왕 앞에 가서 판결을 받아야 하는 처지에 있으면서 무서운 줄 모르니 기가 찼다. 일직사자는 이 아이가 염라대왕 앞에서 말실수하여 더 중한 벌을 받게 되는 것은 아닌가 살짝 걱정이 되기 시작했다.

"일단 염라대왕 앞에서 네가 지은 죄상이 무엇인지 판결부터 받아야 한다. 그러니 잔말 말고 따라오기나 하거라."

일직사자의 냉정한 태도에 바리가 조금은 위축된 듯 몸을 움츠렸다. 죄상, 판결, 염라대왕 어쩌구 하니 슬슬 겁이 나기 시작했다. 해서 사람들이 그렇게들 자기 죄상 좀 알아봐 달라 부탁을 하였던 것이구나.

"헌데 저승 형, 제 죄상이 많으면 어찌 되는 건데요?"

"어찌 되긴 어찌 되겠느냐, 지옥에 가서 죗값을 치러야지."

바리가 일직사자의 단호한 대답에 입을 떡 벌렸다. 저승의 삼신산 찾을 생각만 했지, 지옥에 간다는 건 생각도 해본 적 없는 바리였다. 이제야 슬슬 저승에 온 게 현실로 인식된 바리가 지옥에 떨어지면 어떡하나 조마조마한 심정으로 자신이 열여섯 해 동안 어떤 죄를 지었나 따지기 시작했다. 두 주먹을 쥐고 나쁜 행동을 하나씩 떠올리며 손가락을 꼽아보았는데 손가락 열 개가 금방 다 오므라졌다. 그중 일곱 개는 먹는 것과 관련있었다. 먹을 것을 안 주거나, 있어도 없는 척하거나, 빼앗아 먹었거나, 맛있는 것만 몰래 먹었거나, 안 먹었다고 거짓말을 쳤거나, 먹을 것을 안 주는 사람에게 저주를 퍼부었거나 하는 식이었다. 그나마 다행이라면 먹을 것을 거의 남겨본 적 없다는 것이랄까. 이승에서 먹을 것을 남기면 지옥에 가서 그 음식들을 다 먹어야 한다 들었는데 바리 평생 음식이란 것 남겨본 적이 없었으니 비렁뱅이로 산 것도 이럴 때는 복이구나.

바리가 잔뜩 얼굴을 찌푸린 채 펼쳐 든 손가락 열 개를 다시 하나씩 펴기 시작했다. 대충 떠올려 봐도 죄상은 손가락 열 개로는 부족했던 것이다. 그런 바리를 힐끔 바라본 일직사자는 오므렸다 폈다를 반복하는 바리의 손가락을 보고는 한마디 던졌다.

"기껏 십육 년 살았던 녀석이 뭔 죄상이 그리 많은 거냐?"

바리는 자신의 죄상이 끝도 없다는 걸 확인하곤 넋이 나간 얼굴로 중얼거렸다.

"저도 모르겠어요. 뭔 놈의 죄를 이렇게 많이 지은 건지. 무슨 우물물 샘솟듯 죄상이 새록새록 떠오르네요. 저 어떻게 해요, 저승 형?"

걱정 가득한 바리의 말에 일직사자가 빙긋이 웃음을 무는데 갑자기 옆에서 따라오고 있던 바리가 문득 뒤를 돌아보더니 소리를 쳤다.

"어, 우웩아아아."

일직사자, 무슨 일인가 싶어 바리가 쳐다보는 곳을 향해 고개를 올려보니 매 한 마리가 날아들고 있었다.

"아는 사이냐?"

바리가 고개를 끄덕였다. 우웩이가 따라올 줄은 상상도 못했기에 바리 순간 울컥 눈물이 치솟았다. 우웩이는 내내 찾아 헤맸었는지 바리를 발견한 순간 곧장 낙하하여 바리의 어깨로 날아들어 착지했다. 바리가 눈물방울 대롱대롱 매단 눈으로 우웩이를 쳐다보았다.

"왜 여기까지 따라왔어? 여기는 네가 오면 안 되는 곳인데."

우웩이는 바리 때문에 온 게 아니면서도 고마워하라는 듯 가슴 깃을 부풀리며 유세를 떨었다. 그런 우웩이가 은근히 아니꼬웠지만 그래도 이승의 존재와 동행을 한다는 것에 마음이 한결 든든했다. 바리는 일직사자의 뒤를 따라가며 우웩이에게 무슨 상황인지 알려주었다.

"우웩아, 지금 염라대왕님께 가는 건데 가면 살면서 지었던 죄상에 대해 판결을 받아야 한대. 그러니까 너도 무슨 죄지은 것 없나 미리 따져 봐."

우웩이는 바리의 말에 콧방귀를 뀌며 죄지은 것 하나도 없다는 얼굴로 빳빳하게 고개를 들었다. 그리곤 앞이나 잘 보고 가라는 뜻인지 훌쩍 바리 머리 위로 뛰어오르더니 결발한 머리 타래 위에 섰다. 머리 꼭대기까지 기어오르는 우웩이의 행동에 바리가 끌끌 혀를 찼다.

"으휴, 넌 뭘 먹고 그리 건방지냐? 널 기른 주인이 누구인지 면상 한번 보고 싶다, 정말."

그러자 우웩이 부리로 바리의 틀어 올린 머리 타래를 쪼아댔다. 일직사자는 저승이고 지옥이고 상관없이 서로 투덕거리고 있는 바리와 우웩이를 보며 고개를 설레설레 저었다. 아무래도 이 철부지 골칫덩어리들이 염라대왕의 속을 뒤집어놓는 것은 아닐까 불안하였다.

일직사자의 뒤를 따라 걷고 걸었던 바리는 마침내 저승 호안성에 다다랐다. 수문장이 지키고 서 있는 호안성 앞엔 각지에서 죽은 이를 데리고 온 일직사자들이 자신의 징표를 보여주고 문을 통과하고 있었다. 바리와 동행한 일직사자도 징표를 보여주었다. 문을 통과하니 행기못이라는 것이 있었는데 묵묵히 뒤를 따르던 사람들이 그 못을 보자 판결이 두려워 스스로 몸을 던졌다. 바리는 화들짝 놀라 행기못에 몸을 던지는 사람들과 그 사람들을 뜯어말리는 일직사자들을 바라보았다. 바리가 두려움과 불안함에 자신의 일직사자를 바라보니, 일직사자 그 광경을 보고 혀를 끌끌 차는구나.

"쯧쯧, 어리석은 것들. 도대체 저 짓을 몇 겁이나 해야 멈출는지."

바리, 궁금하여 자그맣게 물었다.

"저 못에 빠진 사람들은 어떻게 되는 거예요?"

"이승에 가서 똑같은 생을 반복하고 또 잡혀온단다."

일직사자 그 한마디만 내뱉고는 서둘러 염라대왕 계신 궁으로 향하는데 똑같은 생을 반복한다는 저승 형의 말 왠지 가슴에 남아 바리가 행기못에서 오랫동안 눈을 떼지 못했다. 사람들은 순간의 두려움을 이기지 못하고 그 자리를 회피하지만 그 행동을 반복하고 또 반복하고 있었던 것이다.

바리는 저승 구경에 한눈팔지 말고 여기 온 목적을 잊지 말자 다시금 마음을 먹고는 앞서 걷고 있는 일직사자에게 황천강이 어디냐 물었다. 허나 일직사자 대답해 주지 않고 염라대왕의 전각으로만 바삐 걸음을 재촉할 뿐이구나. 요즘 들어 살생과 도둑질이 급격히 늘어나 염라대왕의 일직사자들 정신없이 바빴던 것이다. 하여 끈질기게 묻는 바리에게 일직사자 짜증스러운 듯 내뱉었다.

"어린것이 뭐가 그리 궁금한 게 많으냐."

바리는 분명 삼신산이 황천강 건너에 있다는 말 들어본 적 있어 묻는 것이니 그대로 찌그러질 수가 없었다.

"어디에 있는데요? 네? 죽은 사람 소원도 들어준다는데 궁금한 것도 못 풀어줘요?"

"못 풀어준다."

"그럼, 풀어주지 말고 알려줘요."

"어린것이 대거리 한번 질기게 하는구나."

바리와 일직사자가 그렇게 옥신각신하는 사이 염라대왕 계신 전각 앞에 다다랐다. 일직사자와 함께 연추문 넘어서니, 저절로 문이 열려 바리가 염라대왕이 사시는 전각 안은 어찌 생겼나 호기심에 눈을 크게 뜨고 바라보다 입이 떡 벌어졌다. 끝이 보이지 않을 정도로 수많은 사람이 판결을 기다리고 있었던 것이다. 게다가 전각 안 맨 위에 염라대왕을 위시하여 그 아랫단에 대왕의 신하인 대산홍판관, 주사풍판관, 도사조판관, 약복조판관, 의동최판관, 천조귀왕, 감수귀왕, 랑아귀왕, 대나리차귀왕, 주선동자, 주악동자, 그리고 수천의 일직사자가 늘어서 있으니 그 위엄이 실로 장대하였다.

염라대왕 어찌 생겼나 보려고 바리가 까치발을 하고 고개를 새 새끼처럼 쭈욱 빼보았지만 너무나 높은 곳에 멀리 계셔서 그 생김새 세세히 볼 수 없었다. 다만 염라대왕 양옆으로 사람의 죄상을 낱낱이 보여준다는 업경대와 죄상의 무게를 알려주는 업저울이 놓여 있었다.

바리가 몸을 숙이고 사람들 다리 사이로 비집고 들어가서는 상황을 살펴보니 수만의 사람 중 한 사내가 가운데에 서 있었고 염라대왕은 멀뚱한 얼굴로 업경대를 통해 사내의 삶을 보고 있었다. 업경대 바라보니 경대에서는 그 사람이 이승에서 행하였던 행동들이 하나씩 하나씩 그대로 비춰지고 있었다. 마침내 업경대가 까맣게 변하며 비추는 것을 멈추자 염라대왕이 그 사내에게 이렇게 말했다.

"네 생을 보니 도둑질을 수없이 하였구나. 이자를 발설(拔舌)지옥으로 보내거라."

바리를 찾으려고 사람들 다리 사이를 기어서 들어온 일직사자, 바리를 끌고 뒤로 데려가려는데 바리가 발설지옥은 어떤 곳이냐고 작게 물었다. 일직사자, 바리의 뒷덜미를 잡고 사람들 뒤로 잡아끌며 말했다.

"집게로 혀를 뽑는 곳이다."

"허억!"

바리, 그 말 듣고 일직사자가 끌어당기는 것보다 더 빠르게 뒤로 기어갔다. 지옥이라 봐야 좀 혼나고 매 좀 맞나 보다 했는데, 집게로 혀를 뽑다니 상상이나 해봤겠는가. 하여 다리가 후달후달 심장이 벌렁벌렁 이제야 사태 파악을 한 바리, 염라대왕이 자신을 볼 수 없게 맨 뒤로 빠져 몸을 웅크렸다. 그런 와중에 발설지옥행을 판결받은 사람이 억울한 듯 외치는 소리가 들려왔다.

"제가 무슨 도둑질을 했다는 겁니까? 평생 남의 물건에 손댄 적 없거니와 내 재산 가지고 당당하게 살았는데 왜 제가 발설지옥에 가야 합니까?"

일직사자에게 끌려가던 그 사람, 염라대왕이 멈춰 세우라 하더니 그럼 대답해 보라며 이것저것 묻기 시작했다.

"네가 살던 집과 곡식, 거두던 땅은 다 어디에서 난 것이냐?"

그 사람 당당하게 답하였다.

"내 부모가 물려준 것입니다. 부모 잘 만난 것도 죄입니까?"

염라대왕 나직이 또 물었다.

"그럼, 네가 먹은 밥과 입었던 옷은 다 어떻게 얻었느냐?"

그 사람 또 당당하게 답하였다.

"땅을 빌려주고 사람들이 경작하여 바친 것으로 얻었습니다. 땅을 빌려주었으니 당연히 그 몫으로 받아야 하는 것 아닙니까?"

염라대왕 잠시 아무 말 없으셨다. 구구절절 설명하려니 귀찮다는 기색이었다. 허나 주위 사람들 몇몇이 그 말에 동조하고 하긴 그렇다며 고개를 끄덕이니 안 되겠다 싶었는지 다시 입을 열었다.

"땅을 빌려주고 그 몫을 받았다는데, 너는 그들이 일군 대부분을 가져가지 않았느냐. 또 그렇게 가져간 것을 곳간에 쌓아두고 나눠 준 적도 없지 않느냐."

사내는 그것이 왜 잘못이냐는 듯 물었다.

"제가 어느 정도 인색하게 군 것은 잘못이나 그것은 극락에 못 갈 문제이지 지옥에 갈 문제는 아니지 않습니까? 인색하다고 하여 어찌 도둑질을 하였다 하십니까?"

"네가 받은 그 땅은 원래 누구의 것이냐? 네 부모가 다른 이들에게 훔친 것을 너에게 전해준 것이다. 그런데 너는 그 땅을 빌려준 대가로 사람들이 일 년 동안 뼈 빠지게 일한 결과를 거의 다 가져가지 않았느냐. 그게 도둑질이 아니고 무엇이냐?"

사내는 말을 못하였지만 그래도 억울한지 입을 꾹 다물고 씩씩거렸다. 염라대왕 그런 사내를 보고 냉랭한 미소를 입가에 그렸다.

"네 감히 인색이라는 말로 너의 행동을 가리려 하지 말아라. 원래부터 주인이 없는 땅을 자기 것이라 하였으니 이는 땅에 사는 모든 존재에게서 도둑질을 한 것이고, 사람들의 노동을 훔쳐 네 배를 불렸으니 이것이 사람들의 삶을 도둑질한 것이 아니고 무엇이겠느냐."

염라대왕의 말을 듣고 있던 많은 사람이 맞소 맞소 소리를 치며 호응했다. 모두 이승에서 일 년 농사지어 귀족들에게 작물을 바치던 사람들이었다. 사내는 방금 전보단 수그러진 기색으로 말소리를 낮추었으나 끝까지 자신의 죄상을 인정하지 않았다.

"저는 몰랐습니다. 태어날 때부터 내 것이라 받은 것이고 주위의 모든 사람이 자연스럽게 여겨 그것이 순리라 여기고 산 것뿐입니다."

염라대왕은 이미 그런 대답 골백번도 들어봤다는 지친 한숨을 내뱉더니 다시 말했다.

"네 지금 모른다 하였느냐? 네 가슴속에서 울리는 소리에 귀 기울이지 않고 사람들이 모두 그래서 그렇게 했다 말했느냐? 그렇다면 이곳은 그런 행동을 모두 도둑질이라 하고 있으니 그렇게 여기고 따르거라. 무슨 말이 그렇게 많으냐?"

염라대왕의 말이 흔들리지 않고 냉랭하니, 그 사내 사색이 되어 갑자기 무릎을 꿇고 빌었다.

"정말 저는 아무것도 몰랐습니다. 그들이 가난한 건 게으르고 멍청해서이고 제가 잘사는 건 부지런하고 명민해서라고 그렇게 배웠기 때문입니다."

하고 눈물을 줄줄 흘리는데, 그 모습 물끄러미 바라보는 염라대왕 눈길 무덤덤하고 차분하니 그것이 오히려 무섭게 느껴지는구나.

"네 지금 그들이 가난한 건 게으르고 멍청해서라고 말하였느냐?"

사내는 이제야 후회의 눈물을 쏟아내며 부복하였으나 염라대왕의 목소리 서늘하고 엄중했다.

"몰랐다면, 그것도 죄이니라. 알려고 하지 않고 무지의 상태로 너 자신을 방치하였으니 그것이 도둑질을 방조한 것과 무엇이 다르리. 또 그들이 가난하고 멍청하고 게을러서라고 말하니, 그것이 도둑질을 해 놓고 문이 헐거워서 그랬다 뻔뻔하게 탓하는 것과 무엇과 다르리. 네 그토록 네가 부지런하고 명민하다 믿고 살았다면 그 잘난 머리로 지옥도 빠져나가면 되는 것 아니냐?"

염라대왕은 조목조목 그 죄상을 따져 주더니 옆에 지키고 선 일직사자들에게 지옥으로 데려가라 명하였다. 맨 뒤에서 이 소리를 듣고 있던 바리를 비롯해 그곳에 대령한 많은 사람 벌벌 떨며 자신의 죄상이 무엇인지 촉각을 곤두세우고 있었다. 그런 중에 또 다른 사람이 염라대왕 앞에 끌려 나왔다. 그는 앞에 선 사람이 끌려가는 것을 보고 나름 대로 머리를 굴렸는지 업경대에 나오는 자신의 죄상을 다 보고 염라대왕이 뭐라고 명을 하기도 전에 무조건 용서해 달라고 빌었다.

"살려주십쇼, 대왕이시여. 제발 살려주십쇼. 저를 살려만 주신다면 뼈가 저리다 못해 뼈가 부서지도록 반성을 하며 살겠습니다."

염라대왕은 그 사람 쳐다보지도 않고 까맣게 변한 업경대만 물끄러미 바라보고 있었다.

"어린 여자아이를 겁간하고 죽여놓고 뼈가 부서지게 하는 반성을 하면 어떻게 변할지 나도 궁금하구나."

그는 염라대왕이 자신의 말에 마음이 기울었나 싶어 기대하는 눈빛으로 고개를 들었다. 염라대왕은 그 기대에 답해주겠다는 듯 너그럽고 인자한 미소를 지으며 하명했다.

"이자의 소원대로 뼈가 가루가 될 정도로 부서지게 해주어라."

"예."

곁에 있던 판관이 급히 검수(劍樹)지옥을 관장하는 오관대왕에게 보낼 공문을 써 내려갔다. 비록 그 죄상은 염라대왕의 관할인 살생이나 죄인이 검수로서 죗값을 치르기를 원하니 오관대왕께서 형을 집행해 달라는 내용이었다. 하여 말 한 번 바꾸었다가 뼈가 부서지게 생긴 자, 끌려 나가면서 오줌을 질질 싸는구나.

뒤에 있던 바리는 이 말들을 모두 듣고 분이 안 풀린다는 듯 흥분해 있었다.

"저승 형, 어떻게 저런 악질에게 그런 형벌밖에 안 줘요? 뼈가 부서진다 해도 그 육신이 없어지면 그만이잖아요."

일직사자는 피식 웃는가 싶더니 검수지옥이 어떤 곳인지 말해주었다.

"칼로 몸을 조각조각 베어 가루가 된다 해도, 지옥에 부슬부슬 비가 내리면 새싹이 움트듯이 뼈와 살이 자꾸만 다시 솟아 붙게 되니 그 형벌이 계속되는 곳이다."

"지옥에도 비가 내려요?"

바리가 의아하여 되묻는데 일직사자 저 멀리 이승을 바라보듯 아득한 눈빛이 되어 대답하였다.

"그 비는 저자에 의해 자식을 잃은 부모가 이승에서 흘리는 눈물이란다."

"정말요? 이승에서 흘린 눈물이 비로 내린단 말이에요?"

"이승과 저승은 별개로 떨어진 곳이 아니다. 하나로 맞닿아 있단다. 저자가 이승에서 아이의 부모를 지옥에 밀어 넣었듯 부모의 고통이 또한 저자를 지옥에 밀어 넣는 것이다."

바리가 곰곰이 무언가를 생각해 보다가 문득 궁금한 게 또 생겼는지 말을 계속했다.

"그럼, 저승 형. 이승에서 죽은 이를 위해 착한 일을 하고 기원을 드리면 지옥에 있는 사람에게 도움도 되나요?"

"암, 되고말고. 그래서 종종 지옥에서 벌을 받던 사람들이 풀려나기도 한단다."

바리, 그 말 듣고 이승에 있는 부모님과 언니들을 떠올렸다. 만약 자신을 위해 기원을 드리고 선한 일을 해준다면 지옥을 빠져나갈 수도 있을 터인데 과연 그런 사람이 있을까. 바리 스스로 누군가에게 베푼 것 별로 없으니 인연 닿은 사람들이 선한 일 할 것 같지 않았고, 자신이 저승에 있는 것 모를 테니 기원도 드리지 않을 것이다. 이럴 줄 알았으면 일월산에 오르고 있다 해월 언니에게 목간이라도 보낼 것을, 그러면 동생이 저승에 갔나 보다 생각이라도 할 터인데 말이다. 바리이렇게 후회하며 만약 지옥에 가면 어찌하나 걱정을 하고 있는데 멀리서 판관이 바리의 이름을 불렀다.

"바리를 속히 대령하라."

몸을 돌려보니 사람들이 이미 길을 터주고 앞으로 나가라 눈짓을 보내었다. 바리가 후들후들 떨리는 다리로 우물쭈물 염라대왕 앞으로 나아갔다.

"너는 어찌하여 나이도 어린것이 살생을 하였느냐?"

바리, 뜻밖의 말에 대경하여 반문했다.

"예? 살생이라뇨?"

염라대왕의 얼굴 진노한 듯 엄하고 무서웠다.

"벼랑에 저 약한 끈을 감고 매달린 것은 결국 죽어도 상관없다는 마음 아니냐. 그것이 너 자신을 살(殺)하고, 너를 낳아준 부모를 살하고, 너의 형제자매를 살하는 짓이 아니고 무엇이냐?"

함께 왔던 일직사자도 그 말을 듣고서야 왜 바리가 살생과 도둑질을 관장하는 염라대왕에게로 오게 되었는지 알 수 있었다. 바리는 발설지옥에 가게 될까 봐 얼른 손을 내저으며 연유를 설명하였다.

"대왕님, 죽어도 상관없다 생각한 것은 아니고요. 죽어서라도 저승에 가야겠다 그런 생각을 했던 겁니다. 삼신산의 약려수를 구하기 위해서요."

"약려수?"

바리가 고개를 끄덕이며 부모를 살리기 위해 온 것이다 하니 염라대왕 잠시 말이 없으시더니 업경대를 바라보았다. 그러자 업경대가 바리의 죄상을 낱낱이 비추기 시작했다. 염라대왕은 업경대로 바리가 살아온 십육 년을 살펴보시더니 한숨을 내쉬며 말하였다.

"네 마음이 갸륵하여 웬만하면 그냥 보내주려 하였는데, 빌어먹고, 혼자 먹고, 안 나눠 먹고, 숨겨 먹고, 뺏어 먹고, 훔쳐 먹고, 등쳐 먹고, 많이 먹고, 놀려 먹고, 몰래 먹고…… 먹는 걸로 꽤나 죄를 지었구나."

염라대왕의 말이 계속될수록 불안스레 손톱을 뜯던 바리가 문득 억울하다는 듯 외쳤다.

"그…… 그래도 가…… 가끔은 나눠 먹었는데요."

너무 가끔이라 바리 말하면서도 찔렸다. 헌데 그 속 읽고 계신지 염라대왕 이렇게 비꼬았다.

"그게 나눠 주려고 나눠 주었겠느냐, 어쩔 수 없을 때 억지로 나눠 준 것이겠지."

바리가 다급히 그건 아니다 변명을 하려다가 어느 순간 고개를 끄덕였다. 생각해 보니 그렇긴 했다. 염라대왕은 바리가 인정하는 것을 보시고는 간단히 결정을 하였다.

"그중에서도 남의 것 훔쳐 먹은 죄가 크니 발설지옥으로 보내거라."

염라대왕, 바리가 내관과 시녀들이 숨겨놓은 유밀과와 곶감 훔친 것을 말하고 있었다. 허나 발설지옥이란 말 들은 바리는 기겁하여 외쳤다.

"자…… 잠깐만요. 저…… 저한테 산삼이 있는데 그거 드릴 테니 제발 발설지옥만은……."

"산삼?"

염라대왕은 산삼이란 말에 눈이 번쩍 뜨였다. 이승의 산삼 좋다는 건 저승에서도 워낙 유명하였고, 요즘따라 죄인이 너무 많아 피곤에 쩔다 못해 몸이 안 좋았었기에 산삼을 주겠다는 바리의 말 반가울 정도였다. 바리는 염라대왕이 솔깃해하는 것을 보고 얼른 멍구럭을 뒤적이며 말하였다.

"이게 어인마니아재가 그러는데 천 년 된 산삼이래요. 게다가 잠들어 있던 분이라 약효가 엄청나다고 하더라고요. 허니 이거 받으시고, 저 지옥에 보내지 말아주세요."

그렇게 일장 연설을 하며 멍구럭을 뒤지던 바리, 아무리 손을 넣어 뒤져 봐도 산삼이 나오지 않자 급기야는 멍구럭을 거꾸로 세워 안에 있는 것을 탈탈 꺼내놓았다. 헌데 이게 어찌 된 일인지 산삼이 보이지 않는구나. 검덕이가 몰래 장수한테 먹인 것 모르고 있던 바리는 기가 막히다 못해 숨도 쉬질 못하고 있었다.

"어어어어, 이상하다. 어디 갔지? 분명히 넣어뒀는데."

바리는 너무 놀라 손이 떨리고 식은땀이 줄줄 흘렀다. 산삼이 없어졌다는 건 차치하고 도대체 이 상황을 어찌해야 좋을지 눈앞이 캄캄한 것이 딱 죽을 것만 같았다. 허나 저승에 이미 온 몸, 두 번 죽을 수도 없는 바리, 아무래도 누가 훔쳐 간 것 같다고 급히 변명을 쏟아내는데 산삼을 기대하였던 염라대왕은 불쾌하다는 듯 이마를 구겼다.

"감히 나에게 거짓부렁을 하다니…… 저 주둥이가 더 이상 거짓부렁을 하지 못하도록 딱 얼어붙게 하여라."

바리가 충격으로 놀란 숨만 들이켜는데 염라대왕의 명을 들은 판관이 외쳤다.

"한빙지옥으로 보내라."

그러자 저승의 일직사자들이 바리의 양팔을 잡고 멍구럭까지 딱 챙겨주고는 질질 끌고 가는구나.

"염라대왕니이이이이이임, 산삼이 분명히 있었어요. 누가 훔쳐 간 거라고요오오오."

바리가 몸부림을 치며 고래고래 악을 썼지만 염라대왕은 이미 다른 죄인을 판결하고 있었다. 바리가 억울하고 분하여 악다구니를 치며 울었다.

"누구야아아아, 누가 내 산삼 가져갔어어어어. 잡히기만 해봐아아아, 가만 안 둘 거야아아아아."

바리를 인도한 일직사자는 끌려가는 바리를 보며 끌끌 혀를 찼다. 염라대왕 심기 건드리는 것은 아닌가 은근히 걱정하였는데, 대왕 앞에 서 있지도 않은 산삼을 들먹이며 모면해 보려고 하다니 절로 한숨이 나왔다. 허나 저 어린것이 한빙지옥으로 간다 생각하니 안타까웠다. 원래 어린아이들은 지은 죄 별로 없어 지옥으로 가는 일 거의 없거니와 간다 하여도 몇 날 며칠만 고통받으면 풀어주는 법인데 말이다.

게다가 한빙지옥이 어떤 곳이란 말인가. 아직 경험하지 않아 저 아이 저리도 악을 쓸 기운이 남아 있는 것이지만, 한빙지옥 얼음 속에 갇혀 뼈와 살이 모두 끊어지는 고통을 느끼니 그곳에 가면 악쓰기는커녕 입도 벙긋하지 못할 것이다. 허고 몸이 얼고 썩어 아무것도 못 느끼는 상태가 된다 하여도 이승에서 곤경에 빠진 자들이 그 일을 원망하고 힘들어하면 지옥에 있는 이의 몸에서 다시 새살 돋아나 그 고통이 계속되는 곳이 아니던가.

한빙지옥 앞에 다다른 바리가 지옥문을 지키던 수문장들에게 넘겨져 질질 끌려가고 있을 때, 평등대왕 앞에 인도된 청목은 예상치 못한 상황에 입만 뻐끔거리고 있었다. 이제 열 살 먹은 장수가 죄를 지어봐야 얼마나 지었겠냐며 마음 푹 놓고 있었는데, 평등대왕은 장수가 부모의 마음을 갈기갈기 찢는 불효의 죄상을 지었다고 하는 것이 아닌가. 알아보니 장수라는 아이, 병환의 고통이 날로 심해지자 어찌하여 낳았냐고, 낳을 것이면 건강하게 낳지 왜 이렇게 낳았냐며 원망하는 말로 아비의 가슴을 갈기갈기 찢었던 것이다. 또 어느 날은 차라리 이대로 죽여주오 아비에게 청을 하니, 그 아비 간장이 모두 끊어졌다.

"병환으로 아무리 고통스러워도 그렇지, 어찌 낳아준 부모에게 죽여달라는 말을 할 수 있단 말이냐?"

평등대왕의 말에 청목은 그야말로 펄쩍 뛸 판이었다. 하고 싶은 말이 목구멍까지 치미는데 묵언 때문에 변명 한마디 할 수 없었다.

'아니, 아픈 와중에 무슨 소리를 못해? 아파서 그냥 해본 말이지, 그게 진심이야?'

청목은 속에서 끓고 있는 말 한마디도 하지 못하고, 황당하고 기가 막히다는 얼굴로 평등대왕을 죽일 듯이 노려보았다. 저승의 열시왕들 성격이 지랄 맞고 제 잘난 맛에 살아서 사람만 보면 어떻게든 지옥에 보내려고 혈안이라고 듣긴 들었는데 이 정도일 줄은 꿈에도 몰랐던 청목이다. 하기야 자신이 장수라는 아이 대신 저승에 오게 될 거라고 상상이나 해봤겠는가. 헌데 씩씩거리며 있는 대로 얼굴 구기고 노려보는 청목의 태도를 본 평등대왕은 아직 멀었다는 듯 설레설레 고개를 저었다.

"어린 나이에 저승 온 것이 가여워 내 지옥만큼은 면하게 해주려 하였는데, 저, 저, 불손한 태도를 보니 안 되겠구나. 네가 했던 원망의 말들이 네 부모의 간장을 얼마나 송곳처럼 찌르며 피를 흘리게 하였는지 지옥에 가서 몸소 느껴보거라."

지옥에 가는 줄 알고 대서던 청목, 원래는 지옥에 보낼 생각이 없었다는 평등대왕의 말을 듣고 아차 싶었으나 이미 때가 늦어버렸다. 청목은 급히 자신을 인도해 온 일직사자를 향해 어떻게 좀 해보라는 눈빛을 보내었지만 일직사자는 다른 아이를 데려온 것 들키지 않았다는 생각에 안도의 한숨만 내쉴 뿐이었다.

청목이 아비를 원망한 건 당연히 후회하고 있다는 표정을 지어 보였지만 곁에서 지키고 서 있던 일직사자들 몰려나와 청목을 끌고 지옥으로 향하였다. 그런 청목을 바라보던 평등대왕은 뭔가 이상하다는 얼굴로 고개를 갸웃했다.

"아팠다는 아이가 몸집이 왜 저리 좋아?"

청목을 데려온 일직사자, 그 아비 된 자도 몸집이 좋았다며 평등대왕의 의구심을 무마시켰다.

청목을 따라왔던 검덕이는 쫄래쫄래 청목의 뒤를 쫓아가기는 하는데, 혹여나 바리가 있나 싶어 그 와중에도 두리번거렸다. 청목은 청목대로 어안이 벙벙하여 어디 도망갈 곳이 없나 주위를 두리번거렸는데,

지옥문 앞에 있던 수문장들은 도망가려고 하는 인간들 한두 번 겪는 일이 아니었는지 청목의 사지를 양쪽에 잡고 철상(鐵床)지옥으로 끌고 들어갔다. 청목이 온몸을 뒤틀며 발악을 하였지만 수문장 넷이 사지를 잡으니 속수무책 끌려 들어갈 수밖에 없었다. 그렇다고 용으로 변하자니 속이고 온 것 탄로나 저승에서 당장 쫓겨날 터, 청목이 변신은 못하고 이승에 있는 애먼 장수만 탓하며 이를 갈았다.

'으아아아아, 장수 이 녀석, 돌아가서 두고 봐.'

한편 일월산에서 바리가 사라졌다 천마에게서 소식을 들은 적한은 그 소식 듣고도 저승에 가볼 엄두도 내지 못하고 있었다. 해월공주의 출산이 임박하여 오늘내일하니 불안하여 목지국의 궁을 떠날 수가 없었던 것이다. 하여 천마가 소식 전해준 지 나흘이 지났지만 적한은 우물 속에 숨어 있다 한밤중에 해월공주 괜찮은지 지켜보고 있었다. 게다가 열 달이 넘었음에도 아이가 나올 기미가 없어 적한은 해월공주 잘못되는가 싶어 초조하여 속이 바싹바싹 타고 있었다. 결국 천마 쏜 살이 적한의 얼빠진 듯한 모습 보고 한숨을 내쉬며 천계로 돌아가 버린 날, 해월공주에게서 출산의 기미 보이기 시작했다. 이슬이 비치고 규칙적으로 진통이 오니 틀림없이 아이가 나올 태세였다.

아침부터 의관과 의녀들이 해월공주의 처소 들락날락하며 법석을 떨고 있었지만 용왕이라 그 모습 드러낼 수 없었던 적한은 구름 속에 숨어 그 광경 내려다보면서도 입 안이 바싹바싹 타서 미칠 것 같았다. 첫 아이 잃은 일도 있거니와 사실은 육지의 여인에게서 적룡의 아이가 태어나는 것은 처음인데다 수로부인이 동해용왕의 아이 낳다가 열두 번을 혼절하였다 하니 불안하여 죽을 것만 같았다. 적한의 어머니는 황룡의 딸이어서 적한을 낳는 것 어렵지 않았으나, 듣기로 육지의 여인이 용의 아이 낳는 것은 목숨을 잃을 수 있을 정도로 힘겨운 일이라 하니 적한 떨리지 않을 수 없었다. 하기야 용의 태아, 인간 아이들에 비해 그 몸집 배로 크고 등에서부터 종아리까지 비늘을 갖고 있으니 자칫 새끼길 상처 내어 산모의 몸에 병마가 들어서게 할 수 있으니 걱정이 태산이었다.

해월공주의 진통 그날을 꼬박 넘겨 다음날까지 계속되었다. 새끼길 어느 정도 열려 이제 되었다 싶었던 의원은 아이가 나오지 않고 늦장을 부리니 점점 초조해졌다. 게다가 듣기로 용왕의 아이라 하니, 만약에 아이가 잘못되기라도 하면 그야말로 용왕에게 잡혀가 생죽음당할 터 해월공주가 의식을 잃고 혼절했을 땐 의원의 얼굴이 백지장처럼 하얗게 질릴 정도였다.

이틀을 넘기고 해월공주가 대여섯 번을 혼절한 후에야 아기 울음소리가 들려왔다. 아기가 태어나자 붉은 비늘이 촘촘히 박혀 있는 그 모습에 의원도 의녀도 모두 놀란 숨 들이켰지만, 해월공주 출산 들어가기 전에 왕후마마가 직접 의원을 불러놓고 입단속 단단히 하여라 엄히 명을 한 터라 의원도 의녀도 입 한 번 벙긋거리지 않고 조용히 아이 씻어 쌀깃에 곱게 감쌀 뿐이었다. 그리곤 해월공주 품에 안겨주니, 혼절도 여러 번 이승과 저승을 넘나들었던 해월공주 그 아기 품에 안고 눈물을 흘리었다.

적한이 그 아이 품에 안은 것은 그 다음날 밤이었다. 아이 낳자마자 미역국 먹인다 젖 먹인다 똥 씻긴다 의녀들과 시녀들 계속 분주히 오고 가니 구름 위에서 아이 울음소리 들었어도 적한 처소 안으로 들어가 볼 수가 없었다. 그러다 다음날 밤 다른 이들 발걸음이 뜸해진 틈을 타 처소 안으로 들어갔다.

"해월아, 나 왔다."

적한이 싱글벙글 문 드르륵 열고 들어서는데, 갑자기 베개가 날아왔다. 그가 본능적으로 날아오는 베개 피하기는 하였으나 해월공주의 잔뜩 화난 얼굴 보고 어리둥절하였다.

"왜 그래?"

해월공주, 그가 와볼 수 없는 상황 뻔히 알면서도 아이 낳고서도 하루 넘게 얼굴 비치지 않으니 화가 치밀었다. 게다가 아이 낳는 그 고통 이루 말할 수 없음이라 아이만 낳으면 적한을 가만두지 않으리라 이를 갈던 참이었다.

"뭐 하다가 이제야 나타나요?"

아이 낳을 때 아무것도 하지 않은 적한이 얄미워 해월공주 씩씩거리며 그를 흘겨보는데 적한은 꿍얼꿍얼하면서도 쌀깃에 감싸여 있는 아이에게서 눈길을 떼지 못했다.

"그럼, 어떻게 해. 사람들 눈이 많아서 당최 올 수가 없는걸. 나는 뭐 속이 편한 줄 알아."

그런 줄 뻔히 알면서도 해월공주 속상하고 서러웠다. 하여 출산하면서 고생했던 일, 아이 잘못될까 봐 초조했던 일, 그가 너무나 보고 싶었지만 부를 수 없어 그리워만 했던 그 모든 일이 떠올라 울컥 눈물을 쏟아냈다.

"그냥 호위무사 적한이었으면 좋았잖아요. 왜 하필 용왕이냐고요. 보고 싶어도 와달라고 말할 수도 없고, 사람을 보낼 수도 없고……."

해월공주 자신이 지금 떼쓰고 어리광 부리고 있다는 것 알면서도 용왕의 아이 낳는다 하여 놀란 기색 역력한 의관과 의녀들 속에서 얼마나 외롭고 이상한 여인네가 된 느낌이던지 새삼 그가 용왕인 것이 속상하고 화가 났다. 그냥 호위무사 적한이었으면 좋았을 텐데, 그럼 벌써 혼사 치르고 같이 지내며 아이 낳을 때도 같이 있을 수 있었을 터인데 어쩌다 용왕과 몸과 마음 나눠 이리 외롭게 아이 낳는가 싶다. 하여 눈물 펑펑 흘리니 적한 그 모습에 미안하여 아무 말도 못하고 그저 해월공주 꼭 안아주었다.

"미안하다, 해월아. 대신 나한테 온 거 후회 안 하게 내 앞으로 잘할 게."

해월공주 그의 품속에서 눈물 흘리면서도 그를 흘겼다.

"만날 입발린 소리는……."

그는 말없이 웃기만 했다. 돌아오고 싶은 곳이 있다는 게 얼마나 그를 따뜻하게 해주는지 말로 표현할 수가 없었다. 비를 내리고 나면 언제나 홀로 바닷속 깊은 곳에서 잠들어야 했던, 해서 인간 세상에 그 힘 보여주며 으스대고 코웃음 치면서도 항시 쓸쓸하고 헛헛했던 그는 용왕인 것 상관없이 그를 바라봐 줄 수 있는 이가 있었으면 좋겠다 오래도록 바랐었다. 헌데 해월공주, 용왕으로서의 그의 힘 이용할 생각은 않고 용왕이 아니었으면 좋겠다 말하며 눈물 흘리니 그 모습 어찌 어여쁘지 않으랴.

'그래, 이래서 내가 널 놓지 못하지.'

그의 품속에서 어느새 눈물 추스른 해월공주가 눈물자국 닦아내며 아이를 품에 안으려는데 그는 갓 출산하여 퉁퉁 부운 해월공주 바라보더니 어느새 끌어안고 입을 맞추었다.

"애 있는 데서……."

해월공주 꿍얼대면서도 저항하지 않았다.

"이제 막 태어났는데 뭘 안다고……."

적한이 그 말 중얼거리며 해월공주에게 구름처럼 폭신하고 부드러운 입맞춤을 하였다. 헌데 갓 태어난 그 아기 뭔지는 몰라도 제 어미 관심이 딴 데 가 있다는 것 느꼈는지 갑자기 벼락 치듯 울어 젖히기 시작했다. 하여 적한의 입맞춤에 모든 서러움 다 잊고 폭하니 안겨 있던 해월공주, 화들짝 놀라 아기를 안아 드는구나.

"배고프니?"

해월공주 이제는 어느 정도 익숙한 듯 옷고름 풀고 아이에게 젖을 물리는데 그 모습 바라보는 적한은 젖 빼앗긴 아이처럼 뚱한 얼굴을 하고 있었다. 그 혼자만 물고 빨던 해월공주의 젖봉오리, 마치 주인은 따로 있었던 듯 아이의 입속에 딱 물려 있는 것이었다. 그 얼굴 살펴보던 해월공주가 적한의 속 알겠는지 쯧쯧 혀를 차며 돌아앉았다.

"어휴, 샘낼 걸 샘내야지."

"샘내기는 누가 샘을 내. 그냥 신기해서 쳐다본 것이지."

그가 헛기침을 하며 점잖은 척을 하자 해월공주 문득 생각난 것이 있는지 고개를 돌렸다.

"참, 바리는 어찌 지내고 있는지 아는 것 없어요?"

넉 달 전쯤 적한이 곱사등이노인 댁에서 보고 온 후로 바리 지금 어디에 있는지 소식을 모르니 해월공주 걱정되고 답답하였다. 적한이 아이에게 젖을 먹이면서도 동생 걱정에 근심하는 해월공주 바라보며 내내 할까 말까 했던 말을 꺼냈다.

"……아무래도 처제가 저승에 당도한 것 같아."

해월공주 그 말에 가슴이 철렁하여 안고 있던 아이 그대로 떨어뜨릴 뻔하였다. 저승에 당도하다니, 이게 무슨 말인가. 죽기라도 했단 말인가?

"저승이요?"

듣는 것만으로 눈앞이 캄캄한지 해월공주 입만 벙긋거리는데 그는 괜찮다 달래며 말을 이었다.

"삼신산 가려면 어쩔 수 없어. 저승을 다 통과해야 갈 수 있는 곳이 삼신산이니."

해월공주 차마 저승에 가서 도와달란 말 나오지 않아 멍하니 그를 바라보는데, 적한은 이미 염두하고 있었던 듯 덤덤하였다.

"이 아이 태어나는 것 보고 갈 생각이었어. 허니 너무 걱정하지 마."

지기인 무장 때문에 가는 것 모르고, 해월공주 적한이 자신의 동생 걱정하여 저승까지 갔다 오겠다 하는 줄 알고 눈물이 글썽글썽하였다.

"아까 왜 하필 용왕이냐고…… 모진 소리 한 거 미안해요."

적한이 빙긋이 웃으며 이죽거렸다.

"내가 용왕이라 천만다행이지?"

해월공주 미안하고 고마워서 그저 고개만 끄덕이는데 적한은 긴 이별이 될 것만 같아 그런 해월공주 눈에 새기듯 바라보았다. 사실 저승에 가면 돌아오기까지 시일이 꽤 걸릴 것 같아 당장 가는 것이 내키지가 않았다. 물론 운이 좋아 바리를 곧장 만날 수도 있겠지만 수천 갈래 길로 갈라져 있다는 저승에서 바리를 단번에 만나기란 쉽지 않을 터였다.

그는 해월공주와 젖을 먹는 아이를 물끄러미 내려다보았다. 이 녀석 돌 때는 돌아올 수 있을까. 마음 같아서는 아이 돌 때까지는 돌아오고 싶은데 아무것도 장담할 수가 없으니 마음이 무거웠다. 허나 아이 태어나는 것 기다리느라 늑장을 부렸으니 바리 그 녀석이 온갖 지옥구경하며 고생하고 있을 것 같아 걱정이 되었다. 어느 순간 마음의 결정 내린 적한이 젖 먹느라 땀을 뻘뻘 흘리는 아이의 머리를 쓰다듬으며 말했다.

"헌데 이름은 무엇이라 해야 하나. 이것저것 생각은 많이 했는데, 도저히 결정을 못하겠네."

그 말에 해월공주 적한을 바라보았다.

"갔다 오면 지어줘요."

얼른 돌아오라고, 돌아와서 아이 이름 지어달라고 해월공주 말하고 있었다. 그도 해월공주의 마음 느끼고 고개만 끄덕였다. 그리곤 해월공주의 체취 몸에 기억시키듯 긴 머리카락 움켜쥐고 코에 갖다 대더니 깊이 들이마셨다. 그러다 밖에서 들려오는 시녀들 걸음 소리 듣고는 얼른 처소를 나가 몸을 숨겼다.

해월공주도 아이도 무사한 것 확인한 그는 곧장 남해로 내려가 온갖 해산물 그득그득 잡아 구름 속에 넣어가지고 궁으로 돌아왔다. 하여 처소 앞마당에 산모에게 좋다는 미역과 전복을 산처럼 쏟아부어 놓으니 다음날 아침 그 광경 본 시녀와 의녀들 깜짝 놀라 뒤로 자빠질 뻔하였다.

세상에나 세상에나 용왕의 아이라 하더니, 정말인가. 궁의 시녀들과 내관들 아이의 비늘 보지 못했으니 그저 소문이라 그렇게만 생각하였는데 산처럼 쌓여 있는 미역과 전복을 보니 용왕의 아이인 것이 확실하다 그리들 수군거리며 탄성을 내질렀다. 그 양이 어찌나 어마어마한지 궁에 있는 사람들이 일 년 열두 달을 달려들어 먹어도 다 먹지 못할 정도였다. 하여 삽으로 퍼서 수레에 날라 백성들에게 미역과 전복을 나눠 주니 백성들 때 아닌 시혜에 기뻐하면서도 갑자기 웬 미역과 전복이 이리 넘쳐 나나 싶어 모두 신기해하였다.

이렇게 미역과 전복 산처럼 쏟아놓고, 그 밤 다시 해월공주 처소 들러 품 안에 아이 안고 둥개둥개 하며 시간을 보낸 적한이 새벽녘 곤히 잠든 해월공주에게 입맞춤을 하더니 곧장 처소를 나와 어비대왕이 있는 침전으로 향하였다.

곰보할멈과 곱사등이할아범이 가는 길을 알려주는 정도가 아니라 지옥을 벗어날 수 있도록 방법도 알려준다는 걸 알고 있었지만, 자신에게는 알려줄 리 없으니 일단은 저승에 갈 수 있는 방법이라도 찾아볼 요량이었다. 어비대왕 침전에 몰래 숨어들어 간 적한, 몸을 숨기고 어비대왕 누워 있는 침상 가까이로 다가갔다. 새벽녘이라 침전 밖의 시녀들과 내관들 꾸벅꾸벅 졸기 일쑤여서 침전 안에 적한이 숨어든 걸 까맣게 모르고 있구나.

죽음을 앞에 둔 자 곁에는 저승에서 보낸 일직사자들이 머무르며 기다린다 하였으니 어쩌면 어비대왕 옆에 일직사자가 숨어 있을지도 모를 일이었다. 적한이 컴컴한 침전 안을 샅샅이 훑어보며 일직사자의 옷자락 찾아보는데 눈에 보이지 않으니 답답하였다. 헌데 적한이 막내딸에게 가기를 바랐는지 어비대왕 혼미한 의식 속에서 갑자기 손을 뻗더니 한쪽 방향에 대고 내저으며 오지 마라 오지 마라 헛소리를 내뱉었다. 그 광경을 지켜보던 적한은 무의식적으로 어비대왕이 손 뻗는 쪽에 무언가 있다 여기고, 자루에 가지고 온 팥 꺼내 그곳에 대고 마구 뿌려댔다. 그러자 어둠 속에서 비명 소리 흘러나오더니 검은 옷 입은 자가 모습을 드러내는구나.

그자는 팥 알갱이가 옷 속에 들어갔는지 자리에서 펄쩍펄쩍 뛰며 손으로 옷 구석구석을 털어내고 있었다. 그러든 말든 적한은 다짜고짜 그자의 멱살부터 잡아채고 흔들었다.

"좋은 말로 할 때 그 옷 벗어."

전륜대왕의 일직사자, 마른하늘에 날벼락이라고 갑자기 팥이 날아오는가 싶더니 웬 사내가 멱살을 쥐고 위협까지 해오자 그야말로 혼이 쏙 빠졌다. 게다가 어비대왕 놔두고 썩 꺼져라 그런 요구를 하는 것도 아니고 다짜고짜 옷을 벗으라 하니 어안이 벙벙하였다.

"당신 누구요? 내가 누군 줄 알고 감히……."

"내가 누구인 줄은 알 것 없고, 얼른 옷이나 벗어."

적한, 앞뒤 잘라먹고 제 하고 싶은 말만 하는 버릇은 여전했다. 사정이니 연유니 설명도 않고 무조건 일직사자 목줄기 찍어 누르며 얼른 옷 안 벗으면 네 똥구멍에 팥을 먹이리라 협박하였다.

일직사자는 상상만 하여도 끔찍한지 벌벌 떨며 훌렁훌렁 옷을 벗기 시작했다. 적한은 일직사자가 벗어놓은 옷으로 갈아입더니, 일직사자가 결발한 머리 타래 속에 감춰둔 사자의 징표를 획하니 빼앗아갔다. 그리곤 어디로 가야 저승길과 닿느냐 물으니, 일직사자 얼이 빠져 아무 다리고 건너면 그곳이 저승이다 횡설수설 말하였다. 그리곤 이 일을 우리 전륜대왕이 아시면 당신이 용왕이라 하여도 가만두지 않을 것이다 경고를 하는데, 적한 그런 일직사자의 말 귓등으로 흘려버리곤 곧장 침전을 나가 버렸다. 그리곤 궁 안에 있는 연못으로 향했다. 연못에 작은 돌다리 무지개처럼 놓여 있었던 것이다. 그가 일직사자의 검은 옷 단단히 여미고, 징표를 손에 꼭 쥔 채 무지개다리를 건넜다.

다리를 건너니 곧장 저승길이었다. 적한은 전륜대왕의 일직사자인 척하고, 저승의 일직사자들에게 바리라는 아이를 아느냐며 수소문을 하고 다녔다. 허나 바리를 데려온 일직사자, 다른 혼백 데리러 이승으로 가버렸으니 바리의 소식을 쉽게 얻지 못했다. 그러다 아흐레 만에 염라대왕의 다른 일직사자에게 바리의 소식을 듣고 바로 한빙지옥으로 달려갔으나 한빙지옥 수문장들은 바리라는 아이가 도망을 쳤다며 오히려 적한에게 반감을 드러내고 화풀이를 하려 했다.

바리 때문에 졸지에 한빙지옥이 쑥대밭이 되었으니 수문장들과 형리들은 염라대왕에게 치도곤을 맞은 참이었던 것이다. 하여 떼거지로 이를 갈며 달려드는 수문장과 형리들을 적한이 때려잡고 따돌리느라 있는 대로 진땀을 뺐다. 그렇게 한빙지옥을 벗어난 적한이 바리가 어디로 갔나 다시 행방을 쫓는데, 도대체 어디로 간 것인지 단서가 나오질 않아 시간이 갈수록 속이 타는구나.

지옥을 벗어났다면 다행이지만, 만약 열 지옥을 다 거쳐도 죗값을 치르지 못한 이들이 마지막에 떨어지는 무간지옥으로 갔다면 적한이라 할지라도 구해줄 수가 없는 일이기에 근심이 커져 갔다. 그렇게 시간은 흘러갔다. 적한이 열 지옥을 모두 거쳐 저승 곳곳을 다니며 바리를 찾아 헤매는데 일 년의 시간이 무심히도 흘러갔다.

한편 적한이 이렇게 자신을 찾는 것도 모르고, 바리는 바리대로 일년 동안 온갖 고생을 다 겪고 오랜만에 평화로운 시간을 갖고 있었다. 열시왕 중 열 번째에 해당되는 전륜대왕의 전각에서 베를 짜고 있었던 것이다. 적한은 전륜대왕의 일직사자로 저승에 당도한 처음 전륜대왕이 통치하는 곳을 이미 샅샅이 훑어보고 갔으니, 바리가 이곳에 있다고는 생각지 못하고 있었다. 하여 바리, 아무것도 모르고 전륜대왕의 베를 짜고 있구나.

전륜대왕은 어느 날 바리라는 도령이 도망갔으니 찾으면 보내라는 도시대왕의 서간을 받은 후 신하들에게 바리를 잡아 올려라 명을 했었다. 그런데 이 바리라는 도령이 전륜대왕의 옷을 보더니 오래되어 해지고 낡았다며 삼베옷 한 벌 짜드리고 가면 안 되겠느냐 청을 하는 것이 아닌가. 하여 전륜대왕, 그 청을 받아들여 삼 씨를 뿌릴 수 있도록 전각과 텃밭을 내주었던 것이다.

사실 열시왕에게 판결받으러 오는 사람 중에 삼베를 짤 줄 알거나 농사를 지을 줄 아는 사람들은 그 일로 죗값을 치르게 하였다. 헌데 전륜대왕에게 판결받으러 오는 사람들 모두 아홉 지옥 거치고도 죄상을 씻지 못한 자들이라, 다른 아홉 대왕들이 관장하는 죄인의 수보다 훨씬 적은 수였다. 허니 삼베를 짤 줄 알거나 농사를 지을 줄 아는 사람은 극소수여서 전륜대왕 항시 먹을거리와 직물이 넉넉지 않았다.

지푸라기라도 잡는 심정으로 옷을 해주겠다 청을 했던 바리는, 예상 외로 전륜대왕이 호의적으로 지낼 곳을 마련해 주고 편의를 봐주니 지옥에 온 지 일 년여 만에 비로소 안도의 한숨을 쉴 수 있었다. 사실 전륜대왕의 왕국까지 오는 동안 수없이 고초를 겪어야 했기에 자신의 선택을 후회했던 적도 있었던 바리였다.

처음 한빙지옥에 끌려갔을 때도 극심한 추위와 뼈와 살이 끊어지는 고통에 자신의 선택을 후회하며 울었다. 아니, 눈물이라도 흘려야 추위를 녹일 수 있을까 싶어 나중에는 살기 위해 울었다. 그러나 그 눈물도 얼음이 되어 바리를 괴롭혔다. 바리, 그때 곁을 떠나지 않는 우웰이라도 쓰다듬어 온기를 전해받으려고 손을 뻗다가 소매 안에 넣어둔 쇠풍경이 떨어졌는데 그때 믿을 수 없는 일이 벌어졌다. 쇠풍경이 바닥에 떨어지며 땡그렁 소리를 내자, 얼음산이 굉음을 내며 쩌억 갈라지는 게 아닌가.

계속 사람들을 끌고 들어와 얼음 속에 집어넣던 형리들이 쇠풍경 소리 듣고 갑자기 안절부절못하는 것을 보고, 바리 그때 우웩이에게 쇠풍경 집어 자신의 손에 쥐어달라 부탁하였다. 하여 우웩이가 바리의 손에 쇠풍경 쥐어주니, 바리가 얼어붙은 손으로 간신히 쥐고 죽을힘을 다해 흔들어댔다. 그러자 놀랍게도 얼음산 여기저기에서 쩍쩍 갈라지는 굉음이 들려오기 시작했다. 마침내는 빙벽이 녹고 그 안에 갇혀 있던 사람들이 하나둘씩 풀려나기 시작했다. 형리들은 두려움에 가득 찬 얼굴로 '봄이 오고 있다' 소리를 내지르며 허둥지둥 한빙지옥을 내버려 두고 도망을 치기 시작했다.

바리는 쇠풍경이 들려주는 누렁이 소리를 들으며 깨달았다. 왜 곱사등이노인이 이 쇠풍경을 전해주었는지 말이다. 의미심장하게 웃으며 봄이 오는 소리라고 말했던 것은, 바로 한빙지옥을 두고 말한 것이었구나. 누렁이와 함께 평생을 함께한 쇠풍경은 누렁이가 봄이 되면 어김없이 자신을 흔들어 깨우던 기억을 제 몸 안에 갖고 있었던 것이다. 하여 쇠풍경이 소리를 자아내니 만물이 봄이 온 줄 알고 얼음을 녹이기 시작했다. 바리는 그렇게 한빙지옥을 벗어나 도망칠 수 있었다.

물론 지옥구경은 그것으로 끝나지 않았다. 한빙지옥을 다 녹여 버린 사실이 염라대왕에게 알려지면서 염라대왕 저승세계의 질서를 망가뜨린 바리를 잡아오라 신하들을 보냈던 것이다. 하여 다시 잡혀온 바리, 쇠풍경을 흔들며 오니 한빙지옥 다시 녹기 시작하였다.

이를 본 염라대왕 분하지만 어쩔 수 없이 직접 형벌을 주진 못하고, 그 죄상을 물어 변성대왕에게 인계했다. 변성대왕은 자연의 질서를 거스르거나 세속적인 이익만을 추구하는 사람을 판결하였는데, 그 형벌로서 독사지옥에 처하였다. 하여 일식사자들에 끌려 변성대왕에게 보내졌던 바리 독사지옥으로 그대로 떨어졌는데, 수많은 사람이 독사에게 몸이 감겨 숨통이 조이는 고통을 당하고 있었다. 독사들은 하나같이 사람보다 더 크고 웅대하여 독사들에게 몸이 감긴 사람들은 간신히 고개만 빼놓고 있을 정도였다.

그 광경을 접한 바리가 곱사등이노인이 왜 그렇게 구렁이를 잡아라 하였는지 깨닫기도 전에 독사 하나가 슬금슬금 다가오더니 다리부터 감기 시작하였다. 이제야말로 정말 죽었구나 바리가 부들부들 떠는데 우웩이가 그 독사의 눈을 부리로 파 눈을 멀게 했다. 독사들은 비명을 내지르며 제 스스로 몸을 풀고 뒤로 물러났다. 우웩이는 바리에게 다가오는 독사들을 하나씩 하나씩 처치해 나갔다. 부리로 눈을 쪼고, 두 발로 독사를 잡아채 형리들에게 던졌다.

우웩이 지옥의 독사들보다 그 몸집 훨씬 작았지만, 수많은 사냥에 단련된 해동청이었으니 그 안에 숨겨진 힘 가히 놀라울 정도였다. 그렇게 우웩이의 도움으로 독사지옥을 도망칠 수 있었던 바리는 한참 길을 걷다 어느 여자의 하소연을 듣다가 도시대왕에게 가게 되었다. 그 여자, 이승에 있을 때 이미 혼인을 한 사내와 통정을 하여 외도와 문란 죄를 판결하는 도시대왕에게 인도되고 있었던 것이다. 여자는 자신의 죄는 인정하나 억울하다 항변하였다. 혼인한 사내인 것은 나중에 알게 되었고, 알았을 땐 깊이 은애한 후라 도저히 헤어질 수 없었다고 말이다. 가는 길에 여자의 이런 사정 듣고 어느 정도 여자의 마음을 이해하게 된 바리도 여자를 옹호하는 말을 하였다가 도시대왕의 분노를 사 풍도지옥으로 가게 되었다.

알고 보니 그 여인, 그 사내의 부인을 죽이려고 모의를 했던 것이다. 허나 역으로 사내에게 죽임을 당하여 억울하다 하소연하는데 도시대왕 혀를 차며 끌고 가라 명하였다.

"어리석은 것, 남을 해하려 했으면서 자신을 해했다고 억울하다 하다니, 뻔뻔하기 이를 데가 없구나."

그때서야 그 여인의 행실 알고 바리 뜨악해하는데 이미 바리가 옹호하는 것 듣고 괘씸하게 여겼던 도시대왕은 바리까지 끌고 가라 명하였다.

"전 거기까지는 몰랐어요, 대왕님."

바리가 억울하여 하소연하였지만 도시대왕 가차없이 일갈했다.

"모르면서 왜 그 여인은 옹호해 준 것이냐? 겉만 보고 함부로 판단하고 개입하는 짓, 그것도 죄로다. 너는 그 팔락거리는 마음부터 고치고 와라."

하여 얼떨결에 풍도지옥에 같이 끌려가게 되었다. 풍도(風塗)지옥에 가보니, 그곳은 이름 그대로 바람과 진흙으로 형벌을 가하는 곳이었다. 더러운 진흙탕에 빠진 채 살점이 떨어져 나갈 정도로 거센 바람을 계속 맞아야 하니 오물 냄새가 진동하고 바람에 온몸이 부서질 듯 고통스러웠다.

그곳에서는 쇠풍경도 우웩이도 소용이 없었다. 오히려 바람이 너무 거세 우웩이는 바위 뒤에서 몸을 움츠리고 있어야 했다. 형리들의 손에 의해 진흙탕에 빠뜨려진 바리는 거센 바람에 아무 생각 못하다가, 문득 해월공주의 보갑에서 가져온 비늘이 생각났다. 그때 적한아재가 말하길 그 비늘 물속에서도 자유롭게 헤엄칠 수 있도록 주문을 걸어두었다 하였으니 이판사판 이리 죽으나 저리 죽으나 비늘 물고 진흙탕 안으로 들어가 보자 생각하였다. 하여 바리가 붉은 비늘을 입에 물고 안으로 잠수해 들어가니 진흙탕이 끝없이 어딘가로 이어져 있었다. 우웩이는 바리가 진흙탕 안으로 들어가는 것을 보고 뭔가 이상하다 여겨, 온 힘을 다해 날아 풍도지옥을 벗어났다.

바리가 온갖 오물을 가르고 헤엄을 계속 쳤다. 그러다 밝은 빛이 새어 나오는 밖으로 나와보니 풍도지옥을 관장하는 도시대왕의 화원이었다. 도시대왕 연꽃을 좋아하여, 풍도지옥의 진흙탕 귀퉁이에 연꽃을 심었던 것이다.

바리는 진흙탕에서 빠져나온 후 그대로 도망을 쳤으나 멀리서 바리의 달아나는 모습을 본 전각의 내관 도시대왕에게 알리니 도시대왕 바리 도령을 잡아들이라 명을 하였다. 허나 전륜대왕이 통치하는 땅에 다다른 바리, 전륜대왕에게 옷을 지어주겠다 하니 전륜대왕 도시대왕 서간을 받고도 모른 척하였다. 이렇게 해서 지옥에 간 지 일 년여 만에 바리가 지옥을 벗어나 삼베를 짜게 되었다.

베 짜는 이가 귀한 전륜대왕의 전각에서는 바리가 삼 씨를 뿌리고 삼실을 잣고 베를 짜는데 어려움은 없는지 하나하나 알뜰하게 챙겨주고 보살펴 주었다. 바리, 곰보할멈에게서 받은 삼 씨를 뿌려 배운 대로 삼베를 짜니 전각 안의 지켜보던 많은 이들이 탄성을 내질렀다. 도령은 애기씨도 아니면서 어찌 이리 베를 잘 짜오, 도령치곤 섬섬옥수를 가졌으니 삼베 짜려고 태어난 모양이오 그러면서 말이다. 그 말에 바리는 일부러 목소리 굵게 내며 그저 허허 웃기만 하였다.

어느새 바리의 나이 내일 모레면 벌써 열여덟이라, 지옥에 온 지 일 년이 넘었구나. 한창 젖살 빠지고 복사꽃처럼 피어오르는 나이이니, 살결은 점점 더 투명해지고 젖가슴은 부풀어 영락없이 여인의 자태를 하고 있었으나 오랫동안 남장하고 사내처럼 행동하는 게 익숙해져 있어 주위 사람들 으레 바리가 샌님같이 생긴 도령이구나 그렇게 여길 뿐이었다.

마침내 전륜대왕에게 온 지 반년이 되자 바리가 백 필의 삼베를 짜내었다. 허나 전륜대왕 흰 삼베 보시고는 흰 삼베 저승 온 혼백들이나 입지 우리는 검은 옷을 입는다 말하며 난감해하였다. 바리 그 말을 듣고 그게 뭐 어려운 일이겠냐며 흔쾌히 검게 물을 들여주겠다 대답하였다. 전륜대왕 그 말을 듣고 어린 도령이 많은 것을 배워놓았구나 감탄하시며 칭찬하였다. 검은 옷을 흰옷으로 만들라 하지 않는 걸 다행으로 여기며 바리는 옛 기억을 떠올려 물을 들였다. 이래서 곰보할멈 흰옷을 검게 물들이는 것도 시켰던 것이구나.

얼마 후 새까맣게 물들인 삼베옷 한 벌을 전륜대왕에게 바치고, 남은 삼베는 언제든 필요하실 때마다 옷 지어 입으시라 말하니 전륜대왕 흡족해하며 원하는 것을 말해보라 하였다. 바리는 자신이 저승에 온 것은 삼신산의 약려수 구해 병든 부모 살려 드리려고 한 것이라 이야기하고, 삼신산이 어디에 있는지 알려주면 안 되겠느냐 간곡히 청을 하였다. 그러자 전륜대왕 삼신산을 가려면 저승에 있는 황천강을 건너야 한다 선선히 말해주었다.

"그럼 황천강은 어디에 있는지요?"

"이곳을 나가면 붉디붉은 저승화를 볼 수 있을 것이다. 그 꽃을 따라가거라."

"저승화요?"

"그래, 그 꽃들은 지옥에서 죗값을 치른 사람들이 다시 태어나기 위하여 황천강으로 향하다가 옛 기억에 사로잡혀 그대로 멈춰 선 자들이다."

바리가 전륜대왕의 말을 귀담아듣고 멍구럭을 챙겨 드는데 전륜대왕 한 가지를 더 알려주었다.

"황천강으로 가는 길에 아귀들이 득실거릴 것이다."

"아귀들이요?"

"황천강으로 가다가 제 안의 허기를 이기지 못하고 미쳐 버린 자들이다."

"어떻게 해야 그들을 피할 수 있나요?"

바리의 간곡한 물음에 전륜대왕 알 듯 모를 듯한 말을 해주었다.

"황천강을 건널 때까지 그게 무엇이든 절대 내어주지 마라. 그들은 한 번 내어주면 끝이 없다."

바리 뜻 모를 말에 고개를 갸웃거리다, 전륜대왕에게 작별의 인사를 하고 곧장 길을 떠났다. 전각을 나서자 전륜대왕 말대로 붉디붉은 저 승화들이 피어 있었다. 하여 그 붉은 꽃을 따라 열심히 걸음을 옮겼다. 오랜만에 밖에 나온 우웩이도 날개를 펴고 주위를 둘러보았다. 붉은 꽃길은 끝없이 이어져 있었다. 꼭 사람의 핏물처럼 어찌나 붉은지 섬 뜩할 정도였다. 바리는 한때 사람으로 살아갔을 붉은 꽃들을 바라보며 이승에 있는 사람들을 떠올렸다. 과연 아버지 대왕마마 살아 계시기는 한 건지, 어머니 왕후마마 더 병약하여지신 것은 아닌지, 할매 할배는 건강히 잘 계신지, 해월공주와 적한아재는 혼례를 치렀는지 문득 너무 나 보고 싶고 그리웠다. 허나 제 기억에 사로잡혀 저승화가 되었다는 말 떠올리니, 문득 자신도 저리 붉은 꽃으로 이곳에 영영 발이 묶일까 두렵구나. 바리가 그리운 마음 애써 털어내고 마음을 굳게 다지며 그 길을 다시 걷기 시작했다.

얼마나 걷고 또 걸었을까. 갑자기 기괴하고 흉측하게 생긴 아귀들이 나타나더니 바리가 들고 있는 멍구럭을 빼앗으려 했다. 흉측한 아귀들 의 모습에 소스라치게 놀라 바리가 땅바닥에 주저앉아 버렸지만 전륜 대왕이 했던 말 떠올리며 멍구럭을 내어주지 않으려고 품에 끌어안고 몸을 움츠렸다. 아귀들은 팔다리가 앙상하고 배만 볼록하였는데, 어찌 나 기운이 드세고 사나운지 다가오는 것만으로도 간이 오그라지는 것 같았다. 허나 그 눈빛 잔뜩 배가 고픈 듯 눈물을 글썽이며 고통으로 얼 룩져 있으니 사람으로 하여금 연민의 마음 절로 솟게 하였다.

그들은 바로 전륜대왕이 말해준 저승의 아귀들이었다. 지옥에서 죗 값은 치렀으나 황천강으로 향하다가 스스로의 허기와 서러움에 굴복 하여 다른 이의 것을 빼앗아 배를 채우려는 괴물로 변해 버린 것이다.

아귀들은 바리의 멍구럭에 먹을 것이 들어 있다 생각하고 무섭게 달려들었는데, 우웩이가 쪼아대자 몇몇은 흩어졌다. 허나 그 수가 점점 더 많아지고 우악스러워지니 우웩이로서도 점점 지쳐 가기 시작했다. 더 이상 두고 볼 수 없어 바리가 멍구럭에서 단궁을 꺼내어 들고 활을 겨냥하자 아귀들이 스멀스멀 뒤로 물러나며 마치 아이처럼 흐느끼며 서럽게 울기 시작했다.

"배가 고파서 그런 것인데……. 활을 겨누다니……."

"먹을 거 있으면 좀 나눠 줘. 혼자만 먹지 말고, 응?"

눈물 흘리며 애걸하는 아귀들을 보니 두려우면서도 안쓰러운 마음이 들었다. 바리가 겨냥하던 활을 내리고 이 멍구럭에는 먹을 것이 없다, 있었다면 줬을 거다 그렇게 대답했다. 그러자 아이처럼 울던 아귀들 갑자기 살기 어린 눈빛을 하더니 바리에게 달려들었다.

"그럼, 널 잡아먹어야겠다."

"있는지 없는지 내 눈으로 봐야겠어. 그런 거짓부렁에 속을 줄 알고?"

"아, 야들야들한 것이 맛있게도 생겼구나."

이러며 아귀들이 눈을 희번덕거리고 침을 흘리며 몰려오니 바리 단궁으로 다시 시위를 겨냥하는데 달려드는 아귀들 너무 많아 누구를 먼저 쏴야 할지 알 수 없어 당황스러웠다. 우웩이는 우웩이대로 다시 공격을 하였지만 역부족이니, 바리 눈앞에서 이를 드러내고 자신의 목줄기를 물어뜯으려는 아귀를 보며 이렇게 꼼짝없이 죽는구나 싶어 질끈 두 눈을 감았다. 그리곤 이승에 두고 온 사람들을 떠올리며 눈물 한줄기를 흘리는데 참으로 이상한 것이 목줄기 뜯겨 나가는 느낌 찾아오지 않는구나. 바리가 실눈을 뜨고 주위를 살펴보니 달려들었던 아귀들이 공중으로 멀리멀리 내던져지고 있었다.

놀란 얼굴로 그 광경 바라보던 바리가 믿어지지 않는다는 얼굴로 하늘을 올려다보았다. 하늘 위에서 청룡이 아귀들을 향해 꼬리를 내려쳐 아귀들을 아작 내고 멀리멀리 내던지고 있었던 것이다. 남해용왕인가? 바리는 예전에 자신이 보았던 그 용왕인가 싶어 유심히 쳐다보았는데 그 빛깔이 좀 달랐다. 기저국의 성 앞에서 봤었던 붉은 용이 아니고, 온통 푸른 비늘로 뒤덮인 용이었다.

일단 아귀들에게서 벗어났다는 게 너무 다행스러워 바리가 안도의 숨을 내쉬면서도 한편으론 청룡이 왜 자신을 돕고 있는 건지 이해가 되지 않아 어리벙벙한 얼굴을 하였다. 하여 하늘 위에 있는 청룡을 의아한 얼굴로 바라보고 서 있는데, 아귀들을 다 쓸어버린 청룡이 갑자기 구름 속에서 고개를 쑥 내리더니 바리의 코앞까지 얼굴을 디밀었다. 바리가 형형하게 빛나는 청룡의 푸른 눈동자에 흠칫 놀라 뒷걸음질하다가 청룡이 아무 공격 안 하고 조용히 자신을 바라보기만 하자 걸음을 떼어 청룡에게 다가갔다.

"고…… 고맙습니다."

청룡은 무슨 생각을 하는지 무표정한 얼굴로 바리를 쳐다보고 있었다. 바리가 다시 말을 건넸다.

"이 은혜는 절대 안 잊을게요."

바리의 착각일까. 청룡이 그 말 진짜냐 이렇게 묻는 것처럼 고개를 갸웃하였다. 바리가 약속을 하겠다는 의미로 새끼손가락을 내밀자 청룡이 한쪽 수염을 움직여 새끼손가락을 얽고 흔들었다. 그리곤 훌쩍 하늘로 올라가 버리더니 구름 속에 몸을 감췄다.

바리는 청룡이 어디로 갔을까 저승의 하늘을 올려다보고 있다가 등 뒤에서 들려오는 개 짖는 소리에 눈을 휘둥그레 뜨고 뒤를 돌아보았다. 맙소사, 청목이와 검덕이가 서 있었다. 눈으로 보고도 믿을 수가 없었던 바리는 자신의 눈을 비벼댔는데, 환시인 줄 알았던 청목이와 검덕이가 점점 가까이 다가오고 있었다.

청목은 어딘가 화가 난 듯 바리를 노려보는가 싶더니 깊은 한숨을 푹 내쉬며 바리를 껴안았다. 멍하니 그런 청목을 바라보던 바리가 어느 순간 청목의 어깨에 얼굴을 묻고 엉엉 울기 시작했다. 저승에서 청목과 검덕이를 만나니 눈물이 왈칵 솟구쳤던 것이다. 청목이 왜 저승에 온 것인지, 또 어떻게 여기까지 온 것인지 알 수는 없었지만 지금 이 순간 눈앞에 청목이와 검덕이가 있다는 게 감격스러웠다. 고초를 겪을 때마다 이승에 두고 온 수많은 사람을 떠올리며 과연 그들을 다시 볼 수는 있을까 절망한 적이 한두 번이 아니었는데 이렇게 청목이와 검덕이가 나타난 것이다. 하여 바리, 그동안 꾹꾹 눌러 쌓여 있던 그리움과 두려움이 한꺼번에 터져 나와 엉엉 울어버렸다.

청목 또한 묵언 때문에 한마디 말은 못하고 드디어 저승에서 바리를 찾아냈다는 것에 기뻐 눈물을 흘렸다. 솔직히 바리를 찾게 되면 일단은 한 대 패주겠다 이를 갈고 있었다. 스스로 선택해서 바리를 따라온 것이지만 처음 끌려갔던 철상지옥부터 화탕지옥과 검수지옥까지 줄줄이 헤쳐 나오면서 끝내 고집을 피우고 저승까지 온 바리를 향해 그동안 무척이나 화가 났었다. 헌데 이 용감하고 무식하기만 할 것 같은 바리가 애기씨처럼 울어버리는 게 아닌가. 게다가 때리기는커녕 손대기도 조심스러울 정도로 아리따운 애기씨가 되어 있어서 청목은 그동안 박박 갈아댔던 마음이 다 어딘가로 사라져 버리는 듯했다. 막상 바리가 무사한 것 확인하니 그것만으로도 모든 근심 다 사라지는 듯 기뻤다. 청목은 무사하니 되었다는 그 말 하지 못하고 훌쩍대는 바리의 머리만 연신 쓰다듬어 주었다.

바리 따라 저승에 왔다가 열여덟이 된 청목은 어느새 키가 훌쩍 크고 사내다워져서 바리보다 한 뼘이나 더 키가 커 있었으니 바리를 안고 있는 청목의 모습 영락없이 다 큰 사내였다. 바리는 자신을 내려다보는 청목의 눈 사내의 눈인 줄도 모르고, 문득 무언가 깨달은 양 놀란 얼굴로 청목을 쳐다보았다.

"너 죽어서 여기 온 거구나?"

청목이 무슨 뜻인가 싶어 묻는 눈으로 쳐다보는데, 바리는 청목의 손을 잡으며 걱정스레 묻기 시작했다.

"어쩌다 벌써 죽게 된 거야? 사고를 당한 거야? 아니면 병에 걸렸던 거야?"

청목이 그제야 말뜻을 알아듣고 한숨을 내쉬었다. 어째서 바리는 자기 때문에 그가 저승에 온 것이라고는 생각지 못하는 걸까. 예전에 바리를 너무 구박하고 타박을 해서 그런 걸까. 청목이 굳은 얼굴로 고개를 젓고는 바리의 손목을 꽉 잡았다. 그리곤 돌아가자는 의미를 황천 강 가는 길과 반대편으로 잡아끄니 바리 어리둥절한 얼굴로 물었다.

"왜 그래? 삼신산 가려면 저쪽으로 가야 하는데."

청목이 답답하여 긴 한숨을 내쉬었다. 묵언의 명을 어길까 청목 심히 갈등하다가 삼 년간의 묵언이 이제 아흐레만 남았다는 걸 떠올리고 질끈 어금니를 깨물었다.

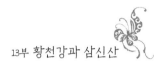
"청목아, 어차피 너도 다시 태어나려면 황천강으로 가야 돼."

자꾸만 손목을 잡아끌며 돌아가자 하는 청목에게 바리는 답답하다는 듯 말했다. 청목이 이승에서 죽어 저승지옥을 거쳐 온 것이라 생각했던 바리는 청목이 다른 혼백들처럼 황천강으로 가야 한다고 생각했다. 비록 청목이 다른 혼백들처럼 육신의 모습 잃지 않았지만 아마도 바리를 알아보고 기억을 떠올려 그 모습 드러내고 있다 그렇게 추측할 뿐이었다. 바리는 청목이 제 기억에 사로잡혀 저승화가 될까 봐 걱정스러웠다. 아직도 자신이 살아 있는 줄 알고 돌아가자 잡아끄니 말이다.

청목은 그런 바리를 보면서도 아무 말을 할 수 없어 답답했다. 처음 자신을 저승으로 데려온 평등대왕의 일직사자를 찾아내어 그 일 폭로하겠다 위협하며 자신과 바리를 이승으로 돌아가게 해달라 할 생각이었는데 바리는 철석같이 그가 죽어서 왔다 생각하니 한숨만 나왔다. 비록 장수 대신 왔지만 용의 존재라 이승과 저승 육신을 버리지 않고

도 올 수 있었는데 청룡인 것 알리려 하여도 말을 해야 알릴 수 있으니 그야말로 복장이 터질 판이었다.

"이제 황천강만 건너면 돼. 황천강만 건너면 삼신산야. 그럼, 약려수 구해서 돌아갈 수 있어."

바리는 저 먼 어딘가를 바라보며 그 말을 되뇌더니 청목이 잡고 있는 손목을 뺐다. 그리곤 명구럭을 어깨에 메고 저승화가 피어 있는 그 길을 걸었다. 그 말은 청목에게 하는 것이 아니라 바리 자신에게 하는 것 같았다. 바리의 걸음에 우웩이와 검덕이도 그 뒤를 따라가고 있었다.

청목이 그 모습 가만히 지켜보다가 한숨을 내쉬며 같이 따라갔다. 어차피 황천강의 불길 마주하게 되면 바리도 삼신산 가겠다는 생각을 버리게 될 터이다. 그가 보건대 바리는 저승지옥 헤쳐 나오는 동안 포기하고 싶은 자신을 일으켜 세우기 위해 저승에 온 목적을 계속 마음에 새긴 것 같았다. 하여 바리의 마음속엔 오직 황천강 건너 삼신산 가야 한다는 생각밖에 없어 보였다.

핏빛 같은 저승화를 따라 걷는 그 길에는 아귀들이 징그럽게도 계속 나타났다. 허나 청목이 청룡인 것을 알고 그 위세에 눌려서인지 아니면 황천강이 가까워질수록 아귀들의 결핍도 줄어드는 것인지 이상하게 그 위력이 점점 더 약해졌다. 아귀들은 또다시 바리의 명구럭을 빼앗아가려고 사납게 달려들고 검덕이를 먹겠다며 입맛을 다셨으나 어느 정도 싸우고 위협을 하면 스스로 물러나 버렸다. 놀랍게도 나중에는 아귀들이 이들 일행을 보고 달려오다가 바리를 보고는 군말없이 길을 비켜주기도 했다. 바리는 황천강이 가까워서 그런 것인가 생각하였지만 사실은 이승에 있는 바리의 언니들이 바리의 무사귀환을 기원하며 선행을 쌓고 있는 덕이었다.

적한을 저승에 보낸 해월공주, 사방팔방에 있는 언니들에게 목간 보내어 바리가 지금 저승에 당도하였으니 저승에서 조금이라도 도움의 손길 받을 수 있도록 선행을 행하여달라 부탁을 했던 것이다. 하여 사방팔방에 시집간 바리의 언니들, 막냇동생 그 먼 길 보내고 미안하고 부끄러워하던 차에 힘을 보태줄 수 있는 일이 생겼으니 만사 제쳐 두고 선행을 행하였다.

억울하게 죽은 자 그 사연 들추어 멍멍백백 풀어주고, 굶주리고 헐벗은 자 가려내어 방방곡곡 구휼미 전해주고 입을 옷 하사했다. 또한 자신의 부군에게 백성들의 어려운 일 보살필 수 있도록 사심 버리고 간언(諫言)드리고, 혼례 치를 때 예물로 받았던 패물과 자식들 낳을 때마다 하사받은 온갖 값진 물건 팔아 백성들에게 일할 수 있는 기반 마련해 주니, 자신의 한과 후손에 대한 걱정으로 가슴속에 응어리를 갖고 죽어갔던 많은 이들이 후손들에게서 부디 좋은 곳에 태어나라는 기원을 받을 수 있었다. 하여 혼백들과 아귀들의 한과 결핍이 서서히 사그라졌던 것이다.

이렇게 언니들의 선행으로, 바리 황천강에 드디어 다다랐다. 아니, 다다르기 전부터 뜨거운 열기가 훅 끼쳐 오고 눈앞이 모두 안개인지 뭔지 모를 것에 싸여 있는 것을 보고 황천강에 거의 다 왔다는 것을 알 수 있었다. 황천강 주위를 뒤덮고 있는 열기 때문인지 바리의 온몸에서 땀이 나고 숨이 막혀왔다. 꼭 햇빛 쨍쨍한 한여름 날씨 같았다. 아니, 그것보단 소나기 내리기 직전에 푹푹 찌는 그런 무더위 같기도 했다. 내내 바리의 머리 위에서 날았던 우웩이는 뜨거운 공기를 도저히 못 견디겠는지 훌쩍 하늘로 올라가 시원한 공기를 마셨다. 온통 털로 뒤덮인 검덕이는 혀를 내밀고 헥헥거리면서도 바리 곁을 떠나지 않았다.

한편 숨이 막힐 정도로 뜨거운 공기 속에서도 한 걸음 한 걸음 앞으로 나아가는 바리를 보면서 청목은 도저히 이해할 수가 없었다. 아무리 제 부모를 살리고 싶어서라고 해도 그렇지, 어떻게 제 목숨까지 거는 것인지 말이다. 오히려 자식이 먼저 목숨을 잃어 저승의 객이 되면 제 부모 가슴에 못질하는 게 아닌가. 청목은 그 모습 당최 이해할 수 없다는 듯 바리를 쳐다보는데 마침내 황천강을 본 바리는 넋을 놓은 듯 그 엄청난 광경을 바라보고 있었다. 주위는 온통 뜨거운 김에 휩싸여 앞을 분간할 수 없는데 황천강은 무시무시한 불길을 내뿜으며 활활 타고 있었다. 그 불길 멍하니 올려다보던 바리의 눈에서 땀인지 눈물인지 모를 물줄기가 흘러내렸다.

"황천강이야, 청목아."

황천강은 청목이 생각한 대로 이글이글 불길에 타오르고 있었다. 죗값을 다 치른, 그리하여 제 안에 어떠한 흔적도 남기지 않은 순수한 혼백 외에는 모두 태워 없애 버리겠다 그렇게 경고하는 것처럼 불길은 무섭도록 거셌다. 간혹 서러움과 굶주림을 참지 못한 아귀들이 제 몸을 던져 버리면 흔적도 없이 태워 삼켜 버리는 잔인한 강이었다. 강은 건너편이 보이지 않을 정도로 넓고 깊었다. 삼신산은 살아 있는 인간의 접근 따위는 처음부터 허용하지 않는 황천강 너머에 있었던 것이다. 그 황천강을 바라보며 바리는 아무런 말도 하지 않았다. 청목 또한 예상했던 것보다 더 무시무시한 황천강을 바라보며 얼어붙었다.

충격과 공포로 얼룩져 있던 바리의 두 눈은 어느 순간 평온할 정도로 고요해졌다. 하기야 이곳까지 오는 데 삼 년이 걸린 바리다. 그 삼 년 동안 안 해본 일이 없었고, 안 겪어본 난관이 없었는데 삼신산을 바로 앞에 두고 이렇게 좌절하게 될 줄 생각이나 했던가. 청목은 바리가 지금 얼마나 상심했는지 알 것 같아, 제 스스로 발길 돌리길 기다렸다. 헌데 황천강을 바라보던 바리가 고백하듯 청목에게 말했다.

"사실은 말이야, 청목아. 단지 아버지를 살리기 위해서만 그 고생을 견딘 건 아니었어. 만나는 사람들마다 나를 효녀라고, 갸륵하다고 말했는데, 아니야. 난 효녀도 아니고 갸륵하지도 않아."

황천강 앞에서 두려움에 사로잡힌 자신을 책망하는 걸까. 청목은 위로하듯 바리의 손을 잡았다. 바리는 목숨을 잃고 저승에 와버린 청목을 쳐다보고는 눈물을 흘렸다.

"나도, 아버지처럼 그리고 너처럼, 언젠가는 죽겠지? 버림받은 걸 서러워하고 은애하는 이의 아이를 낳으면서 그렇게 살다가 언젠가는 죽게 되겠지?"

말을 쏟아낼수록 바리의 얼굴이 일그러져 갔다. 황천강의 열기에 바리의 얼굴 붉게 달아올랐지만, 두 눈은 고통으로 눈물을 흘리고 있었다.

"영원히 살고 싶다는 게 아니야. 아버지 어머니가 영원히 살았으면 하는 것도 아니야. 단지 조금만 더 살았으면 하는 거야. 날 좀 사랑해주고 가면 안 되는 거야? 내가 드리고 싶었던 사랑도 좀 받아주면 안 되는 거야? 있지, 나는 알고 싶었어. 내가 버려도 마땅한 애였는지, 아니면 버린 게 후회되는 애였는지 알고 싶었어. 근데 시간이 없어. 아버지도 어머니도 얼마 남지 않았어. 난 아직 원망이 가득한데, 왜 나만 그렇게 자라야 했는지 너무 서럽고 화가 나는데 그걸 들어줄 시간이 없대. 어째서 나는 원망할 시간도 없는 거야? 어째서……."

이제는 무엇이 진심인지도 헷갈리는 말들이 바리의 입에서 마구 쏟아져 나왔다. 위험하다, 길이 없다 말리고 데려갈 생각만 했던 청목은 바리의 그 고통 어린 고백 앞에 마음이 흔들렸다. 할 수만 있다면 바리가 황천강을 건너게 해주고 싶었다. 허나 자신 혼자서는 턱도 없는 일이었다. 하여 말없이 바리를 안아주는 것밖에 할 수 없었다.

아, 이럴 때 묵언의 명만 아니라면 너는 충분히 어여쁘고 너는 내게 너무나 소중한 존재다 말해줄 수 있을 터인데 아무 말도 해서는 안 되는구나.

청목이 멈추지 않고 흘러내리는 바리의 눈물을 닦아주었다. 이곳까지 온 것만으로도 대단하단 생각이 들었다. 솔직히 바리가 이곳까지 올 수 있을 줄은 몰랐고, 이렇게 꿋꿋이 지옥을 헤쳐 나올 수 있을 것이라고 생각지 못했다. 지옥 어딘가에서 고통받고 있을 것이라 여겨 구해낼 생각만 하였는데 바리는 그가 생각했던 것보다 훨씬 강하고 현명했다.

어느새 바리가 눈물을 멈추고 돌아갈 채비를 하는데 하늘로 올라갔던 우왹이가 갑자기 날아오더니 바리의 옷깃을 잡아당겼다. 무슨 일인지 알 수 없었지만 우왹이 다른 쪽으로 가보자 말하는 것 같았다. 바리가 주춤주춤 우왹이가 잡아당기는 데로 걸어갔다. 청목과 검덕이도 어리둥절해하며 그 뒤를 따랐는데, 놀랍게도 멀리서 적한이 오고 있었다. 꼭 누구에게 쫓기는 사람처럼 뒤에 누가 따라오나 안 오나 살펴보며 오고 있었다. 바리는 제 눈으로 보면서도 믿어지지가 않아 헛것인가 싶어 눈을 비벼댔고, 뒤따라온 청목은 적한을 알아보곤 눈이 휘둥그레졌다.

"어이, 바리 처제."

적한이 바리를 알아보곤 손을 흔들었다.

"적한아재, 어떻게 여길 온 거예요?"

바리는 눈앞에 적한을 두고도 도저히 믿어지지 않아 적한을 위아래로 훑어보았다. 게다가 어찌 된 영문인지 적한도 제 모습 그대로 갖고 있으니 신기한 일이었다.

"언니는 어쩌라고 아재가 여길 와요?"

바리는 이번에도 적한이 이승에서 목숨을 잃고 저승에 왔다고 생각하여 해월공주가 지금쯤 얼마나 상심하고 있을까 그 걱정부터 하였다. 적한이 바리의 말에 껄껄 웃더니, 해월도 알고 있으니 걱정 마라 하였다.

"해월 언니도 알고 있다고요?"

어차피 황천강 건너려면 용의 모습으로 도와야 하니 적한은 더 이상 숨기지 않고 사실 그대로 말해주었다. 자신이 남해용왕이라 네 언니가 동생 좀 도와달라 청을 하였다고 말이다. 바리는 적한이 남해용왕에다가 언니도 그 사실을 알고 있었다는 게 적잖이 충격이었는지 입을 딱 벌린 채 아무 말도 하지 못하다가 슬금슬금 옛날 기억이 떠오르는지 하나부터 따지기 시작했다.

"그럼, 우리 언니 잡아갔던 그 나쁜 용왕이 아재란 말이에요?"

적한은 새삼스레 옛일을 들추는 바리의 말에 무안한 듯 턱을 쓰다듬었다.

"으음."

"그럼, 몰래 훔쳐봤던 게 우리 언니 다시 잡아가려고 그런 거란 말이에요?"

"으음. 아…… 아니. 그건 아니고, 언니 마음 돌리려고 했던 거지."

적한은 이미 지난 일이라 별생각없이 대답하였는데, 뒤늦게 알게 된 바리는 왠지 약이 오르는지 냅다 적한의 정강이를 차버렸다.

"으이씨, 그런 줄도 모르고 언니랑 엮어주려고 했었네."

적한이 한쪽 무릎을 만지작거리며 아서라 손을 내저었다.

"바리 처제, 해월은 지금 내 아이 낳고 잘살고 있으니까 이러지 마."

바리는 그 말을 듣고 더 열받는지 적한의 다른 쪽 정강이도 차려고 했다. 허나 적한이 다급히 건네는 말에 발길을 멈췄다.

"처제 도와주려고 저승에서 일 년 넘게 찾아 헤맸는데 진짜 이러기야?"

뒤에 서 있던 청목의 두 눈이 그 순간 날카롭게 빛났다. 적룡이 합세한다면 황천강을 건너는 것 가능했던 것이다. 청목이 아직 성년식 치르지 못해 힘이 약한 데 반해 적룡의 힘은 용 중에서도 용왕의 힘이었으니 어쩌면 혼자서도 황천강 건너게 해줄 수 있을지도 모른다.

적한의 말에 귀가 번쩍 뜨인 바리는 지금까지 적한과 있었던 일들은 싹 잊어버리고 어떻게 도움을 줄 수 있는지 다짜고짜 묻기 시작했다.

"아재가 정말 도와줄 수 있어요?"

그는 저 멀리 뜨거운 열기가 전해져 오는 황천강을 바라보며 심각한 얼굴을 하는가 싶더니 자신을 노려보고 있는 청목을 향해 씨익 웃어 보였다.

"청룡의 후계께서 도와준다면 가능도 할 것 같은데, 어찌 생각하오?"

적한은 원래 혼자 바리를 건너게 할 생각이었으나 여의주 봉인당했으니 자칫 황천강 건너다 해를 입게 될까 걱정스러웠다. 봉인이 풀리려면 달포가 더 남아 있었기에 해를 입은 상태로 이승에 돌아간다 하여도 기력을 회복할 방법이 없었다. 헌데 생각지도 못하게 동해용왕의 후계 청목이 바리 곁을 지키고 있으니 잘되었다 싶구나. 아직 힘이 미약하나 협력을 한다면 무사히 건널 수도 있음이라.

물론 청목이 거절하면 혼자서라도 건너게 해줄 생각이었지만 적한은 오래전 그에게 훈계하던 청목을 시험해 보고 싶었다. 생짜로 여인 붙잡아 가둬두었으니 도망가고 싶은 것 당연한 것 아니냐 그에게 훈계하며 아락바락 대들었던 저 후계는 과연 자신이 은애하는 여인에게는 어찌하는지 보고 싶었다. 부모님 살리겠다 온갖 고생 다한 여인을 제 욕심 채우려고 못 가게 붙잡는지 아니면 그 소원 들어주려고 위험을 감수하는지 말이다.

적한이 어서 대답하라 묘한 비웃음 지으며 청목을 쳐다보는데, 바리는 적한의 말을 듣고 그야말로 어리둥절 어안이 벙벙하였다. 청룡의 후계라니, 그것도 남해용왕인 적한아재가 잘 알고 있는 사이라는 듯 청목을 바라보며 말하니 이게 뭔 소리인가 싶다. 하여 휘둥그레진 눈으로 청목을 쳐다보는데 청목의 얼굴은 그야말로 돌처럼 굳어 있었다.

"그럼 저번에 나 도와준 청룡이 너였던 거야?"

바리가 청룡이 사라진 직후 바로 나타났던 청목을 떠올리며 멍하니 물었다. 청목은 잠시 망설이는가 싶더니 한숨을 내쉬며 고개를 끄덕였다.

이승에 돌아가 그를 사내로 보고 은애할 때까지는 청룡인 것 밝히지 않으려 하였는데 이렇게 제 뜻과는 상관없이 정체 밝혀지니 참으로 불쾌하였다.

"그래, 청룡의 후계께서는 어쩌시려오? 돕겠소, 말겠소?"

적한은 청목이 불쾌하든 말든 대답을 재촉했다. 사실 전륜대왕의 일직사자 행세한 것 밝혀져 전륜대왕의 군사들 쫓아오는 걸 간신히 따돌리고 온 참이라 언제 그들이 다시 나타날까 불안했다.

청목은 입을 꽉 다물고 어떠한 대답도 하지 않은 채 바리를 바라보았다. 바리는 도와주기를 바라는 눈빛으로 청목을 바라보고 있었다. 그런 바리의 눈 응시하며 오랫동안 망설이던 청목은 천천히 입을 열었다 닫으며 벙긋거렸다. 꼭 돌아오라는 말, 무사히 내게 와달라는 말, 돌아오면 나와 가시버시를 맺겠다고 약속해 달라는 그런 말들을 하고 싶었지만 묵언의 명은 아직도 사흘이나 남아 있었다. 게다가 그가 묵언해야 하는 것 저 남해용왕이 알고 있으니 그 앞에서 그 명을 깨버리는 짓 도저히 할 수가 없었다.

적룡이 아는 것 상관없으나 이미 용왕의 후계로 묵계를 어겨 용의 존재로서의 권위를 깨었는데 그 앞에서 아버지인 동해용왕의 권위마저 부정하는 짓 차마 할 수가 없었다. 그것은 곧 동해용왕이 될 자신의 권위를 부정하는 짓, 용왕으로서의 자신을 우습게 만드는 짓이었다. 청목은 묵언을 깸으로써 아버지가 내릴 벌은 두렵지 않으나, 아버지를 부정하고 자신을 부정했을 때 그 이후가 두려웠다. 아니, 묵언의 명을 깬 아들을 바라볼 아버지 동해용왕의 눈이 두려웠다. 하여 오랫동안 망설이며 입만 벙긋거렸던 청목이 어느 순간 어금니를 꾹 깨물어 입을 닫아버리고 적룡을 도와 황천강 건너게 도와주겠다는 뜻으로 고개만 끄덕였다.

적한은 청목의 그 모습 물끄러미 바라보더니 그럼 이제 출발하자 길을 서둘렀다. 적한의 등에 바리를 태우고 청목은 그 위에서 비를 내려 불길을 누그러뜨리기로 하였다. 적한 비록 청목의 도움을 받으나 그는 아직 성년식 치르지 못한 용이라 직접 불길 닿을까 걱정되니 자신의 위에서 움직여라 하였다. 하여 바리가 적룡으로 변한 적한의 머리 위에 타고 단단히 뿔을 움켜잡자 검덕이 짖으며 데려가 달라 난리를 쳐 댔다. 우웩이는 자신이 따라가는 곳은 이곳까지라는 듯 그저 지켜보고만 있었다.

"검덕아, 너무 위험해. 그냥 여기 있어."

검덕이는 바리의 말 듣지 않고 데려가 달라 풀쩍풀쩍 뛰며 더 크게 짖어댔지만 바리는 적한에게 어서 가달라 하였다. 적룡이 바리의 마음을 읽고는 머리 치켜들고 하늘로 올라갔다. 허나 적룡이 올라간 후 하늘 위에 있던 청룡이 고개를 내려 검덕이를 이마 위에 태웠다. 삽살개이니 삿된 것 알아보고 잡을 터 바리 곁에 두어서 나쁠 게 없었다. 또한 자신은 따라가지 못하는 길, 검덕이라도 바리를 지켜주었으면 하는 바람이었다. 검덕이는 혹여나 용의 머리에서 떨어질까 봐 네 다리로 비늘을 꽉 움켜쥐고 주둥이로 청목의 뿔 물고 있었다.

하늘로 올라간 두 용이 황천강의 불길 위로 천둥과 번개를 내리치기 시작했다. 곧이어 하늘 위는 두 용이 부른 먹구름으로 낮과 밤을 알 수 없을 정도로 온통 암흑천지가 되었고, 그 암흑천지 속에서 요동을 치는 두 용의 비늘은 붉고 푸르게 번쩍이고 있었다. 이승이라면 산이 무너지고 불어난 강물에 인가가 다 떠내려갈 정도로 위력적인 폭우였다.

그 폭우로 황천강의 불길이 잦아들기 시작하자 두 용이 황천강 하늘 위를 구무럭구무럭 건너기 시작했다. 그런데 이게 무슨 일일까. 갑자기 여기저기서 화살이 날아오기 시작했다.

바리는 날아오는 화살을 보고 대경하여 아래를 살펴보았다. 그러다 황천강 앞에 수만의 궁수가 활을 겨누고 있는 것을 보고 심장이 덜컥 내려앉았다. 도대체 저들은 누구이고, 왜 활을 쏘는 것인지 영문을 알 수 없었다. 문제는 하늘 위에서 보는 것이라 자세히 볼 수도 없거니와 날아오는 화살을 피하느라 영문 따윈 생각해 볼 겨를도 없었다. 땅 위에서 쏘는 것이라 대부분의 화살들이 바리의 발아래에도 못 미쳤지만 개중 몇 개는 바리의 머리 위나 어깨 옆을 아슬아슬하게 스쳐 지나가고 있었다.

그들은 평등대왕과 전륜대왕들이 보낸 궁수들이었다. 며칠 전 아귀를 쫓아내느라 하늘 위에 모습을 드러냈던 청룡을 일직사자들이 보고 각 대왕들에게 알리니 평등대왕이 장수라는 아이 대신에 청룡의 후계가 왔다는 것을 알게 되었다. 하여 눈가림으로 대신 청목을 데려온 일직사자 지옥으로 보내고 청룡의 후계를 잡기 위해 군사들을 보낸 참이었다.

평등대왕은 사해(四海)의 존재가 저승세계를 침범했다는 사실을 각 대왕들에게 전갈하였는데, 두 해 전 적룡이 자신의 일직사자 협박하여 검은 옷과 징표를 빼앗아 저승 땅에 발을 들여놓았다는 것을 알고 이미 군사들 풀어 적룡을 쫓게 하였던 전륜대왕도 용의 불경이 도를 넘어섰다 판단하고 그들이 저승 땅 어디에 있는지 샅샅이 찾아내어 본때를 보여주자 평등대왕에게 전갈을 보냈다. 하여 두 대왕이 수만의 군사 풀어 찾아내니 식은 죽 먹기라. 게다가 청목이 황천강 가는 길목에서 청룡으로 변하였었으니 어디로 향하는지 너무나 쉽게 알 수 있었다. 하여 곧장 황천강으로 보내진 저승의 궁수들이 두 용을 벌하기 위해 무지막지하게 활을 쏘고 있었다.

이런 전후 사정 알 리 없는 바리는 갑자기 날아오는 화살에 얼이 쏙 빠지고 간담이 서늘했다. 어서어서 적한과 청목이 황천강을 건너갔으면 좋겠지만, 거세게 타오르는 황천강 불길을 빗줄기로 누그러뜨리며 건너야 하니 그 속도 빠를 수가 없었다. 저승의 궁수들이 쏘는 화살은 줄어들 기세가 보이지 않고 끝없이 날아와 두 용을 위협했다.

바리는 몸을 납작 엎드리고 그저 화살이 피해가기를 바랄 수밖에 없는 상황이었다. 화살 피하겠다고 이리저리 몸을 움직이다가는 저 아래 황천강으로 떨어질 판이었고, 두 용이 내리는 폭우로 한 치 앞도 잘 보이지 않는 상황이니 마음대로 몸 움직여 화살 피해볼 상황도 아니었다. 하여 적룡의 뿔만 움켜쥐고 간이 오그라드는 그 상황을 견디는데, 귓가로 퍽 하고 화살 맞는 소리가 들려왔다. 바리가 납작 엎드린 상태에서 눈을 뜨고 아래를 내려다보니 가까이에 푸른 비늘이 보였다. 적룡의 위에서 비를 내리고 있던 청룡, 바리가 화살을 맞을까 봐 어느새 방패막이를 자처하고 있었던 것이다.

사실 청룡 이미 몸 이곳저곳에 무수한 화살 맞았지만 거센 빗줄기와 화염으로 가려져 있을 뿐이었다. 적룡 또한 몸통 여기저기에 화살을 맞고 순간적으로 움찔 요동을 쳤지만 이내 아무렇지 않은 듯 앞으로 나아갔다. 불길을 먼저 잡아 길을 열어줄 생각이었던 것이다.

그런 적룡과 청룡을 지켜보느라 바리 미처 몸을 숙이지 않고 화살 맞은 곳을 살펴보는데 갑자기 청룡의 등에 타고 있던 검덕이 짖어대더니 어느 순간 바리를 향해 몸을 날렸다. 바리는 멍하니 고개를 돌려 자신을 향해 몸을 날리는 검덕이를 바라보았다. 그리곤 눈앞의 광경에 아무 소리도 내지 못하고 그대로 얼어붙었다. 눈앞에서 검덕이 화살을 맞았던 것이다. 아마도 몸을 일으킨 바리에게 화살이 날아가는 것을 보고 검덕이 몸을 날린 듯싶었다.

"검덕아아아아!"

바리, 허공에서 화살을 맞고 그대로 추락하는 검덕이를 향해 급히 손을 뻗었지만 검덕이에게 닿지 못했다. 마치 시간이 정지한 듯 검덕이 까마득한 허공 아래로 떨어지더니, 마침내는 연기와 빗줄기에 가려 보이지 않았다.

"검덕아아아아."

그사이 적룡은 앞으로 나가 길을 열었고, 청룡은 꾸무럭꾸무럭 멈추지 않고 뒤에서 날아오는 화살 막고 있었다. 바리는 충격에 빠진 얼굴로 저 아득한 황천강의 불길 속을 내려다보며 검덕이를 찾고 있었다. 허나 황천강의 불길과 폭우가 부딪쳐 굉음이 진동하고 연기가 자욱하니 검덕이의 자취 아예 찾을 수도 없구나.

어느새 날아오던 화살의 수 급격히 줄어들더니 두 용에게 미치지 못했다. 황천강 한가운데까지는 어떻게 닿을 수 있는 거리였지만 그 이상을 건너니 닿지 않았던 것이다. 게다가 궁수들이 가져온 화살이 거의 다 떨어지고 있었다.

마침내 황천강 건너 육지가 보이기 시작했다. 청룡은 적룡이 육지에 바리를 내려놓을 수 있게 하늘 위에서 천둥 번개를 계속 쳤다. 하여 적룡 불길에 닿지 않고 무사히 육지에 고개를 내밀어 바리를 내려줄 수 있었다.

바리는 불길에 그을리고 비에 젖은 채 멍하니 땅에 내려섰다. 그리곤 고개를 올려 적룡과 청룡을 올려다보는데 바리에게 인사를 할 겨를이 없어 두 용은 순식간에 하늘로 올라갔다. 다시 폭우를 내리며 황천강을 건너 돌아가야 하기에 최대한 빨리 움직이는 게 안전했다.

바리는 안개와 연기로 흐릿하게 보이는 붉은 비늘과 푸른 비늘을 올려다보았다. 그러다 무수히 화살이 꽂혀 있는 두 용을 보곤 놀란 숨을 들이켜는데, 청룡이 하늘 위에서 그런 바리를 잠시 뒤돌아보며 인사를 건네는 듯했다.

"청목아⋯⋯."

바리가 제발 무사히 돌아가게 해달라 기원을 드리듯 청목의 이름을 부르는데 청룡은 어느새 다시 우럭우럭 타올라 살을 태우는 불길을 느끼고 비를 내리는 데 집중했다.

이제 귀환하기 위한 전쟁이 시작되었다. 만약 궁수들이 건너편에 아직도 있다면 위험한 일이라 적룡과 청룡 잔뜩 긴장하고 하늘을 건너는데, 사실은 둘 다 기진맥진해 있던 참이라 슬슬 불안감이 커져 갔다. 황천강 건넜다 돌아오는 길까지 폭우를 내리는 것도 만만치가 않게 힘을 소진하는 일이었는데, 화살까지 수천 수백 대를 맞아 여기저기 피를 흘렸던 것이다. 게다가 청목은 이렇게 거센 폭우 오랫동안 내려보는 것 처음이었고, 몸 이곳저곳에 화살 맞아 피를 흘리니 눈앞이 흐릿하고 어지러웠다.

귀환길은 그야말로 사지(死地) 한가운데였다. 적룡과 청룡, 둘 다 온 힘을 끌어 모아 폭우를 내리면서 귀환길을 열어나갔다. 적룡은 청룡의 상태를 보고는 먼저 앞서서 폭우를 내리다가 어느 순간 우력(雨力)의 기운 달려 빗줄기가 약해졌다. 뒤에서 쫓아오던 청룡 또한 오랫동안 쏟아부은 폭우와 흘린 피로 눈앞이 컴컴해지니 비를 내리기는 내리되 점점 그 빗줄기 약해져 갔다. 하여 폭우에 눌려 잦아들었던 황천강의 불길 다시 거세게 일기 시작하고 그 뜨거운 열기 하늘 위까지 솟구쳐 올라와 두 용의 숨통을 조이고 몸통을 태웠다. 적룡과 청룡이 뜨거움을 견디지 못하고 다시 폭우를 쏟아붓기 시작했지만 몸 이곳저곳이 불길에 데는 것까지는 막을 수가 없었다.

어느새 저승 땅이 눈에 들어오기 시작했다. 마지막 기운까지 끌어 모아 폭우를 내리던 청룡은 육지를 눈앞에 두고 의식을 잃어갔다. 앞서서 길을 열었던 적룡이 불안하여 뒤를 돌아보았을 때 청룡 의식을 잃은 채 황천강으로 떨어지고 있었다. 얼마나 피를 많이 흘렸는지 떨어지는 청룡의 몸통 여기저기가 붉은 피로 뒤덮여 있었다. 적한은 다급한 마음에 거센 폭우를 내리며 급히 청룡을 따라갔지만, 청룡은 거센 물보라를 일으키며 무참히도 황천강 속으로 빠져 버렸다. 그 바람에 청룡을 따라가던 적룡에게 황천강의 물보라가 치솟으니 적룡 끓는 물보라를 피해 다시 위로 올라갈 수밖에 없었다.

결국 적한 홀로 처음의 그 육지로 내려섰다. 폭우를 더 내렸다가는 자신도 황천강에 빠질 판이었기에 일단은 육지로 내려섰던 것이다. 다행인지 불행인지 저승의 궁수들은 화살이 떨어져 저 멀리 돌아가고 있었다.

적한은 청룡이 혹여나 다시 물 밖으로 모습을 드러내지 않을까 싶어 황천강을 지켜보았지만 청룡의 모습 오랜 시간이 흘러도 나타나지 않았다. 그는 미쳐 버릴 것 같은 심정으로 황천강 앞에서 청목의 이름을 부르고 또 불렀지만 황천강은 청목의 흔적 하나 없이 오직 불길에만 뒤덮여 있었다. 언제 폭우가 내렸냐는 양 불길은 다시 거세게 타오르고 있었다.

적한은 그 앞에서 오랫동안 서 있을 수도 없었다. 하늘 위에서 궁수들을 지켜보던 우웩이가 날아오더니 궁수들이 화살을 구해 다시 오고 있다 알려왔다. 그가 궁수들을 피해 급히 그곳을 벗어났다.

바리는 귀환하던 청목이 황천강에 빠진 줄 까맣게 모르고 눈앞에서 화살을 맞고 황천강으로 떨어진 검덕이를 떠올리며 그 자리에 주저앉았다. 눈물은 나오지 않았다. 그저 황천강의 불길이 너무 뜨겁다는 생각만 들었다.

주저앉아 넋을 놓고 있던 바리가 부스스 일어나 걷기 시작했다. 황천강은 언제 폭우가 내렸냐는 양 다시 저 하늘 높이까지 불길이 타오르고 있었다. 바리는 세 개의 봉우리로 이루어진 삼신산의 모습 바라보며 어느 쪽으로 갈까 생각도 않고 그저 가운데로 난 길을 향해 나아갈 뿐이었다.

그 세 개의 봉우리 중 봉래산에서 나무를 하고 있던 무장은 두리번 두리번 지게를 찾고 있었다. 참 이상했다. 분명 지척에 지게를 내려놓고 나무를 하였는데 아무리 찾아봐도 지게가 보이지 않았다. 무장이 이리저리 주위를 둘러보다 문득 귓가로 누군가의 웃음소리 듣고는 뒤를 돌아보았다. 황천강 건넌 혼백들 삼신산에 있는 수백 수천의 갈래 길 따라가다 다시 이승에서 태어나니 가끔 갈래길에 들어서지 않은 혼백들 이렇게 무장 곁을 지나가며 소리를 자아내곤 하였다. 하여 혼백인가 싶어 뒤를 돌아보는데 생각지도 못한 이가 그곳에 서 있었다.

"어디다 숨겨놓았는지 모르겠지?"

무장은 눈앞에 있는 그 혼백 믿을 수 없다는 듯 손을 뻗었다.

"누이? 무강 누이?"

혼백은 미소를 지으며 장난스럽게 고개를 갸웃했다. 무장은 여전히 장난치고 있는 누이의 혼백을 바라보며 눈물을 글썽였다.

"그동안 어디에 있었기에 이곳에 온 거요?"

누이 무강은 그제야 장난스러운 웃음 지우고 말했다.

"짧은 생이었다. 허나 그를 다시 만나 살렸고, 이번 생의 은인에게도 공을 갚았으니 이제 마음에 걸리는 것이 없구나."

"그를 살리다뇨? 그 사람을 다시 만났습니까?"

무장은 무강 누이가 은애했던, 허나 옥저의 황제에게 죽임을 당했던 그 사내를 다시 만났느냐 물었다.

"음. 일월산 아래에서 홀아버지와 함께 살고 있더구나."

"누이가 공을 갚았다는 은인은 누구입니까? 내 비록 지금은 이곳을 벗어날 수 없으나 언젠가 천계로 돌아가게 되면 그분을 꼭 만나보겠습니다."

"곧 만나게 될 것이다."

누이 무강은 의미를 알 수 없는 표정을 지으며 빙긋이 웃더니 삼신산의 갈래길이 자신을 부르는 듯 저 먼 어딘가를 잠깐 바라보았다.

"이제 가봐야겠다."

무장이 한 걸음 다가서며 하지 못했던 말을 꺼냈다.

"누이, 다시는 안 보겠다고 했던 건 진심이 아니었소. 그때 난 너무 화가 나서……."

걸음을 옮기려던 혼백 무강이 아우이자 지기였던 무장을 바라보았다.

"안다. 네 마음. 네가 때마다 내게 보내주었던 복숭아와 감로차를 항시 맛있게 먹었단다. 그래서 너에게 참 고마웠다."

누이는 다시 걸음 옮겨 갈래길이 있는 곳으로 향했다. 무장은 자신도 모르게 누이의 뒤를 따라갔다. 언제 다시 만나게 될지, 또 알아볼 수 있을지 장담할 수 없기에 오랫동안 풀리지 않았던 물음을 누이에게 건넸다.

"누이, 어째서 지상에 남아 죽음을 맞이했습니까. 은애하는 이도, 사랑하는 자식도 모두 사라졌는데 어째서 남기를 선택했습니까?"

누이는 우뚝 멈춰 서더니 고개를 숙였다. 잊으려고 하였지만 잊어지지 않는, 미처 알 수 없었지만 이제는 알 것 같은 옥저의 황제에 대한 감정들이 새삼 샘솟는 듯했다.

"그를 떠날 수가 없었다."

황제를 죽이려고 황제가 원하는 대로 황후가 되었던 누이 무강은 애증의 감정에 사로잡혔던 것인가. 그를 증오하다 그것이 집착으로 변했던 것인가. 무장은 결국 황제의 품에서 숨을 거두었던 누이를 떠올리며 아무 말도 하지 않았다. 무강은 그 말을 뒤로하고 갈래길 안으로 들어서더니 어느 순간 그 모습 보이지 않았다.

감겨 있던 무장의 두 눈이 떠졌다. 꿈이라고 하기엔 너무나 생생하고 심상치가 않아 한참 동안 주위를 둘러보며 누이의 흔적을 찾아보았다. 허나 꿈속에서 찾고 있던 지게는 바로 옆에 놓여 있고, 자신은 낮참을 먹고 깜빡 잠이 들었는지 푹신한 풀밭 위에 누워 있었다. 무장이 몸을 일으켜 앉아 삼신산 봉우리를 바라보았다. 분명 누이 무강이 삼신산으로 왔다 이승으로 간 것이리라 확신이 들었다.

오랫동안 잠들었는지 어느새 해 저물어 어둑해져 있었다. 그는 지게에 나뭇짐을 가득 쌓아 올리고 산을 내려왔다. 그리곤 얼기설기 지어놓은 초가에 당도하자 배가 고파 반빗간으로 들어섰는데 솥을 열어보곤 깜짝 놀랐다. 아침에 분명 주먹밥 두 덩이만 챙기고 저녁 먹을 것 남겨두었는데 솥이 깨끗하게 비워져 있었던 것이다. 그것도 설거지를 한 것처럼 밥풀 한 알갱이 붙어 있지 않았다. 무장은 혹시나 하여 부뚜막에 놓아둔 반찬들과 찌개도 살펴보았는데 역시나 뚝배기에 두부 부스러기 하나 남아 있지 않았다. 부엌에서 온갖 그릇 다 열어보고 확인하며 그는 자신이 이제 미쳐 가는 건가 싶었다. 삼신산에 동물들 살지 않으니 누군가가 먹어치울 수가 없었고, 혼백들이 음식을 먹을 리 없으니 참으로 이상한 일이었다.

그는 솥에 다시 밥을 안치고는 이상하다 고개를 갸웃하며 초가 안으로 들어갔다. 헌데 방문을 열자마자 그의 두 눈이 실처럼 가늘어졌다. 웬 어린 사내 녀석이 자신의 방에서 자고 있는 것이 아닌가. 그것도 코까지 드르렁드르렁 골아대고 있었다.

무장이 방 안으로 들어서서 그 모습 자세히 들여다보았다. 헌데 사내 차림을 하고 있던 어린 녀석, 알고 보니 그 두억시니공주였다. 무장은 그 두억시니공주가 혼백이 되어 온 건가 싶어 살짝 이마에 손을 대보는데 놀랍게도 혼백이 아니었다. 그의 손안으로 분명히 살아 있는 사람의 따뜻한 기운이 느껴졌던 것이다. 허나 이 어린 애기씨가 어찌 삼신산에 올 수 있었을까 도저히 믿어지지가 않았다. 지옥이야 그렇다 치고 인간의 몸으로 저 황천강을 건널 방법은 있을 수가 없는데 말이다. 자고 있는 바리를 오랫동안 살펴보던 무장이 혼백의 장난인가 싶어 호령을 하였다.

"네 사람이냐? 귀신이냐?"

허나 바리는 깨어나지 않고 귀찮은 듯 손을 내저으며 몸을 돌렸다.

"귀찮아. 저리 가."

무장 어이없어하다가 문득 그 말소리 듣고 사람이라는 것 확신했다. 그러니까 이 두억시니공주가 인간의 몸으로 삼신산에 온 것이다. 너무나 놀랍고 기이한 일이라 그가 빤히 내려다보았다. 두억시니공주는 사내 복장에 머리를 틀고 있었지만 어느새 어엿한 애기씨가 되어 있었다. 세 아이 낳으라는 천제의 말 어불성설이라 생각하고 그저 부르실 날을 기다리고 있었는데, 마치 이 애기씨에게서 세 아이 얻으라는 듯 떡하니 보내주었구나.

무장은 천제께서 지금 자신을 시험하시는 건지, 아니면 조롱을 하시는 건지 알 수가 없어 기가 찬 듯 웃는데 어렴풋이 잠이 깼던 바리는 문득 누군가 자신에게 호령한 것을 깨닫고 두 눈을 번쩍 떴다. 그리곤 웬 낯선 사내가 자신을 내려다보고 있으니 벌어져 있던 옷깃 여미고 애써 사내인 척 목을 가다듬었다.

"죄…… 죄송합니다. 말도 없이 들어와서……."

무장은 여전히 사내인 척하는 바리를 보며 기가 찼다. 허나 애기씨인 것 알리기 싫다는데 굳이 들추고 싶지도 않아 모른 척하였다.

"네 어떻게 이곳에 올 수 있었느냐?"

바리는 아직도 잠이 안 깨는지 눈꺼풀이 반쯤 잠겨 있었다. 그러다 자신을 쳐다보고 있는 사람이 오래전에 보았던 가마꾼인 것을 깨닫고 두 눈이 휘둥그레졌다.

"어, 가마꾼아재?"

긴가민가해하는 바리의 표정에 무장이 가만히 고개를 끄덕였다.

"아재가 왜 여기에 있어요?"

"글쎄다. 어쩌다 보니 그렇게 됐다."

무장은 잠시 생각에 잠겨 있다가 어떻게 황천강을 건널 수 있었느냐 또 물었다. 바리는 그 물음에 답을 하려고 입을 열다가 어느 순간 고개를 숙이고 눈물을 떨어뜨렸다.

"……다치게 하고, 죽게 해서…… 왔어요."

무언가 얼이 빠진 듯 멍하니 눈물을 흘리는 바리를 그가 안타까운 눈으로 바라보는데 바리는 자신과 똑같이 황천강을 건너 삼신산에 온 그는 뭔가 알지 않을까 싶어 물었다.

"용왕님들이 저를 건너게 해주었는데, 화살을 많이 맞았어요. 그래도 무사히 건너갔겠죠? 용왕님들이니까 괜찮겠죠?"

무사할 것이다, 괜찮을 것이다 바리 그 말을 듣고 싶어하고 있었다. 이미 검덕이를 눈앞에서 잃었기에 적한아재와 청목이마저 잘못되는 것 상상하고 싶지도 않았다.

"남해용왕이 건너게 해주었느냐?"

무장은 지기인 적한이 이 아이를 건너게 해주었구나 짐작할 수 있었다. 바리가 얼른 고개를 끄덕이며 덧붙였다.

"예, 청목이도요. 알고 보니 청목이도 용왕님이더라고요."

무장은 청룡의 후계가 왜 도와주었는지 알 것 같았다.

"괜찮을 것이다. 화살 수백 대쯤은 용왕에게 문제없으니 너무 걱정 말아라."

물론 마른하늘에 화살 수백 대 맞는 것은 괜찮으나, 황천강의 불길 잠재우며 맞은 화살이니 무장도 확신할 수 없었다. 게다가 적한의 여의주 봉인되어 있으니 그 기력 회복하지 못하고 휴면에 빠지거나 아예 목숨을 잃는 것은 아닐까 걱정이 되었다. 허나 그런 걱정 내비치며 울고 있는 바리를 더 큰 걱정으로 빠뜨릴 수는 없는 법 무장은 애써 불길한 마음 내색하지 않고 괜찮을 것이다 그렇게 위로하였다. 바리는 그 말을 믿고 싶은 듯 고개를 끄덕였다.

"헌데 어찌하여 이 삼신산엘 온 것이냐?"

무장의 그 물음에 바리는 그제야 그 무시무시한 황천강 건넜던 이유를 떠올렸다.

"약려수가 이곳에 있다고 해서요. 아버지가 위중하신데 약려수만이 살릴 수 있다 하여서요."

무장의 얼굴이 멈칫 굳어졌다. 어찌하여 이 어린 애기씨가 삼신산에 올 수 있었는지 알 것만 같았다. 약려수 구하겠다 나선 이 애기씨를 적한이 뒤에서 도왔음을 능히 짐작할 수 있었다. 이 애기씨에게 약려수 내어주는 대신 세 아이를 얻으라 그런 뜻인가? 무장은 지기의 속뜻 알 것 같았으나 그 앞에서 애기씨인 것 드러내지 않으려고 애쓰는 두억시니공주를 보니 그럴 마음이 생기지 않았다. 지상의 여인을, 그것도 그에게 마음 한 자락 없는 여인을 안는 것은 썩 당기는 일은 아니어서 그가 생각 끝에 일단은 약려수 있는 곳 모른 척하였다.

"나도 약려수를 구하기 위해 이곳에 온 것이니, 같이 찾아보면 되겠구나."

바리는 가마꾼아재가 자신과 같은 처지라 생각하고 동지를 만난 듯 반가워하였다. 하여 고개를 끄덕이며 다시 기운을 차려보려고 애쓰는데 무장은 그런 바리를 보며 생각에 잠겼다. 비록 제 부모 살리겠다는 그 마음 갸륵하지만 언제까지 이곳에 있어야 할지 모르는 그로서는 쉽게 바리에게 약려수 건네주며 이승으로 돌려보낼 수가 없구나. 세 아이 얻지는 못한다 하더라도 이 삼신산에 두억시니공주가 있어준다면 그래도 조금은 낫지 않을까 싶다. 언젠가는 보내주어야겠지만 말이다.

"아재는 누굴 살리고 싶은 거예요?"

바리의 그 물음에 무장은 씁쓸한 미소를 입가에 그렸다.

"한때는 누이를 살리고 싶어했는데, 글쎄다. 지금은 내 자신을 살리고 싶구나."

아리송한 그 말에 바리가 미간을 좁혔지만 무장은 더 이상 설명하지 않았다.

한편 다친 몸으로 궁수들을 피해 몸을 숨겼던 적한은 우웩이와 저승을 벗어나 이승에 도착했다. 우웩이는 그 길로 자신의 고향인 대청산으로 돌아갔고, 적한은 곧장 해월공주가 있는 목지국으로 향했다.

적한이 해월공주의 처소 마당으로 내려섰을 땐 남아 있던 기력이 모두 바닥나 휘청휘청한 상태였다. 그도 그럴 것이 화살 수백 대를 맞고 피를 흘리기도 했거니와 황천강 건너온 후 궁수에 쫓겨 이승으로 돌아올 때까지 긴장을 놓지 못했으니 쓰러지기 일보 직전이었다. 하여 해월공주의 처소로 휘청휘청 걸어가는 적한, 화살 뽑아낸 자리가 미처 아물지 못해 여전히 주루룩 피와 고름이 흘러나오니 마루에 올라섰을 땐 걸치고 있는 옷자락이 모두 붉게 물들 정도였다. 그는 비틀비틀 마루에 올라서다 그대로 고꾸라져 마루에 쓰러졌다.

밖에서 쿵 하니 무언가 부딪치는 소리가 나자, 해월공주 방문을 열고 밖을 내다보았다. 그러다 마루에 적한이 쓰러져 있는 것을 보고 대경하여 달려나왔다. 일 년 넘게 소식이 없어 그렇잖아도 가슴을 태우고 있었는데 적한이 피를 흘리며 쓰러져 있으니 어찌 놀라지 않으랴. 해월공주는 다른 이들이 어찌 보든 말든 시녀들 불러 적한을 방 안에 뉘고 속히 걸음하여 의원을 데려와라 재촉을 하였다.

그사이 해월공주, 의식 잃고 누워 있는 적한을 바라보며 간장이 끊어질 듯 애가 타는구나. 이리 다칠 것은 생각도 못하고 저승에 가달라 하였으니 천 갈래 만 갈래 가슴이 찢어지는 듯했다. 게다가 윗옷을 벗겨보니 비늘 곳곳에 화살 맞은 자국 선명하여 비명이 절로 터져 나왔다.

적한의 아이는 아버지인 줄도 모르고 누워 있는 적한을 말똥말똥 쳐다보며 연신 누구냐 묻기만 하였다. 그러다 자신과 똑같이 어깨와 등 허리에 돋아 있는 붉은 비늘을 보고는 신기해하며 기뻐하였다.

아닌 밤중에 시녀의 닦달 받으며 끌려온 의원은 미처 잠이 깨지 않아 연신 하품을 하였다. 허나 해월공주의 부름이니 어떻게든 눈을 비비고 정신을 차리려는데 해월공주 의원의 눈에 헝겊을 두르게 하고 방안에 들어오게 하였다. 아닌 밤중에 끌려 나온 의원은 그때서야 어리둥절 긴장을 하였다. 소문에 해월공주께서 아이의 진맥을 볼 때마다 의원에게 헝겊을 가린다 하던데, 아이 때문에 이 밤중에 부른 것인가 속으로 추측할 뿐이었다. 그렇다면 아이를 담당하는 의원이 병증의 원인을 밝히지 못해 그를 불렀다는 것인데, 어찌 자신이 고칠 수 있으랴. 그 아이 용왕의 아이라 하여 잘못될까 해월공주와 왕후마마가 전전긍긍해하는 것 모두 다 아는 사실, 하여 대왕마마 살피는 의원이 아이의 잔병치레도 살피고 있던 참이었다. 끌려온 의원은 이러다가 아이 못 고쳤다는 죄로 능지처참당하는 것은 아닌가 하여 물려 있던 잠이 싹 달아났다.

의원의 이런 속 알 리 없는 해월공주는 급한 마음에 적한의 손목 잡아 들어 의원의 손에 건네었다. 두 눈이 가려진 의원은 아이의 손목이 아니라 사내의 손목이 손안에 느껴지자 흠칫하였다. 게다가 평생 경험한 바 없는 차갑고 서늘한 손목이라 진맥을 보는 의원의 손이 부들부들 떨리기 시작했다. 의원은 마른침을 꼴깍꼴깍 삼키며 벌렁거리는 가슴을 애써 잠재웠다. 그리곤 손목에서 느껴지는 맥을 유심히 살피는데, 그것참 이상도 하다. 맥이 느껴져야 하는데 당최 맥이 잡히질 않아 꼭 죽은 자와 같구나. 맥은 어찌 보면 살아 있고 어찌 보면 죽어 있었다.

"어떠하오?"

해월공주, 초조하게 물었으나 의원은 연신 고개를 갸웃거릴 뿐 말을 아꼈다. 하여 해월공주 답답하다 어서 말해라 성화를 하니, 그제야 의원이 손목을 내려놓고 조심조심 소견을 올렸다.

"그것이…… 좀 이상하나이다. 병이 중하다 해도 맥은 잡히는 법이온데, 이분의 맥은 잡히질 않나이다."

"무슨 소리요?"

"그러니까 이분의 맥이 꼭 죽은 자처럼 뛰지를……."

의원의 말에 귀 기울이던 해월공주 격노하여 의원을 꾸짖었다.

"의원은 말을 가려 하시오. 어디서 감히 죽음을 운운하는 게요?"

평소에 온화하고 다정다감하다 소문난 해월공주가 서슬 퍼런 목소리로 화를 내니 의원의 가슴이 철렁하였다. 원래 마음 좋은 이가 화나면 더 무서운 법, 상황을 보아하니 지금 맥을 짚은 자의 정체가 범상한 존재는 아니라는 것을 해월공주의 태도에서 느낄 수 있었다. 하여 입한 번 잘못 놀렸다가 쥐도 새도 모르게 땅에 묻힐 것 같아 의원은 바닥에 납작 엎드렸다.

"용서하십시오, 공주마마. 소인이 말이 허투루 나와……."

해월공주 불안함에 의원에게 심하게 하였다는 것을 깨닫고 차분히 말을 이었다.

"내가 지금 너무 놀라고 무서워서 말을 심하게 했소. 사정이 있어 이렇게 하는 것이니 그대가 이해하고, 자세하게 좀 말을 해주오. 지금 이분이 화살을 맞았는지 몸 여기저기에서 피와 고름이 흐르고 있소."

의원은 고름의 색깔과 피의 색깔을 자세히 물었고, 해월공주 그 물음에 답을 해주었다. 그러자 의원이 상처는 아물다가 화농이 생겨 그런 것이니 일단 약을 지어드리겠다 답을 하였는데 말하는 끝에 어리둥절 한숨을 내쉬는구나.

"겉의 상처는 약으로 치료한다 하나, 그것으로 회복이 될는지는 소인도 장담할 수가 없나이다."

"그게 무슨 소리요?"

"무슨 조화 때문인지 소인의 진맥으로는 맥이 느껴지지 않았나이다."

해월공주, 의원의 말 헛말이 아니라는 것을 깨닫고 어찌해야 하는 것이냐 간곡히 물었다. 의원은 다시금 적한의 손목을 잡더니 오랫동안 맥을 짚었다.

"이것은 소인도 지금껏 짚어본 적이 없는 맥이나이다. 기력이 모두 소진했다 하기엔 분명 맥이 살아 있고, 그렇다고 살아 있다 하기엔 맥이 죽어 있으니 소인도 뭐라 하기가 어렵나이다."

결국 해월공주 의원에게 약부터 지어 보내라 명하고 의원을 보내주었다. 궁을 벗어나고서야 눈을 가리고 있던 천 풀어낸 의원은 그 밤 자신이 짚은 맥은 도대체 누구일까 추측을 해보다가 혹시 남해용왕인가 하는 생각이 들자 등골이 오싹하였다. 허나 그 말 입 밖으로 꺼냈다가 변고에 휘말릴 게 뻔하니 누구에게도 심중에 있는 추측 꺼내지 않았다. 기저국에서의 살상이 해월공주에게 해를 가한 것에 대한 남해용왕의 복수라는 소문이 파다한 마당에 괜히 입 한 번 잘못 놀렸다가 남해용왕의 표적 되면 자신의 일족 전체가 멸할 수도 있으니 말이다.

그 밤, 해월공주는 누워 있는 적한을 보며 착잡한 마음을 가눌 길 없었다. 저승이라 하지만 용왕이라 괜찮겠거니 하였는데 이렇게 크게 다쳐서 돌아올 줄 누가 알았던가. 용왕이라 사람들이 두려워하고 그 힘 동경하여 어떻게든 이용하려 하니 해월공주 자신만은 적한을 용왕이 아니라 그저 일반 사내처럼 대하겠다 생각하였는데, 그것은 기만이었구나. 말로는 뭇사람처럼 살고 싶다 하였으나 정작 적한을 용왕으로 생각하고 그 힘 이용하려 한 것은 그녀 자신이 아닌가. 해월공주가 적한의 몸에서 흘러나오는 피와 고름 닦아내며 꾸역꾸역 미안하고 죄스러운 마음 솟구쳐 자꾸만 울음을 삼켰다.

그러다 새벽녘이었다. 깜빡 잠들었던 그녀가 눈을 떠보니 의식 없었던 적한이 눈을 뜨고 옆에서 자고 있는 아들을 바라보고 있구나.

"정신이 들어요?"

물끄러미 아이를 바라보던 적한은 움직이기 불편한 듯 천천히 고개를 돌려 해월공주를 바라보았다.

"아이가 많이 컸어."

해월공주 고개를 끄덕이며 눈물을 흘리는데 적한은 다시 고개를 돌려 아이를 바라보았다. 아이는 간밤에 아버지라는 말을 알아들었던 것인지 적한의 손가락 하나를 부여잡고 잠들어 있었다.

적한은 자신의 손가락을 꼭 쥐고 있는 아이의 작은 손을 바라보았다. 기력이 쇠하여 깨어나기 어려운 상황이었는데 어찌하여 깨어날 수 있었는지 그제야 연유를 알 것 같았다. 아이가 그 작은 손을 통해 용의 기운을 나눠 주고 있었던 것이다.

적한은 본능적으로 아비를 살리고 있는 아들을 보며 깊은 상념에 빠져들었다. 이토록 애틋하고 귀한 존재를 동해용왕 청운이 잃었다. 아니, 그가 잃게 만들었다. 지금쯤이면 후계의 신변에 무슨 일이 생겼음을 느끼고 후계를 찾기 위해 천지를 헤매고 다니고 있을 터인데 봉인당한 여의주 때문에 기력을 회복할 수 없으니 아무것도 해줄 수가 없구나.

그를 지켜보고 있던 해월공주는 깊은 근심이 드리워진 적한의 얼굴을 보며 걱정스레 물었다.

"몸은 어때요? 괜찮은 거예요?"

해월공주, 애가 타서 몸 상태부터 묻는데 적한은 자신의 상태를 잘 알고 있는 듯 차분한 기색이었다.

"나의 거처…… 내가 언제나 돌아오고 싶은 곳……."

"……?"

무슨 말을 하는 건지 알 수 없어 그녀가 의아해하며 쳐다보는데 적한이 기운없이 미소를 지으며 말을 이었다.

"붉은 용의 처소, 적문(赤門)…… 아이 이름으로 어떨까 하는데."

허나 말을 길게 할 여력은 없는지 그가 다시 눈을 감았다. 봉인당한 여의주 아직도 그 봉인 풀리려면 열흘이 남아 있으니 그는 기력을 회복하지 못하고 휴면에 들어가기 직전이었다. 이토록 크게 다칠 것이라 생각을 못하였기에 적한은 봉인당한 여의주 돌려받으면 황천강 건너며 쏟은 기력을 회복할 수 있을 것이라고만 계산하였다. 헌데 열흘을 더 버틸 수 있을지 그것을 알 수 없으니 그의 마음이 무거웠다. 그는 억지로 눈을 뜨고 해월공주에게 당부를 하였다.

"아이를 부탁해. 용의 피가 흐르고 있어 다루기가 쉽지 않을 거야."

해월공주는 이것이 지금 무슨 소리인지 어리둥절하기만 한데 적한은 계속 말을 이어나갔다.

"그리고 처제는 삼신산에 당도하였으니, 이제 기다릴 일만 남았어. 그러니 너무 애태우지 마."

"당신은요. 당신은 어찌 되는 거예요?"

해월공주, 바리의 일도 궁금하였지만 당장은 눈앞에 쓰러져 있는 적한이 더 걱정되었다. 마치 오랜 이별을 고하는 사람처럼 말을 하니 불안하고 답답하였다. 허나 적한은 자신의 앞일보다 더 걱정되는 것이 있는지 쓰디쓴 얼굴로 허공을 응시했다.

"해월, 내가 이 죄를 어찌 씻어야 할까."

"무슨 말이에요?"

그는 괴로움이 가득한 얼굴로 해월공주를 바라보았다.

"벗에게 지은 죄를 씻으려다 또 다른 죄를 지었어."

생각하는 것만으로도 가슴이 짓눌리는 듯 그의 얼굴이 일그러졌다. 감겨진 두 눈에서 뜨거운 눈물이 흘러내렸다.

"자식을 둔 아비로서 내가 무슨 짓을 한 건가. 생때같은 남의 자식을 잡았으니 그 죗값이 내 아이에게 올까 두렵구나."

해월공주가 누구의 자식이 잘못된 것이냐 물으려 하였지만 적한은 이미 의식을 잃은 후였다. 적문은 기운을 나눠 주려는 듯 여전히 제 아버지의 손가락을 쥐고 있었다.

이렇게 적한이 기력을 잃고 휴면에 빠져들고 있을 때 동해용왕 청운은 청목의 여의주가 까맣게 변한 것을 보고 아들의 신변에 문제가 생겼다는 것을 느꼈다. 그는 청목의 여의주를 지닌 채 아들의 행방을 수소문하기 시작했다.

후계 청목이 일 년 넘게 돌아오지 않고 있었지만 용의 존재들 자유로운 자들이니 아무리 부모형제간이라도 제 마음대로 세상을 돌아다니는 것 일일이 개입하지 않는 법이었다. 하여 그동안 아들이 어디에 있는 것인지 기별 하나 없는 것이 서운하기는 하였어도 그 나이 때 세상 구경 두루두루 하는 법이라 돌아올 때까지 기다리고만 있었던 동해용왕이었다. 헌데 청목의 기운과 닿아 있어 항시 푸른빛이 감돌던 여의주가 얼마 전 새까맣게 변하니, 이는 아들의 신변에 큰 변고가 생김이라.

동해용왕은 해귀부터 불러 청목이 어디에 간 것이냐 추궁하고, 해귀가 추측한 대로 일월산의 벼랑부터 가보았으나 아들은 보이지 않았다. 그렇다면 정말 해귀 말대로 저승에 간 것인가. 해귀의 말을 들어보니 바리 그 아이가 약려수 구하려고 삼신산에 가려 했다는데, 아들이 그 뒤를 따른 것이라면 지금 저승에 있단 소리가 아닌가.

용왕 청운은 아들이 저승에 갔다고는 생각하고 싶지 않았다. 사해의 용과 천계와 지계, 그리고 저승의 수호자들이 서로의 영역을 침범하지 않는 것은 묵계 중의 묵계로서 침범한 사실이 발각되면 팔다리가 잘려 나간다 해도 일언반구 항변할 수 없는 일이었다. 아무리 바리라는 아이에게 정신이 팔렸다 하여도 아들이 그런 짓까지 저지를 정도로 어리석다고는 생각하지 않는 청운이었다. 허나 청목이 가볼 만한 곳은 다 가보아도 그 자취 보이지 않으니, 청운 슬슬 불안하였다. 정말 아들이 저승에서 변고를 당한 것인가 하고 말이다. 만약 저승에 있다면 용왕이라 하여도 마음대로 손을 쓸 수 없는데 정말이면 이 일을 어찌하나 가슴이 답답하였다. 허나 용왕이기 전에 아비이다. 아들이 설혹 묵계를 어기고 세상의 섭리를 거스르는 불경을 저질렀다 하여도 그의 생사부터 걱정되는 것이 아비의 마음이리라.

동해용왕 청운은 입장이 곤혹스러워질 걸 감수하고 저승의 도시대왕에게 목간을 보내었다. 오래전 수로부인의 남편이 죽은 것을 알고 도시대왕의 일직사자에게 노잣돈과 공양을 극진하고 성대하게 올리니 그 일로 도시대왕 동해용왕이 직접 공양 올린 것을 기이하게 여기고 일직사자에게 전갈을 한 적이 있었다. 그 일로 도시대왕과 서로 인사를 나누었으니 잘하면 그를 도와줄지도 모를 일이었다. 동해용왕 청운은 후계 청목이 혹시 저승에 있는지 알아봐 달라 최대한 공손하게 목간을 써서 일직사자가 잠시 쉬어간다는 당산나무에 매달아놓았다. 얼마 후, 그 나무에 도시대왕이 보내는 목간이 매달려 있으니 청운 그 목간을 읽고 아들의 행방을 알게 되는구나.

「그렇잖아도 이 사실을 알려야 하는 것인가 고민하던 참이오. 그대의 후계는 얼마 전 황천강을 건너다가 전륜대왕과 평등대왕이 보낸 궁수들에게 화살을 맞고 황천강에 빠졌다는구려.

용의 존재가 저승을 침범한 일로 많은 대왕들이 분노하였으니, 후계의 시신을 찾겠다며 저승을 침범하는 우를 범하지 않았으면 하오. 황천강은 혼백들만이 건널 수 있는 곳, 이곳에 온다 하여도 시신을 찾을 수는 없을 것이오.

또한 황천강에 빠졌다면 그 혼백이 어디로 갔는지 저승을 관장하는 나라도 알 수가 없으니 아무쪼록 동해용왕 그대는 마음을 가다듬고 후계가 무사히 새로운 몸으로 태어날 수 있게 되기를 기원드렸으면 하오. 일이 이렇게 되어 나 또한 참으로 안타까운 마음 금할 수 없구려.」

동해용왕 청운은 목간을 읽어내려 가다가 그 자리에 주저앉아 버렸다. 설마설마하며 목간을 보내본 것인데, 아들 청목이 저승에 간 것도 모자라 황천강에 빠졌다니 온몸에서 기운이 다 빠져나가는 것 같았다.

한번 마음을 주면 쉬이 놓지 못하는 아들의 그 고지식한 외곬이 훗날 아들을 잘못되게 할까 봐 일부러 세상 밖으로 데리고 나와 다양한 인간 군상을 보게 한 것인데, 그것이 오히려 바리라는 아이를 만나게 하여 이런 일을 겪게 하니, 청운 기가 탁 막혔다. 바리가 곤궁한 환경 속에서 고생을 많이 한 아이라 아들이 그 아이를 보면 좀 더 세상일에 눈을 뜨고 항시 불만 어린 그 마음도 조금은 나아지리라 기대를 했던 것인데, 아들이 풋정에 제 목숨을 잃었으니 운명의 장난이 너무 심하구나.

동해용왕 넋을 잃은 채 당산나무에 일직사자가 나타나기를 기다렸다. 설혹 저승 땅에 발을 들여놓은 죄로 저승의 대왕들에게 보복을 당하더라도 이대로 아들을 황천강에 묻을 수는 없었다. 해볼 수 있는 데까지는 해봐야지 않겠는가. 어찌 얻은 아들인가. 늦은 나이에 간신히 얻은 외아들을 어떻게 이리 허망하게 잃을 수 있단 말인가. 또 아내에게는 어찌 말하랴. 아들이 황천강에 빠졌다는 것을 알면 아내는 제정신으로 살기 어려울 것이다. 하여 동해용왕 청운, 도시대왕을 직접 만나야겠다 작심을 하였다. 그는 그 자리에서 삼 일 밤낮 도시대왕의 일직사자를 기다려 자신도 저승으로 데려가 도시대왕을 만나게 해달라 간청을 하였다.

동해용왕이 간곡히 간청을 하고 아들의 소식에 눈이 뒤집혀 있으니 도시대왕의 일직사자 차마 거절치 못하고 그를 저승으로 인도했다. 도시대왕은 그런 청운을 맞이하며 이미 어느 정도는 예상한 일이었다는 듯 위로의 말을 건네었다.

어느 누가 자식의 죽음 앞에서 사리를 따지고 앞뒤를 잴 수 있단 말인가. 용왕이 저승 땅에 발을 들여놓은 일 다른 대왕들이 알면 다시 분개할 일이지만, 동해용왕 청운 황천강에 빠진 아들이 어디에 있는지 알 수 있도록 소환의식이라도 한번 하게 해달라 엎드려 간청하니 도시대왕 차마 거절치 못하였다.

결국 도시대왕의 도움으로 황천강에 다다랐던 동해용왕은 말로만 듣던 황천강의 불길 앞에 다시금 절망했다. 불길에 휩싸인 강이라 듣기는 들었어도 이리 거세고 끔찍할 정도인 줄 미처 몰랐고, 그 불길 속에 아들이 빠졌다는 것이 새삼 더 끔찍하게 느껴졌다. 과연 소환의식으로 저 불길 속에서 아들을 불러낼 수 있을까. 청운은 아들의 이름을 부르며 억장이 무너지는 듯 오열했다.

"청목아, 청목아, 네 어디에 있느냐. 네 진정 이 끔찍한 불길 속에 빠졌단 말이냐."

동해용왕의 애끓는 오열로 황천강에 부슬부슬 비가 내렸다. 허나 두 용이 쏟아붓던 폭우도 꺾어버리고 청룡을 집어삼켰던 황천강이었으니, 동해용왕이 내리는 부슬비 정도에는 끄떡도 하지 않는구나. 그 빗속에서 동해용왕 청운이 자신의 비늘을 황천강에 던져 넣고 손가락에서 피를 내어 불길에 흩뿌리며 소환의식을 시작하였다. 그러자 동해용왕이 지니고 간 청목의 여의주가 서서히 검은빛에서 짙은 쪽빛으로 변해가기 시작했다. 청운은 여의주의 빛이 달라지는 것을 보고 청룡의 기운이 여의주로 모여들고 있음을 알 수 있었다. 황천강의 불길에 녹아 산산이 흩어졌던 청룡의 기운이었다. 용의 존재는 불길과 끓는 물에 녹아 없어졌지만, 존체를 이루었던 기운은 황천강에 남아 있었던 것이다.

혼백이 있었다면 그 기운과 함께 용의 몸으로 나타났을 터인데 기운만 모이고 있으니 그 또한 가슴이 무너질 일이었다. 동해용왕은 소환의식을 계속했다. 지금 당장은 아들의 혼백이 어디로 간 것인지 알 수 없으나, 일단 여의주에 그 기운이라도 모아놓으면 훗날 혼백을 찾게 되었을 때 다시 용의 몸이 될 수 있으리라.

사흘 밤낮 동안 계속된 소환의식에 청목의 여의주는 다시 푸른빛으로 돌아왔다. 끝내 청목의 혼백이 어디로 간 것인지는 알 수 없었지만 청운은 더 이상 머무르면 위험하다는 도시대왕의 경고에 용의 기운만 모아 이승으로 돌아올 수밖에 없었다.

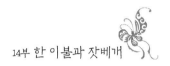

14부 한 이불과 잣베개

바리는 삼신산을 이 잡듯 뒤지고 다녔다. 허나 삼신산에 있다는 약려수는 어디에 있는 것인지, 아니, 있기는 한 것인지 모든 것이 오리무중이었다. 삼신산에 가면 신령스러운 우물이나 호리병에 든 물이 숨겨져 있을 것이라 생각하였는데, 삼신산엔 계곡물만 철철 흐르고 있을 뿐 딱히 약려수로 보이는 건 없었다. 보름여를 눈만 뜨면 방장산, 봉래산, 영주산 이렇게 세 개의 산을 헤매고 다닌 바리가 해가 어둑해져서야 초가에 들어와 잠을 청했다. 삼신산에서 오직 무장과 자신뿐이니 초가로 돌아오면 바리는 여인인 것 드러내지 않으려고 애를 썼다.

바리가 사내인 척하며 그를 경계할수록 무장은 심기 불편했다. 억지로 여인 삼아 아이 얻을 생각 없는데, 두억시니공주는 사내인 척 하나부터 열까지 조심하고 있었다. 낮에는 그의 눈에 띄지 않으려는 듯 두문불출 산속에서 꼭꼭 숨어 있다가 밤이 되어서야 터덜터덜 지친 모습으로 나타났는데 일부러 그런 것처럼 머리에 온갖 잡풀 매달고 얼굴에는 흙을 덕지덕지 묻히고 있었다. 그뿐이랴, 잠이 들 때는 위아래로 옷을 다 갖춰 입다 못해 꼭꼭 여미고 있고 누가 잡아먹기라도 하는지 도마뱀처럼 벽에 딱 들러붙어 자고, 소피보거나 씻는 모습 보일까 봐 멀리 있는 계곡까지 갔다 오고, 사내라면 있어야 하는 목의 울대뼈 없는 것 숨기려고 항시 감기 걸린 사람처럼 삼베 조각을 목에 두르고 있었다.

그 모습 지켜보던 무장은 슬금슬금 심술이 솟아 사내인 척 애쓰는 바리를 골려주었다. 일부러 군불 활활 때어 방바닥 뜨끈하게 덥혀놓고 겉옷 벗고 자라 하고, 소피보려 할 때 슬쩍 따라가서 누구 오줌이 더 멀리 나가는지 시합해 보자 하고, 씻으러 가는 양이면 등 좀 밀게 같이 씻자 따라나서는 척하였다. 바리는 그때마다 눈을 오목하게 뜨고 횡설수설 변명을 해대는데 그 변명 들을 때마다 속웃음 절로 나오게 하였다.

"아뇨, 집안이 엄해서 잘 때도 옷을 다 갖춰 입고 잤거든요."

"그러냐?"

"아뇨, 제가 워낙 방광이 약하여 오…… 오줌발이 시원찮습니다."

"그으래?"

"아뇨, 드…… 등은 지…… 짚으로 혼자 닦으시지요. 저는 몸에 심한 흉터가 있어 누구랑 같이 안 씻습니다."

"흠…… 그렇구나."

무장이 애기씨인 것 알면서도 일부러 심술부리는 줄 모르고 바리는 요리조리 곤혹스러운 상황 피하느라 그때마다 식은땀을 줄줄 흘렸다. 하지만 그럴 때마다 무장 의심치 않고 물러나 주니 바리 안도의 숨 내쉬면서도 그 사람 겉으로는 명민해 보이는데 참으로 순박하구나 그리 생각하였다. 게다가 삼신산 헤매다 저녁에 돌아오면 항시 따스한 밥상 준비해 일일이 챙겨주고 낮에는 굶고 다닐까 봐 아침나절 요깃거리 챙겨갈 수 있게 항시 솥에다 먹을거리 이것저것 넣어놓았다. 바리는 그런 무장에게 고맙고 미안하여 약려수 찾으면 꼭 나눠 가져야겠다 생각하였다.

이상한 건 약려수 찾으러 왔다는 무장, 아무리 봐도 약려수 찾는 기색 없이 세월아 네월아 하고 있는 것 같으니 마음 한구석으론 의아하였다. 누이를 살리고 싶어했는데 이젠 자신을 살리고 싶다는 아리송한 말 하더니, 약려수 찾는 것은 포기한 것인가. 바리는 가마꾼아재는 알아서 찾겠지 그리만 생각하고 매번 홀로 삼신산에 올라갔다.

그러던 어느 날이었다. 삼신산에 온 지 달포가 막 넘은 날이었는데 그저께 늦은 밤에 계곡에서 씻다 한기가 들었는지 아침부터 몸이 으슬으슬한 것이 열이 나고 식은땀이 줄줄 흘렀다. 바리는 해가 지기도 전에 저녁도 먹지 않고 이부자리에 누웠다.

무장은 그런 바리에게 별다른 말 하지 않고 오랜만에 군불을 때었다. 삼신산이라 별다른 약을 구할 수도 없으니 방바닥이라도 뜨끈뜨끈하게 해주어야지 싶었다. 하여 해온 나무 장작으로 쪼개어 한겨울에 불 때듯 아궁이에 집어넣어 주었다. 헌데 잡다한 일 정리하고 잠을 청하려고 방에 들어가 보니 잠들어 있는 바리의 모습 잔뜩 헝클어져 있었다. 아마도 뜨끈한 방바닥에 열기가 올랐는지 목에 두른 천 벗어내고 옷자락 반쯤 풀어헤쳐져 있었다.

그는 잠결에 말려 올라간 소맷자락과 바짓단을 내려다보았다. 여인인 것 꼭꼭 숨기려는 바리의 행동과는 정반대로 드러난 팔목과 발목은 쉽게 꺾여 버릴 것처럼 약하고 여렸다. 그뿐이랴. 풀어헤쳐진 옷깃 사이로 투명하고 고운 목과 쇄골이 드러나 아름다운 여인임을 뽐내고 있었다. 무장이 그 모든 것 가만히 내려다보다가 이내 솜털 보송보송 돋아 있는 귓불과 투명하게 빛나는 두 볼도 바라보았다. 이렇게 자세히 들여다보니 이 두억시니공주 참으로 아름다운 애기씨구나. 사내로 변장을 하였어도 그 아름다운 용모 가려지지 않고, 아니, 숨기고 가리려 하기에 언뜻언뜻 보이는 애기씨 자태 그의 시선을 사로잡았다. 세 아이가 아니더라도 사내라면 품에 안고 싶은 여인의 자태라 바리를 내려다보는 무장의 눈 어느새 사내의 눈 되었지만 정작 그를 유혹하는 여인은 아무것도 모르고 잠에 빠져 있었다.

어느 순간 그가 시선을 돌리고 자신의 이부자리를 펴고 누웠다. 차라리 저 두억시니공주 오지 않던 때가 더 좋았지 싶다. 홀로 지냈을 땐 외롭고 적적했어도 하루하루 해야 할 일 하며 마음이 평안하였는데 저 두억시니공주 나타나고부터 마음이 복잡했다. 어쩌면 삼신산 벗어날 수 있다는 생각에 기대에 부풀게 되고 자꾸만 여인으로 보여 사내로서의 욕망 스멀스멀 샘솟으니 그야말로 인내심을 시험받는 것 같았다. 그는 이제야 삼신산에서의 형벌이 시작되는 것 같았다.

무장이 잠이 든 후 한참이 지나서야 바리가 어렴풋이 잠에서 깨어났다. 그저 가벼운 고뿔 증세인 줄 알았는데 온몸이 오슬오슬 떨리고 삭신이 아파왔다. 불덩이 속에 있는 듯 열이 펄펄 끓었지만 목소리가 나오지 않아 그를 깨울 수도 없었다. 목구멍을 칼로 째는 듯 침을 넘길 때마다 아파왔다. 컴컴한 어둠 속에서 바리가 눈을 뜬 채 그대로 누워 있었다. 손가락 하나 까딱할 기운이 없었다. 저승에 온 후로 내내 긴장했던 것이 이제야 터져 나오는 것인지 마치 망치로 온몸을 두드리는 듯 몸 구석구석이 다 아파왔다. 차마 무장을 깨우지 못하고 열에 들뜬 숨소리만 거칠게 내뱉던 바리가 어느 순간 주루룩 눈물을 흘렸다.

어린 날 몸이 아프면 이마를 쓰다듬어 주고 배를 어루만져 주던 할매가 보고 싶었다. 얻어온 밥으로 죽을 쑤어서 떠먹여 주던 할배도 보고 싶었다. 어찌하여 자신이 지금 이곳에 누워 혼자 아파하고 있는 것인지 모르겠구나.

저기 자고 있는 가마꾼아재, 누이를 살리고 싶었다고 했던가. 헌데 지금은 자신을 살리고 싶다 그랬었지. 바리는 무장의 그 말 이제야 무슨 말인지 알 것 같았다. 아버지 어머니를 살리기 위해서 여기까지 왔지만 사실은 너무나 지쳐서 모든 것을 포기하고 싶었다. 억지로 기운 내어 삼신산 헤매고 다녔지만 그거라도 하지 않으면 미쳐 버릴 것 같아서 기억에서 도망쳤을 뿐이다.

그래, 이젠 지쳤다. 처음부터 있지도 않은 약려수를 찾겠다고 궁을 떠나온 것부터가 잘못된 일이었다. 아니, 약려수가 이 삼신산 어딘가에 있다 하여도 이젠 찾아다닐 의욕도 여력도 남아 있지 않았다. 그저 쉬고 싶을 뿐이다. 그저 이승에 두고 온 사람들이 보고 싶을 뿐이다. 나고 죽는 것이 인간이 받아들여야 할 순리였는데 그 순리를 거스르고 과욕을 부리다 할 짓 못할 짓 많이도 하였구나.

흐릿한 눈으로 어둠 속을 응시하던 바리가 외면하고 떠나왔던 모든 이들을 찬찬히 떠올렸다. 지옥에서 고통받는 수많은 사람들 자신 혼자만 살겠다고 외면하였다. 허기에 배가 고파 매달리는 그 가엾은 아귀들에게 자신만 살겠다고 활을 겨누었다. 그뿐이랴. 청목이가 용왕인 것 알고 그 무시무시한 황천강 건너게 해달라며 이용하였다. 이제 와 생각해 보니 청목이 죽어서 저승에 온 게 아니라 걱정되어 일부러 찾아왔던 것이구나. 검덕이는 또 어떤가. 결국 주인의 과욕에 희생양 되어 목숨까지 잃지 않았는가.

"받아들였어야 한 거야."

쓰디쓴 한마디와 함께 바리의 눈에서 뜨거운 눈물이 솟구쳤다.

풀지 못했던 부모와의 인연, 처음부터 풀 수 없었던 인연인데 풀어 보겠다 억지를 부린 것이다. 그냥 그런 인연이었던 것인데 부모 정에 목마르고 버림받았다는 것 받아들이지 못해 애꿎은 사람들 다치게 하고 어린 생명 목숨만 버리게 하였지.

펄펄 끓는 열 속에서 주루룩 뜨거운 눈물을 흘리던 바리가 천천히 기어 무장의 곁으로 갔다. 저승지옥을 거쳐 삼신산에 온 그녀처럼 그도 그 모든 길을 거쳐 왔을 것이라 생각하니 이 세상에 유일하게 지금의 자신을 이해해 줄 수 있는 사람으로 느껴졌다. 아니, 설혹 이해하지 못한다 하더라도 이 외롭고 고단한 길에 곁을 지켜주고 있으니 그 하나만으로도 고맙고 애틋했다. 삼신산에 온 후로 말없이 먹을 것 챙겨주고, 따뜻하게 잘 수 있도록 이부자리 내어준 무장이 유일하게 의지할 수 있는 곳이구나.

바리는 그리움과 외로움을 견디지 못하고 천천히 기어 무장 곁에 누웠다. 비록 따뜻하게 안아주는 것 기대할 수 없지만 그래도 삼신산에서 유일하게 살아 숨 쉬는 무장 곁에 누우니 살 것 같았다. 차마 잠들어 있는 그를 끌어안지는 못하고 바리가 무장의 바로 곁에서 혼곤한 잠을 청했다.

아, 누가 내 이마 좀 어루만져 주며 괜찮다 고생했다 네 탓이 아니다 그렇게 말 좀 해주었으면 얼마나 좋을까. 바리는 할매 할배가 너무 그리워 무장의 곁에서 소리 죽여 울었다.

이른 새벽이었다. 푸른 새벽빛이 들어오는 걸 느끼고 무장이 잠에서 깨어났다. 헌데 고개를 돌려보니 바로 옆에 바리가 자고 있었다. 마치 아픈 몸 이끌고 살려달라 찾아오는 동물들처럼 작은 몸을 옹그리고 거친 숨을 내뱉고 있었다. 항시 멀리 떨어져 자면서도 그를 경계하던 바리라 무장이 어리둥절 내려다보았는데 유심히 살펴보니 어디가 심하게 아픈지 온통 땀에 젖어 있었다. 이상하여 이마에 손을 대보니 열이 펄펄 끓고 있었다.

"바리야."

걱정되어 불러보았지만 바리는 정신을 차리지 못했다. 차마 그를 깨우지는 못하고 생짜로 앓고 있었다는 생각을 하니 무장 사내인 척하는 애기씨 바리가 안타깝고 가여웠다. 그가 이불을 덮어주고는 방을 나섰다. 열부터 식히고 고뿔 가라앉혀 줄 약초 달여야지 싶었다. 어제저녁엔 그저 하룻밤 자고 나면 괜찮아지려니 하였는데 이제 보니 그동안의 긴장 풀려 몸이 드디어 드러누운 것이리라. 오죽하겠는가. 여인의 몸으로 저승지옥 거쳐 왔으니 그 고생과 심적 고통 말할 수 없음인데, 이곳에 와서도 사내인 척하느라 항시도 마음을 놓지 않았으니 탈이 난 것이리라. 이렇게 몸이 아프면 깨울 일이지, 여인인 것 드러날까 봐 말도 않고 혼자 앓고 있었으니 무장 안타까우면서도 답답했다.

"이 어리석은 애기씨야, 널 어쩌면 좋으냐."

그는 차마 바리의 옷을 벗길 수는 없어 드러난 팔과 다리만 젖은 천으로 닦아주었다. 차디찬 물기 닿을 때마다 바리는 처음 저승에 왔을 때 끌려갔던 한빙지옥 꿈을 꾸었다. 꿈속엔 우웩이도 없고 쇠풍경도 없어 바리는 얼음 속에 갇혀 울기만 하였다. 무장은 사시나무처럼 덜덜 떨며 눈물을 흘리는 바리를 보며 손길을 멈추었다.

쉽게 병들고 쉽게 목숨을 잃고 마는 인간에 대한 연민일까. 아니면 씩씩한 척 강한 척 제 안의 눈물 내색하지 않는 이 두억시니공주에 대한 안타까움일까. 어찌하여 이 두억시니공주를 볼 때마다 마음이 움직이고, 이토록 가슴이 아픈 걸까. 이승에서 만났을 때도 자신도 모르게 놀리고 심술을 부렸던 것은 이 두억시니공주가 어여쁘게 느껴져서임을 이제야 알 것 같다.

지상의 존재에게 사로잡혀 결국 죽음을 맞이한 누이를 보며 그는 지상의 존재와 더더욱 엮이기 싫었다. 그들의 어리석은 감정과 눈먼 사랑을 지켜보며 고개를 저었다. 하여 지상의 여인에게서 아이를 얻지는 않겠다 결심했었다. 굳이 얻어야 한다면 천계의 존재나 수호자의 여식을 취할 생각이었는데, 어째서 이 두억시니공주 나타나 그의 마음을 이토록 흔드는 것인가.

무장이 긴 상념을 한숨으로 뒤로하고 바리의 열을 조금 더 식혀준 후에 방을 나섰다. 그리곤 반빗간에서 약초 달이고, 몸의 기운 보하는 들깨로 죽을 쑤었다. 한참 후 곱게 쑨 들깨죽을 그릇에 담아 소반에 올려 방으로 들어가니 바리가 엉거주춤 일어나 앉아 말려 올라간 바짓단 내리고 헝클어진 옷깃 여미고 있었다. 무장이 보고도 못 본 척 소반을 내려놓았다.

"누워 있지 않고 왜 일어났느냐."

심하게 앓은 탓인지 하룻밤 사이에 바리의 얼굴이 홀쭉하였다. 바리는 해쓱한 얼굴로 빙긋이 웃었다.

"그래도 어떻게 누워서 상을 받아요."

지난밤 그의 품 가까이까지 다가와 웅크리고 있었던 애기씨는 다시 서먹한 거리를 두고 그를 대하고 있었다. 그가 이렇게 병간해 주고 밥상 갖다 바치는 것 황송하고 어색한 양 바리는 조심조심 수저를 집어 들었다.

"들깨죽이네요?"

그릇 안에 든 들깨죽을 보고는 바리가 눈을 휘둥그레 떴다.

"음. 아무래도 아픈 뒤끝이라 밥 먹기는 좀 그럴 것 같아서."

바리가 들깨 냄새 풍기는 김을 코로 킁킁거리며 맡더니 생각에 잠긴 듯 빙그레 웃었다.

"할매가 저 아플 때면 이거 쑤어주었는데……."

"좋아하는 음식이니?"

그 물음에 바리가 배시시 웃으며 고개를 끄덕였다. 저승 한가운데에서 들깨죽 먹게 되리라고는 생각도 못했기에 바리 눈물이 울컥하였다. 할매 할배는 잘 계실까, 바리가 이승에 두고 온 사람들을 다시금 떠올리며 말을 잇지 못하는데 무장은 그런 바리를 쓰다듬어 주고 싶다는 마음이 들어 손을 움켜쥐었다.

"어서 먹어라."

"예."

바리가 들깨죽을 한 입 넣고는 생각보다 맛이 있자 신기하다는 얼굴을 하였다.

"아재는 정말 못하는 게 없네요. 사내면서 죽도 잘 쑤고, 밥도 잘하고……."

무장이 처음 삼신산에 왔을 때 만날 탄 밥이나 설익은 밥만 먹었던 걸 떠올리며 피식 웃었다. 항시 인간들에게 섬김받고 갖가지 정성 들여 만든 산해진미 천제단에 올려졌으니 제 손으로 무엇 만들어 먹어본 적 없는 그였다. 허나 삼신산에 와서 먹고 입고 자는 것 모두 혼자 만들어 써야 하니 삼신산은 그를 예전과는 너무 다른 이로 만들어놓았다.

"내가 좀 뭐든 잘한다."

슬쩍 잘난 척 비슷한 농을 던지니 바리도 슬쩍 무장을 흘기며 이죽거렸다.

"그러는 분이 왜 약려수는 이제껏 못 찾았어요?"

"그러게 말이다."

그가 피식 웃으며 얼렁뚱땅 대답하고 넘어가는데, 바리는 무슨 생각을 하는지 지창 밖으로 보이는 삼신산을 바라보았다. 그는 바리가 다시 약려수 찾으러 나갈 생각을 하는 건가 싶어 엄히 말했다.

"아직 성치 않으니 몸 좀 더 추스른 후에 찾거라."

바리는 지창 밖에 두던 눈길을 돌려 무장을 물끄러미 바라보더니 이내 말간 웃음을 지으며 고개를 저었다.

"저, 이제 그만 하려고요."

"……."

생각지도 못한 대답에 그는 침묵했다. 바리는 오랫동안 생각해 온 거라는 듯 자분자분 속내를 풀어냈다.

"아무리 찾아봐도 약려수가 어디에 있는지 모르겠어요. 그리고 이젠 정말 지쳤어요. 처음부터 불가능했던 것인데 억지를 부렸던 것 같아요."

약려수 있는 곳 알고 있으면서도 알려주지 않고 있기에 무장은 침묵에 빠져드는데, 바리는 무장이 다시 홀로 남을 생각에 울적해하는 건가 싶어 얼른 말을 하였다.

"그래서 말인데요. 아재도 저랑 같이 가지 않을래요? 여기서 계속 이렇게 있지도 않은 약려수를 찾는 건……."

약려수 외에는 이곳에 있을 이유가 없다는 듯 말하는 바리의 태도에 그는 이상하게 가슴 한구석에 서늘한 바람이 부는 듯했다. 하여 내내 말하지 않았던 말, 그가 꺼냈다.

"나는 갈 수가 없다."

"왜요?"

말간 얼굴로 왜 못 가냐 묻는 바리를 보고 있노라니 그는 어디서부터 어디까지 말을 해야 하는 것인지 알 수가 없어 말문이 막히었다. 바리는 무장이 아직도 약려수에 대한 미련을 버리지 못해 그런 것인가 하여 물었다.

"물론 저도 약려수가 있다고만 하면 어떻게든 가져가고 싶지만, 그렇다고 언제까지 찾아 헤맬 수는 없는 거잖아요?"

그는 생각에 잠기는가 싶더니 이내 굳어진 얼굴로 말했다.

"만약 내가 약려수 있는 곳 알고 있다 하면 너는 어찌하겠느냐?"

바리는 휘둥그레진 눈으로 눈을 끔벅이다가 멍하니 대답했다.

"그야 알려달라고 부탁을 하겠죠."

그는 비식 웃는가 싶더니 다시 침묵했다.

"정말 알고 계시는 거예요?"

바리가 혹시나 하여 되묻는데 그는 오랜 침묵 끝에 입을 열었다.

"사실은 내 죗값을 치르기 위해 이곳에서 약려수를 지키고 있단다.

그래서 너에게 내어줄 수가 없었다."

생각지도 못한 말에 바리의 두 눈이 커졌다. 같이 찾고 있는 줄 알았던 가마꾼아재, 실상은 약려수를 지키고 있다 하니 너무 놀라 말이 나오지 않았다.

"만약 어떤 여인이 내게 아이 셋을 낳아주면 나 또한 이곳을 나갈 수 있다."

무장은 천연덕스럽게 같이 가자 말하는 바리에게 지금 심술을 부리고 있다는 것 알고 있었다. 바리는 그대로 굳어진 채 멍하니 무장을 바라보았다. 그는 아무것도 모르는 척 아쉬움 섞인 말을 건넸다.

"네가 여인이었으면 좋았을 터인데, 참으로 안타깝구나."

"그…… 그러게요. 안타까운 일이네요."

그는 가만히 바리의 얼굴 쳐다보더니 마저 먹고 한숨 푹 자라는 말 남기고는 방을 나갔다. 그가 있으면 사내인 척하느라 편히 쉴 수 없으니 바리를 혼자 있게 해준 것이지만 바리는 머릿속이 복잡해져 다시 잠을 청할 수가 없었다.

그날 낮이었다. 바리 아침나절 무장에게서 들은 말 때문에 심사가 복잡해져 산책을 나갔다. 하루 종일 누워 있었더니 몸이 근질거리기도 하여서 멍구럭에 요깃거리 챙겨 넣고 터벅터벅 삼신산 이곳저곳을 걸어다녔다. 무장은 물을 두 동이 길러놓는가 싶더니 다시 나무를 하러 산으로 올라간 참이었다.

아이 셋을 낳아야 이곳을 벗어날 수 있다는 무장의 말 곰곰이 생각하며 길을 걷던 바리가 처음 황천강 건너 육지에 닿자마자 보았던 갈래길에 들어섰다. 허나 갈래길에 닿은 걸음은 그중 하나를 선택하지 못하고 근처에 있는 검덕이의 가묘(假墓)로 향하고 있었다. 그날 초가로 들어가기 전에 검덕이의 죽음 너무나 애통하여 작은 봉분을 만들었었다. 항시 봄인 듯 가을인 듯 온갖 꽃과 나무 피어 있는 삼신산이라 그런지 붉은 흙으로 만들었던 봉분은 어느새 풀이 돋아 초록빛 이불을 덮고 있었다. 작고 푸른 무덤이 검덕이인 듯 바리가 풀들을 어루만졌다. 허나 검덕이의 그 따스한 온기 느껴지지 않고 귀가 울리도록 짖어대던 그 울음소리 들려오지 않았다.

'아가, 미안하다. 지켜주지 못해 너무나 미안하다. 너는 이토록 끝없는 사랑을 주었는데, 나는 너의 그 사랑 그저 당연한 듯 받기만 하였구나.'

검덕이를 찾아 헤매듯 봉분을 바라보던 바리가 저 멀리 붉은 불길로 타고 있는 황천강을 바라보았다. 마치 어제 일인 양 황천강 불길 속을 건너던 일들이 생생하게 눈앞에 그려졌다. 멀리서 보는 것만으로 오금이 저리고 식은땀이 흐르는 저 무시무시한 황천강을 적한아재와 청목이는 건너주었다. 그리고 검덕이는 제 목숨을 바쳐 지켜주었다.

가없는 사랑, 이라고 했던가. 바리는 그토록 아버지에게 받고 싶었던 사랑을 그들에게 받았음을 이제야 알 것 같다. 그들은 그렇게 조건 없이 사랑을 나눠 주고 베풀어주었는데, 자신은 누군가에게 그런 사랑 베푼 적 있었던가.

황천강을 바라보던 바리가 저 멀리 반대편에 있을 무장의 초가 쪽을 바라보았다. 약려수 포기하고 돌아간다 하여도 아이 셋을 낳지 않으면 이곳에서 벗어날 수 없는 저 가마꾼아재를 홀로 두고 가도 되는 것일까. 바리는 오직 제 부모와 제 형제만 생각하고 살아온 지난날을 되돌아보았다. 자신이 필요할 때는 타인의 도움과 배려 넙죽넙죽 받아놓고, 정작 가마꾼아재의 답답한 현실에서는 모른 척해도 되는 걸까.

어쩌면 아이 셋을 낳는 것이 약려수를 얻기 위해 치러야 할 마지막 대가일지도 모른다. 아니, 적한아재와 청목이를 다치게 하고 검덕이를 죽게 하였으니 그 세 목숨이 그녀 대신에 치른 것을 이제 누군가에게 갚아라 하는 것은 아닐까. 바리는 길고 긴 산책 끝에 그런 생각에 다다랐다.

해가 어둑해질 무렵 초가로 되돌아와 보니 무장이 마루에 앉아 있었다. 바리가 떠났다 생각하여 길고 긴 침묵에 빠져 있는데 문득 걸음 소리 들려오니 그가 놀란 기색으로 싸리문 쪽을 바라보았다. 마당에 들어서던 바리는 마루에서 자신을 바라보고 있는 무장을 보고는 걸음을 멈추었다.

"떠난 줄 알았다."

"아뇨, 산책을 좀 하다 왔어요."

그는 별다른 말 없이 고개를 끄덕이더니 부엌으로 향하였다. 바리가 떠났다는 생각에 자신이 방금 전 얼마나 끔찍한 고통을 느끼고 있었는지 알리고 싶지 않았다. 다시 혼자가 되었다는, 생명 없는 이곳에서 다시 홀로 시간을 견뎌야 한다는 두려움에 그동안 유지하고 있던 평정이 모두 깨어지고 있었다는 것을 보여주고 싶지 않았다. 이런 비참한 상황에 처해 버린 자기 자신에게 너무나 화가 치밀었다. 헌데 부엌으로 들어간 무장을 뒤따라온 바리가 문지방에 걸터앉아 생각지도 못한 말을 건넸다.

"아재, 사실은 제가…… 사내가 아니에요."

무장이 잡고 있던 솥뚜껑을 그대로 놓쳐 버렸다. 부뚜막에 부딪친 솥뚜껑은 우당탕 소리를 내며 땅으로 떨어졌다. 바리는 무장의 반응을 보고는 쓸쓸한 웃음을 뱉어냈다.

"그래요, 제가 어디로 보나 강건하니 사내답게 생기긴 했죠."

하도 오랫동안 사내인 척을 하여 바리는 자신이 정말 사내답게 생겼다 믿고 있었다. 허나 무장은 그 말에 웃지 않고 잔뜩 굳어 있으니 바리가 다시 진지한 얼굴로 말을 이었다.

"괜찮다면 제가 아재에게 아이 낳아드릴게요. 허니……."

아이 낳아 같이 이승으로 돌아가자는 말 하려던 바리의 말, 무장에 의해 끊어졌다. 그는 무슨 생각을 하는지 무뚝뚝하게 말을 되돌렸다.

"허니 나는 네게 약려수를 내어주면 되겠구나."

바리가 어리둥절 눈을 동그랗게 뜨고는 띄엄띄엄 말했다.

"그야 주시면 저야 고맙죠."

무장은 오랫동안 바리의 얼굴 바라보는가 싶더니 알겠다 그 대답만 하고는 차리고 있던 저녁상을 다시 준비했다. 바리는 어째서 가마꾼아재가 화가 나 보이는 걸까 의아했지만, 화날 일이 아니고 기뻐해야 할 일이라서 그저 감정을 표현하는데 서투른가 보다 그리 생각했다.

무장은 바리가 떠났다는 생각에 생각보다 더 큰 상실감을 느끼는 자신을 보고 더 이상 마음 내어주는 것은 위험하다 그리 생각하였다. 비록 아이 셋 낳아주겠다 하니 반가운 일이지만 이러다 누이처럼 지상의 존재에게 마음 내주어 똑같은 꼴이 될까 저어되었다. 귀엽고 어여쁘나 그뿐이다. 어차피 그를 은애하여 아이 가지겠다는 것 아니고 오직 약려수 구하기 위함이니 그는 약려수 내어주고 대신 아이 셋 얻으면 될 일, 여인에게 사로잡혀 지상에 발목 묶이는 일은 절대 없어야 할 것이다. 그는 마음속에 일어나는 묘한 동요와 혼란들을 그렇게 갈무리하였다.

헌데 아이 셋 낳아주겠다 말은 하였지만 문제는 바리 자신이 아이를 어떻게 가지는지 전혀 모르니 그것이 문제였다. 결발한 머리 풀어 내리고 여인들이 입는 유와 상 걸쳐 여인으로 보일 생각은 않고 다음날 아침 되자 삼 씨를 뿌려 삼을 기르겠다며 호미와 곡괭이를 들고 초가를 나서는 게 아닌가. 갑자기 웬 삼이냐 무장이 물으니 삼베 짜서 둘이 같이 누울 이불을 만들겠다 대답하였다. 무장은 낯부끄러워하지도 않고 천연덕스럽게 이불 만든다 대답하는 바리를 보며 슬쩍 떠보았다.

"원앙금침이라도 만들 생각이냐?"

아이 낳아야 하니 부부지연 맺기 위해 원앙금침 준비하나 싶어 물었는데 바리의 대답이 가관이었다.

"음…… 그런 것도 있고요. 남녀가 한 이불 안에서 잠이 들어야 아이가 생기니까 일단 한 이불부터 만들려고요. 지금 방에 있는 건 작은 이불뿐이라 아재랑 저랑 한 이불에서 잘 수가 없잖아요."

무장은 이 심상치 않은 대답에 떨떠름한 얼굴을 하였다. 이것이 다 알고도 하는 대답인지 아니면 정말 한 이불 안에서 자면 아이가 생긴다고 생각하여 하는 대답인지 판단이 되질 않았다. 헌데 대답하는 바리의 얼굴 너무나 순수하고 맑개서 무장은 후자가 분명하다 생각하였다.

"한 이불 덮고 자면 정말 아이가 생길까?"

무장이 슬쩍 놀리듯 그 말 하였는데 바리는 헷갈리는 듯 미간을 좁혔다.

"글쎄요. 그건 잘 모르겠는데요. 한 이불에서 자고 나오면 애가 생기는 것 같아서 그냥 그렇게 생각했는데요."

"음…… 그렇구나."

"만들지 말까요?"

"아니다. 내가 알기로 한 이불만으로는 안 되고 잣베개도 있어야 아이가 생기니, 그것도 만들어야 할 성싶구나."

"아…… 그렇군요."

바리는 미처 몰랐다는 양 고개를 끄덕이고는 그럼 삼 씨 심고 오겠다며 길을 나섰다. 삼실 잣고 나면 삼베를 짜야 한다며 시간날 때 베틀 좀 만들어달라는 말까지 덧붙이고는 말이다.

무장이 초가를 나서는 바리의 뒷모습 가만히 지켜보다 어느 순간 심각한 얼굴로 마루에 앉았다. 뭘 알고 아이 셋 낳아주겠다 한 줄 알았는데, 이제 보니 아무것도 모르는 숙맥이라. 과연 저 두억시니공주에게 아이 셋을 얻어도 괜찮은 것인지 슬쩍 양심이 찔려왔다. 아니, 아이를 과연 얻을 수는 있을지 그조차 걱정이 되었다.

"하나부터 열까지 가르쳐야 하나?"

인간 세계 다녀보니 간혹 어린 애기씨 데려다가 키워서 혼례 치르는 경우 있긴 있었다. 무장은 지금 자신의 경우가 그런 경우인가 곰곰이 따져 보며 저 두억시니공주를 무엇부터 가르쳐야 하나 고민했다.

그날 밤, 하루 종일 밭 갈고 삼 씨 심은 바리가 허리를 뚜덕이며 자신의 이부자리를 펴고 누우려는데 방 안에 들어서던 무장이 잠깐 앉아 보라 하고는 나무함에서 빗을 꺼내 들었다. 바리가 엉거주춤 바닥에 앉자 무장이 그 뒤에 앉더니 결발하여 틀어 올린 바리의 머리를 풀어 내렸다.

"제가 할게요."

바리가 뒤를 돌아보며 빗 이리 주오 손을 내미는데, 그는 가만히 있어라 그 말만 하고는 치렁치렁한 긴 머리를 빗으로 빗기 시작했다. 결발하여 틀어 올렸을 때는 미처 몰랐는데 이 두억시니공주 머릿결 흑공단처럼 윤기나고 맵시있구나. 무장은 그의 손길에 바리가 천천히 익숙해지게 해야겠다는 생각으로 머리를 빗어주려던 것인데 오히려 긴 머리 타래 늘어뜨린 바리의 모습에 눈을 떼지 못했다. 하여 손안에 잡히는 머리 타래 천천히 빗어 내리면서도 사내로서의 마음 스멀스멀 샘솟아 긴장을 하였다. 빗질이 길어질수록 그의 손길에 익숙해지게 만들려던 것이 스스로를 고문하는 꼴이 되어갔다. 마침내 그가 간신히 머리 다 빗고 억눌렀던 숨을 토해내는데 아무것도 모르는 바리는 이러고 있다.

"머리카락에서 냄새나요?"

그가 갑자기 숨을 몰아쉬니 바리는 혹시 냄새가 나서 그런 건가 신경이 쓰였던 것이다. 지금은 자주 씻어 그럴 리 없다는 것 알면서도 어릴 적에 하도 지저분하게 하고 다녀 청목이 냄새난다 더럽다 타박하던

게 떠올라 혹시나 하였다.

"아니, 안 난다."

그가 어이가 없어 대답하면서도 피식 웃는데 바리는 그럼 다행이라는 듯 말했다.

"어릴 때 하도 안 씻어서 청목이가 만날 뭐라고 했거든요."

그러다 문득 청목이 놀리던 생각이 나서 바리가 빙긋이 웃었다.

"나보고 팻국물이라고, 병마도 나한테는 병을 얻어가겠다고 난리를 쳤어요."

"그래?"

갖고 있던 향유를 머리카락에 발라주고 있던 무장이 어떤 얼굴을 하고 있는지도 모르고 바리는 옛날 생각에 웃음 물고 고개를 끄덕였다. 무장은 아이 낳아주겠다며 철없이 덤벼든 이 두억시니공주가 마음은 청룡의 후계에게 있는 것 같아 기분이 좋지 않았다. 허나 내색하지 않고 향유 다 발라주고 다시 빗으로 빗어내려 곱게 내려뜨리니 바리가 뒤를 돌아보고는 손을 내밀었다.

"주세요, 저도 아재 머리 빗겨 드릴게요."

무장이 빗을 건네주면서도 쓸쓸한 웃음 베어 물었다. 여인이 사내의 머리 빗겨주는 것이 얼마나 내밀한 행위인지 이 두억시니공주 전혀 모르고 있었다. 그가 틀어 올린 머리 풀어 내리자 바리가 머리를 빗기기 시작했다. 허나 자신보다 세 뼘은 더 키가 큰 무장이니 뒤에서 거의 무릎 대고 일어나 빗겨야 했다. 하여 옆머리 빗기거나 정수리부터 빗어 내릴 때 바리가 몸을 숙이니 무장 언뜻언뜻 보이는 바리의 목덜미에 시선 두지 않으려고 차라리 눈을 감아버렸다. 그러자 바리에게서 은은히 풍겨 나오는 체향이 코를 간질이고, 작은 손이 귀밑머리 쓸어내리고 머리카락 사이로 들어오는 손가락의 느낌 더 생생하게 느껴지니 괴로움만 커져 가는구나. 어느 순간 그가 되었다 말하고는 빗질을 멈추게 했다.

"아직 향유도 안 발랐는데요."

"괜찮다."

그가 이부자리를 펴자 바리가 제 이부자리로 돌아가 누웠다. 몇 년 만에 머리카락 풀고 있으니 그 느낌 어색하고 한편으론 좋기도 하여서 손가락에 머리카락 감고 뱅글뱅글 돌려보는데, 무장이 그런 바리를 힐 끔 보는가 싶더니 팔 한쪽을 내밀었다.

"이리 와서 곁에 누우렴."

그는 일단 가까이에서 함께 잠드는 것부터 익숙해지게 해야겠다고 생각하는데, 바리는 얼마 전 많이 아팠을 때 응석 부리고 싶었지만 부릴 수 없었던 것이 떠올라 그저 어리광 받아주는 어른에게 향하듯 그렇게 다가갔다. 그리곤 아무 생각 없이 뻗어 있는 팔에 머리 괴고 누웠다. 꼭 어릴 적 비력할아범 팔 베고 누운 것도 같았고, 공덕할멈 무릎 베고 누운 것도 같았다. 아버지 대왕마마에게도 그런 어리광 부리고 싶었지만 늙고 병든 아버지에게서 악연도 이런 악연이 없을 것이란 서늘한 말만 들었기에 바리는 무장이 팔베개해 주는 것이 너무 기분 좋았다. 게다가 무장의 어깨와 팔 어찌나 넓고 듬직한지 머리 베고 자기 딱 좋구나. 하여 아무 생각 없이 아이처럼 팔로 무장의 가슴팍을 두르고 잠을 청하였다.

그 모습에 기도 막히고 어이도 없는 그는 눈 감고 잠 청하는 바리를 물끄러미 내려다보았다. 도대체 이 두억시니공주를 어디서부터 가르쳐야 하는 건지 모든 게 까마득하게 느껴졌다. 하늘도 무심하시지, 보내줘도 어떻게 이리 맹한 애기씨를 보내주어 이토록 그를 애먹인단 말인가. 그가 허리 아래에서 느껴지는 묘한 느낌 잠재우려고 지그시 천장을 노려보며 숨을 고르는데, 팔 베고 누운 바리는 벌써 잠이 들었는지 색색 고른 숨소리를 내뱉고 있었다.

그렇게 이레가 지나도록 바리는 밤마다 무장의 팔을 베개 삼아 쿨쿨 단잠을 잤다. 물론 그 이레 동안 바리에게 차마 손도 대지 못한 그는 밤마다 수행 아닌 수행을 해야 했다. 물론 때때로 그윽하게 바라보며 스스로 여인인 것 느끼게 하려고 시도도 해보았는데 바리는 그때마다 눈싸움하는 것인 줄 알고 안 지겠다 눈 부릅뜨고 무장의 눈길을 마주 보니 무장 어느새 골이 지끈지끈 아파 눈을 감아버렸다. 그러면 바리는 오늘 밤도 내가 이겼다며 으스대며 잠을 청하곤 하였다. 그런 웃기지도 않은 상황이 계속되고 있는 가운데 낮이면 삼밭 가꾸고 밤이면 색색의 헝겊 이어 잣베개 만들던 바리가 드디어 다 만들었다며 의기양양 무장에게 보여주었다.

"어때요?"

잣베개 내려다보던 무장은 침묵했다. 어찌나 바느질이 훌륭한지 잣베개인지 잡베개인지 알 수가 없고, 얼핏 보면 걸레 뭉쳐 놓은 것 같기도 하여 머리 괴고 싶은 마음 조금도 나지 않았던 것이다. 하지만 잘했다는 칭찬의 말 기대하는 눈빛으로 그를 쳐다보는 바리의 얼굴을 보니 차마 걸레 같다는 말 할 수가 없구나.

"음…… 꽤 독특한 잣베개구나."

바리는 칭찬인 줄 알고 나름 겸손을 떨어댔다.

"아니에요. 바느질은 어깨너머로 본 게 다여서 너무 부족해요."

'부족한 정도일까?'

이 베개 괴고 잤다가는 아이도 쭈글쭈글 주름살 잔뜩 갖고 태어날 것만 같은데 바리는 반은 했다는 얼굴로 잣베개를 쓰다듬었다.

"오늘부터는 이거 베고 주무세요. 아직 한 이불은 못 만들었지만, 그래도 혹시 모르는 거니까요."

뭘 모른다는 걸까, 잣베개만 있어도 아이가 생길지 모른다는 말일까? 그는 어떻게 응수를 해줘야 할지 모르겠어서 그럴 수도 있겠구나 하며 고개를 주억거렸다. 그러다 바리의 열 손가락이 온통 바늘에 찔린 자국으로 가득한 것을 보고 그 손 잡아 들고 살펴보았다.

"세상에, 벌집이 되었구나."

바리는 바늘에 너무 많이 찔린 것이 부끄러운 것인지 아니면 그가 손잡은 것이 부끄러운 것인지 손을 빼내려 하였다.

"괜찮아요."

그는 부끄러워하며 손을 빼내려는 바리의 행동에 슬쩍 짓궂은 마음이 들어 바리의 손 잡은 채 자신의 입으로 가져갔다. 그리곤 상처를 핥아주듯 손가락 하나하나를 입에도 넣고 혀로 핥아대니 바리가 휘둥그레진 눈으로 그런 무장을 빤히 쳐다보았다.

"뭐…… 뭐 하시는 거예요?"

"혹시 모르니 침으로 소독해 주는 거다. 바늘에 녹이 슬었으면 큰일이거든."

그러면서 다시 손가락을 핥는데 아무리 청맹과니 바보라 하여도 소독하는 것과 애무하는 것은 전혀 다른 느낌이니 바리 또한 묘한 느낌에 움찔하였다. 손가락 소독해 주는데 어찌하여 발가락이 오그라드는 느낌인지 신기해하면서도 바리 이상하게 낯부끄러운 느낌에 얼굴을 붉히었다.

"바…… 바늘에 녹 없었어요."

바리가 얼른 그 말을 내뱉고는 무장의 입에 들어가 있는 손가락을 휙 빼냈다. 그리곤 새빨개진 얼굴로 후다닥 반빗간으로 가버리니 무장 그 뒷모습 물끄러미 바라보며 씨익 짓궂은 웃음 베어 물었다. 저 두억시니공주 남녀의 운우지락 몰라서 그렇지, 아무것도 못 느끼는 나무토막은 아니었던 것이다. 이리 작은 애무에도 반응을 보이니 무장은 오히려 여인으로 그를 받아들일 때 어떨지 기대가 되었다.

잣베개 지었다며 내놓은 그날 밤이었다. 잣베개 나란히 놓고 무장과 바리도 나란히 누워 잠을 청하는데 저승지옥에서 겪었던 이런저런 일 이야기하는 바리의 말에 무장 귀 기울이면서도 손으로는 바리의 귀밑머리 자꾸만 쓸어 넘겨주었다. 바리는 그 느낌이 너무 좋아 어느 순간 말을 멈추고 그 느낌을 가만히 음미했다. 무장이 왜 이야기를 멈추느냐 되물으니 바리가 빙긋이 웃었다.

"사실은 머리 쓰다듬어 주는 거 좋아하거든요. 어릴 적에 할매가 이렇게 해주셨어요."

그는 말없이 고개만 끄덕이고 귀밑머리 쓸어주던 손으로 바리의 머리카락 쥐어 코끝에 가져갔다.

"감았어요."

바리가 머리 냄새 안 난다는 듯 뚱하니 말하는데 머리에서 나는 꽃향기를 맡고 싶어 그리했던 무장은 피식 웃었다. 어느새 바리는 더 이상 머리 결발하지 않고 길게 늘어뜨리고 있었는데 요 며칠 그가 발라준 향유보다 더 고혹적인 향기가 나서 자꾸만 가까이 코를 대고 싶었다. 아니, 그 머리카락 마음껏 손으로 만지고 몸에 닿게 하고 싶었다. 허나 아직 그런 마음 드러내며 여인으로 취하려 했다가는 이 청맹과니 애기씨 충격에 빠질 것 같아 인내하고 있는 무장이었다.

"향유를 바꾼 것이니?"

그가 갖고 있던 향유와는 향기가 달랐다. 그는 숲의 향이 나는 향유였는데 이것은 분명 천계에 있을 때 맡아보았던 꽃향기였다. 바리는 기억이 안 나냐는 듯 눈을 동그랗게 뜨고 답했다.

"예전에 아재가 준 거 바른 거예요. 기억나세요?"

그제야 왜 바리의 머리카락에서 천계의 향기 났는지 알 수 있었다. 그때 선녀들에게서 하나씩 내어놓아라 해서 건네준 분첩과 꽃기름이니 당연한 것이었는데 삼신산에서 천계의 향기 맡게 되니 기분이 참으로 묘하였다.

"용케도 아직 가지고 있었구나."

"뭐, 사내인 척하느라 바를 일이 있어야죠. 그때 주신 것 중에 반은 해월 언니한테 주고 나머지는 챙겨 왔었거든요. 근데 노잣돈 모자라서 몇 개 팔고 꽃기름 하나 남았더라고요."

바리는 문득 그 꽃기름이 너무 좋은지 머리카락을 한 줌 쥐어 자신의 코끝에 갖다 대었다. 그리곤 극락에라도 온 듯 두 눈을 감고 그 향기를 들이마셨다.

"아…… 정말 아재가 준 이 꽃기름, 향기가 너무 좋아요. 이거 바르고 나면 저조차도 되게 아리따운 여인이 된 것같이 느껴져요."

자신이 얼마나 아리따운 용모를 하고 있는지 또 얼마나 사랑스러운 얼굴을 하고 있는지 전혀 모르니 무장은 지그시 그 순후하게 웃는 얼굴 내려다보다 한마디 해주었다.

"음, 네 말마따나 향기가 어쩌나 좋은지 나조차 네가 아리따운 여인으로 보이는구나."

눈을 감고 향기를 맡고 있던 바리가 그 말에 처음에는 기쁜 듯 눈을 뜨다가 이내 칭찬인지 욕인지 헷갈리는지 미간을 좁혔다.

"칭찬인 거죠?"

바리가 무장을 바라보며 되묻다 가만히 자신을 바라보고 있는 무장의 눈과 마주치곤 짐짓 시선을 피하더니 다시 머리카락 향기를 맡으며 딴청을 피웠다. 바로 그저께만 하여도 눈싸움하자는 거냐며 그의 눈 가만히 쏘아보더니 이게 무슨 일일까. 설마 아침나절 있었던 그 소독으로 자신이 여인이라는 사실 드디어 깨달은 것인가. 무장은 슬며시 웃음이 베어 물며 놀리듯 말하였다.

"내게 아리따운 여인으로 보이고 싶니?"

바리는 힐끔 무장을 쳐다보더니 두 손을 들어 올려 가만히 쳐다보았다. 어릴 때부터 온갖 험한 일에 익숙해진 두 손은 약려수 구하느라 온

갓 고생 다하더니 이제는 굳은살도 박히고 거칠기 이를 데 없었다.

"이왕이면 그렇죠. 근데 손끝 발끝이 다 사내 같아서 제가 정말 아이를 가질 수 있을지 잘 모르겠어요."

사내 행색 해왔던 것도 있지만 다른 여인에 비해 자신이 못생기고 거칠다 생각하는 바리는 자라 등껍질 같은 자신의 두 손이 꽤나 부끄러웠다. 하여 그날 낮에 가마꾼아재가 그 험한 손 입에 넣어 핥아줄 때 사내처럼 생겨먹은 손을 들킨 것만 같아 자꾸 위축이 되었다. 약려수 지키면서도 말하지 않으나 형벌로 파수꾼이 되었다 하니 이해가 되었고, 그 일 외에는 자신에게 너무 잘해주고 하나하나 자상하게 대해주니 바리 이제는 정말 아이 셋 낳아주어 그를 이곳에서 벗어나게 해주고 싶었다. 헌데 자신이 너무 사내같이 생겨먹어 과연 아이를 가질 수는 있을지 잘 모르겠구나. 바리는 걱정스레 자신의 두 손 들여다보다가 문득 그가 혀로 핥고 입 안에 넣을 때 느껴졌던 야릇한 느낌 떠올라 얼굴이 붉어졌다. 해서 붉어지는 얼굴 숨기려고 이불을 끌어 올려 코끝까지 가렸다.

"전 그만 잘래요."

무장은 말없이 그 모습 바라보기만 하더니 바리가 눈을 감자 끌어 올린 이불 살짝 내리고 입을 맞추었다. 눈을 감았던 바리가 입술에 닿는 느낌에 어리둥절 눈을 뜨다가 무장의 입술이 자신의 입술에 닿아 있자 놀란 숨을 들이켰다.

"어!"

그는 그 놀란 숨소리 들으며 피식 웃더니 바리의 턱 움켜쥐어 입 벌리게 하고는 깊은 입맞춤을 하기 시작했다. 처음 겪어보는 일이라 자신의 혀 잡아채어 빨아대고 입 안 깊숙이 혀 들어와 치열 핥는 그 모든 입맞춤의 행위가 바리는 놀랍고 버거웠다. 어색하고 얼떨떨한데 이게 뭐 하는 거냐 물어볼 틈이 없구나. 혀가 빠져나가는가 싶으면 아랫입술 물고 핥고, 아랫입술 놓았다 싶으면 다시 그의 혀 가득 들어와 숨 막히도록 짙은 입맞춤 퍼부으니 언제 말을 해야 하는 건지 적당한 때를 맞출 수가 없었다. 그러다 그의 입술 닿지 않아 이제야 말할 수 있겠구나 싶은데 입술 주위에 침이 덕지덕지 묻어 있으니 바리 찜찜하여 손등으로 입 주위에 묻은 침을 닦아내었다.

"으……."

어찌 나오나 잠시 입술 떼고 쳐다보고 있던 무장은 더럽다는 양 입술을 벅벅 문질러 닦아내는 바리를 보고는 기가 막혀 입술을 어그러뜨렸다. 이 애기씨를 어찌해야 하나. 아이 낳아주겠다며 원앙금침에 잣베개 만드는 건 열심인데 정작 사내와의 교접 무엇인지 아무것도 모르니 답이 안 나왔다. 한편으론 그의 침 더럽다며 벅벅 닦아내니 온몸에 그의 침 잔뜩 묻혀 괴롭혀 주고 싶은 심술이 돋아났다. 그동안 사내인 척하면서도 여인의 자태로 그를 괴롭혀 왔으니 이젠 그의 차례다 싶다. 하여 방금 있었던 입맞춤에 어안이 벙벙해 있는 바리를 품에 끌어당겨 안고는 여민 옷깃 밀어내고 작은 젖꼭지 입 안에 담뿍 물었다. 그러자 바리 기함한 듯 놀란 소리 내뱉었다.

"어……?"

"아이 낳아준다 하지 않았느냐? 아니냐?"

"예에, 그…… 그렇기는 하지만……."

"아이 가지려면 이렇게 해야 하니 가만히 있거라."

아이 낳아주겠다 분명히 말했으니 이제 와서 뒤로 뺄 수는 없는 일이고, 그렇다고 젖봉오리 핥으며 빨아대는 그의 입술 가만히 받아들이자니 바리는 민망스럽고 당황하여 어찌할 줄 몰라 했다. 게다가 더 당황스러운 건 젖봉오리 마치 반기는 듯 더 크게 부풀고 젖꼭지 끝으로 간질간질 이상야릇한 느낌 전해져 오니 바리 간지러움과 묘한 자극에 요동을 쳤다.

174

그는 바리의 옷고름 풀어내어 활짝 열어젖히더니 젖봉오리에 머무르던 입술 움직여 배를 따라 내려갔다. 하여 뜨거운 사내의 입술 말랑거리는 작은 배를 따라 입맞춤 퍼붓고 때때로 이로 물어 강렬한 자극을 전해주니 바리 누운 채 그대로 얼어붙어 있었다. 그뿐이랴. 바지춤도 끌어 내리는가 싶더니 허벅지 안쪽에도 입술을 맞추고, 엉덩이도 이로 물고 혀로 핥아대니 그야말로 기절할 것 같았다. 세상에나, 아무에게도 보인 적 없는 그곳 훤히 드러나는 것도 충격인데 그 은밀한 곳에 입술을 갖다 대니 그야말로 아무 말도 못하고 그저 어버버 놀란 소리만 뱉어냈다. 그러다 그의 입술 검은 숲 주위로 다가가 그 주위 간질이듯 핥아대자 바리 식겁하여 급기야는 울먹이는 소리 내었다.

"어어, 거…… 거기는……."

무장이 고개 들어 바리의 얼굴 살펴보니 바리는 너무 충격이라는 듯 눈을 끔벅이며 눈물방울까지 눈꼬리에 대롱대롱 매달고 있었다. 이 정도에 이리 놀라니 그의 몸 들어가면 까무러칠 일이라, 그는 그쯤에서 멈추고 끌어 내린 바지춤 올려주었다. 그러자 바리가 살았다는 얼굴로 얼른 옷깃 여미고 고름을 묶는데 애무하다가 오히려 자극받은 무장은 단단해진 아랫도리 느끼며 얼굴을 찌푸렸다. 그가 팔로 얼굴을 가리고 달뜬 열기 가라앉히는데 바리는 옷깃을 꼭 부여 쥔 채 시뻘건 얼굴로 무장을 올려다보았다.

"저 이제 아이 가진 건가요?"

잔뜩 성이 난 아랫도리 때문에 불편한 얼굴을 하고 있던 무장은 그 말에 깊은 한숨을 내쉬었다. 허나 그의 목소리 잔뜩 잠겨 있었다.

"아직 아니다. 잘 가질 수 있게 준비시킨 것이지."

"아……."

바리가 고개를 주억거리다가 온몸에 묻은 그의 침이 신경 쓰이는지 옷 위를 손가락으로 긁적거리며 미간을 찌푸렸다.

"근데 꼭 이렇게 침을 다 묻혀야 해요?"

팔로 얼굴을 가리고 있던 무장이 그 말에 고개를 돌려 바리를 내려다보았다. 바리는 온몸이 축축하다는 양 움찔거리며 긁적거렸다. 그의 입술이 심술궂게 뒤틀렸다.

"사실은 너도 나에게 침을 묻혀야 아이를 더 빨리 가질 수 있다."

"예에에?"

바리가 생각만 해도 끔찍하다는 양 얼굴을 찌푸렸다. 무장이 눈을 가늘게 좁히고 천장을 가만히 노려보았다. 과연 이 두억시니공주를 여인으로 취할 날이 오기는 올까 의심스러웠다.

헌데 그의 한탄과는 다르게 다음날 밤 바리를 여인으로 취하게 되었다. 아무것도 모르고 애무만으로도 식겁하는 바리이니 당분간은 사내와 여인이 주고받는 애무 하나씩 가르쳐 익숙해지게 하고 여인으로서 눈 뜨게 할 요량이었는데 다음날 밤 아이 빨리 가질 수 있도록 자신도 침을 묻혀주겠다 호기롭게 덤벼드는 바리 때문에 무장 끝내 치밀어 오른 사내로서의 욕구 참지 못하고 바리를 취해 버렸던 것이다.

처음에는 그저 어디 어떻게 하나 두고 보자는 마음으로 옷깃 풀어헤치고 가만히 앉아 있던 무장, 바리의 작은 혀가 쇄골과 양쪽 가슴과 배를 따라 지나가며 핥아대니 점점 참기가 어려워졌다. 지상에 있을 때 교접에 능한 온갖 여인 취해봐서 여인들의 웬만한 도발에 쉽게 자제력을 잃지 않았는데 바리의 입맞춤 머뭇머뭇 서투르기 이를 데 없어 그것이 오히려 애를 태웠다. 그래도 꾹 참고 몸 안의 요동 제어하며 평정을 유지하고 있는데 바리가 그의 아랫배에 침 잔뜩 묻히고는 고개 들어 그의 기색 살피는 게 아닌가. 그러다 화가 난 듯 잔뜩 굳은 얼굴로 자신을 응시하고 있는 무장을 보더니 갑자기 쿡 웃음을 뱉어내며 놀리듯 말했다.

"아재도 가렵죠?"

바리의 얼굴 부끄러움에 얼굴이 시뻘겠지만 전날 자신이 느꼈던 축축하고 간지러운 느낌 똑같이 되돌려주었다는 게 만족스러운지 고소한 얼굴을 하고 있었다. 그 얼굴을 본 순간 무장 더 이상은 참기가 어려웠다. 흑단같이 긴 머리 타래 내려뜨린 채 두 눈 반짝이며 고소해하는 그 모습 얼마나 사내의 가슴에 불을 댕기고 있는지 알지를 못하니 그는 잔뜩 부아가 돋은 얼굴로 덥석 바리를 끌어당겨 안았다. 그리곤 그대로 입고 있는 궁고 홀홀 벗겨내고 품에 단단히 안아 얽었다.

바리는 갑자기 거칠게 행동하는 그를 보고 얼른 장난이었다 우물거리며 맨살 드러난 두 다리 본능적으로 오므렸다. 허나 이미 사내로서의 욕망 솟구쳐 자제력을 잃은 무장은 잔뜩 오므린 다리 움켜잡아 벌리게 하고는 급히 자신의 바지춤 끌어 내려 양물 꺼내었다.

"어, 저기 그게……."

바리가 무엇 하려는 것이냐 묻기도 전에 그의 단단한 양물이 검은 숲에 닿았다. 그러자 처음 접해보는 사내의 양물 바리로서는 징그럽고 무서우니 눈을 휘둥그레 뜨고 그를 올려다보았다. 놀라고 겁에 질린 그 눈 마주 보고 무장이 달래듯 어르듯 말하였다.

"아이 가지려는 것이니 놀라지 마라."

바리는 생각도 못한 상황에 억울한 듯 꿍얼거렸다.

"한 이불은요? 그거 아직 안 만들어졌는데요."

"한 이불 덮고도 이리해야 하는 것이야. 허니 다리에서 힘 좀 빼거라."

그와 몸 아래 닿았지만 무서워서 두 다리 뻣뻣하게 잔뜩 힘주고 있었던 바리는 무뚝뚝하지만 자상한 그의 눈길에 천천히 힘을 뺐다. 그러자 내내 무섭게 굳어 있던 무장의 얼굴 위로 웃음기가 배어 나왔다.

"잘했다."

바리는 무장이 자신을 향해 온화하게 웃어주는 게 좋아 빤히 그의

얼굴 올려다보았다. 그러다 손을 들어 올려 그의 입술 끝을 매만지며
말했다.

"웃으니까 좋아요."

품속에 갇혀 있는 두억시니공주는 그와 마주 보며 희미하게 웃었다.
무장은 바리의 얼굴 가만히 내려다보더니 천천히 고개 숙여 입맞춤을
하였다. 침 묻힌다 가렵다 하였던 바리도 이날의 입맞춤은 뭔가 다르
다는 걸 느꼈는지 조용히 그의 입맞춤 받아들이며 자신도 되돌려주려
고 애를 썼다. 허나 말캉거리고 부드러운 그의 입술과 혀에 흠뻑 빠져
있던 바리는 무장이 검은 숲 안으로 진입을 시작하자 아픈 비명을 내
질렀다.

그는 팔로 바리의 머리 둥글게 감싸고는 동그랗게 빛나는 이마에 입
을 맞추며 바리의 몸속으로 들어갔다. 하여 아랫도리에서 느껴지는 아
픔에 눈물이 찔끔 흘러나왔지만 그의 입맞춤과 손길이 너무나 부드럽
고 자상하여 참아보려고 노력했다. 허나 그의 몸 바리보다 훨씬 강건
하고 크니 말이 운우지락이지 사내 몸 처음 담는 몸이라 그의 몸 담고
있는 고통은 말할 수 없을 정도였다. 몸이 반으로 갈리는 것도 같고,
인두로 지지는 듯 그곳이 타는 것도 같고 그 고통이 어떻게 표현되질
않았다. 바리가 극심한 아픔에 숨도 쉬지 못하고 얼굴을 일그러뜨렸지
만 무장은 지극한 감각에 몸을 떨었다. 너무나 오랜만에 여인을 취해
서 그런 것인가, 아니면 사내를 처음 받아들이는 애기씨라 그런 것인
가. 좁고 뜨거운 바리의 몸속이 그를 꽉 죄어오고 잠기게 하였다. 허나
아픔에 떠는 바리의 몸은 애액이 충분치 않아 조금만 움직여도 날카로
운 통증이 찾아왔다. 하여 그가 더 깊이 잠기기 위해 몸을 움직이자 바
리가 움찔하고 아파했다.

"그렇게 많이 아프냐?"

눈꼬리에 눈물을 대롱대롱 매단 채 바리가 성이 나는 듯 소리쳤다.

자신은 이리 아픈데 그는 아무렇지 않은 얼굴을 하고 있으니 왠지 약이 올랐다.

"인간적으로 너무 아파요!!"

잔뜩 성이 난 바리의 말에 무장이 웃음을 뱉어냈다. 허나 몸 아래에서 타고 흐르는 전율이 너무 커서 더 이상 참고 있기 어려웠다. 그는 바리의 귓불과 목덜미를 핥아 내리며 뜨거운 입김 내뱉는가 싶더니 천천히 몸을 움직였다.

"하아……."

드나들이할 때마다 전율은 커져 갔다. 무장은 미칠 것 같은 감각에 사로잡혀 점점 더 거칠게 움직였는데 그럴수록 바리는 아픔이 커져 가니 두 손으로 무장의 어깨 움켜쥐다 급기야는 주먹으로 치기 시작했다.

"아재, 그만…… 그만 해요."

어느새 눈물로 범벅이 된 바리가 도리질을 치며 놔달라 애원하니 무장은 그 애원하는 입술 자신의 입술로 막아버리고 다시 몸을 움직이기 시작했다. 첫 교접이라 핏물을 흘리던 바리의 몸 어느새 사내의 몸짓에 조금씩 애액을 흘리기 시작하여 한결 부드러워져 있었다. 무장이 손을 가져가 맞물려 있는 그곳을 살살 어루만지고 부드럽게 쓰다듬으니 바리도 아픔이 어느 정도 가라앉는지 발버둥을 멈추었다.

"울지 마라. 제발."

처음 들어보는 무장의 달콤한 목소리에 바리가 질끈 감고 있던 눈을 떠 그를 바라보았다. 바리는 자신의 은밀한 그곳과 결합하여 있는 그의 모습 대하기 민망스러운 듯 얼굴을 붉히며 중얼거렸다.

"꼭 이렇게 해야 아이가 생겨요?"

"처음이라서 그런 거야. 다음엔 괜찮을 터이니 제발 울지 마라."

"다음이요?"

바리는 다음에 또 해야 한다는 말에 충격 어린 얼굴로 입을 벌렸다. 무장이 비식 웃음 뱉어내고 그 입술 다시 덮어 진하디진한 입맞춤을 하였다. 그리곤 드나들이 다시 시작하니 바리의 아픈 신음 소리 그의 입술에 닿아 맴돌았다.

너무나 오랜만에 여체를 맛보는 그의 몸은 쉽게 식지를 않아 그가 어느 정도에서 멈추고 파정을 하였다. 허나 양물 빼지 않고 그대로 잠겨 있는 채 바리의 얼굴과 쇄골에 부드러운 입맞춤 흩뿌리니 바리 마지막의 그 입맞춤엔 왠지 기분이 좋았다. 땀에 젖은 얼굴로 무장이 가쁜 숨소리 내뱉으며 입맞춤을 하는데 그 순간 왠지 자신이 세상에서 가장 아리따운 여인이 된 느낌이 들었던 것이다. 그리고 자상하지만 점잖았던 무장이 잔뜩 헝클어진 모습으로 거친 신음 소리 뱉어내니 그 모습 낯설면서도 이상하게 가슴이 설레었다.

허나 좋았던 건 마지막의 그 입맞춤뿐 다른 것은 모두 저승지옥과 맞먹는 고통으로 느껴졌던 바리는 그 다음날이 되자 무장만 보면 슬금슬금 피하였다. 아니, 뭔가 뿔이 난 듯 부루퉁하니 입을 내밀고 무장과 눈도 마주치려 하지 않았다. 그럴 수밖에 없는 것이 아침에 일어나 보니 허벅지 사이에는 핏자국이 선명하고 풀독 오른 것처럼 젖가슴과 아랫도리가 화끈거리면서 쓰라리니 이것이 다 그의 탓이란 생각이 들었다.

망측하기만 한 정도가 아니라 저승지옥에서 벌받는 것처럼 아팠으니 바리는 다음엔 괜찮을 거라는 그의 말 믿을 수가 없었다. 하여 아침 먹자마자 그동안 쌓인 빨래 함지에 넣고 계곡으로 올라간 바리, 무장의 옷 나오자 빨래 방망이로 있는 대로 쳐대며 화풀이를 하였다. 그 모습 산에서 나무하다 내려오던 무장이 보고는 떨떠름한 얼굴로 한숨을 내쉬었다. 좀 더 천천히 해야 했었는데, 지난밤 평정을 잃고 서둘러 안았으니 저리 나올 만도 하다 이해는 되었다. 허나 눈 뜨자마자 그의 얼굴 보려고도 않고 밥 먹을 때도 고개 푹 숙이고 밥을 삼키듯이 이겨 넣으며 마주 앉아 있기도 싫다는 양 행동하니 슬슬 부아가 돋았다. 원래 첫날밤은 그리 아픈 것인데 그런 것 전혀 모르고 무조건 그가 아프게 했다고만 여기니 억울한 마음 들지 않을 수가 없었다. 하여 오늘 밤엔 충분히 적셔놓고 부드럽게 안아야겠다 생각하며 산을 내려갔다.

허나 무장의 생각대로 되질 않았다. 초가로 돌아온 바리, 여전히 그의 얼굴 보려 하지 않고 눈 마주치려 하지 않으니 무장 스멀스멀 부아가 돋았다. 허나 처음 사내와 교접하면 그럴 수도 있다 이해하고 살살 달래고 얼렀다. 하여 오늘은 하지 말고 잠만 자자 팔 뻗어주는 무장의 말에 다시 방심하고 슬금슬금 그 곁에 누운 바리, 갑자기 무장이 입맞춤을 하며 옷자락 안으로 손을 집어넣자 화들짝 놀라 벌떡 일어났다. 그리곤 사냥꾼에 쫓기는 노루처럼 다다다 마루로 뛰어나가는데, 그 모습 보고 내내 참아왔던 부아가 터져 버린 무장은 마루로 쫓아나가 바리를 잡아채 안아 들었다.

"이거 놔요!"

무장의 팔이 허리를 감아 옴짝달싹 잡혀 버린 바리가 놔달라 발버둥을 칠수록 무장 안에 숨어 있던 사내의 본성이 깨어났다. 하여 방으로 데려가려던 것 집어치우고, 마루에서 그대로 바리를 취하기 시작했다. 발버둥 치는 바리 때문에 옷 벗을 새가 없으니 무장이 전날 밤처럼 바지춤만 끌어 내리고 곧장 교접을 하였다. 바리는 전날 밤보단 아픔이 덜하지만 그래도 뜨겁고 단단한 것이 몸속을 휘젓는 그 느낌 버겁고 아파서 무장의 어깨 무진장 때려댔다.

충분히 적셔놓고 오늘 밤만은 운우지락 느끼게 해주어야지 마음먹었던 무장이었지만, 도리질치고 때려대는 바리의 행동에 그의 행위도 점점 거칠어져 갔다. 여인을 이렇게까지 거칠게 취해본 적 없는 그였는데, 이날 바리를 취하는 무장의 모습 이성 잃고 육욕에 미친 사내와 같았다. 잔뜩 달아올라 무섭게 솟아 있는 그의 양물, 몸속 깊이 받아들인 바리가 가만히 있지 않고 발버둥을 치자 그 움직임에 자극받아 가만있기 어려워진 무장은 답답하여 소리쳤다.

"가만히 좀 있어!! 이 녀석아!!"

발버둥을 치던 바리가 움찔 멈추더니 울먹울먹 무장을 원망스러운 듯 노려보았다.

"안 아프다고 해놓고선…… 안 아프긴 개뿔이 안 아파요?"

"네가 작아서 그런 것인데, 그럼 어떻게 해?"

이리 날 것 그대로 말을 내뱉는 무장 아니었지만, 바리를 상대하려니 저절로 그런 소리 마구 터져 나왔다. 헌데 바리의 응수가 가관이다.

"제가 작은 게 아니라 아재가 무식하게 큰 거죠!!"

그가 가만히 바리의 얼굴 노려보았다. 사내를 도발하는 데 재주가 있는 것인지 바리의 한마디 한마디에 무장 피가 끓어올랐다. 바리는 갑자기 말이 없어진 무장을 보고 이제 그만두려나 싶어 몸을 빼려는데, 전혀 아니었다. 그는 바리의 두 팔 머리 위로 들어 올리고 양손으로 단단히 내리누르더니, 검은 숲 안에 푹 잠겨 들어간 그의 양물 거칠게 움직이기 시작하였다. 전날 그곳만 아프게 하고 다른 건 다 부드러웠던 그가, 작은 몸 산산이 부셔 버릴 듯 몸을 부딪쳐 오니 바리 그 거친 움직임에 더 이상 말하지 못하였다.

다행인지 불행인지 몸으로 부딪히며 싸우다 바리의 몸도 흥분을 하였는지 애액이 흘러넘쳤다. 하여 드나들이하는 그의 양물 미끈미끈 질척질척 검은 숲 속을 제 마음껏 들어갔다 나왔다 하는구나.

바리가 다리를 벌리지 않고 자꾸만 마룻바닥에 붙이려 하자 무장이 바리의 두 팔 한 손으로 묶어버리고 다른 손으로 허벅지 잡아 올렸다. 그리곤 제 허리에 허벅지 걸고 더 깊이 파고들었다. 바리가 움찔 요동을 쳤지만 그것은 아픔이 아니라 묘한 쾌락이어서 두려움에 젖어 있던 두 눈이 이상한 느낌에 휘둥그레졌다. 이상하다, 이상하다. 쓰라리고 얼얼하게 아프기만 하였던 그곳이 무언가로 꽉 채워진 듯 뜨겁고 묘하다. 보기만 하여도 기함할 것 같은 그의 양물, 어찌하여 이런 느낌을 줄 수 있는 것인지 괴이하고 이상했다. 허나 지극한 전율 느끼기도 전에 무장 못 견디고 파정을 해버리니 마지막에 느꼈던 건 아픔이 과해서 착각을 했나 보다 그리 생각하였다.

다음날 아침 무장이 바리 깨어나면 구름에 닿은 듯 입맞춤하며 전날 밤 거칠게 안은 것 미안하다 해야지 했는데 눈을 떴을 땐 바리가 보이지 않았다. 눈을 마주치지 않는 정도가 아니라 아예 눈에 띄지 않으려는 속셈이었다. 일어나자마자 초가를 샅샅이 뒤졌던 무장은 순간적으로 바리가 가버린 건 아닌가 하여 가슴이 철렁 내려앉았다. 허나 삼밭에서 바리 보고 안도의 숨 내쉬는데, 하루 종일 삼밭에 있던 바리 저녁 나절 되어도 돌아오질 않는구나. 무장이 저녁상을 차려놓고 기다리다 지쳐 삼밭에도 가보고 계곡에도 가보았지만 바리는 보이지 않았다.

그는 어쩌다가 이 두억시니공주를 찾아 헤매며 자신이 이러고 있나 화르륵 성이 치밀다가 마루 위에 놓여 있는 호미와 멍구럭을 보고는 무언가 알 것 같다는 얼굴로 마당 한 켠에 있는 헛간으로 향하였다. 그의 예상대로 헛간 문 열어보니 바리가 노곤하게 지친 몸 짚에 기대고 자고 있었다. 그러니까 교접하는 것 무서워 도망을 친 것인데, 산속에 있을 수는 없으니 헛간에 숨은 것이리라. 그 모습 보고 기가 막혀 헛웃음을 내뱉으면서도 자신이 그리 아프게 하였나 싶어 입 안이 쓰디썼다. 그가 긴 한숨을 내쉬고는 잠들어 있는 바리에게 다가갔다. 헌데 잠들어 있는 바리 꿈을 꾸고 있는지 잠꼬대를 하는구나. 눈물까지 그렁그렁 매달고 악몽인지 얼굴까지 찌푸리고 있었다.

"청목아……."

바리 꿈속에서 황천강 건너고 있었다. 청룡이 화살을 맞고 피를 흘리면서도 건너편으로 돌아가 이승으로 갈 생각하지 않고, 하늘 위에서 그녀만 보고 있었다. 바리는 불길에 타기 전에 어서 가라 어서 가라 손짓을 하였지만 청목은 가지 않고 있었다. 허나 바리의 꿈 알지 못하는 무장은 바리의 입에서 흘러나오는 그 말 듣고 얼굴이 굳어졌다. 그저 어린 날 벗인 줄 알았는데 정말 그게 다는 아니었던 걸까. 물론 그 위험한 황천강 건너게 해주었단 소리 들었을 때 직감적으로 청룡의 후계가 바리에게 깊은 마음 품고 있다는 것 느꼈으나 바리는 그 정도는 아니라고 생각했었다. 하여 가끔 지나가는 말처럼 청목이 이야기를 하면 그러려니 하였는데, 꿈속에서도 청목을 보고 이리 애달파하는 거라면 그가 생각하는 것 이상의 감정일 수도 있겠다는 생각이 들었다.

잠든 바리를 내려다보는 무장의 얼굴 무섭게 굳어져 있었다. 비록 아이 셋 얻기 위해 여인으로 취한 것이지만 이 두억시니공주가 마음속에 다른 사내 품고 있단 생각이 드니 노여움을 참을 수가 없었다. 약려수 가지고 이승으로 돌아가면 청룡의 후계와 혼례라도 치를 심산인가. 그와 연분 맺었지만 저승에서의 일이니 아이 셋 낳아도 없던 일로 치부할까. 그러기는 쉽지 않다는 것 알면서도 무장 불쾌했다. 훗날 이승으로 돌아간 바리가 그에게 했던 것처럼 청룡의 후계와 교접하며 악다구니 치고, 웃고, 떠든다 생각하니 참을 수가 없었다.

훗날 천계로 돌아가면 이승에 있을 바리를 계속 여인으로 취할 생각이었던 무장은 지상의 존재에게 얽매이고 싶지는 않으면서도 바리가 다른 사내 마음에 품는 건 용납할 수 없었다.

'내 여인이 되었으면서 감히 다른 사내를 품고 있다니.'

가슴에 이는 분노와 불쾌함 지그시 내리누른 무장이 잠든 바리를 조심스레 안고 헛간을 나왔다. 바리는 심한 고뿔을 앓은 뒤에 곧장 그의 몸 받아들이느라 온몸에 기운이 없었다. 하여 무장이 방에 옮겨 누일 때까지도 잠에서 깨어나질 못하였다.

잠결에 무언가가 짓누르는 듯한 느낌에 바리 숨통이 막혀왔다. 꿈속에서 바윗덩이에 깔렸다가 어느새 곰이 덮쳐 오니 낑낑거리며 곰에게서 도망가려고 몸을 뒤틀었다. 헌데 이놈의 곰이 어찌나 무겁고 우악스러운지 당최 떨어져 나갈 생각을 안 하는구나.

"아이씨, 젠장."

바리가 욕을 뱉어내며 눈을 뜨다가 눈앞에 잡아먹을 듯이 내려다보고 있는 무장의 눈과 마주치곤 놀란 숨 들이켰다. 이제 보니 곰과 싸우는 꿈, 무장 때문이었던 것이다. 그가 바리 품에 안고 그 커다란 몸으로 짓누르며 교접하려 하니 바리 성질이 나서 반항을 하였다.

"싫어어어!!"

허나 청룡의 후계 이름 부르며 자고 있는 바리 때문에 부글부글 화가 치밀어 오른 무장은 그 말이 교접하기 싫다는 말로 들려오지 않고 그가 싫다는 말로 들려왔다. 하여 바리가 이제껏 본 적 없는 무서운 얼굴을 하고 냉기 뚝뚝 떨어지는 목소리로 되물었다.

"싫어?"

항시 자상하고 인자한 얼굴로 달래주고 안아주던 이가 갑자기 화난 얼굴로 차갑게 구니 바리 놀라면서도 무서워서 눈물을 떨어뜨렸다. 무장은 그 눈물 무슨 의미인지도 모르고, 바리가 청목이를 생각하며 운다 여겨 화가 치솟았다.

"울지 마!!"

그가 버럭 소리치자, 바리 희뜩 놀라 그를 쳐다보았다. 도대체 왜 이리 화를 내는 것인지 영문을 모르겠고, 유일하게 의지하고 기대고 있던 그가 화를 내니 서럽고 슬펐다. 아이 가지게 한다는 이놈의 짓, 무진장 아파서 헛간에 좀 숨어든 것뿐인데 그걸 몰라주고 이리 화를 내니 바리가 어느 순간 울음을 터뜨렸다. 무장은 그 울음 앞에 어찌해야 하는 것인지도 모르겠고, 화도 난 마당이라 울음 터뜨리는 바리의 얼굴 부여잡고 입을 맞추며 자신의 양물 깊이 집어넣기 시작하였다. 그럴수록 바리의 눈물 더 흘러나오니 무장이 급기야는 바리의 머리 타래 손으로 감아쥐고는 도망가지 못하게 끌어당겼다. 그리곤 여리고 가는 두 다리 그의 어깨까지 쳐들게 만들고는 있는 힘껏 양물 박아 넣고 드나들이하니 바리 눈앞이 캄캄하고 어질어질하여 나오던 눈물도 뚝 멈추는구나.

그렇게 마음이 엇갈리고 바리의 행동도 엇나갔다. 처음에는 어여쁘다 속삭이며 달래주고 얼러주던 무장, 바리가 헛간에 숨다 못해 계곡에 숨어 오지 않게 되자 그 행위 점점 더 거칠고 뜨거웠다. 계곡에 움막 짓고 안 내려오겠다 하던 날엔 무장이 짓고 있는 움막 다 때려 부수고 그 자리에서 바리를 취하니 바리 아픈 줄도 모르고 무장에게 저항하다 생각지도 못한 전율에 휩싸여 소리를 내질렀다. 어느새 여인으로 눈뜬 몸은 싸우는 것인지 교접하는 것인지 모를 행위 속에서 흥분과 쾌락 느끼고 있었다.

숨으면 찾아 헤매고, 발각되면 안기고 그러기를 두어 달, 달거리 찾아오지 않았지만 그사이 육체의 열락과 바리에게 꼼짝없이 빠져든 무장은 이미 아이 들어선 것 눈치 챘으면서도 그 사실 말하지 않고 이틀에 한 번은 바리를 안으니 바리 아이 가지는 게 이리도 힘이 들고 시간이 걸리는 건가 의아해하였다. 물론 그와 교접하는 것 시간이 갈수록 싫지 않고, 오히려 어쩔 땐 참을 수 없을 정도로 묘한 전율에 몸을 떨었지만 그의 큰 몸 받아내기 아직도 쉽지가 않구나. 물론 얼마 전에 달거리하지 않는다 하니 몸이 안 좋은 것 같다며 그날부터는 어찌나 부드럽게 안는지 바리 꼭 구름 속에 있는 듯 따스한 품에 안기는 것이 너무나 기분 좋았다.

바리의 작은 몸에 사로잡힌 무장은 깊은 마음 주어선 안 된다 그렇게 되뇌면서도 그 작은 몸에서 손길을 거두지 못했다. 하여 삼신산 그 어느 곳 중 두 사람이 교접하지 않은 곳이 없을 정도로 무장 바리와 함께 있는 곳이면 그 작은 몸 품 안에 안아 올리고 교접하기 일쑤였다. 계곡에선 빨래하는 바리 도와주러 갔다가 바위에 앉아 그대로 교접하고, 나무하러 갔을 땐 바리가 새참 들고 찾아오니 바리에게 나무기둥 짚고 서게 하고 뒤에서 취했다. 그뿐이랴. 삼밭에 가 있는 바리 찾으러 갔다가, 삼밭 옆에서 엎드리게 하여 취하고, 부엌에서 밥 지을 땐 밥에 뜸 들 동안 부뚜막에 앉아 바리를 취하였다.

두 번째 달거리 찾아오지 않을 무렵에는 이제 무장과의 교접에 바리도 어느 정도 익숙하여져서, 입맞춤도 되돌릴 줄 알게 되고 그의 양물 몸속에 들어오면 힘을 주었다 빼었다 하며 사내인 그를 잡아 줄 줄 알게 되니 무장 날이 갈수록 바리의 몸에 빠져 탐닉을 멈추지 못했다.

"아재, 나 이상해요."

마루 끝에 걸터앉은 무장의 품에 안겨 교접을 하고 있던 바리가 몸속에 휘도는 지극한 열락에 울먹울먹 신음 섞인 말을 뱉어냈다. 그는 혹시 뱃속의 아이가 잘못되는 것인가 싶어 깜짝 놀라 왜 그러느냐 되묻는데 바리 달뜬 얼굴을 하고 그의 귓가에 교태 어린 신음 뱉어내니 무장 그제야 바리가 여인으로서 느끼는 쾌락 강렬하여 그런 것이구나 안심하였다. 무릎에 앉혀놓고 바리의 허리 감아쥔 채 천천히 드나들이하고 있던 무장이 몸을 떨며 교성을 내뱉는 바리를 보고는 그 떨리는 작은 몸 폭 끌어안고 더 큰 열락 느낄 수 있도록 움직였다. 그러자 바리 울음소리 내며 경련을 하는데 온통 땀에 젖어 가쁜 숨 내쉬는 그 모습 어여쁘고 사랑스러워 무장이 입맞춤하며 열락의 여운 음미하였다.

삼신산의 달빛이 마루에 쏟아져 내려 드러난 바리의 어깨와 다리가 환하게 빛났다. 무장은 몸을 떨며 여운에 잠겨 있는 바리를 품에 안은 채 그 달빛을 올려다보았다. 천계로 돌아간다 한들 과연 이 녀석을 지상에 남겨둘 수 있을까. 문득 그런 의문이 들어 그가 질끈 눈을 감았다.

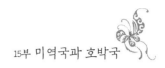
"왜 밥이 하나냐?"

바리가 차려온 아침상엔 밥이 한 그릇뿐이었다. 무장이 어리둥절 바리를 쳐다보자 바리는 입맛이 없다는 듯 고개를 저었다.

"전 별로 안 먹혀요."

입덧 때문에 그런 것인가 그가 걱정스럽게 바리를 쳐다보았다. 바리에게 아이 가졌다는 말 하는 시기를 놓쳐 넉 달째에 접어들었음에도 아직 말을 하지 못하고 있었다. 하여 자신이 아이 가진 것 모르고 그저 왜 이리 속이 메슥거리고 음식마다 이상한 냄새가 나는 걸까 의아해하고 있었다. 무장은 아이가 들어선 것 같다는 말을 할까 말까 잠시 갈등하다 아이 생겼으니 교접 안 하겠다 말할까 봐 이내 입을 다물었다. 그는 이 청맹과니가 아이 가졌다는 것 알면 괜히 불안에 떨고 무서워할 수 있으니 좀 더 미루는 것이 나을 것이다 스스로에게 이유를 들이댔다.

"뭐, 먹고 싶은 거 없니?"

"먹고 싶은 거요?"

"음. 해줄 수 있는 거면 내 만들어주마."

사실 바리가 아이 가진 것 눈치 채고 그동안 이런저런 귀한 음식 만들어주었던 무장이었다. 귀한 쌀로 떡이랑 유밀과도 해주고, 온갖 과일로 화채도 만들어주고, 호두와 대추 넣은 곶감과자 출출할 때마다 먹어라 하며 신경을 써주었다. 허나 삼신산에서 구할 수 없는 것 너무 많으니 바리는 무장이 이것저것 해주는 것만으로도 고맙고 감격스러웠다. 물론 제 자신이 아이 가진 것 모르니 교접하느라 힘들어하는 자신에게 먹고 몸 보하라 그런 뜻인 줄로만 알았다.

바리는 멀뚱한 얼굴로 먹고 싶은 것이 무엇이 있나 생각해 보았다. 봄 여름 가을에 나는 온갖 곡식과 열매 삼신산에 그득했으나 고기와 생선 종류 구할 수 없으니 머릿속에 떠오르는 건 오직 그런 것들뿐이었다.

"찜통에서 갓 쪄낸 꽃게도 먹고 싶고, 바삭하게 구운 산적도 먹고 싶고, 껍데기 바로 깐 굴이랑 전복도 먹고 싶고, 댓잎에 감싸서 구운 오리도 먹고 싶고, 인삼이랑 찹쌀 넣고 푹 삶은 백숙도 먹고 싶고, 꿩고기로 만든 생치만두도 먹고 싶고, 묵은 백김치에 둘둘 말아먹는 보쌈도 먹고 싶고, 간장에 달달하게 졸인 장어도 먹고 싶고, 오징어에 온갖 야채 썰어 넣은 순대도 먹고 싶고……."

무장 듣다듣다 되었다 그만 해라 손을 내저었다. 먹고 싶은 것 중 그 어느 것도 삼신산에서 구할 수 없는 것뿐이니 들을수록 속만 상하였다. 바리는 문득 자신의 아랫배를 내려다보며 말했다.

"이상해요. 먹고 싶은 건 많은데 막상 먹으려고 하면 입에 안 넘어가요. 근데 더 이상한 건 별로 안 먹는데 자꾸 배가 나와요."

바리는 아랫배를 살살 쓰다듬으며 변비에 걸린 것인가 고개를 갸웃했다. 그 모습 보노라니 더 이상 눙칠 수가 없어 무장이 이리 가까이 오라 손짓을 하였다.

"맥 좀 보게 이리 와보렴."

바리는 또 교접하려고 저러는 건가 싶어 의심쩍은 눈으로 무장을 바라보았다. 이제는 예전만큼 아프지 않았지만, 아니, 때때로 미칠 듯이 좋았지만, 요즘따라 통 기운이 없고 잘 먹지 못하는지라 그와의 교접이 육체적으로 버거웠다. 하여 못 미더운 얼굴로 앉아만 있자 그가 지그시 눈을 가늘게 좁히고 어서 와서 앞에 앉으라는 듯 경고의 눈을 했다. 바리가 그 눈길 못 이기고 우물쭈물 다가가 앉으니, 무장이 품에 꼭 끌어 앉히고는 옷자락 안으로 손을 집어넣었다. 그러면 그렇지, 아침부터 또 교접이구나, 바리 자포자기하는 얼굴로 침묵하는데 그의 손길 위로 올라가 여느 때처럼 젖봉오리 어루만지지 않고 아픈 배 쓰다듬듯 아랫배를 쓰다듬었다. 그 손길 어찌나 부드럽고 조심스러운지 바리가 어리둥절 그를 올려다보았다.

"배가 아프진 않아요."

무장은 말없이 바리의 눈 마주 보며 엷은 미소만 지었다. 이렇게 어린 녀석에게 아이를 가지게 한 게 잘한 짓일까. 무장 속으로 한숨을 내쉬었다. 여인으로 취하고픈 충동 이기지 못하고 이 두억시니공주 안기는 안았지만 막상 배가 불러오니 만감이 교차했다. 아무것도 모르는 어린 애기씨인 것도 마음에 걸리고, 이 삼신산에서 과연 무사히 순산할까 그것도 걱정이었다. 벌써 입덧 때문에 고생하고 먹고 싶은 것 있어도 해줄 수 없으니 앞으로 얼마나 많은 난관이 첩첩으로 기다리고 있을까.

그는 온갖 생각 일단 뒤로 미뤄두고 바리의 손목 잡아 맥을 보는 척하였다.

"저 어디 아픈 거예요?"

바리가 요즘따라 살뜰하게 몸을 살펴주고 무거운 것 들지 못하게 하는 무장의 행동에 덜컥 겁이 났다. 그는 잡고 있던 손목을 놓고는 바리의 귀밑머리 쓰다듬고 넘겨주었다.

"아무래도 아이가 들어선 것 같다."

"예?"

바리가 휘둥그레진 눈으로 얼떨떨하게 무장을 쳐다보다가 얼른 자신의 아랫배를 내려다보았다. 아직 티가 날 정도는 아니지만 부푼 느낌이 들기는 하였는데 그게 착각이 아니고 아이가 들어서였다 생각하니 갑자기 모든 게 이해가 되었다. 그래서 그렇게 잠이 몰려오고, 속이 메슥거렸구나.

"어느 정도 되었을까요?"

무장은 그저 배가 부푼 정도를 보면 알 수 있는 것처럼 굴었다.

"배를 보니 대강 넉 달 정도 된 것 같구나."

"넉 달이요?"

이 청맹과니 바리, 아무것도 눈치 채지 못하고 넉 달이라는 말에만 억울한 듯 소리쳤다.

"뭐야, 진즉에 생겼다는 거네. 그럼, 그동안 안 해도 됐던 거잖아."

그동안 교접하느라 고생했던 것 새삼 억울하고 분하다는 태도였다. 그 태도 보아하니 이대로 두었다가는 아이 낳을 때까지 교접 한 번 못할 것이 뻔한 일, 무장이 얼른 말을 꾸몄다.

"그…… 내가 알기로는 지아비에게 안길수록 아이가 똑똑해진다고 하더라."

"……그래요?"

언뜻 이해가 되지 않았지만 뭐든 잘하고 아는 것 많은 무장이 그렇게 말하니 바리 믿을 수밖에 없었다. 하여 아이 가졌으니 이제 교접 안 해도 되겠구나 하고 가뿐해하던 바리, 속상한 듯 꿍얼거렸다.

"칫, 그러면 얘는 똑똑한 걸로 따를 자가 없겠네."

그는 바리의 대거리에 쓴웃음만 지었다. 헌데 무슨 생각인지 아랫배에 손을 대고 가만히 앉아 있던 바리가 문득 고개를 들어 말했다.

"근데 전 그렇게 똑똑한 애 원하지 않는데요. 할매가 그랬는데, 사람이 너무 똑똑하면 사는 게 고달프대요."

그러니까 교접 좀 그만 하자? 무장, 어딘가 반항하는 듯한 바리의 눈 마주 보며 엄포를 놓았다.

"내 애는 똑똑해야 한다."

그냥 사람도 아니고, 천계와 수호자를 다스려야 하는 천제의 후손인데 말인즉슨 틀린 말은 아니었다. 허나 이런 사실 전혀 모르는 바리는 그 말이 무슨 어깨에 진 등짐이라도 되는 양 한숨을 내쉬며 고개를 끄덕였다.

"예에에에."

이리 대놓고 교접하기 싫다는 뜻 역력히 내보이니 무장 스멀스멀 심술이 돋았다. 그렇잖아도 뱃속의 아이 자리 잡을 수 있게 될 수 있으면 참고 요 근래 들어서는 사나흘에 한 번 안았는데 그것마저도 내켜하지 않으니 안 되겠다. 무장은 제 자신이 바리에게 꽁꽁 묶이고 있는 것 모르고, 그저 이 두억시니공주 꽁꽁 묶을 생각만 하는구나.

어디 도망가 보렴, 네 설혹 이승으로 돌아간다 하여도 훗날 내 지상으로 내려가 널 찾아내어 안을 것이니. 때때로 청룡의 후계 이야기하며 그의 속 박박 긁고 교접하기 싫다며 도망치고 숨은 바리 때문에 그는 이제 심술 정도가 아니라 그리 작심을 할 정도였다. 해서 이날 아침도 교접할 생각 없이 그저 밥 먹고 일하러 나갈 참이었는데, 교접할 생각에 한숨을 내쉬는 바리를 보니 오기가 나서 교접하고 나가야겠다 심술을 부렸다.

바리는 그의 품 안에 앉아 아랫배 어루만지며 그동안 제 몸에서 일어났던 온갖 변화 짚어보고 있다가 무장이 끌어당겨 안자 그러면 그렇지 하는 얼굴로 그를 흘겼다.

"밥이나 드세요. 아침부터 무슨……."

"하고 먹으면 된다."

그는 그 말 내뱉자마자 바리의 입술 제 입술로 막아버리고, 달디단 입맞춤을 퍼부었다. 바리 교접할 때 그의 몸 받아들이는 것은 버거우나 어루만지듯 쓰다듬는 그의 손길과 부드러운 입맞춤은 정신이 아뜩해질 정도로 달콤하고 달달하여 꽤나 좋아했다. 하여 싫다 하지 마라 저항 어린 말 하면서도 입맞춤과 손길은 거부하지 않았다.

그는 바리의 내밀한 그곳 어루만져 적셔놓는가 싶더니, 마루 기둥에 등을 기대고 앉아서는 허리춤을 끌러 내렸다. 그러자 언제나 그렇듯 그의 양물 단단히 성이 난 듯 불뚝 솟아 있었다. 그와 교접한 지 반년이 다 되어가지만 아직도 그의 양물 똑바로 보기가 어려워 바리가 힐끔 그것을 쳐다보다가 이내 시선을 돌렸다. 그런 모습이 사내를 더 충동질한다는 것 왜 모르는 것인지, 무장 혀를 차며 안고 있던 바리 몸을 틀게 하더니 그의 눈에 작은 등 보이게 하였다. 그리곤 바리의 두 팔 오므리게 하여 품 안에 끌어안더니 동그란 엉덩이 사이로 양물을 세웠다.

"천천히……."

그가 작은 숲 가운데에 자리를 잡아놓고 애가 탈 정도로 천천히 바리를 주저앉혔다. 하여 기둥처럼 솟아 있던 그의 양물 바리의 몸속으로 들어가 이내 사라졌다.

"음……."

아침이라서 그런가, 아니면 아이를 가진 몸이라 그런가. 바리의 몸 어느 때보다 뜨겁고 촉촉하여 무장 여체 안에 잠기는 그것만으로도 움찔 요동을 쳤다. 바리 또한 그의 몸이 서서히 들어오는가 싶더니 몸 안을 꽉 담는 그 느낌에 숨을 들이켰다. 반쯤 눈을 감고 있던 바리가 문득 너른 마당이 눈에 들어오자 망측스러워 눈을 감아버렸다. 아무도 없는 삼신산이라지만 이리 훤한 날 마당을 앞에 두고 다리 벌리고 있으니 누가 볼까 두려웠다. 허나 양물 넣고 잠시 그 느낌 음미하고 있던 무장이 천천히 드나들이 시작하니 바리 저절로 몸을 움직여 그에게 맞추었다. 그의 양물은 그 모습 드러냈다가 사라졌다가 두 검은 숲 사이에서 숨바꼭질을 하였다. 그러다 어느 순간 무장이 끌어안고 있는 바리를 강하게 잡아당겨 검은 숲 딱 들러붙게 부딪치니 바리가 지극한 감각에 몸을 떨었다.

"흐윽……."

"조금만 더……."

무장은 그 정도에서 끝낼 생각 없다는 듯 맞물려 서로의 몸 하나가 된 그곳 천천히 떼어 다시 드나들이를 하였다. 이미 강한 자극받아 작은 열락을 맛본 바리의 몸에서 투명한 애액이 흘러넘쳐 그의 양물을 적시다 못해 그의 허벅지까지 흘러내렸다. 그는 비식 흐뭇한 미소 지으며 다시 바리의 몸 잡아당겨 앉혔다. 바리는 아직 충족되지 못한 감각에 자신도 모르게 엉덩이를 들썩거렸다. 그러자 무장이 바리의 귓불을 핥으며 웃었다.

그동안의 교접이 헛된 것은 아니었는지 바리는 무장의 몸에 맞춰 그가 원하는 움직임을 하였다. 바리가 제 열락에 못 이겨 딱 맞붙은 그곳 엉덩이만 앞뒤로 움찔거리며 비벼대니 그의 입에서도 거친 신음 소리 흘러나왔다. 바리가 어느 순간 울음 섞인 신음 소리 뱉어내니 최대한 이 아침의 교접 음미하던 무장, 무릎에 앉아 있는 바리 그대로 엎드리게 하고 바리의 작은 몸 제 몸으로 덮어버렸다. 그리곤 바리의 엉덩이 높이 치켜들고 거친 드나들이 시작하여 마침내 파정을 하니 그 모습 제 여인 마음껏 취하는 지아비의 모습이었다.

결국 아침부터 밥상머리 앞에서 교접을 한 두 사람 그대로 마루에 누워 선선한 바람에 뜨거운 몸을 식혔다. 물론 무장이 제 몸 위에 바리를 올려놓고 여전히 손길을 거두지 않고 있었다.

"아, 좀 그만 해요."

자꾸만 치맛자락 안으로 손 집어넣고 허벅지를 쓰다듬는 무장을 바리가 타박을 하며 어깨를 쳤다. 그는 알았다 알았다 두 손을 들어 보이더니 바리의 허리를 팔로 둘렀다. 그제야 바리가 쓰러지듯 그의 어깨에 얼굴을 묻고 꿍얼거렸다.

"으…… 가뜩이나 기운없어 죽겠는데 아침부터 이게 뭐예요. 다리 후들거려서 걷지도 못하겠다고요."

그는 비식 웃다가 이내 걱정스러운 얼굴을 하였다.

"뭘 먹어야 하나, 그래. 먹고 싶은 건 죄다 고기나 생선뿐이니."

"괜찮아요. 그냥 해본 말이에요. 저승에 와서 고기랑 생선 입에 대본 적 없는데요 뭘."

무장은 괜찮다 말하는 바리를 쓰다듬었다. 겉으로 내색하지는 않았지만 그의 속 시간이 갈수록 무겁고 복잡하였다. 천계의 존재인 그로서는 고기와 생선 별로 즐기는 편 아니었기에 삼신산에서 먹는 문제로 힘들어하지 않았는데, 바리는 아이를 가지고 있으니 이대로 괜찮은 것인지 걱정이 되었다. 게다가 주위가 온통 산이라 다니는 길 곳곳마다 자갈에 바위에 온통 험한 길 천지이니 자칫 넘어질까 구를까 조마조마했다.

그는 삼신산에서 아이 셋 낳는 것이 그저 여인 취하여 아이 셋 갖게 하는 거라 단순하게 생각하였다가 이제야 그것이 구체적으로 무엇인지 알 것만 같았다. 천제께서는 이리 위험하고 험한 삼신산에서 어찌하여 아이 셋을 낳으라 한 것일까. 그는 이 두억시니공주를 여인으로 취하여 아이를 가지게 한 것이 어쩌면 스스로에게 벌을 내린 것은 아닐까 그런 생각이 들었다.

말없이 땀에 젖은 바리의 머리카락 어루만지던 무장이 엄하면서도 자상하게 당부를 하였다.

"바리야, 이제부턴 무엇이든 조심해야 한다. 한 걸음 한 걸음 뗄 때마다 뱃속의 아이 생각해야 한다. 알았니?"

"네."

그의 말 새겨들은 것인지 아니면 흘려들은 것인지 바리는 몰려오는 잠에 취해 대답을 하는 둥 마는 둥 했다. 문득 내려다보니 바리는 그의 품에서 잠들고 있었다.

'시간아 흘러라. 여름날 강물처럼 불지도 말고 겨울날 개울처럼 얼어붙지도 말고 제발 평탄하게 그리고 순탄하게 흘러가거라.'

그는 잠든 바리를 안고 그렇게 홀로 가슴 졸이는 기원을 드렸다.

해는 뜨고 달이 지고 바리의 배도 불러왔다. 어느덧 바리의 배 초가 위에 매달린 박처럼 한껏 부풀어 있었다. 수태한 지 팔 개월 접어드니 바리의 고생 이만저만이 아니었다. 커다란 돌이 배를 누르는 것처럼 숨 쉬기 갑갑하고 허리는 끊어질 듯 아파왔다. 그뿐이랴, 먹어도 소화가 잘 되지 않아 항시 헛배가 부른 듯하고, 잠을 자도 부푼 배에 눌려 자다가도 수십 번 깨어나니 깊은 잠 들 수가 없었다. 팔다리는 또 어떤가. 조금만 걸어도 퉁퉁 붓고 누군가에게 두들겨 맞은 듯 삭신이 쑤시고 저리니 뱃속에서 아이 길러내는 것이 쉬운 일이 아니구나. 바리의 얼굴은 어미의 양분을 빨아들이는 뱃속의 아이로 인해 기미와 주근깨 그득하고 눈은 너구리처럼 퀭하였다.

문제는 몸이 힘든 것이 아니라 날로 커져만 가는 출산의 두려움이었다. 주위에 아이를 낳아본 여인 하나 없이 홀로 무사히 아이를 낳을 수 있을까, 아이가 나오다 위험한 일 생기면 어찌해야 하나 바리와 무장의 근심과 두려움이 날로 더해졌다. 허고 아이 가졌을 때 먹어야 할 음식과 금해야 할 음식 잘 몰라 이것저것 닥치는 대로 먹었으니, 뱃속의 아이 제대로 크고 있나 그것도 걱정이었다. 그러다 보니 손가락 발가락 열 개와 눈 코 입만 제대로 박혀 태어나면 감사하겠다 저절로 마음을 낮추게 되었다.

여덟 달 되고도 보름이 조금 안 되는 날이었다. 무장이 내어준 옷으로 바리가 배냇저고리와 기저귀를 만들고 있었는데, 웬일인지 점심나절부터 배가 아파오기 시작했다. 바리는 그것이 진통이 시작된 것임을 모르고, 아직 출산일 멀었으니 배탈이 난 것인가 하였다. 하여 고개를 갸웃갸웃 뭘 잘못 먹었나 먹은 것만 따져 보았다. 요즘 소화가 잘 되지 않아 자꾸 헛배가 부르고 배가 끓었는데 그래서 그런 것인가. 아니면 아이의 발길질이 심하여 아픈 것인가. 가끔씩 뱃속의 아이 발길질 심하게 하여 깜짝깜짝 놀라곤 하였으니, 그래서 아픈 것인가 하고 말이다. 허나 조금 나아지는 듯했던 배는 다시 아파왔다. 바리가 좀 이상하다는 걸 느끼고 둥글게 부푼 배를 살살 쓰다듬는데 아픔이 점점 심해져 갔다.

논밭일 마치고 해 질 무렵 돌아온 무장은 배를 부여잡은 채 방바닥에 쓰러져 있는 바리를 보고 혼비백산하였다. 혼자 얼마나 진땀을 흘렸는지 바리의 옷이 땀에 절어 있을 정도였다. 홀로 두려움에 떨고 있던 바리가 무장을 보고는 그제야 울먹거렸다.

"아재, 이상해요. 배가 아팠다가 말았다가 하는데, 점점 심해져요."

무장도 출산에는 무지하여 그것이 뱃속의 아이 잘못되고 있는 징조인지 출산의 진통인지 알 수가 없었다. 하여 그 밤 내내 진통을 반복하는 바리 곁에서 밤을 꼬박 새웠다. 해줄 수 있는 건 천으로 땀 닦아주고, 손 잡아주는 것 외에는 없으니 무장 속이 까맣게 타는구나. 아픈 것을 조금이라도 나누어 느끼면 좋을 텐데, 출산은 여인만이 홀로 겪는 일이니 사내인 그는 무력하고 무력할 뿐이었다.

진통은 하루를 꼬박 넘겼음에도 계속되었다. 바리는 새벽녘에야 본능적으로 아이가 나오려 하고 있다는 것을 깨닫고, 그때부터 다급한 마음에 젖 먹던 힘까지 주었는데 그것이 곁에 산파가 없어 겪는 시행착오임을 알지 못했다. 진통 초반에 헛심을 써서 기운을 다 쏟았던 것이었다. 아직 새끼길이 다 열리지 않았는데 가지고 있던 힘을 모두 쏟아부었으니 막상 새끼길 다 열렸을 때는 기진맥진 힘주는 것이 어려웠다. 마침내 진통은 격해져 바리의 몸을 산산조각 쪼개기 시작했다. 아파도 아파도 지금껏 이런 아픔은 처음이라, 바리 눈앞이 어질어질 이가 딱딱 떨리는구나. 아이가 나올 때 어미의 뼈를 모두 열어젖힌다 하더니 그 말이 진정이었구나. 결국 고통을 이기지 못하고 바리가 울음을 토해내며 무장의 옷깃을 부여잡았다.

"살려줘요. 아재, 나 좀 살려줘요."

무장은 그래그래 대답은 하였지만 이러다 바리가 목숨을 잃는 것은 아닌가 두려움이 엄습했다. 하루가 넘게 진통을 하여 양수가 터져 짚과 이부자리가 양수와 피로 흥건한데 아이는 아직도 나오지 않으니 지켜보는 무장의 속 까맣게 다 타서 흰 재만 남을 판이었다. 아이 가지면 좀 아파하다 낳겠거니 그렇게 생각했지 이렇게 목숨이 오갈 정도로 처참한 고통을 겪는 줄 누가 알았던가. 아무것도 해줄 수 없는데 두 눈 뜨고 고통에 허우적거리는 바리를 보고 있으려니 그야말로 미쳐 버릴 것만 같았다.

바리는 이대로 의식을 놓으면 아이가 위험하다는 것 알면서도 까무러지는 정신을 잡을 수가 없었다. 그 속에서 어머니 왕후마마가 떠올랐다. 어머니 왕후마마, 이런 고통을 겪고서야 나를 낳았구나. 이리 목숨을 걸고 나를 낳아주셨구나. 바리, 이렇게 제 스스로 출산의 고통 겪고 나서야 어머니 왕후마마가 겪은 고통이 무엇이었는지 알 것 같았다. 출산의 고통, 극심하다 극심하다 말은 들었지만 이렇게 극심한 것인 줄 미처 몰랐던 바리였다. 하여 이승에 계실 어머니를 떠올리며 서서히 의식을 잃어갔다.

무장은 바리의 두 눈이 서서히 감기는 것을 보고 바리의 뺨을 후려 쳤다. 이대로 의식을 잃으면 아이도 위험하거니와 산모도 위험하기에 깨워야 하는 것이지만 무장 그것보단 이대로 바리가 죽는 것인가 싶어 자신도 모르게 한 행동이었다. 무장은 손자국이 생길 정도로 바리의 두 뺨을 거칠게 후려쳤다. 자신이 눈물을 흘리고 있다는 것도 알아채지 못했다.

"일어나, 바리야. 일어나."

의식을 잃어가던 바리가 무장의 외침에 서서히 의식이 돌아왔다.

"왜 때려요……."

짧은 순간이지만 저 멀리 다른 곳을 헤매고 있던 바리의 의식은 무장의 따귀에 그나마 다시 돌아올 수 있었다. 바리는 자신이 지금 삼신 산에서 아이를 낳고 있었다는 것도 의식하지 못한 채 졸려서 자는데 왜 때리는 것이냐는 듯 얼굴을 찡그렸다. 무장은 그런 바리를 보며 울음과 웃음을 함께 뱉어냈다.

"나중에 다 맞아줄 테니, 제발 정신 차려라."

그리고는 아이 머리가 보이니 어서 힘을 줘라 재촉을 하였다. 바리는 뼈가 모두 끊어지는 듯한 고통을 느끼며 마지막 힘을 주었다. 무장이 아이의 머리를 받치고 있다가, 쑥 빠져나오는 핏덩이를 받아냈다. 여자아이였다. 여덟 달을 간신히 채우고 나온 아이는 어찌나 힘을 주었는지 온몸이 벌건 것이 쭈글쭈글하였다. 그 아이 팔삭둥이라 그런 것인지 두 손에 다 들어올 정도로 작고 시퍼렇게 떨고만 있었다.

무장이 그 아기 받아 들고 무엇부터 해야 하나 정신없이 주위를 두리번거리다가 일단 탯줄부터 실로 감아 끊어내고 따뜻한 물에 씻겨 쌀 깃에 감쌌다. 헌데 쌀깃에 감싸인 그 아이 너무나 조용하구나. 그가 놀란 얼굴로 아이의 숨을 확인하였다. 헌데 미약한 숨소리도 들려오지 않으니 가슴이 철렁 내려앉았다. 혹여나 아기 입속에 태변이 들어간 것인가 싶어 손가락으로 입속도 훑어보았지만 입속은 깨끗했다. 아무래도 열 달을 다 못 채우고 태어나 제 힘으로 숨 쉬는 것이 힘든 것 같았다.

그는 파랗게 질린 채 떨고 있는 아이를 내려다보다가 어느 순간 아이의 엉덩이를 때려댔다. 허나 서너 번을 때려도 울지를 않으니 무장 자신도 모르게 아이를 안은 채 천제께 빌었다.

'천제여, 살려주십쇼.'

질끈 감겨진 그의 두 눈에서 눈물이 하염없이 흘러내렸다. 아이를 살리기 위해 무엇을 해야 하는 것인지 도저히 알 수가 없었다. 이대로 아기의 숨이 멈춰지는 것을 지켜만 봐야 한다는 것이 너무나 고통스러워 무장은 아이를 끌어안은 채 엎드려 빌었다.

'천제여, 이 아이만 살려준다면 이곳에서 제 남은 생을 지내도 괜찮습니다. 천계로 돌아가는 것 더 이상 욕심내지 않을 것이니 제발 이 아이만은 살려주십쇼. 아이와 바리, 둘 다 이승으로 보낼 테니 제발……'

욕심을 냈었다. 세 아이를 낳아 천계로 돌아가는 욕심을. 삼신산에 바리가 스스로 온 것이니 그리해도 된다고 생각했다. 원하는 약려수 건네주고 아이 셋 얻으면 된다 그리 생각했다. 허나 아니구나. 아니었구나. 아직 어리고 작은 이 애기씨, 산파도 없이 홀로 아이를 낳다가 피를 낭자하게 쏟아내고 혼절을 해버리고, 뱃속에 있는 그의 아이는 어미의 불안함과 두려움에 쫓겨 열 달을 채우지도 못하고 세상 밖으로 나왔구나. 이 작고 어린 생명을 볼모로 나는 무슨 욕심을 부리고 있었던가. 삼신산에서 홀로 유배된 이 비참한 꼴을 벗어날 생각만 하였지. 지상의 존재인 바리에게 마음 내어주지 않고 그저 세 아이만 얻을 생각하였지.

그는 갓 태어나 숨을 쉬지 않는 핏덩이를 끌어안은 채 그렇게 통곡했다. 뜨거운 눈물이 그의 눈에서 쉼없이 흘러내렸다. 그의 소리없는 통곡이, 애끓는 부정(父情)이 천계에 있는 천제에게 전해진 것일까. 무장이 문득 고개를 들어 품속의 아이 살펴보니 아이가 오들오들 떨며 미약하게 숨을 내쉬고 있었다. 그 작은 숨소리에 그는 구원을 받은 것만 같았다. 제 욕심과 이기심으로 아이를 죽이는 것인가 자책하며 울고 있던 아비를 아이는 미약한 숨을 통해 살리고 있었다.

바리가 다시 깨어난 것은 다음날이었다. 바리의 의식 돌아오지 않아 곁을 지키며 속을 태웠던 무장은 이틀 넘게 못 잔 탓에 꾸벅꾸벅 졸고 있었다. 바리는 무장이 깨지 않게 곁에 뉘어 있는 아이를 조용히 바라보았다. 혼미한 의식 속에 무장의 울음소리 들은 것도 같아 아이가 잘못된 것인가 하였는데, 이제 보니 쌀깃에 곱게 감싸여 곁에 뉘어 있었다. 바리는 너무나 작은 아이를 내려다보며 신기하기도 하고 안타깝기도 하여 눈물을 글썽였다. 열 달도 못 채우고 용을 쓰고 나오느라 아직도 아이의 온몸이 벌겋게 달아올라 있었고, 얼굴에는 태지가 여전히 남아 있었다. 몸집도 너무 작아 손을 대는 것조차 두려울 정도였다.

만지면 바스라질 것만 같아서 차마 손을 뻗지 못하고 있던 바리가 어느 순간 아이를 조심스레 품에 안았다. 그리곤 어릴 적 아이들에게 젖을 물리던 아낙들의 모습 떠올리고 옷깃을 열어 젖봉오리를 내밀었다. 여린 아이는 그래도 살고 싶은지 어미의 기척을 느끼고 입술을 오물거렸다. 바리가 그 아기의 입에 젖꼭지 갖다 대주자 그제야 그 작은 입으로 젖꼭지 물고 빨기 시작했다. 허나 입심이 너무나 미약하여 눈물이 절로 나는구나. 어머니의 젖 못 먹고 자랐기에 아이를 낳으면 내 아이에게는 실컷 먹이리라 다짐을 하였는데 태어난 내 아이 젖을 빠는 것도 힘에 겨워할 정도로 약하고 약하니 이처럼 통탄스러운 일이 또 있을까.

"힘 좀 내봐, 아가."

바리가 울먹이며 아이에게 속삭였다. 이럴 줄 알았으면 더 잘 먹을 것을, 먹기 싫어도 꾸역꾸역 억지로라도 먹을 것을, 열 달 채워 나올 수 있도록 이승에 두고 온 이 다 잊고 마음을 편안히 가질 것을, 바리는 후회하고 또 후회했다.

아기는 온 힘을 다하는지 얼굴이 새빨개지더니 이마에 송골송골 땀이 맺혔다. 바리 그 땀을 닦아내 주고는 어떻게든 젖을 잘 먹을 수 있도록 몸을 기울여 주며 언젠가 해월 언니가 했던 말을 떠올렸다.

'바리야, 오래전부터 어머니가 그러셨어. 네가 당신을 미워해도 좋고 죽어버려라 욕을 퍼부어도 좋으니 어딘가에 살아만 있으면 좋겠다고.'

아, 그 말 이제야 무슨 말인지 알겠구나. 훗날 이 아이가 커서 어찌 이리 철없이 낳아놓았냐며 자신을 원망해도 좋으니, 어찌 이리 험한 곳에서 나를 낳아 이리 약한 몸 갖고 태어나게 하였느냐 욕을 해도 좋으니, 제발 살아나서 건강하게만 컸으면 원이 없겠구나. 여전히 젖을 잘 빨지 못하는 아이를 품에 안은 채 바리의 목이 메고 또 메였다.

온갖 고생 다하여 낳은 아이, 젖 한 번 못 물린 채 그 아이가 버려진 것을 알았을 때 어머니 왕후마마 그 심정 어떠했을까. 젖을 잘 빨지 못하는 이 아이, 이리 바라보는 것만으로도 애가 끓고 속이 타는데, 어머니 왕후마마 어떤 심정으로 그 세월을 견디셨을까. 그런 줄도 모르고 버렸다 고생했다 원망하였구나. 열 달 동안 아이 품어 고이고이 낳는 것조차 이토록 힘든 것인데, 철없이 원망하고 탓하였구나. 열 손가락 열 발가락 제대로 낳아준 것만으로도 그 공을 갚을 수가 없는 것인데 말이다.

수태한 몸 잘못하여 팔삭둥이로 낳은 것만 같아 아이에게 미안하고 미안하였다. 하여 바리가 품에 안은 아이 바라보며 흐느꼈다. 이리 힘겹게 낳았는데, 어머니 아버지는 약려수 구해오기만을 기다리고 계실 테지. 할매 할배도 그저 궁에서 바리 오기만을 기다리고 계실 테지. 아니, 기다리고나 있을까. 궁을 떠난 지 벌써 사 년이 다 되어가니 죽었다 생각하고 계실지도 모를 일이다. 아버지 대왕마마 살아 계신 것인지 어머니 왕후마마는 건강하신지 걱정되고 걱정되는구나. 어서어서 약려수 가지고 돌아가야 하는데, 모든 것이 마음대로 되지 않는구나.

잠결에 얼핏 흐느끼는 소리 들은 무장이 퍼뜩 잠에서 깨어났다. 아이가 잘못된 것인가 놀란 눈으로 급히 바리를 살펴보다가 젖 먹이고 있는 모습을 보고 안도의 숨을 내쉬었다.

"깨어난 것이냐?"

바리가 흘러내리는 눈물 얼른 손으로 훔치고 고개를 끄덕였다. 허나 그 눈물 이미 보아버린 무장이 바리의 머리 어루만져 주었다.

"울지 마라. 다 괜찮을 것이니."

바리와 아이를 이승으로 보내겠다는 마음의 결정 이미 내렸으나 아직은 이야기할 때가 아니라 무장 그렇게만 바리의 마음을 달래주었다. 바리는 고개를 끄덕이면서도 다시 눈물을 흘렸다.

"어머니가 너무 보고 싶어요."

그는 긴 숨을 내쉬는가 싶더니 말없이 고개만 끄덕였다. 바리는 제 눈물이 그의 마음을 무겁게 할까 봐 얼른 괜찮다 말하였다.

"괜찮아요. 괜히 떼쓰고 어리광 부리고 싶어서 그런 걸 거예요."

무장이 바리의 마음 알면서도 뭐라고 말해줘야 할지 몰라 젖 물고 있는 아이를 내려다보았다. 아이는 젖 빠는 것이 힘에 부쳤는지 어느새 기진한 잠을 자고 있었다.

"아이 이름을 무휼이라고 할까 하는데 어떠니?"

아이의 이름이 무엇이건 간에 태어나자마자 이름을 지어주려는 무장의 마음이 무엇인지 느끼고 바리가 고개를 끄덕였다. 백일을 넘기지 못하고 죽는 아이들이 많은 데다가 팔삭둥이로 태어난 이 아이 과연 살 수 있을지 내심 불안스러웠기에 아기 이름 지어달라는 말이 나오지 않았다. 이승에서도 원래 백일 전에는 아이 이름을 짓지 않는지라 생각도 못하였는데 그는 살지 안 살지 모를 아이에게 이름을 지어주고자 하는구나. 설혹 백일을 못 넘기고 죽는다 하여도 너는 내 자식이다, 내 첫 아이다 그 뜻이었다.

바리가 고개를 끄덕여 그리하자 하니, 무장이 아이의 작은 이마 어루만지며 그 이름 불러주었다.

"무휼(撫恤)아."

가엾음을 어루만진다는 그 이름, 그 이름을 무장이 불러주고 바리도 읊조렸다.

"무휼아, 네 건강하게 자라만 준다면 내 후계로 삼아 가장 드높임 받는 존위에 오르게 해주마."

무장이 잠들어 있는 아이에게 그 말 속삭였다. 먼 훗날 천제 무장의 뒤를 이어 천계와 수호자를 다스리는 존위에 오른 무휼천제 제 아비의 바람대로 가엾은 존재들을 널리 살피고 구하게 되나 지금 이 순간 아무도 알지 못했다.

바리는 딸과 아들 나누지 않고 후계로 삼는다는 말에 기쁘기는 하였으나 이승에서 가마꾼이었던 이 아재 어떻게 이 아이를 영광스러운 존위에 오르게 한다는 것인지 문득 의아하였다.

"존위요? 그건 좀 힘들지 않아요?"

바리의 말에 무장이 빙긋이 웃더니 쉬고 있어라 하고는 방을 나섰다.

가마꾼의 지위가 생각보다 높은 것인가 바리가 어리둥절해하고 있을 때 무장은 바리가 먹을 음식을 준비하러 밖으로 나갔다. 미역이 없으니 최소한 여인의 몸을 보할 수 있는 호박을 먹여야겠다는 생각이

들어 초가 담벼락에 자라고 있는 호박을 가득 땄다. 하여 호박죽도 쑤고, 호박국도 끓이는데 무장 그 음식들을 하면서 더더욱 바리를 보내야 한다는 생각이 들었다. 벌써 미역을 구할 수 없는데, 앞으로 이곳에서 아기를 키우면 이런 일들이 다반사일 것이다. 만약 아이가 아프기라도 하면 의원도 없이 대강 아는 지식으로 약초나 우려줄 터인데 그러다 몸도 약하게 태어난 아이를 생으로 잡게 될지도 모를 일이었고, 고집부려 세 아이를 낳게 되면 이런 일 수도 없이 반복될 것이다.

"인간의 생사에 관여하고 싶지 않으냐. 모든 것에서 거리를 두고 싶으냐. 그럼, 네 고통이 사라지고 두려움도 사라질 것 같으냐? 그럼, 어디 한번 그 거리 두어보거라. 모든 이의 생사에서 얽매이지 말거라. 그것이 설혹 은애하는 여인이라 하여도 또 가장 아끼는 네 아이라 하여도 그들이 병들고 죽는 그 모든 것에서 거리를 두고 지켜만 보아라."

호박으로 국을 끓이고 밥을 짓는 무장에게 천제의 말이 들려오는 듯했다. 그는 자신이 방관했던 스물여덟 명의 목숨을 생각했다. 그리고 누이가 죽음으로 재가 되었던 그날 이후 지상의 존재에게서 거리를 두었던 그 모든 시간을 생각했다. 언제든 필요에 의하며 생명을 거둘 수 있고 벌을 내릴 수 있도록 적당한 거리를 유지하려 했던 자기 자신을 생각했다. 그리고 물었다. 진정 그런 생에 만족하는가, 진정 그런 생에 행복했던가. 그 질문 속에서 무장은 백일 후에 바리를 보내야겠다 마음을 먹었다.

하여 하루하루가 금쪽같은 그 백일, 어찌나 빨리 지나가는지 정신이 없구나. 우선 첫아이 태어났으니 금줄부터 엮었다. 원래 새끼줄을 꼴 때는 오른쪽으로 엮지만, 성스러운 곳임을 알리는 표시이니 금줄은 왼쪽으로 꼬아야 했다. 무장이 왼 새끼줄을 꼬면서 중간중간 숯과 솔잎을 끼워 넣어 삿되고 불경한 기운들이 숯에 걸러지고 솔잎에 찔려 집 안으로 들어서지 못하게 하였다. 비록 인간의 풍습이었지만, 바리와 아이 삼신산에서 누릴 것 못 누리는 것이 안타까워 인간의 풍습대로 해줄 수 있는 건 다 해주고 싶었다. 바리 또한 팔삭둥이로 태어난 아이에게 혹여나 무슨 일이 생길까 봐 온갖 정성 기울였다.

두 사람은 싸리문과 방문에 모두 금줄을 두른 후 쌀밥 세 그릇과 호박국 세 사발 정화수 세 대접으로 삼신상을 차려 삼신산을 이루는 세 개의 산인 봉래산, 방장산, 영주산에 바쳤다. 원래 미역국을 올려야 하지만 미역을 구할 수 없으니 이해해 달라 부탁을 하고, 아이를 무사히 태어나게 해주어 고맙다는 인사를 드렸다.

사흘째 되는 날은 바리 쑥물로 몸을 씻어 해산으로 흐트러진 몸을 정갈히 하고 병이 침범하지 못하도록 몸을 보호하였다. 초이레가 되는 날은 새 옷과 새 포대기 지어 아이를 입히고 감싸준 후, 쌀밥과 호박국으로 상을 차려 이레 동안 아기를 지켜주어 고맙다는 인사를 했다. 두 이레 되는 날에도 새 옷과 새 포대기를 지어 아이에게 입혀주고 붉은 수수경단 만들어 삼신상을 차려 올려 두이레 동안 아이를 무사히 지켜주어 고맙다는 인사를 하였다.

세이레 되자 바리 출산 후 몸에서 나오던 [6]오로가 그쳤다. 출산으로 열려 있던 뼈가 다시 제자리로 돌아가고, 아기를 뱃속에 키우느라 부풀었던 아기집이 다시 예전처럼 작아졌던 것이다. 하여 쑥물에 다시 몸을 씻고 세이레 동안 건강한 몸으로 되돌아올 수 있도록 도와준 삼신산에 수수팥떡을 지어 바쳤다.

오이레가 되는 날은 콩가루, 계피가루, 푸르대콩가루, 삶은 밤가루, 검은깨 가루를 내어 오색경단을 만든 후 삼신산에 바치고 바리와 무장 나눠 먹었다. 허고 칠이레 되는 날, 사십구 일 동안 아이와 산모를 지켜준 금줄을 걷어내고 세상을 향해 문을 열었다.

----

6)해산 후 음문에서 흐르는 액체, 주로 혈액, 점액 및 자궁 내막 조직 따위. 삼 주일이면 깨끗해진다

사실은 이 모든 일들을 챙겨서 하기가 쉽지는 않았다. 아이의 밤낮이 바뀌어 밤에도 배고프다 젖 달라 울어대고 기저귀 갈아달라 울어대니 두 사람 모두 밤낮이 바뀌어 고생을 하였다. 게다가 두 사람 다 아이 기르는 것은 초짜에다 아이에 대해 조언 들을 데도 없으니 아이가 울면 왜 우는 것인지 그 이유를 몰라 고생을 하였다. 아이는 젖을 물리고 기저귀를 갈아주어도 시도 때도 없이 울어댔고 어쩔 때는 금방이라도 뒤로 넘어갈 것처럼 자지러지도록 용을 쓰며 울어대니 무슨 큰 탈이 난 것인가 두 사람 그때마다 식겁하여 간이 오그라졌다 펴졌다 하는구나.

그뿐인가. 두어 시간마다 한 번씩 젖 물려야 하니 곡식과 풀만 먹는 바리 젖이 모자라 고생했고, 무장은 보채는 아이를 안아 둥개둥개 해주다 나중에는 아이가 무장의 손을 타서 무장만 오면 안아달라 울어대니 일을 하고 돌아와서도 밤새도록 우는 아이 둥개둥개 해주느라 죽을 맛이었다. 바리와 아이가 살고 죽고를 떠나 이런 고생을 할 바에야 얼른 이승으로 보내 버리자 무장 간혹 그런 우스운 생각도 들었다.

그렇게 아흔아홉 일이 지나갔다. 아이 하나가 쉴 틈 없이 울어대고 밤낮없이 보채고 용쓰고 먹고 싸니, 이것이 바로 진정한 지옥이구나. 바리와 아이를 이승에 보낸다 만다 그런 생각할 틈도 없이 시간이 훌쩍 지나 백일을 하루 남겨두게 되었다. 낮밤 뒤바뀌고 젖먹이 살피느라 두 사람 모두 너구리처럼 두 눈이 퀭하고, 옷 여기저기에 아이의 침과 오줌똥이 묻어 시큼하게 절은 냄새 폴폴 풍기니 그야말로 사람 꼴이 아니었다.

허나 팔삭둥이로 간신히 살아난 아이의 백일이 왔는데 어찌 그냥 보낼 수 있으랴. 백일 되는 날 두 사람 새벽부터 일어나 백설기를 찌고 온갖 나물 무치고 볶아 백일상을 차렸다. 백일 떡, 아이들이 백 살까지 살라는 의미로 백 집의 이웃과 나눠 먹는다 하였으나, 나눠 먹을 이웃이 없으니 무장 백설기 잘라 백 개로 나눈 후 그동안 먹을 것 입을 것 쓸 것 모두 길러주고 내어준 삼신산의 나무와 꽃들에게 나눠 주었다.

무장이 초가로 돌아와 보니, 아이가 저녁부터 새근새근 잠을 자고 있었다. 그것이 백일을 지낸 아이가 이제 밤과 낮으로 나뉘는 세상의 기운에 적응하여 그런 것인데, 두 사람은 이게 웬 극락인가 싶어 얼른 잠부터 퍼 잤다. 허나 새벽녘이 되자 어김없이 젖 달라 보채는 아기 울음소리 초가에 울렸다. 아이 곁에서 곤하게 자고 있던 바리가 무휼의 울음소리 듣고 부스스 잠이 깼다. 백일 동안 해왔던 일이니 이제는 눈을 감은 채 옷깃 열고 아이에게 젖을 물릴 정도였다. 바리의 곁에서 자고 있던 무장이 그 울음소리 듣고 얼핏 같이 깨어났다.

"누구 닮아서 저리도 먹을 것을 밝히는지······."

누구 들으라고 하는 소리이니 바리 자신의 먹성 빗대어 놀리는 말이라는 걸 알고 무휼에게 젖을 먹이면서도 꿍얼꿍얼하였다.

"닮기는 누굴 닮아, 지 애비 닮았겠지."

무장 몸을 모로 세우고, 바리와 품에 있는 아이까지 끌어안고는 놀리듯 웃었다.

"무슨 소리, 조금만 밥 때 놓치면 온갖 짜증 부리는 누구랑 똑 닮았는걸."

"칫, 그거야 젖을 빨리니까 속이 헛헛해서 그런 거죠. 저도 옛날엔 안 그랬어요."

"안 그랬어? 진짜?"

바리가 조금 찔려서 대답을 못하는데 귓가로 그의 웃음소리 들려왔다. 이리 놀리고 골리면서 속에 있는 깊은 정 드러내는 성격이란 걸 알기에 바리 그냥 같이 웃었다. 그러다 문득 걱정스러운 듯 아이를 내려다보았다. 무휼은 처음 태어났을 때와는 몰라보게 달라져 있었다. 젖을 빠는 입심도 거셌고, 건강하니 두 볼의 혈색도 붉어 이제 누가 봐도 건강한 아이 같았다.

"나 닮으면 안 되는데……. 먹을 것 밝히고 안 씻고 그러면 안 되는데 어떡하죠?"

"어떡하긴, 나 같은 지아비가 만날 먹을 것 날라주고 씻겨줘야지."

먹고 싶다 하는 음식 비슷하게라도 만들어 상 차려주고, 쑥물 달인 물로 직접 씻겨준 일 떠올리며 바리가 빙긋이 웃었다.

무장이 빙긋이 웃으며 바리와 아이를 내려다보았다. 그 모습 어찌나 고아하고 순백한지 과연 이 녀석을 보낼 수 있을까 마음이 흔들렸다. 백일이 되면 보내겠다고 아이를 낳던 날 결심을 하였는데, 막상 백일이 되니 그리하기가 쉽지가 않구나.

삼신산에서 그가 언제 풀려날지, 언제 천계로 돌아가 지상으로 내려가 볼 수 있을지 기약을 할 수 없으니 생이 백 년도 되지 않는 바리를 과연 다시 볼 날이 오게 될까 의문스러웠다. 만약 지상에서 바리가 일찍 숨을 거두게 된다면 그와는 지금 이 순간이 마지막이 되리니 바리의 머리를 어루만지고 쓰다듬는 그의 손길 바리 모르게 떨리고 있었다. 허나 이 삼신산에서 세 아이 낳다 죽게 할 수는 없는 일, 자신만 좋자고 이 위험하고 험한 곳에 바리를 잡아둘 수는 없는 일, 그는 흔들리던 마음을 다잡고 내내 생각하고 있던 말들을 꺼내놓았다.

"바리야."

"네?"

얼핏 눈꺼풀이 내려가고 있던 바리가 무장의 부름에 눈을 떴다.

"나중에 이승으로 가게 되면 우리가 매일 마시고 밥 지었던 계곡물을 떠가거라."

이게 무슨 말일까, 바리 심상치 않은 그 말에 눈만 끔벅였다. 무장이 그런 바리에게 다음 말을 건넸다.

"약려수 많이 가져가면 천제께서 노하시니 오직 한 병만 가져가 아비를 살리거라."

"약려수요? 그럼 계곡물이……."

미처 생각지 못했던 것이기에 바리 놀란 얼굴이 되었다.

"그래, 우리가 매일 마시고 썼던 저 계곡물이 약려수란다. 이곳에서는 그저 물일 뿐이지만 이승으로 가는 순간 그 물이 죽은 이를 살릴 수 있는 약려수가 된단다."

바리 너무 놀라 입을 벙긋거리다가 이내 이승에 계신 아버지 대왕마마 떠올리며 부질없을 것이다 고개를 저었다.

"궁을 떠난 지 벌써 사 년이 되어가는걸요. 설혹 지금 간다 하여도 아버지 대왕마마 살아 계시지 않을 거예요. 그때도 오늘내일하였는데 어찌 사 년을 버티셨겠어요."

그는 지창 밖으로 보이는 삼신산을 가리키며 말했다.

"저기 계곡에 피어 있던 온갖 꽃들 기억나느냐?"

해산한 후 바리 계곡에 올라간 적 없으니 무장이 예전에 보았을 꽃들을 떠올리게 하였다.

"예, 기억나요. 지상에서는 한 번도 본 적 없었던 꽃들이라 항시 신기하고 기이하게 보았는걸요."

"그래, 그 꽃들 이곳에서는 그저 향기로운 꽃들이지만 이승으로 가져가면 사람의 육신을 되살릴 수 있단다."

바리가 휘둥그레진 눈을 하고 계곡에 피었던 꽃들을 떠올렸다. 붉은색, 흰색, 노란색, 파란색, 검은색 이렇게 오방색을 띠고 있었는데 그 색깔 어찌나 선명하고 고운지 보는 것만으로도 기운이 돋을 정도여서 언제 때가 되면 그 꽃으로 옷에 물을 들여보아야겠다고 그리 생각하고 있었다. 무장은 조만간 제 아비를 살리러 가게 될 바리를 위해 그 꽃들에 대해 말해주었다.

"기억해 두거라. 검은 꽃은 되살이고, 흰 꽃은 뼈살이고, 붉은 꽃은 피살이다. 허고 노란 꽃은 살살이고, 파란 꽃은 숨살이다. 허니 나중에 그 꽃들 모두 가져가 네 아비의 육신을 살리거라."

귀 기울여 무장이 하는 말 듣고 있던 바리는 어느 순간 이상한 걸 느꼈다. 아이 셋을 낳은 후에 알려줘도 될 일인데 어찌하여 내일이라도 떠나보낼 사람처럼 이런 이야기를 해준단 말인가. 바리가 젖꼭지를 문 채 잠이 든 아이를 떼어놓고, 몸을 돌려 무장을 바라보았다.

"헌데 왜 이런 이야기를 벌써 해주는 거예요? 아직 아이 셋 낳으려면 멀었는데……."

무장은 한참 동안 말없이 바리를 바라보다가 이내 가볍게 웃어 보였다.

"아이 낳고 기르다 겨를 없어 내가 깜빡할까 봐 그런다. 괜히 그때 가서 깜빡하고 안 가져가면 큰일 아니니."

언뜻 그럴 수도 있겠다 싶어 바리가 고개를 끄덕였다.

"알았어요. 그때 제가 꼭 챙겨가자 말할게요."

아이 셋 낳아 무장과 같이 돌아가게 될 것이라 생각하고 바리 그렇게 말했다.

"바리야, 만약에 나와 헤어지게 되면 그땐 주저 말고 다른 이와 만나 해로하거라."

왜 이런 말을 하는 것인지 이해가 되지 않았지만 바리는 그 말 자체가 말이 안 된다는 듯 비꼬았다.

"애가 셋이나 딸린 과부를 누가 좋아해요? 그리고 만약에 내가 먼저 죽으면 아재는 새장가 들 생각 하지도 말아요."

"나는 네가 먼저 죽으면 새장가 들 생각인데. 홀아비로 늙어 죽을 수는 없지 않느냐."

무장이 장난스레 그리 응수하는데, 바리는 진심인 줄 알고 도끼눈을 하였다.

"안 돼요. 만약에 새장가 들면 내가 저승에서 빨리 오라고 기도할 거예요. 여인이나 사내나 정조가 제일 중요한 것인데, 저한테 정조 주었으면 그걸로 끝인 거예요. 알았죠?"

무장이 대답은 안 하고 곰곰이 생각에 잠겼다. 자신이 언제 정조를 주었는지 말이다. 그리고 바리의 정조도 받은 기억이 없는데, 갑자기 정조 타령이니 우습기도 하였다. 바리는 대답을 안 하고 미적거리는 무장을 보며 비꼬았다.

"하기야 아재처럼 밝히는 사람이 정조가 어디 있겠냐마는……."

무장이 어이가 없어 웃음을 터뜨리다가 문득 이승으로 돌아가 남은 생을 살아야 할 바리를 생각해 이리 말했다.

"내가 받은 네 정조 돌려줄 테니 네가 다시 가지고 있으면 안 되겠니?"

정조를 어찌 돌려주고 받는 것인지는 모르겠으나 지상에 다른 사내를 만나 해로하기를 무장은 바랐다. 비록 이 두억시니공주가 다른 사내에게 안긴다 생각하면 미칠 것처럼 괴로웠지만 이 아이를 기르며 혼자 살다 가는 것을 바라지 않았다. 바리는 무장의 그런 속 모르고 입술을 어그러뜨리며 타박을 놓았다.

"청목이보다 아재가 더 나빠요. 청목이는 정조 준다고 하니까 처음부터 거절했는데, 아재는 받았다가 돌려주겠다니 그게 말이 돼요?"

기분 나쁜 듯 말을 하다가 어느 순간 그가 자신에게서 정이 떨어졌나 싶어 은근히 속상하였다. 하여 훗날 이승으로 돌아가 헤어질 심산인가 궁금하였다.

"막무가내로 안을 땐 언제고 이제 애 낳고 못생겨지니까 싫다 이거죠?"

바리가 삐친 얼굴로 무장을 노려보는데, 무장은 정조를 준다는데 거절했다는 청룡의 후계가 왜 그랬을까 심히 궁금하였다. 어찌 됐든 바리가 이승으로 돌아가면 청룡의 후계와 만날 수도 있겠다 그리 생각하며 남은 미련을 접으려 애썼다.

그는 처음 이 두억시니공주 만났던 때를 떠올리며 바리를 쳐다보았다. 이리 어여쁘고 아름다운 애기씨일 것이라고는 그때 생각지도 못하였었지. 아니, 그 애기씨가 그의 아이 낳게 될 줄 누가 알았던가. 마음 주지 않으려고 무진 애를 썼지만 결국 통째로 다 주어버리고 말았지.

"말은 바로 하자. 못생겨진 게 아니라 처음부터 못생겼지. 여인인 줄 까맣게 몰랐을 정도이니 말이야."

헤어져야 하는 마당이니 그가 일부러 그렇게 어깃장을 놓았지만 곧 헤어지게 된다는 것을 모르는 바리는 그 말이 그저 놀리는 말이라는 걸 알면서도 은근히 서운하여 몸을 돌려 버렸다. 그는 삐쳐서 그에게서 등 돌리고 뾰난 얼굴 하며 어리광 부리는 바리를 애달픈 눈으로 바라보았다. 처음 삼신산 왔을 때 아파도 그를 깨우지 못하고 홀로 웅크려 떨고 있었던 그 애기씨가 이제는 그에게 어리광 부리고 새침하게 등 돌리며 화도 내는구나.

무장이 등 돌리고 누운 바리의 얼굴 그에게 향하게 하였다. 그리곤 부드럽고 깊은 입맞춤을 하니 바리 처음부터 화난 적 없다는 듯 빙긋이 웃으며 무장의 품에 안겼다. 하여 두 사람 아이 낳고 처음으로 운우지락 나누었다. 아이 낳은 지 이제 갓 백일 된 몸이니 그의 손길과 몸짓 너무나 부드럽고 조심스럽구나. 구름에 폭 감싸인 듯 보슬비 내리는 숲에 있는 듯 그렇게 몸이 젖어 들어갔다. 처음 그와 교접할 때 아프다 무섭다 엉엉 울고 주먹질해 대던 바리, 이제는 그에게 스스로 입맞춤 되돌리고 그의 몸에 짙은 애무도 할 줄 아는구나. 어여쁘고 귀해라, 그의 품에 폭 안겨서는 내외간의 정 나눌 줄 아는 바리가 무장은 너무나 어여쁘고 귀해서 바리를 안는 내내 울음을 삼켰다.

'너를 보내놓고 나는 얼마나 오랫동안 너를 그리워하게 될까. 너를

보내놓고 나는 얼마나 오랫동안 후회를 하게 될까.'

두 사람이 아이 낳고 백일 만에 처음으로 몸을 나눈 그날, 무장이 이른 아침에 홀로 일어나 목간을 써놓고 산으로 올라갔다. 바리가 아이의 울음소리 듣고 깨어났을 땐 무장의 모습 보이지 않았다. 벌써 밥을 지으러 나간 것인가 바리가 아이를 업고 밖으로 나가보는데 마루 위에 웬 목간 하나가 놓여 있었다. 어제 나눈 이야기들이 심상치 않음이라 그 목간을 펼쳐 보기가 두려웠다. 하여 목간을 무시하고 반빗간에도 가보고 초가 주위를 다 둘러보며 그를 불러보았지만 그의 모습 어디에도 보이지 않는구나. 아침도 거르고 나무를 하러 갈 리 만무하니 바리의 가슴 이상하게 두근거리고 손이 떨려왔다. 어쩔 수 없이 마당 안으로 들어온 바리가 마루 위에 있는 목간을 집어 들고 펼쳐 보았다.

「인간의 여인아, 그동안 고생하였다. 너 사실은 인간 사내가 아니고 천계의 존재인데 천제께서 나를 가륵하게 여기고 이제 그만 천계로 돌아와도 좋다 하시는구나. 하여 내 이제 천계로 돌아가니 그대는 이승으로 돌아가 그대의 부모를 살려라.」

바리가 목간을 쥔 채 그대로 마루에 주저앉았다. 바리야, 바리야 다정히 부르던 그 말투 보이지 않고 마치 처음 보는 이에게 쓴 것 같은 그 목간이 정말 무장이 남긴 목간인지 믿을 수가 없었다. 게다가 밑도 끝도 없이 인간 사내 아니고 천계의 존재라니 이건 또 무슨 말인가. 허면 천제님께 벌을 받아 삼신산에 유배를 왔단 말인가. 그렇다 하여도 그렇지, 어찌 부부지연 맺고 아이까지 낳은 여인에게 인사도 설명도 없이 가버릴 수 있단 말인가. 믿을 수 없는 눈으로 목간의 글귀를 읽고 또 읽어 내려가던 바리가 어느 순간 눈물을 흘렸다. 이리 냉정하게 삼신산에 그녀만 버려두고 떠날 수 있는 분인 줄도 모르고 철석같이 지

아비로 받아들이고 몸도 마음도 다 내주었구나. 그래서 자신과 헤어지면 다른 사내와 만나 해로하라, 그런 말 남기었는가. 그래서 약려수와 계곡에 핀 꽃 비밀 알려주며 갖고 가라 하였는가.

바리는 일 년 남짓 그와 나누었던 시간들이 아무것도 아니라는 것을 받아들일 수 없었다. 자상하게 아껴주고 품에 안아주던 그이가 이리 매몰차고 냉정하게 갈 리가 없다. 무슨 사연이 있겠지, 급하게 천계로 돌아갈 수밖에 없는 사정이 있었겠지. 그렇게 생각하고 싶었다. 비록 저 높디높은 천계에 사는 존귀한 존재라 하여도, 비록 다시 부부지연 맺고 살 수 없다 하더라도, 그래도 깊은 정 나누고 아이까지 낳았는데 한 번쯤은 보러 와줄 것이라 그리 믿고 싶었다. 그때 보게 된다면 이렇게 인사도 없이 떠난 것에 대해 뭐라고 한마디 해주련다 그렇게 다짐을 하였다.

다음날 아침 마음을 추스른 바리가 무휼에게 젖을 먹이고 등에 업었다. 허고 반빗간에 있는 호리병 챙겨 들고 계곡으로 올라가 물을 담았다. 또 계곡 근처에 피어 있는 다섯 가지 색의 꽃들도 꺾어 예전에 어인마니에게서 배운 대로 이끼에 고이 감쌌다. 바리가 약려수 든 호리병과 꽃을 감싼 이끼 꾸러미 들고 초가로 내려와 밥을 든든히 먹고 여분의 요깃거리도 멍구럭에 챙겼다.

마침내 삼신산 갈래길에 다다른 바리가 어느 길로 가야 온전히 이승으로 갈 수 있을까 고민을 하였다. 자칫 잘못 길을 들어서면 짐승이나 다른 인간의 아이로 태어나니 함부로 걸음을 옮길 수가 없었다. 하여 갈래길 한가운데에서 우두커니 서 있는데 등에 업혀 있는 무휼이가 울기 시작했다. 항시 젖 먹고 나면 둥개둥개 해주던 아버지 보이지 않고 어머니의 두려운 마음 전해지니 무휼이 이상하고 불안하여 울음을 터뜨린 것이다. 바리가 멍구럭에서 얼른 딸랑이로 쓰던 쇠풍경을 꺼내 소리를 냈다. 한빙지옥의 얼음 쩍쩍 갈라지게 하고 봄을 불렀던 그 소리 어느 날 밤새도록 울어 젖히던 무휼의 울음 딱 그치게 한 적 있어 그때부터 딸랑이로 쓰고 있었다. 역시나 무휼이 쇠풍경 소리 듣자마자 울음을 멈추고 신기한 듯 눈을 끔벅이며 진정을 하였다.

어디로 가야 하는 것일까 바리 쇠풍경을 흔들면서도 고민스럽게 갈래길을 둘러보는데 환청인지 실재인지 갑자기 소 울음소리가 들려오기 시작했다. 너무도 이상하여 소리가 나는 곳을 쳐다보니, 누런 소가 바리에게 오고 있었다. 바리는 설마하면서도 누런 소가 꼭 누렁이처럼 보여 말을 걸었다.

"혹시 너 누렁이니?"

바리 혹시나 하는 마음으로 그렇게 묻는데 누런 소는 바리의 말이 맞다는 양 기분 좋은 소리를 내며 귀를 펄럭거렸다. 바리는 맞구나, 맞구나 그 말을 하며 반가움에 누렁이를 끌어안았다.

"세상에, 너를 이곳에서 만나다니."

누렁이는 그 큰 눈을 끔벅이며 꼬리를 설렁설렁 흔들었다. 삼 년여 전 바리가 곱사등이노인네 집에서 떠난 지 얼마 안 돼 숨을 거두었던 누렁이 이제 혼백이 되어 황천강 건너 삼신산으로 오고 있었는데 문득 자신의 쇠풍경 소리 들려오니 저절로 그 형상 드러내며 다가온 것이다.

사실 누렁이 삼 년여 전 처음에 저승에 와서 판결받고, 그 어질고 순후한 마음 높이 상찬받아 인간으로 태어나기 위해 황천강으로 향하고 있었다. 허나 바리가 한빙지옥에서 쇠풍경 흔드는 바람에 그 소리 따라 한빙지옥으로 가게 되었는데, 도착했을 때는 이미 바리 한빙지옥 벗어난 후였다. 하여 자신의 쇠풍경 흔드는 분 누구일까 궁금하고 자신의 쇠풍경 이참에 챙겨가자 하는 마음에 기다리고 버티니 한빙지옥의 형리들과 일직사자들 누렁이에게 지극 정성 먹을 것을 해다 바치고 난리도 아니었다. 봄을 불러오는 쇠풍경을 기다린다 하니, 가뜩이나 바리 때문에 녹았던 한빙지옥 복구하느라 고생이 이만저만 아니었는데 그런 한빙지옥 다시 녹게 생겼으니 팔짝 뛰었던 것이다.

급기야 한빙지옥 형리들 어서어서 가주셔라 손을 싹싹 빌며 등을 떠밀었는데, 누렁이 인간으로 태어날 혼백이지만 한때는 소였던지라 그 쇠고집이 그대로여서 쇠풍경 흔든 자 기다리겠다며 그곳에서 이 년여를 버텼던 것이다. 그러다 결국에는 포기하고 다시 황천강 건너 삼신산에 온 것인데 생각지도 못하게 그 쇠풍경 이곳에서 만나는구나. 게다가 자신에게 한때 여물 쑤어주고 가려운 등 긁어주며 살뜰하게 살펴준 바리가 있으니 누렁이 너무나 반가워 음매음매 울어댔다.

누렁이는 등에 타라는 듯 바리의 몸에 코를 비벼댔다. 결국 바리가 아이를 업은 채 누렁이 등에 올라타니 누렁이 여러 갈래로 나누어진 길 중 한곳을 선택해 길을 잡고 가는구나. 아침 햇살이 쏟아지는 그 숲길은 안개로 휩싸여 있었다. 얼마나 누렁이를 타고 갔을까, 안개 속에서 누군가의 다급한 목소리가 들려왔다.

"어여, 빨리 와, 이것아. 네 에미 숨넘어간다."

온통 안개로 휩싸여 앞이 잘 보이지 않았는데, 저 멀리 흐릿하게 누군가가 서서 손짓을 하며 얼른 오라 재촉하고 있었다. 그분은 허리를 꼬부린 채 지팡이를 짚고 있었다. 바리는 자신에게 하는 말인가 싶어 어안이 벙벙한데, 누렁이 옮기던 발길 멈추고 가만히 서 있는구나. 다 왔으니 이제 내려라 그 뜻인 것 같았다. 바리가 조심조심 등에 업은 아이를 손으로 받치고 누렁이에게서 내렸다. 그러자 누렁이 멀리서 손짓하는 그분을 향해 홀로 걸어갔다. 그러니까 바리에게 한 말이 아니라 누렁이에게 한 말인 것이다. 그분 바로 저쪽 세계의 삼신산 입구에서 혼백들 기다리다 새로 태어날 몸 점지해 주는 삼신할미였다.

바리는 누렁이를 따라가야 하는 것인지 알 수 없어 잠시 망설이고 서 있다가, 어디로 가야 할지 몰라 일단은 따라가 보자 걸음을 옮겼는데 노인이 서 있던 그 자리에는 아무도 없었다. 누렁이 또한 보이지 않았다. 하여 온통 안개로 휩싸인 숲에서 홀로 우왕좌왕 서성이며 어디로 가야 하나 길을 찾는데 품에 안겨 있던 무휼이 젖 달라며 울기 시작했다. 아이의 배를 곯게 할 수는 없어 바리가 일단은 젖부터 물리고 다시 길을 찾자 결정하고, 안개 속 한가운데 앉았다. 누비처네 끈 풀어 무휼을 내려 품에 안고는 젖을 물렸다.

아이는 이곳이 이승인지 저승인지 그런 것과는 상관없이 오직 어미의 젖에 매달렸다. 바리 또한 이승과 저승의 구분을 모두 잊고 땀이 송골송골 맺힐 정도로 온 힘을 다해 젖을 빠는 아이의 얼굴을 바라보았다. 아이는 태어났을 때에 비해 몰라볼 정도로 성장했고, 토실토실 건강했다. 바리는 그 아이에게서 무장의 얼굴을 보았다. 그리고 자신과 대왕마마 그리고 왕후마마의 모습도 보았다. 또 서승에서 배고파하며 울던 아귀들과 사랑받고 사랑하지 못해 몸부림치던 지옥에서의 사람들도 보았다. 언제부터인가 배고파하는 모습을 보는 것이 힘에 겹고, 가슴을 울린다.

어쩌면 바리 자신이 커오면서 배고픔에 시달렸기에 아이가 배고픈 것을 견딜 수 없어하는 것일지도 모른다. 바리는 무휼이 배가 불러 젖꼭지를 물고 장난을 칠 때까지 느긋하게 기다려 주었다. 이곳이 이승인지 저승인지 알 수 없고 어디로 가야 하는 것인지도 알 수 없으나, 아이의 배고픔은 무슨 일이 있어도 채워주고 싶었다.

마침내 무휼이 배불리 젖을 빨고 입으로 젖꼭지를 갖고 장난치자 바리 흐뭇한 얼굴로 아이를 땅에 내려놓고는 기저귀를 갈아주고 찬바람 들어가지 않도록 쌀깃으로 감싸주었다.

"아이구, 우리 똥강아지. 똥도 무지무지 잘 싸요."

바리는 코에 부채질을 하며 키득거리더니, 멍구럭에 똥 기저귀 둘둘 말아 한쪽에 넣었다. 바리가 무휼을 등에 업고 다시 길을 찾아보려 일어섰다. 그런데 언제 안개가 걷힌 것인지 주위가 모두 눈에 들어왔다. 주위는 온통 나무와 풀로 이루어진 숲이었다. 바리, 이곳이 어디인가 싶어 숲길을 천천히 내려가는데 저 멀리 낯이 익은 벼랑이 보이는 것이 아닌가. 벼랑에는 검버섯이 가득 피어 있었다. 바리는 그 검버섯을 보고 믿을 수가 없다는 듯 다시 주위를 둘러보았다. 신기하게도 일월산의 산세와 비슷했다. 그렇다. 바리가 도착한 곳은 일월산 숲 속이었다.

저승에 가기 전 일월산 벼랑에서 떨어져 안개 속으로 빠진 바리, 삼년여 만에 돌아온 이승도 바로 일월산의 그 안개 속이었구나. 바리는 산을 내려가면서도 진짜 이승에 온 것인지 얼떨떨하기만 했다. 허나 산 아래에 도착하니 멀리 인가가 보였다. 바리는 그제야 이승에 왔다는 것을 실감했다.

잠시 쉬어갈 생각에 마을 입구에 있는 팽나무로 향했다. 돌아온 곳이 일월산 아래 마을이니 목지국까지 가려면 너무나 먼 길이라, 당장 길을 떠날 수가 없었다. 가락지라도 팔아 말 한 마리 구해봐야겠다 생각하며 팽나무 아래서 쉬고 있는데 멀리 마을 인가에서 어린 사내아이가 걸어오고 있었다. 게다가 그 사내아이 바리를 안다는 듯 멀리서 고개를 숙이며 인사를 하였다. 바리가 멍하니 그 아이 오는 걸 보고 있는데 아이는 바리를 보더니 반가움과 놀라움이 뒤섞인 얼굴로 활짝 웃었다.

"바리 형, 세상에 애기씨였어요?"

바리 그 말을 듣자마자 그 사내아이가 누구인지 알겠구나. 세상에 예전에 하룻밤 지내던 절뚝아재의 집에서 본 그 아이였다. 병약하여 기침을 달고 있었던 그 아이 건장한 소년으로 자라 있었다.

"정말, 장수니?"

눈앞에서 보면서도 그 병약하고 여위었던 장수가 이리 튼실하게 자란 것을 보고 바리가 감회에 젖었다. 장수는 간밤에 꿈에서 바리가 팽나무에 나타난 것을 보고 하도 기이하여 혹시나 하고 나와본 것이라고 말하였다.

"형이 애기씨였다니, 세상에."

장수는 여인의 모습을 하고 있는 바리를 보며 새삼 놀라워하며 웃었다.

"야, 나 애도 낳았어. 내가 아무리 남복을 해도 그렇지, 어디 봐서 사내 같으냐?"

"우리 아버지가 알면 깜짝 놀라시겠다. 얼른 우리 집으로 가요."

장수는 자신의 집에서 하룻밤 묵고 가라 성화였다. 이미 해가 뉘엿 뉘엿하니, 바리가 베풀어준 그 은혜 다 갚을 수가 없으나 하룻밤은 편히 쉬고 갈 수 있게 해주겠다는 것이다. 바리가 고맙다는 말을 하면서도 쌀 좀 사준 것 갖고 뭐 그리 은혜를 베풀었다 하나 그리 영문 몰라하였다.

바리는 그렇게 장수의 집에서 온갖 정성 들어간 밥상 받고 하룻밤을 묵었다. 절뚝아재의 집은 바리가 주고 간 쌀 덕분인지 아니면 건강해진 장수 때문인지 그때부터 가세가 펴기 시작하여 이제는 남부럽지 않게 살고 있었다. 널판으로 엉기성기 지어져 있던 귀틀집은 여염집처럼 초가로 바뀌어 있었다. 그뿐이랴, 절뚝아재 과부와 새장가 들어 과부의 딸아이까지 친자식처럼 길러주고 있으니 바리에게서 받은 은혜 그렇게 누군가에게 갚고 있구나.

바리는 절뚝아재 집에 와서야 검덕이가 멍구럭에서 산삼 꺼내어 장수 먹였다는 걸 알게 되었다. 처음 저승지옥 갔을 때 산삼이 없어 한빙지옥으로 끌려가 누군지 잡히면 가만 안 두겠다 이를 갈았지만 이제는 다 지나간 일이었다. 바리는 건강하게 크고 있는 장수를 보는 것만으로 마음이 흡족하였다. 무휼이 팔삭둥이로 태어나 죽을 둥 살 둥 하는 것을 보며 절뚝아재의 마음이 얼마나 아프고 무거웠을까 이제야 좀 알 것 같았다.

바리는 절뚝아재가 그동안 바리 도령 약려수 구할 수 있게 해달라고 천제께 기원드렸다는 것을 알고 고맙다 인사를 드렸다. 바리는 저승에서 무사할 수 있게 된 것이 이승에 있던 사람들의 기원 덕임을 깨달았다.

"그래, 약려수는 구하였소?"

"예, 아버지 대왕마마 살릴 수 있을 만큼은 구했어요."

"대왕마마?"

바리가 목지국의 막내공주인 것 모르는 절뚝아재는 대왕마마라는 호칭에 의아해하였다. 하여 바리가 자신의 신분을 말해주었는데 그 이야기 들은 절뚝아재 곰곰이 무언가 떠올리는가 싶더니 믿어지지 않는 이야기 하는구나.

"어비대왕이라면 이미 숨을 거두었다고 하던데요."

"예?"

바리가 얼어붙은 채 절뚝아재 바라보니 절뚝아재 자신이 들은 목지국 이야기 전해주었다.

"어비대왕이라면 벌써 일 년 전에 죽었는데 목지국에서 장례를 안 치르고 여태껏 그 시신을 놔두었다고 하더이다."

바리 가슴이 철렁 내려앉고, 눈앞이 아득했다. 벌써 돌아가셨단 말인가. 그것도 일 년 전에. 일 년 전이라면 황천강 건널 때쯤 아닌가. 절뚝아재는 바리의 속 모르고 또 뭔가가 생각났는지 말을 이었다.

"목지국의 공주가 미쳤다는 소문이 돌았소. 아버지 장례를 못 치르게 그렇게 난리를 쳤다는데 떠도는 소리 들어보면 그 공주가 처녀이면서 애기까지 낳아 그때부터 미쳤다는 소문이요."

해월공주, 그동안 바리를 기다리며 장례를 치르지 못하도록 막고 있었던 것이다. 막내공주가 약려수 구하러 갔으나 사 년이 다 되도록 돌아오지 않으니 왕후마마도 신하들도 모두 막내공주가 죽거나 어디론가로 도망갔다고 생각했다. 해월공주는 적한에게서 바리가 황천강 건너 삼신산에 당도하였다는 말 들었으니 포기할 수 없었다. 하여 미쳤다는 오명 뒤집어쓰는 걸 무릅쓰고 대왕마마의 장례 치를 수 없다 완강히 버티고 있었다. 허나 일 년을 더 기다려도 바리는 오지 않고, 대왕마마 존체 썩어 들어가 마침내는 뼈만 앙상하게 남게 되니 궁에 있는 모든 사람과 신하들이 더 이상 장례를 미룰 수 없다 거세게 주장했고 이제는 해월공주 정신이 돈 것이라 확신하였다. 하여 해월공주 더 이상 버티지 못하고 입춘이 되면 장례를 치르자 물러선 참이었다.

다음날 동이 트기 전에 바리가 절뚝아재와 장수에게 인사를 하고 길을 나서려는데 팽나무 이래 낯익은 말이 기다리고 시 있었다. 바리 혹시나 하여 가까이 다가가 보니 바로 쏜살이었다. 쏜살이 천제의 명을 받고 이리 바리를 도와주러 온 것이다. 천제께서 말하기를 무장의 아이 낳은 바리라는 여인이 지금 막 일월산에 당도하였으니 어서 가서 무사히 궁에 갈 수 있도록 도와주어라 하였던 것이다.

바리가 반갑다며 쏜살이의 머리 갈기를 쓸어주니 쏜살이도 반가움에 히이잉 울어댔다. 그리곤 바리의 등에 업힌 무장의 아이 바라보더니 신기하고 신기한 듯 고개를 갸웃갸웃하였다. 무휼은 무엇을 아는지 모르는지 천마를 보고는 꺄르르 웃으며 신나했다.

쏜살이는 바리가 등에 타자 보이지 않게 접고 있던 흰 날개 펼치고 하늘로 날아올랐다. 하여 하늘을 가로질러 목지국으로 향하니 그 빠르기가 눈 깜짝할 사이였다. 바리는 쏜살이가 하늘을 날고 있는 것에 너무 놀라 입을 벙긋거리는데 이제야 꿈속에서 보았던 그 날개 달린 말이 꿈이 아니었다는 것을 깨달았다. 그리고 오래전 무장이 자신의 눈을 가린 채 동해안으로 데려가던 날 하늘을 나는 것 같았던 그 말이 바로 쏜살이였음을 깨달았다. 바리는 천마 쏜살이의 고삐를 잡고 하늘을 가르면서도 저 하늘 위에 있을 무장을 생각하며 눈물지었다.

'당신, 그곳에서 절 보고 있나요?'

이렇게 무장이 천계에 있다고 생각하며 바리가 목지국으로 향하고 있을 때, 산에서 내려온 무장은 초가로 들어서고 있었다. 비좁고 허름한 이 초가가 이리도 넓었단 말인가. 무장이 너른 마당 한가운데 서서 초가를 바라보다가 이내 눈을 감아버렸다. 조금 더 지난 후에 후회할 줄 알았는데 적막강산에 빠져 버린 초가를 바라보니 벌써 후회가 몰려왔다.

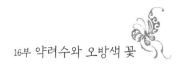

　바리가 궁에 도착했을 땐 어비대왕을 입관한 관이 침전 문을 막 나서고 있었다. 궁문을 지키는 병사들에게 막내공주다 말을 하니 병사들 대경하여 얼른 궁문을 열어젖혔다. 바리는 쏜살이를 탄 채 그대로 궁을 가로질러 어비대왕이 계시던 침전으로 향하였다. 침전 마당에 들어서니 만조한 백관과 궁의 모든 내관과 시녀들이 삼베옷을 입고 엎드려 처연하게 흐느끼고 있었다. 상여꾼들이 멘 어비대왕 관은 그 가운데 길을 따라 옮겨지고 있었다.

　바리가 쏜살이의 등에서 내려서는 상엿소리와 울음소리로 둘러싸인 그 가운데 길로 향하였다. 그러자 사람들 사이에서 수군수군 소리가 나기 시작했다. 저 여인은 누구냐, 누구관데 대왕의 마지막 길을 막는 것이냐, 막내공주를 알아보지 못한 사람들이 그리 속닥거렸다. 하여 어디서 불경이냐 호령하며 비켜서라 하는 호통도 쏟아져 나왔다. 허나 바리를 알아본 사람들, 막내공주다 약려수 구하러 간다고 떠났던 그 막내공주가 아이를 업고 나타났구나 그렇게 수군대니 사람들 사 년여 만에 나타난 막내공주가 어디에 숨어 있다 이제야 나타났나 하는 얼굴로 바리를 쳐다보았다. 분명 약려수 못 구하고 돌아오기 창피하여 어디 숨어서 잘살고 있다가, 장례 치른다 하니 염치불구 나타난 것이구나, 사람들 그렇게 생각하였다.

그사이 거동 불편하여 내관의 등에 업혀 침소를 나오고 있던 길대부인과 그 곁에서 함께 나오던 해월공주는 바리를 알아보고 대경하여 쫓아 나왔다. 길대부인, 내관이 땅에 내려주자 그대로 땅바닥에 주저앉아 통곡을 하였다.

"네 어디 갔다 이제야 온 것이냐. 대왕마마 승하한 지 이미 일 년이 되었는데, 왜 이제야 온 것이야. 약려수 못 구했으면 임종이라도 지키러 얼른 왔어야지. 대왕마마가 너를 얼마나 찾은 줄 아느냐."

길대부인은 뒤늦게 나타난 막내공주가 제 아버지의 임종도 못 본 것이 안타까워 책망 아닌 책망을 하며 통곡하였다. 해월공주는 동생 바리를 보고 말을 잇지 못했다. 동생이 오기를 기다리며 그동안 얼마나 힘겹게 싸워왔던가. 그런데 동생 바리 돌아오기는 하였으나, 약려수는 보이지 않고 아기만 업고 있으니 다 틀린 것인가 낙심하였다.

바리는 그런 해월공주에게 누비처네 끈을 풀어 아이를 넘겨주었다. 해월공주 영문 모르고 무휼을 품에 안는데, 바리는 멍구럭을 손에 쥔 채 어비대왕 입관된 관으로 가까이 다가갔다. 그리고는 관 뚜껑 열어라 명하니 상여꾼들 주춤주춤 물러나고 관 뚜껑에 못질한 못을 하나씩 빼내었다.

관 뚜껑이 열리자 바리는 멍구럭에서 주섬주섬 호리병과 이끼로 감싼 꽃을 꺼냈다. 그리곤 시신 위에 덮어놓은 천금(天衾)을 걷어내고, 시신을 묶어놓은 염포(殮布)를 풀어냈다. 시신의 얼굴을 감싸고 있는 멱목(幎目)도 벗겨내니, 어비대왕의 해골이 드러나는구나.

바리는 그 해골 물끄러미 내려다보다가 이내 손으로 쓰다듬었다. 정말 이 해골이 아버지 대왕마마란 말인가. 사람들은 이것이 어비대왕이라며 장례를 치르는데, 바리는 믿어지지가 않는구나. 이렇게 그 피와 살 썩어 없어지니, 다 똑같은 유골일 뿐이구나.

"아버지?"

바리 조용히 어비대왕을 불러보았으나, 유골은 대답이 없었다. 한세상 산다는 것이 이토록 덧없고, 아무것도 아닌 것인데 아버지는 무엇을 위해 그리 애면글면하며 막내딸을 버리기까지 하였던 걸까. 유골이 되어 더 이상 기침 소리와 가래 끓는 소리를 내지 못하는 어비대왕을 바리는 가만히 바라보았다. 그러다 한 손에 그러쥔 오방색의 꽃 중에서 검은 꽃을 골라 들고 수의가 입혀진 유골을 천천히 쓸어내렸다. 그러자 유골에 깃들어 있던 병마가 사라지고 죽음의 그림자 모두 쓸려가는구나.

"아버지, 가슴속에 품은 한과 서러움 모두 흘려보내세요."

바리는 다시 흰 꽃을 집어 들고 유골의 머리부터 발끝까지 내려왔다가 다시 천천히 머리로 올라갔다. 뼈살이꽃 지나가자, 구멍이 숭숭 뚫리고 바스라지기 직전이었던 뼈가 하얗게 되더니 오밀조밀 뼈가 채워지고 고갈된 연골이 붙었다. 그러자 바리가 뼈살이꽃 거둬내고, 노란 꽃 집어 들었다. 살살이꽃이 유골을 쓰다듬고 내려가자 유골에 몽글몽글 살이 붙기 시작했다.

주위에 있던 사람들 놀라움을 금치 못하고 입을 벌린 채 그 광경을 지켜보았다. 살은 계속 불어나더니, 어비대왕 생전의 그 모습으로 돌아왔다.

바리, 이번엔 붉은 꽃으로 어비대왕의 존체를 쓰다듬고 지나갔다. 그러자 피살이꽃 지나가는 곳마다 피가 샘솟기 시작하더니 손가락 발가락까지 붉은 피가 돌기 시작하였다.

'아버지, 저에게 피와 살 주신 것 고맙습니다.'

하얗던 어비대왕 존체, 혈색이 돌아오니 꼭 살아 있는 사람 같았다. 바리, 그런 어비대왕 가만히 내려다보다가 파란 꽃으로 어비대왕의 코를 쓰다듬었다. 그러자 어비대왕, 숨살이꽃 향기 맡는 듯 숨을 들이 내쉬는구나. 하여 가슴이 오르락내리락하고 따뜻한 숨결 흘러나왔다.

여기저기서 비명 섞인 탄성이 터져 나왔다. 사람들은 눈앞에서 보면서도 믿을 수 없다는 듯 제 눈을 비벼대고 볼을 꼬집었다. 그런데 어비대왕 육신을 되살린 바리는 그 육신 앞에서 눈물을 흘리는구나.

단지 아버지를 오래 살게 하기 위해 그 길을 떠났던 걸까, 바리는 되살린 아버지의 육신 앞에서 그런 의문이 들었다. 아버지 대왕마마는 살아났으나, 저승에서 고통받는 사람들과 허기짐에 미쳐 버린 아귀들은 누가 살릴까. 또한 수많은 사람들에게 찾아올 죽음은 어찌해야 하나. 아버지 대왕마마의 뼈와 피, 그리고 살이 되살아날수록, 그녀가 되살리지 못할 사람들이 함께 떠올랐다. 아버지는 살렸지만, 바리 자신을 비롯해 살아 있는 모든 사람이 죽음을 피하지 못하고 저승으로 가게 될 터이니 아버지의 육신 되살아난 것만으로 모든 것을 다 이루었다 마냥 기뻐할 수만은 없었다. 바리가 그들을 생각하며 호리병의 마개를 열고 어비대왕의 입에 약려수를 흘려 넣었다.

'아버지, 이 꽃들은 그냥 꽃이 아니에요. 지금 드리는 이 물은 그냥 물이 아니에요. 이 꽃과 물은 제가 사 년 동안 바친 시간이에요. 또 저를 도와줬던 사람들이에요. 그리고 저 대신 목숨을 잃은 검덕이의 생명이에요.'

어비대왕의 입으로 들어간 약려수는 조금씩 조금씩 목을 타고 흘러들어 가더니, 어비대왕의 몸 구석구석을 휘돌기 시작했다. 바리는 호리병에 든 약려수를 남김없이 어비대왕의 입에 흘려 넣으며 약려수와 그 꽃을 구하기 위해 겪어야 했던 모든 일을 떠올렸다. 바리의 눈에서 뜨거운 눈물이 흘러내렸다.

228

'아버지께서 주신 제 뼈와 살과 피를, 아버지에게 드려요. 아버지께서 주신 제 생명, 아버지에게 드려요. 그러니 아버지 이렇게 덧없이 가지 마시고, 자식을 버렸다는 그 무거운 짐을 내려놓으세요. 저는 버림받았으나 버림받은 존재로 살지 않을 것이니 이제 그 모든 것에서 자유로워지세요.'

호리병에 든 약려수가 모두 어비대왕의 몸속으로 들어가 휘돌고 나니, 어느 순간 어비대왕 손가락이 까딱까딱 움직이기 시작했다. 그러다 마침내 대왕마마의 입에서 깊은숨이 내뱉어지더니, 어비대왕 두 눈을 뜨는구나.

숨죽이고 이 광경을 지켜보던 왕후와 해월공주, 살아난 어비대왕을 보고 눈물을 흘렸다. 어비대왕, 두 눈 뜨고 주위를 둘러보더니 벌떡 일어나 앉고는 잠 한번 푹하니 잘 잤다 그렇게 말하였다. 주위에 있던 모든 사람들 그 모습 보고 후덜덜 주저앉고 귀신이다 소리를 내질렀다. 허나 어비대왕 멀쩡히 일어서서는 관에서 나오더니 왜 이리들 울고 있소 어리둥절 되물었다. 곁에 있던 해월공주 그동안 있었던 일 이야기를 해주니, 그제야 어비대왕 자신이 죽었다가 막내공주 덕에 살아난 것을 알고는 회한과 감격의 눈물을 쏟으셨다.

바리는 어머니 왕후마마의 다리도 꽃으로 쓰다듬었다. 그러자 살아난 어비대왕 바라보며 눈물 흘리던 왕후마마 약해진 뼈에 연골 붙고 메마른 다리에 살이 올라 어느 순간 벌떡 일어서시는구나. 왕후마마, 멀쩡하게 움직이는 두 다리 신기하여 이리저리 서성이다 체통이고 뭐고 제자리에서 폴짝폴짝 뜀뛰기도 해보시는구나.

"세상에, 이런 날이 오다니. 내가 내 다리로 걷는 날이 오다니."

바리가 감격하여 눈물 흘리는 왕후마마 바라보며 빙긋이 웃었다. 꽃들은 제 기운을 두 사람에게 나눠 주고 모두 시들어 있었다. 왕후는 바리의 손을 꼭 잡고 눈물을 멈추지 못했다.

"부모는 너를 버렸는데, 너는 부모를 살리는구나."

왕후 길대부인, 바리를 끌어안고 약려수 구하느라 막내가 했을 고생을 생각하며 가슴 아파하고 미안해하였다. 바리는 그런 어머니를 함께 끌어안고 울지 마시라 등을 쓸어주었다. 그리곤 무휼을 낳았을 때 겪었던 고통을 떠올리며 어머니에게 말했다.

"어머니, 낳아주셔서 정말 고맙습니다."

이렇게 바리가 약려수 구해온 후 눈물과 비탄으로 가득했던 궁이 웃음과 기쁨으로 가득해지니 장례 음식들이 순식간에 잔치 음식으로 바뀌게 되었다. 궁은 대왕마마 살아나고 왕후마마 일어섰다는 사실을 백성들에게 알리고 먹을 것을 나눠 주며 몇 날 며칠 잔치를 열었다.

허나 바리의 기쁨도 잠시였다. 해월공주와 그동안의 일을 회상하며 감회에 젖었던 바리, 해월공주에게 적한아재는 상처 다 나았느냐 물어보다가 청목이의 소식을 듣게 되었던 것이다.

"적한아재가 정말 그렇게 말했어?"

"분명히 그랬어. 남의 자식을 잡았으니 그 죗값이 내 아이에게 올까 두렵다고."

바리는 청목이 잘못된 것인가 싶어 부들부들 몸이 떨려왔다. 해월공주는 앞뒤를 재는 듯 차근차근 그 말의 의미를 따져 보았다.

"처음에는 나도 그 말이 무슨 말인지 몰랐는데, 황천강 건너는 걸 청룡도 도왔다는 네 말을 들으니 남의 자식이라는 게 혹시 청목이를 뜻하는 게 아닌가 싶어."

바리는 입이 바싹바싹 말라왔다. 황천강을 건널 때 청목이 화살을 많이 맞기는 하였지만, 적한과 이승으로 돌아와 치료하였을 것이라고 그렇게만 생각했다. 아니, 그렇게 믿고 싶었다. 그런데 이게 웬 날벼락에 악몽 같은 소식인가.

"적한아재는 지금 어디 있어?"

"그이 말로는 기력이 회복될 때까지 휴면에 든다고 하였어. 허니 지금 남해 바다 깊은 곳에서 잠들어 있을 거야."

적한은 여의주 봉인 풀리기 전에 기력이 모두 쇠하여 봉인이 풀렸을 땐 이미 휴면에 들어야 할 상태가 되어 있었다. 하여 아들 적문에게 간신히 남해 바다로 돌아갈 기운을 얻어 여의주 갖고 그대로 남해로 향하였다. 그나마 남해로 떠나기 전 해월공주에게 꽤 긴 시간 휴면에 들 것 같다 말한 참이라 해월공주 그를 기다리고 있었다.

바리는 청목도 동해로 돌아가 지금 잠을 자고 있는 것인가 생각하였다. 그렇다면 다행이지만, 만약 그게 아니라면 어떻게 하나. 스멀스멀 떠오르는 이런저런 생각에 바리 속이 까맣게 타 들어갔다.

'아니야, 아닐 거야.'

다음날 바리가 무휼을 등에 업고 동해로 향했다. 궁에 온 지 사흘 만에 또 어딜 가느냐 왕후마마 바리를 말렸지만, 바리는 청목이가 무사한지 확인해야 한다는 생각에 서둘러 길을 떠났다. 그나마 천마 쏜살이를 타고 가니 동해안이 금방이었다. 천마 쏜살이는 궁에서 날개를 접고 여느 말처럼 보였으나 바리가 타고 온 데다가 그 모습 범상치 않으니 사람들이 모두 영물이라 여기고 감히 범접하지 않았다.

쏜살이가 바리를 태우고 동해안 바닷가에 내려주자 바리가 망망대해 바다 앞에서 청목이를 불러댔다.

'청목아, 너 살아 있는 거지?'

"청목아아아아."

바리가 고래고래 소리를 지르며 아무리 불러도 청목이는 나타나지 않았다. 단지 안개비만 동해안에 부슬부슬 내리고 있었다. 그 안개비 얼마나 추적추적 쓸쓸하게 내리는지 잠시 맞고만 있어도 기분이 울적하고 눈물이 절로 났다. 그뿐이랴, 동해 바다는 어딘가 성이 난 듯 넘실거리며 육지를 위협했다.

동해용왕 청운, 후계를 잃은 슬픔과 분노에 휩싸여 지난 일 년 내내 안개비를 내리니 동해에 사는 사람들 배를 띄우지 못하여 애를 먹고 있었다. 몇몇 호기 어린 자들이 용기 내어 배를 띄울라 치면 여지없이 파도가 거세지고 사나워지면서 배를 뒤집어 버리는 경우가 다반사라, 사람들 그대로 물고기 밥이 되어버렸다. 하여 동해안의 인가에서는 울음소리 그치지 않았고, 용왕에게 평안과 풍요를 기원하는 별신굿이 계속되고 있었다. 그 덕에 배가 완전히 뒤집어지는 일은 줄어들었으나 바다가 온통 안개로 휩싸여 바닷길 보이지 않고 파도 사나운 건 여전하니 동해 사람들 먹고사는 일이 날로 궁핍해져 갔다.

바리는 아무리 불러도 청목이 나타나지 않자 장기아재라도 나오게 수를 썼다. 사람들이 용왕의 형상 새끼줄로 꼬아 발로 밟아대면 용왕이 화가 나서 나타난다 하였으니 어쩌면 통할지도 모를 일이다. 바리가 새끼줄을 꼬아 발로 밟아대며 어서 나오셔라 애타는 청을 하였다.

"제발 좀 나오세요, 장기아재."

바리가 눈을 질끈 감고 용의 형상 지근지근 밟았다. 허나 아무리 밟아대도 바닷속에서는 아무도 나오지 않았다. 이제 마지막 방법이다, 바리가 숨을 깊이 들이마시고 옷깃 속에 품고 온 쌈지를 꺼내 들었다. 쌈지에는 저승까지 갖고 갔었던 붉은 비늘이 들어 있었다. 불러도 나오지 않으니 직접 찾아볼 생각이었다. 그 비늘 물속이 자유로웠으니 분명 바닷속 깊은 곳까지 들어갈 수 있을 것이다.

바리가 등에 업은 무휼을 모래사장에 내려놓고 쏜살이에게 잠시 부탁한다 당부를 하는데 갑자기 바다 쪽에서 목소리가 들려왔다.

"이제 와서 무슨 볼일이 있다고 바닷속까지 들어오려고 해요? 용왕님이 만나기 싫어하시는 거 안 느껴져요?"

바리는 바닷속에서 나타난 해귀를 보고 깜짝 놀랐으나 청목이 용왕의 후계였으니 해귀도 바다의 존재라는 생각이 들어 이내 청목이에 대한 것부터 물었다.

"청목이가 무사한지 알고 싶어서 그래."

바리는 해귀에게서 뿜어져 나오는 적대감을 느끼고 부탁 조로 말하였다.

"청목이 지금 건강하게 지내고 있니? 소식을 알 수가 없어서 그러니 어떻게 지내고 있는지 말 좀 해줘."

해귀는 바리의 말에 어처구니가 없다는 표정을 지었다. 청목이 황천강에 빠져 그 혼백 일 년이 넘어서도 돌아오지 않고 있는데, 정작 청목이를 황천강에 빠지게 만든 장본인은 그것도 모르고 뻔뻔하게 건강하게 지내냐 묻고 있었다. 해귀는 믿어지지 않는다는 얼굴로 바리를 노려보았다.

"모르는 척하는 거죠? 우리 청목님이 누구 때문에 이렇게 된 건데, 어떻게 모를 수가 있어요?"

황천강을 건널 때 상황이 어땠는지 해귀는 알 수 없었으니, 청목이 이렇게 된 것은 다 바리 탓이라고 생각하고 있었다.

바리는 해귀가 자신을 어떻게 생각하든, 청목이의 일부터 물었다.

"이렇게 되다니? 청목이가 어떻게 됐는데?"

해귀는 조용히 바리를 바라보기만 할 뿐 말해주지 않았다. 그동안 후계를 잃고 용왕님과 수로부인이 얼마나 힘들어하였는데, 정작 후계를 그 꼴로 만든 당사자는 아무것도 모르고 있었다니 생각할수록 화가 치미는 해귀였다. 입을 꾹 다문 채 자신을 노려보기만 하고 있는 해귀에게 바리가 답답하다는 듯 소리쳤다.

"청목이가 어떻게 됐냐구우우!"

해귀는 원망이 가득한 눈으로 바리를 노려보며 차갑게 말했다.

"우리가 청목님을 찾아 헤매며 속 태운 것처럼, 당신도 직접 알아보면서 속 좀 태워봐요. 그리고 용왕님은 만날 생각 없다시니까 괜히 여기 와서 헛수고하지 말고요."

그리고는 해귀 뒤돌아서 바다로 걸어가는데, 바리는 그런 해귀의 등 뒤에 대고 소리쳤다.

"청목이가 잘못된 거라면, 네가 이러지 않아도 나는 지옥 한가운데로 떨어져서 죗값을 치르게 될 거야. 그러니 말해줘, 어찌 되었는지."

해귀, 그 말에 발길을 멈추더니 생각하는 것만으로도 눈물이 솟는지 울먹울먹 대답하였다.

"청목님은…… 황천강에 빠졌어요."

바리가 놀란 숨을 들이켜더니 그대로 모래바닥에 주저앉아 버렸다. 적한아재가 있으니 무사히 돌아갈 수 있을 것이라고 생각했었다. 아니, 어쩌면 그렇게 생각하고 싶었는지도 모른다. 청목이 화살을 맞은 것 보기는 하였지만 폭우 속이었기에 얼마나 많이 맞았는지 알지 못했다. 그저 저승 하늘을 모두 가릴 정도로 어마어마했던 용의 모습이었기에 화살 맞은 정도에 황천강에 빠질 것이라고는 생각지 못했다.

바리는 그때 일을 떠올리다가 이내 고개를 저었다. 이제 와서 그때 상황을 따져서 무엇 한단 말인가. 하여 벌렁거리는 가슴을 꼭 움켜쥐고 말을 이었다.

"그 후에 여태껏 청목이의 소식은 없는 거고?"

해귀는 울음 섞인 대답을 해왔다.

"일 년 전에 용왕님이 직접 저승에 가서 소환제를 하셨어요."

"그래서? 어떻게 됐어?"

"용의 기운은 소환되었는데, 혼백이 돌아오지 않았어요."

해귀는 그 말을 마지막으로 바닷속으로 들어가더니 이내 그 모습 사라졌다.

바리는 해귀가 가는 것도 미처 알아채지 못하고 자신이 보고 겪었던 저승을 떠올렸다. 저승세계는 수백 수천의 길로 복잡하게 얽혀 있어

쉽게 혼백이 어디에 있을 것이다 예상할 수가 없었다. 혹여 다시 태어나기 위해 황천강을 건너 삼신산을 지나갔다 하여도 혼백의 모습 눈에 보이지 않으니 알아볼 수가 없었을 것이다.

청목은 어디에 있는 것일까. 지옥은 무엇이든 은폐하고 제 안의 것을 다 보여주지 않기에 바리가 보고 겪은 것은 일부에 지나지 않았다. 그렇다면 청목이 지옥 어딘가에 있는 것일까. 아니면 다른 생명으로 태어난 것인가. 하지만 용의 혼백이니 제 기운이 있는 여의주가 있는 곳으로 찾아올 터인데 도대체 어디로 간 것일까.

'청목아, 너 어디에 있는 거야.'

넋을 잃고 일렁이는 바다를 바라보고 서 있던 바리가 문득 무휼의 울음소리 듣고는 정신을 차렸다. 무휼은 다른 곳에 정신이 팔린 어미를 향해 젖 달라 기저귀 갈아달라 보채고 있었다. 바리가 무휼을 안고 바닷가에서 젖을 먹이면서도 청목이를 생각하며 눈물을 흘렸다.

'눈앞에 일렁이는 바다는 바다가 아니라 내 죄구나. 바다가 깊은 것이 아니라 내 죄가 깊구나.'

바리는 다시 저승으로 가야겠다 마음을 굳히고 그 자리를 떠났다. 쏜살이를 타고 다시 하늘에 오른 바리가 곧장 동해안의 움막으로 향했다. 저승으로 가기 전에 하룻밤이라도 할배 할매와 지내고 가고 싶었다. 금방 오겠다는 그 말 하며 떠나온 것이 벌써 네 해가 지났구나. 돌아오고 싶을 땐 언제든 돌아오라며 비력할아범이 건네준 그 미투리 신고 저승까지 갔다 오게 될 줄이야 누가 알았던가. 바리는 갑작스레 나타난 자신을 보고 공덕할멈과 비력할아범이 얼마나 좋아하실까 기대하며 얼른 보고 싶어 그 짧은 순간에도 애가 탔다.

할매 할배 품에 안겨 실컷 울고 싶었다. 아니, 걱정을 끼쳐 드리는 것이니 실컷 울지는 못해도 품에 안겨 공덕할멈이 해주는 밥 먹고 비력할아범이 쓰다듬어 주던 그 손길 받고 싶었다. 지내온 시간을 다 말

하지 않더라도 그것만으로 충분히 위로가 될 것이다.

저승에서 보았던 광경, 겪었던 일, 애태웠던 마음, 그리고 흘렸던 눈물, 그 어디에도 말할 곳 없었다. 대왕마마 살아났다 기뻐하며 춤추는 사람들과 아들보다 딸이 더 낫다 하시며 나라를 물려준다 말하는 대왕마마 그리고 고생하게 만든 것 미안하다며 이제는 어디 가지 말고 궁에서 편히 살 생각만 하여라 말하는 왕후마마를 바라보며, 바리는 아무 말이 나오지 않았다.

어찌하여 마음이 이리 허허롭고 슬픈 것인가. 분명 아버지 대왕마마 살리기 위해 떠난 길인데, 왜 대왕마마 살아났음에도 기쁘지가 않은 것인가. 아니, 오히려 대왕마마와 왕후마마의 말에 왜 외로워지는 걸까. 이런 마음을 할매 할배는 이해하실까.

마을 어귀에 다다르자 쏜살이 날개를 접고 여느 말처럼 또각또각 천천히 걷기 시작했다. 금방이라도 공덕할멈과 비럭할아범이 예전의 어느 날처럼 손을 흔들며 마중을 나와 있을 것만 같아 바리가 한껏 목을 빼고 움막이 있었던 곳을 쳐다보았다.

'할매, 할배. 저 열아홉 살이 되었어요. 조금 있으면 스무 살이 돼요. 그리고 아기도 낳았어요. 할매 할배에게 하고 싶은 말이 너무너무 많아요.'

허나 쏜살이 예전에 왔던 기억 떠올려 움막이 있던 자리에서 멈춰 섰지만 움막은 보이지 않고 커다란 은행나무만 서 있었다. 한때 움막이 있었다는 양 거뭇거뭇 화덕 자리만 남아 있었다. 바리가 움막이고 살림살이고 흔적도 없이 사라져 버린 그 광경 둘러보며 자신이 잘못 찾은 것인가 잠깐 헷갈려 했다. 허나 움막 옆에 서 있는 은행나무 여전히 울창한 나뭇가지 드리우고 그늘을 만들고 있었다. 그 나무 아래에서 할배와 짚도 꼬고, 검덕이와 늘어지게 낮잠도 잤었기에 다른 곳과 헷갈릴 리 없었다.

어느 순간 바리가 자신의 어리석음을 탓하며 빙긋이 웃었다. 맞다, 할매 할배가 아직도 이곳에 살고 있을 리 없지 않은가. 그때 마지막으로 보았을 때 꼭 좋은 집으로 이사를 가기로 공덕할멈과 약속을 하지 않았던가. 할매와 할배는 분명 좋은 기와집으로 이사를 간 것이리라. 바리가 자신의 머리를 콩콩 쥐어박으며 다시 쏜살이의 등에 올랐다.

쏜살이가 마을 고샅길에 접어들자 바리가 할매 할배와 가깝게 지내던 한 아낙의 집으로 향하였다. 그 집 내외, 바리가 밥 빌러 가면 구박하거나 내쫓지 않고 항시 먹을 것을 챙겨주던 고마운 분들이었다. 나이 든 노인들이 늘그막에 아이를 기르고 마을 일 거들어준다 하여 잔치를 열거나 음식이 생기면 꼭 챙겨놓았다가 전해주곤 하였다. 허니 두 노인 어디에서 집 짓고 살고 있는지 알고 있을 것이다.

초가 울타리 너머에서 마당 안을 기웃거려 보니, 마당에서는 안주인이 볕에 말리고 있던 고사리와 취나물을 한창 걷고 있었다.

"아주머니!"

아낙은 갑자기 들려오는 목소리에 고개를 들고는 눈을 가늘게 좁히고 바리를 쳐다보았다. 목소리는 어디서 들어본 듯 익숙한데 너무나 낯설고 존귀하게 차려입은 여인이라 웬 귀족부인이 자신을 부르나 싶어 깜짝 놀랐다. 하기야 바리의 어릴 적 모습만 보고 다 큰 모습은 처음이니 알아보기 어렵기도 하거니와 항시 꾀죄죄하게 밥 빌던 바리만 보았지 이리 깨끗하게 차려입고 꾸민 모습 난생처음이니 같은 사람으로 보일 리가 없었다.

"누구시오?"

아낙이 어리둥절 어려워하며 물으니 바리가 빙그레 웃음을 물고 대답했다.

"저 바리예요."

아낙의 두 눈이 바리의 얼굴을 뚫어지게 쳐다보다가 어느 순간 화등

잔만 해졌다.

"세상에, 정말 바리니?"

바리가 고개를 끄덕이자 아낙이 마당에서 뛰어나와 바리의 손을 덥석 잡고 반가워하였다.

"이게 도대체 얼마 만이야. 예전에 생부모 찾았다고 해서 잘됐다 그러기는 했는데, 이리 잘난 분이 될 줄이야 누가 알았어 그래."

그리고는 바리가 걸치고 있는 비단옷과 머리에 꽂은 꾸미개 살펴보며 감탄을 하였다. 바리는 그런 아낙에게 예전에 잘해주신 일 정말 감사드린다 말을 하니 아낙은 듣기 민망하다는 듯 손을 내저었다.

"잘해주긴 뭘 잘해줘. 만날 남은 밥만 줬는데."

"아니에요. 팍팍한 살림에 밥 나눠 주는 게 얼마나 어려운 일인데요."

"에이, 그렇게 말해주면 오히려 내가 고맙지."

잊지 않고 그 공을 알아주는 바리에게 아낙은 오히려 고마워하며 낯간지러우니 그만 해라 손사래를 쳤다. 그러다 등에 업은 아이를 보고는 믿어지지 않는다는 듯 놀라워했다.

"세상에, 벌써 아이 엄마가 된 거야?"

"예, 그렇게 됐어요."

바리가 살짝 민망스러운 듯 웃는데 아낙은 갑자기 안타까운 얼굴을 하며 혀를 찼다.

"그나저나 왜 이제야 왔어? 두 노인네가 얼마나 보고 싶어했는데. 이렇게 아이까지 낳은 거 보셨으면 얼마나 좋아하셨을까 그래."

"그동안 어디 멀리 좀 갔다 오느라 못 왔어요."

"그랬구나. 에휴, 그래서 못 왔던 걸 두 노인네 마지막 가시는 길에도 오지 않는다고 사람들이 욕을 했네."

아낙은 예전의 일 떠올리며 그렇게 푸념을 하는데, 바리는 아낙의 그 말에 얼굴이 굳어졌다.

"마지막 가시는 길이라뇨?"

혀를 차고 있던 아낙이 눈을 동그랗게 뜨고 바리를 쳐다보았다.

"몰랐어? 소식은 전해 들은 줄 알았는데."

바리 이상하게 가슴이 떨려와서 대답을 못하는데, 아낙이 그 얼굴 보더니 안타까움으로 한숨을 푹푹 내쉬었다.

"세상에, 모르고 있었구나. 두 노인네 반년 전에 벌써 세상 떴는데 까맣게 모르고 있었던 거야?"

그 순간 두 다리에 힘이 모두 빠지는 듯 바리가 휘청거렸다. 허나 아이를 업고 쓰러질 수는 없는 일이니 바리가 마음을 다잡고 두 다리에 힘을 주었다.

아낙은 그런 바리가 걱정되어 조심조심 이야기를 전해주었다. 살림살이 예전보다 펴진 두 분, 더 이상 밥을 빌지는 않았는데 어려운 사람들 거둬주고 가진 것 나눠 주시며 사시다 작년 여름에 비럭할아범 징검다리 건너다 넘어지셔서 자리보전하시다가 그대로 세상을 떴다고 한다. 헌데 비럭할아범 장사 치르고 난 지 며칠 지나지 않아 공덕할멈이 세상을 떴다는 이야기였다. 금슬 좋은 부부였으니 아마도 공덕할멈이 그 뒤를 따른 것 아니겠느냐 아낙은 사람들이 하던 말도 전해주었다.

바리는 그런 아낙에게 두 분이 어디에서 사셨느냐 물으니, 아낙은 그 움막에 계속 사시다가 돌아가셨는데 움막은 두 분 장례 후에 마을 사람들이 외부인들 드나들 것 같아 태웠다 말하였다. 하기야 지은 지 오래된 움막이라, 사람이 살지 않는 그 움막 흉측하게 망가져 사람들 보기에도 좋지는 않았을 터였다.

그동안의 이야기를 다 전해 들은 바리가 마지막 가시는 길 어땠느냐 물었다. 혹여나 외롭고 쓸쓸하게 마지막 길 가신 것은 아니냐 그 뜻이었다.

"두 분 도움 안 받아본 사람이 없는걸. 마을 사람들이 다 나서서 치러가지고 마지막 가시는 길 쓸쓸하지는 않으셨을 거야. 그저 아직도 가슴이 좀 아픈 건, 공덕할멈이 돌아가신지 모르고 며칠 후에나 알았다는 거 그게 좀 아프지. 노인네 혼자 그 움막에서 숨을 거두었으니."

바리는 공덕할매 혼자 숨을 거두었다는 그 말 앞에서 눈을 감아버렸다.

아낙에게 들어보니 두 분의 무덤 마을 뒷산에 있었다. 뒷산에 올라가면 돌로 빙 둘러진 곳 있는데 그 안에 두 분 함께 묻히었다는 것이다. 신분 높은 이들이야 석실에도 안치하고, 옥비석도 세운다지만 두 노인 가진 재산 모두 나눠 주고 있는 것은 몸뿐이라 마을 사람들 그저 무덤인 것 알아볼 수 있게 봉분도 없이 돌로 둘러주어 표식만 해두었구나. 제사상 차려줄 자식은 이미 죽어 없거니와 업둥이로 얻어 기른 아이 생부모 만나 떠난 후에 영 찾아오지를 않으니 두 분 무덤 쓸쓸하고 간소하였다.

아낙에게 그 모든 말 다 들은 후에 바리가 곧장 뒷산으로 향하였다. 아낙이 가르쳐 준 곳에 올라보니, 테두리 빙 둘러진 돌무더기만 아니면 무덤인지도 알아보기 힘들 정도였다. 바리는 돌무더기 앞에 멈춰섰다. 봄 햇살이 내리쬐는 소나무 숲 속에 비탈지고 작은 풀밭 있었는데 그 풀밭 한쪽에 작은 돌 수십 개가 대강 둘러져 있을 뿐이었다. 그 풀밭에 공덕할매와 비력할배 있다는 게 도저히 믿어지지가 않았다. 어디를 봐도 풀밭일 뿐인데, 도대체 어디에 할배와 할매가 있단 말인가. 돌무더기로 둘렀다 해도, 비바람에 그 돌 여기저기 구르고 무너져 있으니 얼핏 보면 그냥 풀밭에 돌이 좀 많구나 그렇게 생각될 것 같았다.

바리는 천천히 그 곁으로 걸어가 비탈진 아래쪽에 스르르 주저앉았다. 그리고는 온갖 풀 돋아 있는 풀밭과 여기저기 널브러진 돌들을 가만히 바라보고 있다가 멍하니 봄바람에 살랑이며 가지가 흔들리는 소나무 숲을 바라보았다. 봄 햇살이 내리쬐는 소나무 숲은 어찌나 청명하고 따스한지 마치 햇살로 어루만지는 것 같구나. 그뿐인가. 여기저기 햇살에 몸이 녹은 흙에서는 연둣빛 새순과 노랗고 붉은 꽃잎을 틔어내고 있었고 나무 위에서는 새들이 둥지를 짓고 알을 낳느라 바쁘게 돌아다니며 지지배배 지저귀고 있었다.

바리는 두 눈을 감고 조용히 새들의 지저귐을 들었다. 저승에서는 들을 수 없었던 새소리였다. 세상은 이렇게 아름답구나. 살아 있다는 것은 이렇게 아름답구나. 그런데 이렇게 아름다운 세상을 뒤로하고 훌쩍 떠났단 말인가. 눈을 감고 봄 햇살 한가운데 앉아 있던 바리가 퍼뜩 눈을 뜨더니 다시 두 노인이 묻혔다는 풀밭을 바라보았다.

'할매, 할배, 정말 거기 있는 거예요?

풀밭은 고요했고, 새들만 지저귀었다. 바리는 비럭할아범과 공덕할멈이 그곳에 누워 있다는 게 도저히 믿어지지 않아, 손을 뻗어 풀을 어루만졌다.

'저 왔어요. ……저 온 거 보고 계세요?

풀을 어루만지며 말을 건네보았지만, 풀은 여느 풀과 다르지 않았다. 손안엔 뻣뻣하면서도 축축한 풀잎만 느껴졌다. 공덕할멈과 비럭할아범이 누워 있는 곳에서 자라고 있는 풀이니 뭔가 다르겠지 바리 기대했다. 어쩌면 할매의 따뜻한 무릎과 손길 전해져서 풀들도 따스하고 부드러울지도 모른다 생각했다. 헌데 아니구나. 두 분이 묻혀 있다 분명 그랬는데, 그곳에 자라고 있는 풀들 여느 풀과 똑같구나. 아니, 오히려 더 차갑고 축축하게 느껴졌다. 만약 두 노인네가 정말 묻혀 있다면 그 냉기에 몸을 떨고 있을 것만 같았다. 바리는 풀잎을 어루만지던 손으로 어느 순간 억세게 움켜쥐고 잡아 뜯고 보았다. 정말 그곳에 누워 있는 거냐고, 속으로 외치며 풀들을 잡아 뜯었지만 대답은 들려오지 않고 연둣빛 풀들만 손안에 뜯겨 와스락거렸다. 손안에 들어 있는 풀들을 조용히 내려다보던 바리가 어느 순간 돌무더기로 둘러진 풀밭 한가운데로 기어들어 가더니 맨손으로 흙을 파내기 시작했다.

저승에서 온갖 일 다 겪고 안 해본 일 없는 바리다. 삼신산에서 생땅 일구어 삼 씨도 뿌렸는데, 무덤 하나 못 파헤칠까. 바리가 돌로 찍고 손으로 파내기를 한 식경, 등에 업고 있는 무휼이 배고프다 울어댔지만 바리는 그 울음소리 들리지 않는 듯 할매 할배 묻힌 땅을 파헤치기만 했다. 그러다 어스름 해가 질 무렵이 되자 흙 속에서 관이 드러나기 시작했다. 그제야 바리의 손이 멈춰졌다. 할매 할배 그곳에 묻혔다는 게 도저히 믿어지지 않아 파본 것인데 그 말 정말이었는지 검은 관 두 개가 오롯하게 묻혀 있었던 것이다.

마음 같아서는 그 관 꺼내어 관 뚜껑 열어보고 싶었다. 정말 그 관속에 공덕할매와 비럭할배 같이 누워 있는지 제 눈으로 똑똑히 확인하고 싶었다. 허나 죽은 자의 무덤 파헤치고 관 뚜껑 여는 것만큼 불경한 일 없기에 바리 차마 그렇게 하지 못하고 멍하니 주저앉기만 하였다.

불경을 저지른 것에 대한 벌이 두려운 것이 아니라 이제 와 뒤늦게 나타난 자신이 두 분의 무덤을 파헤치며 죽음을 확인하겠다는 것이 뻔뻔스럽게 느껴졌다. 후안무치라 하였던가. 머리 검은 짐승은 거두지 말라 했던가. 길러주고 보살핀 그분들 두고 가서는 뒤도 돌아보지 않더니, 무슨 낯짝으로 이제 와서 가슴 아프다며 무덤까지 파헤치며 난리굿을 펴는 것일까. 바리는 온통 흙으로 뒤범벅되어 있는 자신의 두 손을 내려다보며 어느 순간 기가 찬 듯 웃기 시작했다.

"크큭……."

웃지 않을 수가 없구나. 낳자마자 자신을 버린 아버지 대왕마마는 온갖 짓 다 하여 살려놓고, 젖 한 번 안 물리고 뒤늦게야 아기가 버려진 걸 안 어머니 왕후마마는 애틋하게 생각하며 있는 대로 마음 아파하여 놓고, 남의 집 동냥하며 죽을 둥 살 둥 길러준 할매와 할배는 돌아가신 것도 모르고 있었다니. 그래 놓고 이제 와서 못 믿겠다 무덤을 파헤치다니 뻔뻔하고 뻔뻔하다.

어느새 바리의 얼굴 웃음기 사라지고 돌덩이처럼 굳어졌다. 손톱이 갈라질 정도로 흙을 파냈던 두 손은 어느새 햇살에 말라 부스스 마른 흙이 떨어졌다. 바리는 잔뜩 흙 묻은 그 손으로 흙구덩이 안에서 모습을 드러낸 관 뚜껑을 어루만졌다. 이제 보니 관 짤 때 좋다는 오동나무도 아니었다. 어차피 썩어서 흙으로 돌아갈 것 오동나무면 어떻고 삼나무면 어떻겠냐마는 오동나무 관에 입관되었던 아버지 대왕마마 유골 떠오르니, 두 분의 관 오동나무가 아닌 것이 속상하고 화가 났다. 어찌하여 한평생 온갖 공덕 베풀며 열심히 사신 두 분이 이렇게 추레하고 누추하게 묻혀야 한단 말인가. 어루만지듯 관을 쓸어내리던 바리의 손이 어느 순간 알 수 없는 분노에 주먹을 쥐고 부들부들 떨리고 있었다. 바리의 입술 사이로 냉소 섞인 웃음이 흘러나왔다.

뭔 상관이랴. 결국은 다 썩어 없어질 육신일 뿐인데. 육신 갖고 태어나 한세상 살다 가는 것뿐인데, 오동나무로 관을 짠다고 그 육신이 되살아난다더냐. 다 제 아쉬운 마음 풀어보려고 산 사람들이 한풀이하는 것이지. 호화롭게 관 짜고, 금실 수의 입힌다고 그 외로운 저승길 위로가 된다더냐, 아니면 저승지옥에서 치러야 하는 죗값이 덜어지길 한다더냐.

바리는 관에서 손을 떼고 숲에 날아다니는 새들을 바라보았다. 새들은 새끼들에게 주려고 먹이를 물고 쉴 새 없이 하늘과 둥지를 오가고 있었다. 그 새들을 바라보며 바리 조용히 속삭였다.

"할매, 할배, 저 약려수 구하러 안 갈 거예요. 그래도 서운해하지 마세요. 검덕이랑 청목이 죽이고, 아이까지 낳으며 약려수 구해왔는데 약려수가 모든 걸 해결해 주는 건 아니더라고요."

바리는 왕위를 물려주겠다며 아들보다 딸이 더 낫다는 대왕마마의 말 떠올렸다. 이제는 고생 말고 궁에서 행복하게 오순도순 살자 하던 왕후마마 떠올렸다.

"육신이 살아나 더 오래 산다 한들 결국은 한순간인 거였어요. 할매랑 할배처럼, 어머니도 아버지도 언젠가는 땅에 묻혀 흙이 될 것이고, 저도 언젠가는 죽을 거예요. 제 언니들도, 제 아이들도 언젠가는 다 죽어 사라지게 되니 할매 할배 너무 서운해하지 마세요. 그래도 할매 할배는 뜻깊게 살다 가셨으니 서러움도 한도 없으실 것이라 믿어요. 그렇죠?"

빙긋이 미소 지으며 비럭할아범과 공덕할멈에게 말을 건네던 바리가 어느 순간 눈물을 떨어뜨리며 어금니를 물었다.

'그래도 저 올 때까지는 살아주시지 그러셨어요. 할매, 할배 참 많이 보고 싶어했는데, 저 좀 기다려 주시지 그러셨어요.'

바리 보고 싶었다는 그 말 마음속으로 건네다가, 비럭할아범 죽고 난 후 움막에서 공덕할멈 홀로 죽어 있었다는 아낙의 말 떠오르자 보고 싶었다는 그 말 감히 입 밖으로 꺼내놓지 못했다.

'어디다 대고 보고 싶다 말하는 거니. 그 움막에서 할매 혼자 숨을 거두게 해놓고는 네가 지금 누구한테 보고 싶다는 말을 지껄이는 거야.'

바리는 무휼을 등에 업은 채 그대로 엎드렸다. 흙투성이가 되어 있는 바리의 손이 풀들을 움켜쥔 채 떨리고 있었다. 새들의 지저귐이 들려오는 그 숲에서 꺽꺽 간장이 끊어지는 듯한 울음소리가 새어 나왔다.

'정말 돌아가신 거예요? 정말 이 세상에 안 계신 거예요? 언제든 오라 해놓고는 어떻게 이러실 수 있어요? 어떻게 이렇게 훌쩍 떠나실 수 있어요?'

바리는 서럽게 울었다. 진정으로 보고 싶었던 분들은 자신을 기다려 주지 않고 떠나 버렸구나. 부모 정에 목말라 그 허기짐을 채우려고 발버둥을 치는 사이, 진정으로 자신을 아껴주었던 분들을 영영 잃었구나. 밥을 빌어 자신의 입에 먹을 것을 넣어주던 그분들이 외롭게 돌아가신 것도 모르고 있었구나. 그 곁에서 따스한 밥 한 번 지어드리지 못할망정 마지막 길도 배웅하지 못했구나.

소리를 내지르며 통곡하던 바리가 아이처럼 풀밭을 기어 흙 속에 파묻혀 있는 관으로 다가갔다. 그리고는 드러난 관 옆에 길게 엎드리고 관에 팔을 둘렀다. 뜨거운 눈물이 바리의 볼에서 쉴 새 없이 흘러내려 흙을 적셨다. 바리는 어린 날 공덕할멈이 자신을 곁에 누이고 귀밑머리 넘겨주었던 것처럼, 관에 팔을 두르고 손바닥으로 관을 쓰다듬어 내렸다.

죄가 너무 깊구나. 너무 깊어 어떻게 해야 좋을지 모르겠구나. 살면서 중요한 건 무엇을 얻느냐가 아니라, 무슨 죄를 지었느냐임을 지옥에 가서 깨달았는데, 하여 다시 돌아오면 남의 가슴 아프게 하지 말고 남의 눈에서 피눈물나게 하는 그런 죄는 짓지 말아야지 결심하고 결심하였는데, 이제 보니 살아온 나날들이 죄 아닌 것이 없구나. 길러준 그 은혜 갚을 길이 없으니 그게 죄 아니고 무엇이더냐. 밥인 줄 알고 먹었던 그 많은 음식들, 이제 보니 두 분의 피와 살이구나. 젖 빌고 밥 빌며 온갖 고생하여 키웠으니, 그 젖과 밥 두 분의 피와 살이 아니고 무엇이겠는가.

"할매, 저 어떻게 해요. 지은 죄가 너무 많아서 사는 게 무서워요. 어떻게 해야, 할매 할배한테 받은 은혜를 갚을 수 있을까요."

바리는 황천강에 빠져 버린 청목이를 떠올리며 그렇게 두 분의 무덤 앞에서 통곡했다. 무휼은 제 어미의 심정을 느꼈는지 아니면 배고픔이 지나쳤는지 어미를 따라 대성통곡하며 울어댔다.

이승으로 온 지 보름 만에 바리는 다시 저승으로 향했다. 비럭할아범과 공덕할멈이 묻혀 있는 풀밭에 봉분을 세우고 돌비석 깎아 그 이름 새겨놓고는 곧장 궁으로 돌아와 부모님께 인사를 드린 후였다. 바리는 자신이 왕위 이어받을 재목이 아니다 말하고는 다시 볼 때까지 부디 무강하시라 하였다. 또한 백성들에게 하는 일 저승에 있는 막내공주에게 모두 영향을 끼치니 부디 백성들을 막내공주라 여기시고 애지중지 살뜰히 살펴달라 당부를 하였다.

어비대왕과 길대부인 아무리 생각하여도 막내공주가 아이를 두고 저승엘 다시 가는 것은 억장이 무너지는 일이라 다음날 어떻게든 말려보려고 바리의 처소에 거동했다. 허나 방 안에 들어서 보니 막내공주가 입고 있던 비단옷과 금과 옥으로 만든 꾸미개, 그리고 신고 있던 꽃갓신까지 고이 정돈되어 놓여 있을 뿐 바리는 보이지가 않았다.

두 마마 그것을 보시고는 막내공주 떠난 것이 잠시잠깐이 아니구나 직감하였다. 두 마마 속상하여 해월공주 처소로 가보니 해월공주 아들 적문과 함께 바리의 아이 무휼을 안고 있었다. 바리 떠나기 전 해월공주에게 당분간 아이 좀 맡아주오 부탁을 했던 것이다. 대왕마마와 왕후마마 해월공주에게서 무휼을 건네 안으시곤 방긋방긋 배냇짓하는 아이 얼굴 보며 그나마 근심 어린 얼굴 위로 웃음꽃을 피웠다.

그렇게 홀로 궁을 떠난 바리는 곧장 인가로 들어서더니 대문에 상갓집 등이 내걸려 있는 집을 찾았다. 저승에 다녀온 후 일직사자 눈에 보이니 예전처럼 일월산 벼랑에서 몸을 날리지 않아도 되었던 것이다. 하여 상갓집에 혼백 거두러 온 일직사자에게 바리라는 이름 대니 그 일직사자 다행스럽게도 전륜대왕의 사자라 흔쾌히 바리를 저승으로 인도해 주었다.

그뿐인가. 저승에서 명부를 살피던 판관들, 바리를 보더니 이미 한

번 죽어 저승에 왔었는데 왜 또 여길 왔냐며 판결받을 필요 없다고 하는구나. 훗날 새 몸으로 다시 태어나 죽게 되면 그때 오너라 말을 하니, 바리 판결받지 않고 저승을 돌아다니며 청목을 찾으러 다닐 수 있었다.

바리가 열 지옥을 차례대로 돌아다니며 청목을 찾아 헤맸다. 열 지옥 중 바리가 왔다 갔었던 한빙지옥에서는 바리가 다시 쇠풍경 흔들어 얼음계곡 다 녹여 버릴까 봐 깜짝 놀라 극진히 대접하고 눈치를 살폈다. 그뿐인가. 진흙탕에 뼈가 시릴 정도로 거센 바람 불어오는 풍도지옥에서는 바리가 그 진흙밭 대왕의 연꽃밭과 연결되어 있다는 비밀을 누설할까 봐 입단속을 하려고 또 융숭하게 대접을 하는구나. 또 독사지옥에서는 바리를 보자 독사의 눈을 쪼고 물어 죽였던 해동청을 다시 불러올까 봐 슬슬 자리를 피하고 바리가 지옥을 다 둘러볼 때까지 기다려 주었다.

그렇다고 나머지 지옥에서 예전처럼 형벌을 받거나 고통을 겪지도 않았다. 바리가 삼신산에서 약려수 구해간 일 저승에 소문이 쫘아악 퍼져 누구도 함부로 하지 못했다. 약려수를 구했다는 것이 무엇인가. 생과 사의 두려움을 넘어서서 지옥을 헤쳐 나갔다는 뜻이 아닌가. 게다가 삼신산에 갔다는 것은 지옥의 형리들도 무서워하는 그 황천강을 건넜다는 뜻이니, 분명 그 안에 무시무시한 힘이 숨겨져 있을 것이라고 생각했다. 아니, 바리에게 그 힘이 있다기보다는, 그 뒤에 힘있는 존재들이 바리를 지켜주고 있다 여겨 함부로 할 수 없었던 것이다. 하여 평범한 여인에 지나지 않은 바리가 열 지옥을 두루 헤매고 다니며 구석구석 청목이 어디에 있는지 살필 수 있었다.

허나 대접이 융숭하고 극진하다 하여도 어찌 힘들지 않으랴. 지옥을 하나씩 살피고 나올 때마다 청목을 찾지 못하니, 바리의 마음 점점 더 무거워지고 괴로웠다. 또한 지옥에서 고통받고 이승에서 풀지 못한 한과 분노로 괴로워하는 사람들을 두 눈으로 보고도 구해줄 수 없으니, 항시 가슴이 돌에 눌린 듯 답답하고 눈물겨웠다.

바리 열 지옥 다 돌아다니고 나니 저승에 온 지 넉 달이 되어가는구나. 죽은 자가 아홉 지옥에서 다 치르지 못한 죄상이 남아 있을 때 간다는 전륜대왕의 흑암지옥까지 가보았지만 컴컴한 어둠 속에서 아무리 청목의 이름을 불러도 청목의 대답은 들려오지 않았다. 오히려 흑암지옥에서 자신의 마음에 사로잡혀 스스로를 파괴하고 그대로 아귀가 될 뻔하였다. 아직도 마음속에서 똬리처럼 자리 잡고 있는 분노와 서러움, 그리고 자신 때문에 고통을 겪고 있는 사람들에 대한 미안함과 자책감이 스멀스멀 올라와 나중에는 청목을 찾는 것도 잊고 몇 날 며칠 울고 분노에 시달렸다.

어째서 이렇게 된 것일까, 어째서 마음대로 뜻대로 되지 않는 걸까. 열심히 살았는데 내가 뭘 잘못했다고 계속 아픈 일들이 생기는 걸까, 그런 물음에 시달리면서 말이다. 그러다 이승에 두고 온 무휼을 떠올렸다. 무휼이 생각나니 다시 입가에 새록새록 웃음이 번지고, 그 아이 때문에라도 여기서 이렇게 주저앉아 있어서는 안 된다 힘을 낼 수 있었다. 또 저승에 온 후로 달거리 거르고 있는 자신의 몸 심상치 않음을 느끼고 바리 분노나 슬픔에 사로잡혀 이대로 무너지면 안 된다고 마음을 다잡았다. 해서 마지막 지옥인 흑암지옥을 간신히 빠져나올 수 있었다.

흑암지옥까지 열 지옥을 모두 살펴본 바리, 청목이 도대체 어디에 있는 것인지 알 수 없어 미치겠구나. 지옥에도 없다면 도대체 어디에 있는 것인지 가늠할 수가 없었다. 만약 황천강을 건너 혼백이 되었다면 다시 이승으로 돌아왔을 터인데 말이다. 바리 이렇게 속을 태우며 아무래도 황천강에 가서 청목이를 직접 불러보기라도 해야겠다는 생각으로 전륜대왕에게 이만 떠나겠다 인사를 드렸다.

전륜대왕은 바리에게 연잎밥을 두둑하게 챙겨주었다. 자신이 궁수 보내어 쏘았던 그 청룡이 바리의 벗임을 뒤늦게 알고 미안했던 것이다. 하여 황천강에 다다르려면 배고파 날뛰는 아귀들을 달래야 하니, 연잎밥 나누어주면서 그 길을 열라며 수레에 가득 실어 바리에게 주었다. 그 연잎밥, 아귀들의 허기짐뿐 아니라 마음의 서러움까지 달래주는 신령스러운 음식이니 아귀들 연잎밥 하나만 먹어도 배가 부를 것이라 말해주었다.

바리는 황천강에 가기 위해 아귀들 달래야 할 필요도 있었지만, 처음 저승에 왔을 때 그 아귀들에게 아무것도 주지 못하고 위협하여 길을 비켜서게 했던 일이 마음에 항시 아프게 남아 있었기에 이제라도 그들에게 줄 수 있다는 게 기뻤다. 하여 전륜대왕에게 넙죽 절을 올리며 고맙다는 인사를 드렸다.

전륜대왕은 자신이 궁수 보내어 청룡을 화살로 쏜 일 바리에게 말하지 않고, 그저 별거 아니다 웃으면서 바리를 배웅했다. 그리곤 떠나는 바리를 보고 혼자 안도의 한숨을 내쉬며 조마조마했던 마음을 내려놓았다. 훗날 바리가 다시 오면 옷 좀 해달라 하려 했는데, 청룡을 쏜 일 알면 바리가 화를 내며 다시는 오지 않을 것 같아 전륜대왕 조마조마했던 것이다.

전륜대왕의 이런 속내 모르고, 바리는 연잎밥을 수레에 가득 싣고 예전처럼 저승화가 피어 있는 길을 따라갔다. 몇 날 며칠 수레를 끌고 걷고 걸으며 청목이를 저승에서 만났을 때의 일을 떠올렸다. 홀로 저승을 헤매며 지칠 대로 지친 상태에서 청목이 나타났을 때 얼마나 반갑고 눈물이 나던지 말이다. 그때 청목이의 마음 모르고 그저 죽어서 왔구나 그리 생각만 하였으니 얼마나 답답하고 속상했을까. 바리는 말 한마디 없이 황천강 건너게 해주겠다 고개를 끄덕였던 청목이가 생각나 새삼 지근지근 가슴이 저려왔다. 그때 약려수 구할 수 있다는 욕심에, 아니, 내가 원하는 대로 할 수 있다는 이기심에 청목을 사지로 내몰았다는 것을 이제야 뼈저리게 알 수 있었다.

바리가 청목을 떠올리며 수레를 끄는 사이, 황천강으로 접어드는 길목으로 들어서게 되었다. 그러자 어김없이 아귀들이 하나둘씩 나타나기 시작했다. 퀭한 눈에 불룩 튀어나온 광대뼈가 그들이 지금 얼마나 허기져 있는지 역력히 보여주고 있었다. 아귀들은 수레를 보고는 삐쩍 마른 그 팔다리를 달가닥거리며 달려오기 시작했다. 그러다 가까이에 와서 바리를 보고는 흠칫하며 멈춰 섰다.

"너 또 왔냐?"

"음, 황천강에 또 가야 할 일이 생겨서……."

아귀가 언제 달려들지 몰라 바리 잔뜩 경계하며 대답하는데, 아귀들은 예전의 일을 떠올리며 눈을 부라렸다.

"너, 또 우리 때릴 거야?"

"얘, 우리한테 화살도 쐈어."

아귀들은 바리가 청목이와 함께 예전처럼 활을 쏘고 자신들을 냅다 후려쳐서 날려 버렸던 그 일을 떠올리며 잔뜩 경계하고 있었다. 허나 그 이후에 아귀가 된 혼백들 그 일 잘 모르니, 수레 안에 가득 쌓인 연잎밥에만 눈독을 들이고 어슬렁어슬렁 수레로 다가오고 있었다. 그러면서도 다른 아귀들이 말한 대로 바리라는 이 여인이 갑자기 자신들에게 활을 쏘는 건 아닐까 하여 불안하게 몸을 움츠리고 눈알을 굴렸다.

바리가 그 모습을 보고는 연잎밥 가져가게 해줄 터이니 대신 길을 비켜달라 청하였다. 아귀들은 일단 연잎밥을 나눠 준다는 말에 무조건 좋다좋다 고개를 끄덕이더니, 수레로 달려가기 시작했다. 이 아귀들 가끔 혼백들이 가지고 있는 노잣돈이나 밥은 빼앗은 적 있었으나, 전륜대왕이 먹는다는 연잎밥은 처음이라 설령 바리가 활을 쏜다 해도 달려들었을 것이다. 바리가 집채만 한 그 수레를 끌고 천천히 앞으로 나아가니 아귀들 연잎밥 집어 들고 남이 뺏어먹을까 모두 몸을 웅그리고 연잎을 벗겨내기 시작했다.

욕심 같아서는 얼른 먹고 또 하나 먹어야지 아귀들 모두 그 생각으로 급하게 먹는데, 이놈의 연잎밥이 연잎으로 얼마나 단단히 둘러싸여 있는지 잘 벗겨지지 않는구나. 욕심을 버리면 쉽게 뜯어낼 수 있는 것인데, 제 허기짐에 넋을 놓은 아귀들에게는 연잎 끝자락이 보이질 않았다. 바리는 연잎밥을 들고 낑낑거리고 있는 아귀들을 바라보며 껍질까지 벗겨주고 가야 하나 한숨을 내쉬다가, 그러다가는 산 채로 자기 껍질도 벗겨질 일이라 모른 척 수레를 끌고 계속 앞으로 나아갔다. 사방에서 아귀들의 짜증 섞인 한탄과 외침이 들려왔다.

"으아아악, 왜 안 벗겨져. 왜."

"흐흑, 이젠 이런 것도 못 뜯어 먹다니, 너무 비참해."

"어, 아직 하나도 못 먹었는데, 수레가 움직인다."

아귀들은 배고픔보다 배고픈 자신의 처지를 못 견뎌하고 있었다. 그것이 허기지고 서러운 마음에 무엇이든 손에 쥐고 입에 넣어도 자꾸만 배가 고픈 아귀들의 마음이었다.

바리는 그 아귀들이 자신처럼 여겨졌다. 먹어도 먹어도 배가 고팠던 어린 시절, 왜 그리 항상 허기가 지고 가슴이 뻥 뚫린 듯 허허로웠는지. 바리는 그것이 부모의 정에 목말라 생긴 허기라는 것을 나중에야 알았다. 하여 공덕할멈과 비럭할아범이 주는 그 깊은 사랑받으면서도 항상 부족하다 느끼고 배고파하였지. 생각해 보면 무휼도 항시 배고프다며 젖 달라 울어대고 조금만 때 놓치면 뒤로 넘어갈 듯 악다구니를 쳤다. 아, 이제야 왜 그랬는지 알겠구나. 몸은 옆에 있었지만 삼신산에서는 이승을 생각하며 정신이 딴 곳에 가 있고, 이승에서는 무장과의 이별과 할매 할배의 죽음에 넋을 놓고 슬퍼하고 있었으니 무휼 알게 모르게 어미의 마음 딴 곳에 있는 것 알고 허기가 졌던 것이구나. 그래서 그렇게 젖 달라 울어대고 이유없이 보채는 일 많았었구나.

수레를 끌고 앞으로 나아갈수록 아귀들이 자신처럼 여겨지고 이승에 두고 온 무휼처럼 여겨져서 냉정히 지나칠 수가 없었다. 무섭고 징그러웠던 아귀들이 어느새 가엾고 안타깝게 느껴졌다. 얼마나 정에 굶주리고 정에 아팠으면 이리도 허기진 마음이 자리 잡아 아귀가 되었을까. 바리는 배고픔에 울부짖고 자신의 처지를 서러워하는 그 모든 소리가 가슴에 박혀 더 이상 지나치지 못하고 수레를 멈추었다. 그리곤 연잎을 뜯지 못해 짜증을 부리며 울먹이는 아귀들에게 다가가 하나씩 연잎을 뜯어주어 손에 들려주었다.

"내 것 먼저 뜯어줘."

"아니, 아니, 나부터. 난 만날 이리 치이고 저리 치였단 말이야."

"나는 너보다 더 억울해. 나만큼 억울한 놈 있으면 나와보라 그래."

아귀들은 자신의 연잎밥부터 뜯어달라고 아우성을 치며 바리에게 몰려들었다. 그리고 예전 이승에서 살았을 때 차별받고 소외당하고 또 배신당했던 그 아픈 기억들을 고스란히 드러내고 있었다. 아니, 그 기억들 이제 모두 잊었지만 그때 품었던 서러움과 분노에 아직도 사로잡혀 있었다.

수십 개의 손이 한꺼번에 내밀어지니 바리가 기다리면 다 해주겠다며 그들을 다독였다. 하지만 이승에서 수없이 배신당하고 억울한 일 겪었던 그들이니 바리의 그 말 쉬이 믿지 못하는구나.

"뜯어주는 척하다가, 내빼 버릴 거지?"

"거짓말이야, 거짓말. 인간들은 거짓말을 아주 밥 말아먹듯 한다니까."

바리가 아귀들의 말 듣다듣다 살짝 뿔딱지가 나서 연잎밥을 연신 뜯으며 한마디 했다.

"너희들도 한때는 인간이었거든."

"우리가? 우리가 언제?"

아귀들 바리의 말에 잠시 멍해지다가, 이내 연잎밥 뜯어 건네주자 그거 먹느라 정신이 없었다. 그런데 그 모습을 본 다른 아귀들 더 채근을 하며 바리를 닦달했다. 벌써 저리 먹고 있으면 자신이 하나 먹을 때, 그들은 두 개 먹을까 봐 조바심이 났던 것이다.

"빨리 해줘, 빨리!"

"내 것부터! 내 것부터!"

"아, 좀 기다려 봐아아아."

바리가 결국 성질이 치밀어 소리를 버럭 질러대니, 아귀들 이번에는 자신들을 미워한다며 또 울먹였다. 그 울음에 바리 한숨을 내쉬고는 애써 웃는 얼굴 보이며 땅에 주저앉았다. 다 뜯어줄 때까지 안 갈 테니 마음 놓아라 그 뜻이었다. 그러자 아귀들 연잎밥 내밀고 바리 주위에 쪼그려 앉았다. 그렇게 연잎밥 수백 개를 차례차례 뜯어주느라 얼굴이 벌겋게 된 바리, 어느 순간 연잎밥 냄새에 욕지기가 치밀었다. 아귀 하나가 따뜻하게 먹겠다고 품에 연잎밥을 품고 있다가 코앞에 내밀었던 것이다. 밥 냄새 훅 끼쳐 오니 바리 저절로 인상이 찌푸려지고 고개를 돌려 버렸다. 그러자 연잎밥 품고 있었던 그 아귀 갑자기 두 눈을 반짝이며 바리에게 속삭였다.

"너 뱃속에 애기 있구나?"

바리는 그 말에 그제야 뭔가 깨달은 듯 멍한 얼굴을 하였다. 저승에 온 지 넉 달, 그 넉 달 동안 내내 달거리 없고 속이 좀 좋지 않았던 것이다. 그럼 무장의 아이가 들어선 것일까. 바리가 곰곰이 생각을 하는가 싶더니 어느 순간 멍하니 아랫배에 손을 대고 중얼거렸다.

"그런가 봐. 아무래도."

아귀는 바리의 복잡한 안색 요리조리 살피며 눈을 빛냈다.

"왜? 원치 않는 애기야?"

바리가 문득 고개를 들어 그 아귀 마주 보았다. 아귀의 물음에 무슨 대답을 해야 하는 것인지 아무 생각도 떠오르지 않고 머릿속이 멍해졌다. 솔직히 아이가 또 생겼다는 것이 당황스럽기도 했고, 무장의 아이를 가진 것이 기쁘기도 하면서 슬프기도 한 아주 복잡한 마음이었다. 천계로 급히 떠난 데에는 무슨 사정이 있었을 것이라 그리 생각하려 했지만 이승에 있었던 보름 동안 그는 자신을 보러 오지 않았다.

정말 부부지연 맺었다 생각했던 그 시간이 아무것도 아니었던 걸까. 삼신산 벗어나기 위해 천계의 존재가 인간인 그녀를 취한 것뿐이었나. 그에게 버림받았다는 것 인정하기 싫고, 설혹 버림받았다 하더라도 얽매이지 않겠다는 오기로 지금껏 스스로를 속이고 있었던 것일까.

바리가 눈물을 글썽이며 입을 열지 못하자 아귀는 자신의 예상한 대로라는 듯 씨익 웃었다.

"그럴 줄 알았어. 우리 엄마도 나 낳기 싫어했었거든."

바리는 그 말을 듣고서야 얼른 고개를 저었다.

"아니야, 낳기 싫어서 그런 게 아니라, 마음이 좀 심란해서 그런 거야."

"그게 그 소리지. 낳고 싶은 애기면 왜 심란하겠어?"

바리는 그 아귀가 자신의 상처를 드러내고 있다는 것을 느낄 수 있었다.

"심란하다고 낳기 싫은 건 아니야. 그건 좀 다른 거야."

바리 차근차근 자신의 마음을 전하며 그 아귀가 품고 있는 서러움을 씻어주고 싶었지만, 다른 아귀들이 연잎밥 왜 안 벗겨주냐고 아우성을

쳐 더 이상 이야기를 계속할 수 없었다. 해서 다른 아귀들의 연잎밥을
벗겨주는데, 그 아귀는 낳기 싫으면서 말을 꾸민다며 혼자 꿍얼거리며
다른 곳으로 가버렸다.

그 아귀, 멀찍이 있는 바위 뒤에 숨어 연잎밥을 오물거리면서 힐끔
힐끔 바리를 훔쳐보았다. 마치 이승에서의 어머니를 바라보듯 원망스
러우면서도 쓸쓸한 눈빛을 하고 있었다. 바리는 다른 아귀들에게 둘러
싸여 있으면서도 그 아귀가 신경 쓰여 연잎밥 다 벗겨내 아귀들 손에
들려준 후에 그 아귀에게 다가갔다. 그리곤 연잎밥 하나 더 먹어라 아
귀에게 내밀었다. 아귀는 손에 들고 있는 연잎밥을 오물거리면서 바리
가 건네는 연잎밥 물끄러미 바라볼 뿐 손을 내밀지 않았다. 대신 바리
의 아랫배 쪽을 뚫어지게 바라보며 눈을 빛냈다.

"그것보단 애기가 더 맛있을 것 같은데."

뱃속의 아기까지 먹고 싶어할 거라는 생각까지는 못했기에 바리 자
신이 지금 제대로 들었나 싶어 눈을 끔벅이는데, 그 아귀는 입맛까지
다시며 말을 이었다.

"맛있을 거야. 살도 쫀득쫀득하고 부드러울 거고."

바리는 낮게 한숨을 내쉬었다. 예전에 이 길을 지날 때도 바리의 팔
다리 뜯어먹겠다고 달려들던 아귀들이었으니 새삼스레 놀랄 것 없지
않은가. 아기가 맛있겠다는 말을 듣는 순간엔 화가 울컥 치솟았지만
이내 그 마음 가라앉았다. 바리는 입맛을 다시는 아귀를 물끄러미 바
라보았다. 그 아귀가 지금 뱃속의 아이를 질투하고 있는 것이 느껴졌
다. 자신은 이승에서 어머니에게 깊은 정 받지 못했는데 왜 너는 엄마
에게서 깊은 정 받는 거냐 그렇게 뱃속의 아기한테 화를 내는 것 같았
다.

바리는 그 아귀를 이해할 수 있을 것 같았다. 아니, 그 마음이 전해
져 와 화를 낼 수 없었다. 자신도 부모님 찾기 전에 부모님이 계신 청

목이를 부러워하고 질투해서 일부러 청목이에게 쌀쌀맞게 대했던 적이 있으니 말이다. 바리는 아귀가 질투심에 사로잡혀 있는 자신을 돌아보았으면 하는 마음으로 넌지시 물었다.

"이 아기를 먹으면, 정말 배가 부를 것 같아?"

화를 내며 가만 안 두겠다고 나올 줄 알았던 바리가 진지하게 그렇게 묻자, 그 아귀 고개를 갸웃하며 어깃장을 부렸다.

"뭐, 배부를 정도는 아니지만 요기는 좀 될 것 같은데. 그래도 이틀 정도는 뜯어먹을 수 있잖아."

심술 가득한 아귀의 얼굴 보니 바리 이상하게 웃음이 터져 나왔다. 그러다 이내 무휼이를 낳았을 때의 크기를 손을 모아 그리며 자분자분 말했다.

"야, 애기 낳으면 요만해, 주름도 많고 시뻘게가지고 얼마나 맛없게 생겼는데."

아귀는 그래도 애기 낳으면 달라고 고집을 부렸다. 바리는 한숨을 내쉬며 쪼그려 앉았던 다리를 폈다.

"꿈 깨셔, 낳으려면 아직도 멀었네. 그리고 나 같으면 키워서 먹지 그 자리에서 홀랑 먹어치우진 않겠다."

"키워서 먹어?"

바리는 아귀가 낳을 때까지 기다리겠다 할까 봐 그렇게 말을 만들었는데 아귀는 눈을 빛내며 그 말에 관심을 보였다. 하여 바리가 먼 훗날을 대비해 이야기를 만들었다.

"생각해 봐, 인간이란 건 애기 때보다 열 배 스무 배로 클 수 있는데 그걸 왜 당장 잡아먹냐, 다 큰 다음에 잡아먹어야 배도 부르고 실컷 뜯어먹지."

"그럼, 언제까지 기다려야 열 배 스무 배가 되는데?"

설마 뱃속의 아이가 그렇게 클 때까지 이 아귀가 이곳에 있지는 않겠지 바리 그렇게 추측하며 있는 사실대로 말했다.

"글쎄, 대략 스무 살 정도."

"그래? 스무 살이면 이십 년이네? 그럼, 나 그때까지 기다렸다가 먹을래."

"응?"

바리 화들짝 놀라 말문이 막히는데 아귀는 딴생각에 잠긴 듯 중얼거렸다.

"상관없어. 어차피 나도 누구를 기다리는 중이니까. 그 아기도 기다리지 뭐."

바리가 한숨을 내쉬며 고개를 설레설레 저었다. 이 아귀의 허기짐도 참으로 뿌리 깊구나. 도대체 무엇이 이 아귀의 마음을 이토록 허기지게 하였을까, 바리는 뜻대로 돌아가지 않는 세상만사 생각하며 안타까워하였다. 그래서 맛없다 기다려야 한다 너스레 떨던 태도 그만두고 진심으로 말하였다. 어차피 이 아귀가 아이를 꼭 먹고 싶어서라기보단 제 허기와 질투로 어깃장부리고 있는 것이니 주겠다 말하면 그 허기 가라앉을 것이다.

"알았어. 그럼, 이십 년 후에 네가 이 아이를 찾아와. 나도 이 아이한테 말해둘게."

그때쯤이면 뱃속의 아이 장성하여 저승에 와서 만난다 하여도 이 아귀 충분히 물리칠 수 있을 것이고 아니면 이 아귀가 먼저 황천강 건너 이승에서 태어날 테니 괜찮을 것이라 바리 그리 생각했다. 어찌 됐든 이 아이 저승에 절대 오지 못하게 해야겠다 바리 속으로 다짐을 하는데 아귀는 곰곰이 생각을 해보는가 싶더니 알았다 고개를 끄덕였다. 바리는 얼렁뚱땅 잘 넘겼다 생각하는데 갑자기 그 아귀 숨어 있었던 바위 아래를 박박 긁어 파내더니 무언가를 집어 들었다. 그리곤 바리에게 내밀며 말했다.

"이걸 징표로 삼자. 이거 그 아기한테 줘, 나중에 내가 이걸 보고 알아볼 수 있게."

아귀가 징표까지 내놓으며 약속을 받아내려 하리라고는 생각 못했기에 바리가 멍하니 아귀에 손에 있는 것을 내려다보았다. 그것은 잘 만들어진 단검이었다. 헌데 그 단검 어디서 많이 본 듯 낯이 익구나.

바리가 믿어지지 않는 듯 유심히 그 단검을 살펴보며 말했다.

"이거 어디서 났어?"

아귀는 기억나지 않는지 고개를 갸웃했다.

"그건 기억이 안 나. 그냥 계속 갖고 있었던 거라."

어째서 오래전 곰보할멈 집에서 없어졌던 단검이 이 아귀의 손에 있는 걸까. 바리는 흰 천을 검게 물들이기 위해 쇠가 필요하다는 염색장이의 말에 이 단검을 가지러 갔던 기억이 났다. 그때 명구력을 아무리 뒤져 봐도 이 단검이 없어서 도대체 누가 훔쳐 갔는지 궁금해하였다. 허나 먹물로 검은 물을 들이고 계속 길을 떠나야 했기에 이 단검 까맣게 잊고 있었다. 헌데 어째서 이 단검이 이 아귀의 손에 있는 걸까. 착각이라 하기에는 단검에 새겨진 문양 목지국의 상징인 달이 새겨져 있었고, 왕후마마가 특별히 대왕마마의 것을 막내공주인 자신에게 하사한 것이라 그 단검엔 어비대왕의 존함 오롯이 새겨져 있었다.

아귀는 바리의 얼굴이 심상치 않자 어리둥절한 얼굴로 물었다.

"혹시 이 단검 주인을 알아? 이 단검을 돌려주려고 나도 내내 이곳에서 기다렸는데 아무리 기다려도 오지를 않아."

바리는 혹시나 하는 마음에 조심스레 물었다.

"왜 돌려주려고 하는 건데?"

아귀는 잘 생각나지 않지만 어렴풋하게 느껴지는 것이 있는지 띄엄

띄엄 이야기를 했다.

"음…… 잘은 모르겠는데, 내 것이 아닌 것 같아서. 주인이 따로 있는데 내가 이걸 가지고 있어서…… 근데 꼭 돌려주고 싶어. 돌려주면서 하고 싶은 말이 있거든."

아귀는 생각만 하여도 눈물이 나는지 어느 순간부터는 금방이라도 울 것처럼 눈물을 글썽였다.

"꼭 하고 싶은 말이 있었는데…… 말을 못했어."

바리는 청목이 목을 다쳤다며 아무 말도 하지 못했던 걸 떠올렸다. 황천강으로 향하는 길 동행했어도 청목의 목소리를 전혀 듣지 못했던 것이 떠올라 아귀의 말이 이상하게 신경이 쓰였다.

"왜 말을 못했어?"

"왜? 왜 말을 못했냐고?"

아귀는 생각나지 않는 듯 멍하니 눈을 끔벅이다가 횡설수설 말했다.

"그냥…… 말을 하면 안 됐어. 말을 하면…… 내가 사라질 것 같아서, 내가 아무것도 아닌 게 될 것 같아서…… 말을 하면 그분도 날 쓸모없다 필요없다 할 것 같아서…… 무서웠어. 그게."

아귀는 말을 할수록 제 안의 허기와 서러움을 마주하고 있었다. 하여 울먹이던 얼굴 위로 눈물이 흘러내리고 있었다.

"근데 너무 하고 싶은 말이 있었어. 꼭 하고 싶은 말이 있어서 그 말을 하려고 이렇게 기다리고 있는데 아무리 기다려도 오지를 않아."

바리는 이 아귀가 청목이라는 것 확신할 수 없지만 이상하게 가슴이 두방망이질 쳤다. 하여 떨리는 목소리 가다듬고 간신히 물었다.

"무슨 말을 하고 싶었는데?"

아귀는 하고 싶었던 말들을 전혀 꺼낼 수 없었던 그때 당시의 감정들이 생생하게 되살아났는지 갑자기 흥분하여 소리쳤다.

"황천강 건너지 말라고! 날 두고 혼자 가버리지 말라고!!"

그 말이 아귀의 입에서 내뱉어지는 순간 바리의 눈에서 눈물이 차올랐다. 혹시나 하였는데 정말 이 아귀가 청목이었구나. 누구를 기다리는지 기억도 하지 못하고, 눈앞에 있는 바리를 알아보지도 못하면서 오직 가슴속에 쌓인 응어리에 사로잡혀 이곳을 떠돌고 있었구나. 바리가 터져 나오는 울음을 막으려고 두 손으로 입을 막았다. 아귀는 그때의 감정에 사로잡혀 혼잣말을 하듯 멍하니 중얼거렸다.

"아니야, 하고 싶은 말은 그런 게 아니었어. 그게 아니었어."

바리가 울먹이며 물었다.

"뭐였는데? 무슨 말을 하고 싶었는데?"

아귀는 자신의 가슴속에 묶어두었던 말이 무엇이었는지 찾아 헤매듯 손으로 자신의 가슴을 움켜쥐었다.

"내 마음을 좀 알아달라고…… 꼭 돌아오라고…… 돌아오면 나랑 가시버시를 맺자고……."

어느 순간 말을 멈춘 아귀가 답답하고 불안한 듯 두 손을 만지작거렸다.

"아니야, 아니야. 이것도 아니야. 내가 하고 싶은 말은 이게 아니었어."

바리가 눈물을 흘리면서도 아귀의 사납고 조급한 마음을 달래주려고 부드럽게 미소를 지었다.

"천천히 생각해 봐. 괜찮으니까."

아귀는 눈알을 굴리며 하고 싶은 말이 뭐였는지 생각을 해보다가 문득 바리를 올려다보며 물었다.

"근데 너한테 해서 뭐 해. 내가 기다리는 사람이 아닌데."

바리는 아무 말도 나오지 않았다. 아무것도 기억하지 못하는, 해서 자신 안의 서러움과 허기짐에 갇혀 버린 청목에게 무슨 말을 해야 하는 것인지 말을 찾을 수가 없었다. 바리는 차마 내가 바리다 말하지 못하고, 거짓 아닌 거짓을 말했다.

"네가 기다리고 있는 이 단검의 주인을 내가 알고 있거든. 그 사람한테 네 말을 전해주려고."

"알고 있어? 어디에 있는데?"

"저기 이승에. 이승에서 널 기다리고 있었어. 근데 네가 안 와서 걱정을 하고 있었어."

아귀의 눈이 휘둥그레졌다.

"날 기다리고 있다고? 정말 날 걱정하고 있었단 말이야?"

바리는 흉측한 아귀로 변해 버린 청목이에게서 서서히 밝은 빛이 감도는 게 보였다.

"응. 너를 만나면 꼭 하고 싶은 말이 있었는데, 네가 오질 않아서 그 말을 못하고 있었어."

"그럼 날 찾아오면 되지. 내가 여기서 이렇게 기다리고 있는데."

아귀는 자신을 기다리고 있다는 말을 쉬이 믿을 수가 없었던지, 왜 찾으러 오지 않느냐 투덜거렸다. 외면당했다 여기고 서러워한 아귀는, 아니, 청목은 찾으러 올 때까지 절대 안 가겠다 그런 심술과 오기도 함께 갖고 있었다. 바리는 그 심술과 오기 아래 간절히 찾으러 와주길 바라고 있는 마음이 숨겨져 있다는 것을 알기에 기다리고 있는 사람들이 있다는 것을 말해주었다.

"여긴 저승이잖아. 그 사람은 산 사람이라 널 만나러 올 수가 없었어. 그래서 네가 돌아오기만을 기다리고 있었어."

"아……."

아귀는 제 안의 응어리에 갇혀 버려 자신이 있는 곳이 이승인지 저승인지 분간하지 못하고 있었던 것이다. 황천강 건너 새롭게 태어나야 한다는 것도 모두 잊어버린 채 제 안의 허기에 미쳐 버렸던 것이다. 하여 바리의 그 말에 갑자기 중요한 게 생각난 듯 눈을 끔벅였다.

"그럼, 내가 얼른 이승으로 가야겠네."

바리가 고개를 끄덕이는데 아귀의 몸에서 이제 더 환하고 투명한 빛이 감돌았다. 바리는 청목이 사라지기 전에 만나면 꼭 하고 싶었던 말을 얼른 건넸다.

"있지, 그 사람이 널 보면 꼭 말해달랬어."

아귀가 맑은 두 눈으로 바리를 올려다보았다.

"뭔데?"

바리는 이것이 청목이를 만나는 마지막일 수도 있다는 생각에 마음에 새기듯 말을 건넸다.

"고마웠다고 그리고 미안하다고…… 그렇게 전해달랬어. 너를 잊을 수 없을 거라고…… 그렇게 전해달랬어."

아귀는 바리의 그 말 들으며 빙그레 웃더니 투명하게 빛나는 자신의 몸을 내려다보았다. 아귀의 몸은 맑은 물이 흐르는 듯, 햇살이 한가득 몸 안으로 스며든 듯 그렇게 반짝반짝 빛나고 있었다.

원망과 서러움이 아닌 고마움과 따뜻한 마음이, 허기짐이 아닌 누군가를 사랑해 주고픈 충만함이 아귀의 마음에서 우러나오고 있었다. 누군가에게 말하지 못해 답답했던 청목의 마음, 바리의 그 말 듣고 자신에게서 자유로워지고 있었다. 아귀는 환하게 빛을 발하는 자신의 두 손을 번갈아 쳐다보더니 어느 순간 바리를 올려다보며 말했다.

"나, 정말 하고 싶었던 말이 뭐였는지 이제 알 것 같아."

바리가 무릎을 구부리고 앉아 아귀를 올려다보았다.

"뭔데?"

아귀는 그 투명하고 빛나는 손으로 바리의 손을 잡더니 눈을 마주 보며 미소 지었다.

"꼭 다시 만나자고…… 어디에 있든 우리 꼭 다시 만나자고…… 그 말을 하고 싶었어."

아귀의 눈에서 눈물이 흘러내렸다. 그 눈물 서러움과 허기짐에 갇혀 버린 혼백을 풀어주고 있는지 아귀의 몸은 안개처럼 서서히 흩어져 갔다. 바리는 그 광경을 바라보며 지금 청목의 혼백이 돌아오고 있다는 것을 알 수 있었다. 바리는 이승에서 어떤 모습으로 다시 만나게 될지 알 수 없는 청목을 바라보며, 바리라는 이름의 여인으로서 마지막 인사를 건넸다.

"청목아, 우리 꼭 다시 만나자."

이승으로 다시 돌아간 청목이 어떤 모습으로 태어날지 알 수 없었다. 설혹 여의주 되찾아 용의 존체로 다시 태어난다 하여도 그녀를 기억할까. 바리는 설혹 청목이 자신을 기억하지 못한다 하여도 괜찮다 생각했다. 이토록 진심 어린 말 주고받았으니 더 이상 마음에 걸리는 것 없었다. 청목이 기억에서 자유로워지기를, 자신 안의 허기와 결핍에서 자유로워지기를 바라는 기원했다.

마침내 아귀가 하나의 빛줄기가 되어 허공으로 사라져 버렸다. 바리는 말없이 고개를 들어 허공을 응시했다. 청목이 어떤 모습으로 태어나든, 좋은 곳에서 좋은 몸을 받아 태어나기를 기원했다. 헌데 바리의 귓가로 아주 작은 속삭임이 들려왔다.

"찾아와 줘서 고마워, 바리야."

바리는 청목의 혼백이 건네오는 그 말을 듣고 눈물을 떨어뜨렸다.

은애하는 마음 한 자락도 내비치지 않았던 청목이지만 제 목숨 바쳐 지켜주려고 했던 그 마음 어찌 모를 수 있으랴. 비록 청목이 그녀를 잊는다 하여도 어찌 그녀가 청목의 마음을 잊을 수 있으랴. 이토록 너는 가없는 마음을 내게 주었구나. 허기에 미쳐 있던 나는 네 마음 알려 하지 않고 그저 좋아라 하며 받기만 하였구나.

"우리 꼭 다시 만나자."

바리는 이승으로 돌아간 청목과 이승에 있는 모든 사람, 그리고 그녀를 홀로 남겨두고 가버린 천계에 있는 무장에게 그 말을 되뇌고 또 되뇌었다. 바리의 손안엔 아귀였던 청목이 징표로 건네준 단검이 고이 놓여 있었다.

청목이 저승을 떠난 후에도 바리는 떠나지 않았다. 처음엔 청목을 찾기 위해 와야겠다고 결심했지만, 공덕할멈과 비럭할아범의 죽음을 접한 후 생각이 바뀌었던 것이다. 저승에서 헤매고 고통받는 이들에 대한 연민도 있었지만, 할매 할배의 은혜를 하나도 갚지 못했다는 마음의 짐이 바리를 저승에 계속 머무르게 했다. 하여 수레에 남아 있는 연잎밥 아귀들에게 마저 나눠 준 바리, 직접 그 척박한 땅 일구어 삼씨를 뿌렸다. 그리곤 전륜대왕 찾아가 삼실로 새 옷을 지어줄 테니 아귀들이 먹을 음식 좀 내어달라 청을 하였다. 그런데 이 소식 들은 다른 저승대왕들 그렇잖아도 전륜대왕이 입은 새 옷 부러워하고 있었기에 바리에게 음식을 갖다주며 자신의 옷도 지어달라 청을 해왔다. 바리는 아귀들과 함께 지내며 베를 짜고 새 옷을 짓기 시작하였다.

허기져서 항시 울던 아귀들도 주리지 않고 먹게 되니 한결 그 포악함 줄어들고 하나둘씩 바리를 도와 옷을 짰다. 그러다 몇몇 아귀들 바리에게 베 짜는 법 배워 그 귀하다는 삼베옷 지어 입게 되니, 이승에서 서러웠던 기억 훌훌 털고 아귀의 육신에서 그 혼백이 자유로워졌다.

황천강 가는 길목 그곳에 새로운 아귀들은 계속해서 나타났다. 배불리 먹고 새 옷 지어 입은 아귀들 혼백 되어 이승으로 돌아가면 새로 온 아귀들이 바리와 함께 지냈다. 처음 온 아귀들 멋모르고 바리를 잡아 먹겠다 달려들기도 하고 동그랗게 불러 있는 바리의 배를 보며 아기가 나오면 제가 먹어야지 호시탐탐 노리기도 하였지만 원래 있었던 아귀들에게 가로막혀 뜻대로 하질 못했다. 해서 그 포악하고 잔인하다는 아귀들 속에서 바리 무사히 뱃속의 아이 키우고 아귀들도 이승으로 갈 수 있도록 도울 수 있었다.

바리가 저승으로 다시 간 지 일 년이 다 되어갔다. 바리의 배, 이제 달덩이처럼 둥그렇게 부풀었는데 아이는 열 달이 넘었는데도 나오질 않고 있었다. 무휼은 팔삭둥이로 낳았는데, 이 아이는 어찌 된 연유인지 나올 기미가 보이지 않았다. 허니 열 달이 지나고 난 후부터는 바리가 뱃속의 아이에게 항상 밥 먹듯이 물어보았다.

"너 오늘은 나올 거야?"

그러면 뱃속에 있는 아이 평소 때는 발길질 뻥뻥 잘하다가도 그 말에는 가만히 있었다. 나올 생각 없다 그 뜻이었다. 사실 뱃속의 아이, 하도 아귀들이 나오면 잡아먹겠다 벼르니 눈치 빠르게 파악하고 버틸 때까지 버티고 있었던 것이다. 열두 달째에 접어드니 이제는 아귀들까지 걱정을 하였다. 아기가 너무 푹 익어서 나오면 살성이 질기고 맛이 없나 뭐라나 그러면서 말이다. 말들은 그렇게 해도 아귀들 진심으로 걱정을 했다. 만약 아이 안 나와서 바리가 잘못되면 자신들한테 먹을 것 구해주고 새 옷 지어주는 건 누가 해준단 말인가. 바리에게 베 짜는 거 배운 아귀는 자신의 옷 지어 입으면 혼백 되어 가버리니, 남은 아귀들은 바리가 아기 때문에 이승에 간다고 할까 봐 눈치를 살피고 있었다. 바리도 처음에는 아기 낳을 때쯤엔 이승으로 가야겠다 싶었는데,

아귀들의 그런 마음 알게 된 후부터는 더 이상 아귀들이 아이를 어떻게 할까 걱정하지 않았다. 이왕 눌러앉은 것 저승에서 아기 낳고, 몸조리 좀 하고 난 후에 이승에 다녀와야겠다고 그렇게 마음먹고 있었다. 헌데 이놈의 아이가 나오지를 않는구나.

뱃속의 아이 들어선 지 열세 달이 되어갈 무렵이 되자, 더 이상은 안 되겠다 싶어 바리가 이승으로 돌아갈 채비를 하였다. 개월 수도 개월 수이지만 배가 너무나 부풀어 숨도 쉴 수 없을 정도이니 만약 더 커지면 배에 눌려 죽을 것만 같았다. 아무래도 의원에게 진맥 받고 아이가 나올 수 있게 하는 약을 먹어야겠다. 아귀들은 바리가 영영 떠나는 줄 알고, 울고불고 난리였다.

"안 돌아올 거지?"

"우리만 남겨두고, 가버리는 거야?"

"또 버리는 거야? 이렇게 버릴 거면서 왜 잘해줬어?"

아귀들은 젖 떼는 아이들처럼 울어대며 가지 말라고 떼를 썼다. 바리는 그런 아귀들을 보며 발길이 안 떨어지면서도 애처럼 울어대는 아귀들이 어이가 없어 혀를 찼다.

"애들이냐? 울기는. 돌아온다는데 왜 사람 말을 못 믿어."

"그 말을 어찌 믿어? 온다고 해놓고 안 오는 사람들이 얼마나 많았는데."

바리가 지끈거리는 이마를 짚고 한숨을 내쉬었다.

"더 놔두었다가는 애기가 위험하단 말이야. 얼른 낳고 올 테니까 웃으면서 보내주라, 좀."

"그냥 여기서 낳으면 안 돼? 괜히 이승에 가려다가, 도중에 낳을 수도 있잖아."

바리 기가 차서 그 말 하는 아귀를 쳐다보았다. 만날 애기 태어나면 잡아먹어야지 눈을 빛냈던 아귀였는데, 걱정하는 척을 하니 말이다.

"야, 네가 만날 잡아먹는다고 해서 애기가 안 나오는 건데, **뻔뻔하**
게 그런 말이 나오니?"

그 아귀 좀 찔렸는지 우물쭈물하다가 이내 발끈하여 소리치는구나.

"그거야 먹을 게 없을 때나 한 말이지. 누가 진짜 잡아먹는대?"

"그럼 안 잡아먹는다고 약속할 수 있어?"

아귀 잠깐 망설이며 말을 하지 않았다. 바리가 그 망설임을 보고는
고개를 설레설레 젓고 발걸음을 떼었다. 그러자 그 아귀 버럭 소리쳤
다.

"안 먹어, 안 먹어. 치사하고 더러워서 안 먹어."

"어이구, 고맙다 그래. 안 먹겠다니 놀랄 노 자다."

치사하고 더러워서 안 먹겠다는 아귀의 말이 하도 어이가 없어 화르
륵 성질내며 이죽거리는데, 그 순간 강한 진통이 찾아와 바리가 얼어
붙은 얼굴로 배를 내려다보았다. 세상에나 뱃속의 아기 정말 아귀들이
잡아먹을까 봐 그동안 안 나왔던 것인지, 아귀들이 안 먹는다고 약속
하니 그제야 배를 쥐어짜며 나올 기척 보이는구나.

"뭐야, 너 정말 그래서 안 나온 거야?"

바리가 그 말을 속삭이며 천천히 배를 부여잡고 그곳에 와서 지어놓
은 움막으로 향했다. 아귀들은 바리가 진통이 왔다는 것을 알고 이승
으로 가지 않겠구나 싶어 싱글싱글 웃는 얼굴로 바리를 부축했다. 바
리가 우르르 떼 지어 따라오는 아귀들에게 뜨거운 물과 미역국 좀 준
비해 달라는 말을 하곤 움막 안으로 들어서니 아귀들 떼를 지어 대왕
들의 전각으로 달려갔다.

바리는 움막에서 홀로 진통을 참아내며 새끼길이 열리기를 기다렸
다. 초산의 경험 있었기에 그때처럼 헛심 쓰며 미리 기운 빼지 않고 진
통이 찾아오면 숨을 깊이 들이쉬며 인내하였다. 바리의 이마에 땀이
몽글몽글 맺히고 있을 때쯤 어디선가 푸드득 날갯소리가 들려왔다. 정

신을 차리고 움막에 드리워진 거적을 쳐다보는데 반쯤 둘둘 말려진 거적 아래로 새 한 마리가 날아들고 있었다.

저승에 웬 새가 날아드나 바리가 멍하니 그 새를 바라보았다. 헌데 자세히 살펴보니 그 새 저승길 함께 했던 해동청 우옉이구나. 바리는 너무나 반갑고 신기하여 잠시잠깐 진통의 고통도 잊고 웃는 얼굴을 하였다.

"우옉아, 너 어떻게 알고 온 거야?"

우옉이는 여전히 거만한 표정을 지으며 까짓것 그런 것쯤 알아내는 건 식은 죽 먹기다 그런 눈빛으로 바리를 바라보았다. 바리는 진통으로 가쁜 숨을 내쉬면서도 그런 우옉이를 보며 입술을 일그러뜨렸다.

"으휴, 재수없는 건 여전하구나."

우옉이는 뿔이 난 듯 잠깐 두 날개를 퍼덕이며 바리를 노려보더니 이내 곁을 지키며 바리의 불안한 마음을 달래주었다. 건방지고 말도 어지간히 안 들어먹는 우옉이였지만 위기 때마다 그녀를 도와줬으니, 우옉이가 곁에 있는 것만으로도 마음 한구석이 든든하였다. 바리가 한결 차분해진 얼굴로 반복적으로 찾아오는 진통에 맞추어 숨을 들이 내쉬었다.

이렇게 바리가 출산의 진통을 겪어내고 있을 때 무장은 여느 때처럼 물을 긷고 나무를 해오고 있었다. 헌데 지게를 지고 마당에 들어서는 순간 갑자기 배가 아파오기 시작하더니, 이내 온몸이 떨릴 정도로 극심한 고통이 찾아왔다. 무장은 지게를 내려놓고 배를 웅크리고 마루에 주저앉았다. 갑자기 왜 이런 통증이 찾아오는 것인지 알 수가 없었다. 딱히 무엇을 잘못 먹은 것도 아닌데, 갑자기 왜 이러는 걸까. 그가 마루에 누워 통증이 가라앉기를 기다리는데, 욱신욱신 배를 찌르는 듯한 그 통증 당최 가라앉지를 않는구나.

그는 마루 기둥에 기대어 앉아 식은땀을 흘리면서도 고적하게 비어 있는 마당을 바라보았다. 금방이라도 바리가 이마를 짚어보며 어디가 아픈 거냐고 호들갑을 떨 것 같은데, 아무리 마당을 바라보아도 빈 마당엔 바람만 스산하게 불고 있었다. 무장은 출산을 하고 있는 바리의 고통 같이 느끼고 있는 것인지 모르고 그저 그리움이 쌓여 병이 되려나 보다 헛헛하게 웃었다.

허나 무장의 얼굴 이내 일그러졌다. 통증이 점점 더 극심해졌던 것이다. 그는 기둥에 기댄 채 서서히 의식을 잃어갔다. 격렬해진 통증을 피해 바리와 무휼이 보고 싶어 꿈속으로 도망쳤다.

다시는 볼 수 없을, 허나 잊을 수도 없을, 바리와 무휼. 그의 품에서 방싯방싯 배냇짓을 하던 작은 아기와 다가올 이별을 모르고 못생겼다는 말에 삐치고 토라졌던 그의 아내를, 그 두 사람을 꿈속에서라도 볼 수 있게 되기를 바라며 그는 눈을 뜨지 않았다.

'아…… 홀로 남겨진 자를 살게 하는 건 그리움인가.'

바란 대로 그는 꿈속에서 바리를 보았다. 바리는 그의 아이를 낳고 있었다. 그것이 꿈인 줄 모르고 무장은 자신이 바리를 보내지 않고 삼신산에서 아이를 낳게 했다 생각하여 진통으로 혼절한 바리를 끌어안고 통곡을 하였다. 그러다 품에 끌어안은 바리의 몸 점점 차갑게 식어가니 아이를 낳다 죽었구나. 그는 꿈속인 줄도 모르고 바리를 부둥켜안은 채 오열했다. 온몸이 갈가리 찢겨지는 것 같은 고통이 찾아와 숨을 쉴 수가 없었다.

"바리야, 바리야."

무장은 바리를 부르며 허공에 손을 내젓다 의식이 깨어났다. 너무 실제 같아서 잠에서 깨어나고도 한참 동안 슬픔에 잠겨 있었다. 그러다 그 모든 것이 꿈이고, 자신이 바리를 이승으로 보냈다는 사실을 떠올리고는 그제야 정신을 차리고 주위를 두리번거렸다. 헌데 주위를 둘러보니 낯익으면서 낯선 곳의 풍경이 눈에 들어왔다. 그는 눈물과 식은땀으로 범벅이 된 얼굴로 어리둥절 주위를 둘러보았다. 삼신산 초가의 마당과 싸리문이 보이지 않고 천계에서 그가 지내던 방이었다.

무장이 천천히 몸을 일으켜 반월창으로 다가갔다. 반월창으로 저 멀리 천제가 지내는 자미궁이 보이고 구름 위에 솟아 있는 온갖 전각들이 눈에 들어왔다. 그는 어리둥절 그의 전각 앞에 꾸며진 뜰과 연못을 내려다보았다. 설마 그가 천계로 돌아온 것인가? 허나 아이 셋 얻지 못했는데 어찌 돌아온 것일까. 아니면 삼계회의 다시 열려 그에 대한 형벌 멈추기로 한 것인가.

그는 어찌하여 돌아올 수 있었느냐 연유를 묻기 위해 천제가 계신 자미궁으로 향하였다. 허나 자미궁엔 천인들과 선녀들만 있을 뿐 천제의 모습 보이지 않는구나. 천인들과 선녀들은 사 년여 만에 천계로 돌아온 무장을 보고 모두 놀라고 반가워하였다. 허나 천제가 어디 계신지는 알지 못하는구나. 결국 천제를 찾을 수 없었던 무장은 우선 바리를 보러 가야겠다는 생각에 천마를 불렀다. 꿈속에서 본 바리의 죽음, 너무나 생생하여 심상치 않았던 것이다. 천마는 무장의 부름에 단숨에 날아오더니 그를 태우고 지상으로 내려갔다.

곧장 목지국의 궁으로 찾아간 무장이 해월공주의 처소로 향했다. 해월공주, 바리를 보러 왔다는 낯선 사내의 말 전해 듣고 어서 모셔라 하였다. 무장은 해월공주의 처소에서 생각지 못하게 무휼을 다시 보게 되니 방 안으로 들어서던 그의 얼굴 형용할 수 없는 감격에 휩싸였다. 무장이 무휼을 안아 들자 아이는 그사이 낯이 설어 울었지만 제 아비라는 것을 이내 깨달았는지 어느새 울음 그치고 무장을 신기한 듯 쳐다보았다. 하여 일 년 새 훌쩍 큰 무휼을 안고 감회에 젖은 무장은 해월공주에게서 바리가 저승에 갔다는 소식을 듣고 깜짝 놀랐다.

"바리가 저승으로 다시 갔다고요?"

"예, 청룡의 후계가 돌아오지 않아 그를 찾겠다고 다시 갔습니다. 헌데 아직 못 찾은 것인지 일 년이 지나도 돌아오지를 않고 있답니다."

무장은 생각지 못한 상황에 잠시 말문이 막히었다. 이승으로 돌아오면 청룡의 후계와 재회하고 어쩌면 그를 잊고 새 연분 맺었을지도 모른다 그리 생각하였는데 이 무슨 일이란 말인가.

무장은 청룡의 후계가 돌아오지 않았다는 말에 문득 적한의 소식이 궁금하였다. 함께 황천강을 건너게 해주었다 하였으니 그마저 돌아오지 않은 것은 아닌가 걱정이 되었다.

해월공주는 적한을 알고 있는 무장을 보며 이분이 여느 평범한 인간 사내 아님을 직감하였다. 황천강 건넌 것을 아는 것도 그렇고 적한을 지기인 양 편히 생각하고 말하니 이분은 또 누구인가 싶구나. 저승에서 바리와 연분 맺고 아이 낳은 분이라 하여 그저 저승을 갔다 온 인간 사내인가 하였는데 말이다.

"적한을 어찌 아시는지요? 그가 황천강 건넜다는 것은 바리와 저만 알고 있는 것인데……."

"적한이 남해용왕인 것 알고 있으니 경계하지 않으셔도 됩니다. 저 또한 지상의 존재 아니라 적한과는 오랜 지기로 알고 지내고 있답니다."

"지상의 존재가 아니라면……."

해월공주 궁금하여 슬쩍 떠보는데 무장은 더 이상은 자신의 정체 말하지 않았다. 자신이 천계의 존재인 것 알리는 것 상관없는 일이나 해월공주가 천계의 존재를 안다는 사실이 알려지기라도 하면 무수히 많은 사람들 해월공주에게 찾아와 온갖 청을 하고 괴롭힐 테니 모르는 것이 나으리라. 하여 무장이 말길을 돌렸다.

"헌데 적한은 지금 어찌 지내고 있는지요? 무사히 돌아온 것입니까?"

그제야 해월공주 적한이 화살 맞고 돌아와 기력을 잃고 남해로 돌아 갔음을 이야기하였다. 그러다 내내 답답하게 여기던 것을 그에게 물었 다. 그의 정체가 무엇인지 알 수 없으니 지상의 존재 아니고 적한의 지 기이니 어쩌면 방법을 알고 있지 않을까 싶었다.

"휴면에 들어 당분간 볼 수 없을 것이다 그리 말하기는 하였는데, 그것이 벌써 두 해가 넘어가는지라 제가 요즘 속이 말이 아닙니다. 해 서 혹시나 하여 묻는 것인데 용왕의 휴면을 깨울 수 있는 방법을 알고 계신지요?"

무장이 해월공주의 얼굴 가만히 바라보았다. 해월공주 두 해가 넘게 적한을 만나지 못해 근심이 가득 어려 있었고, 바리에 대한 그리움으 로 마음의 병을 앓았던 그처럼 적한에 대한 그리움으로 슬픔이 깃들어 있었다. 용왕의 휴면 깨우면 진노하여 깨운 자를 가만두지 않기는 하 는데, 그것이 해월공주라면 다르지 않을까 싶다. 허나 자칫 목숨을 잃 을 일이라 무장 말해주기가 저어되었다. 해월공주 답답하여 무장에게 재촉을 하였다.

"제발 말씀을 해주셔요. 이렇게 그를 잃고 홀로 지내는 것 더 이상 은 할 수 없습니다. 적문 또한 제 아비 찾으니 괴로움이 날로 커져만 갑니다."

무장이 신중하게 대답하였다.

"목숨을 잃을 수도 있어 그렇습니다. 용왕을 깨우려면 바닷속 깊이 들어가 그의 역린을 건드려야 하는데, 지상의 존재인 해월공주께서 바 닷속 깊이 들어가는 것도 힘든 일이고 역린을 건드렸다 자칫 용왕에게 해를 입을 수도 있는 일이라 그렇습니다. 허니 신중하게 생각하여 행 하십시오."

해월공주가 말없이 고개를 끄덕였다.

무장은 해월공주에게 무휼을 좀 더 부탁드린다 말하고는 저승에 가서 바리를 찾아올 테니 너무 걱정 마시라 하였다. 하여 해월공주 마당까지 나와 무장을 배웅하는데 마당 한가운데 바리가 타고 왔었던 흰말이 서 있으니 신기하였다. 시녀에게 안겨 있던 무휼을 무장이 가만히 쓰다듬더니 말에 올랐다. 천마가 숨겨놓은 날개 펼치고 날갯짓하며 하늘로 올라가니 그곳에 서 있던 해월공주와 시녀들 그 광경에 입이 벌어졌다. 무휼만 제 아비와 쏜살이를 향해 손을 흔들며 방긋 웃었다.

무장은 천마를 타고 곧장 일월산 꼭대기로 향하였다. 그리곤 천마를 탄 채 일월산 구름 속으로 들어가 버리니 곧장 저승의 땅에 내려서게 되는구나. 일월산의 구름밭이 이승과 저승의 통로임을 천제와 천제의 후계인 그는 알고 있었다.

그가 곧장 교분이 있는 초강대왕에게로 향하니 초강대왕 천제의 아들이 왔다 하여 반갑게 맞아주었다. 그는 혹시 바리라는 여인을 아느냐 초강대왕에게 물었다. 헌데 초강대왕 놀라운 이야기를 전해주는구나. 어제 아귀들 떼거지로 몰려와 따신 물과 미역 좀 내어달라며 난리 법석을 떨다 갔는데 그들과 함께 지내는 바리라는 여인이 출산을 하는 것 같다는 이야기였다. 무장은 그 말 끝나기도 전에 서둘러 천마 타고 황천강 길목으로 향하였다.

눈 깜짝할 새에 황천강 길목에 들어선 무장은 아귀들이 제 키만 한 미역을 들고 떼거지로 한쪽 방향으로 가고 있는 것을 보고, 바리에게 가고 있는 것임을 직감했다. 천마에서 내려서서 아귀들 사이를 비집고 달려가 보니 조그만 움막 하나 세워져 있었다. 아귀들이 그 움막 안으로 따신 물 담은 대야를 들고 드나들고 있었다. 분명 바리가 아이를 낳고 있었던 것이다.

삼신산에서 떠난 지 일 년이 넘었으니 분명 그의 아이일 리는 없었다. 그럼 저승에서 청룡의 후계와 만나 아이를 가진 것인가. 무장은 그 아이 청목의 아이란 생각에 움막 안으로 들어서기가 망설여졌다. 그를

274

잊기로 하고 청목의 아이 낳았는데 이제 와서 사실 이야기하면 다시 그에게 돌아올까.

허나 바리에 대한 걱정과 안타까움이 더 컸다. 어찌하여 또다시 저승에서 아이를 낳았단 말인가. 이러라고 보내준 것이 아닌데, 이러라고 삼신산에 홀로 남아 그 시간을 견딘 것이 아닌데 어찌하여 너는 또다시 이런 곳에서 아이를 낳는단 말이냐. 무장이 속상한 마음에 우두커니 움막 앞에 서 있는데 갑자기 움막 안에서 아이 울음소리가 들려왔다. 그것도 한 아이가 아니라 두 아이의 울음소리라 무장 바리가 무사한지 얼굴만 보고 가자 움막 안으로 들어섰다.

움막 안으로 들어서니 바리 막 아이 낳고 가쁜 숨을 들이 내쉬고 있었다. 따신 물 들고 들어갔던 아귀들은 갓 태어난 두 아이 신선하다 따끈따끈하다 입맛을 다시며 구경할 뿐 탯줄 잘라줄 생각은 안 하고 있었다. 무장은 다른 생각 하지 않고 일단은 삼실 찾아 아이들 탯줄부터 묶어 끊어주고, 피와 양수로 범벅이 되어 있는 아이들 따신 물에 씻겨 쌀깃 찾아 감싸주었다. 한 아이는 딸아이였고, 한 아이는 사내아이인데 쌍둥이라 그런지 그 모습 똑 닮아 있었다.

그사이 기진맥진 넋을 놓고 있었던 바리, 목소리를 짜내 멀찍이에서 아이들 쌀깃에 감싸고 있는 무장에게 말했다.

"너 우리 애기 먹으면 가만 안 둘 거야. 우리 애기 손가락 하나라도 뜯어먹으면 연잎밥이고 삼베옷이고 없으니까 알아서 해."

바리는 혼미한 의식 속에 무장이 아귀인 줄 알고 그리 경고를 하는데 무장은 이 와중에도 아귀들 경계하느라 눈에 힘주고 노려보는 바리를 보니 한숨이 절로 나왔다.

"나다, 바리야."

무장이 쌀깃에 감싼 아이 둘을 바리의 품에 안겨주며 말을 건네자, 누에고치처럼 감싸인 두 아기 받아 안던 바리가 갑자기 눈을 휘둥그레 뜨고 무장을 올려다보았다.

"아재?"

무장이 기진하게 땀에 젖어 있는 바리의 이마를 안쓰러운 듯 쓰다듬었다.

"어찌하여 이곳에서 또 아이를 낳았느냐? 이러다 잘못되면 어찌하려고……."

그의 걱정스러운 말 가만히 듣고 있던 바리가 어느 순간 성질이 치받는지 버럭 소리쳤다.

"그리 걱정되는 양반이 왜 이제야 나타나요? 나는 아재 아이 낳느라 죽을 고생을 하고 있는데 아재 뭐예요? 천계의 존재면 다예요?"

그동안 쌓여 있던 분노 한꺼번에 터뜨리고 있던 바리가 어느 순간 서럽게 울었다. 무려 열세 달을 뱃속에서 아이 키워 그것도 둘을 낳느라 자신은 생사를 오가며 온갖 고생 다했는데 정작 아이들 아버지는 왜 여기서 낳느냐 그딴 소리나 하고 있으니 억울하고 분하였다. 그에게 버림받고 잊혀졌다는 생각에 그동안 꾹꾹 삼켜야 했던 눈물이 막상 그가 이렇게 찾아오자 한꺼번에 터져 나왔다.

무장은 바리가 오해하고 있다는 건 차치하고, 자신의 아이라는 말에 멍하니 되물었다.

"내 아이라고? 일 년이 넘었는데 어찌하여…… 내 아이라는 것이냐?"

바리가 성난 얼굴로 대꾸했다.

"애들이 열 달 넘게 안 나왔단 말이에요."

그제야 상황을 파악한 무장, 다시금 바리의 품에 안겨 있는 아기들을 내려다보았다. 이제 생각해 보니 삼신산에서 바리를 보내기 전날 내외간의 정 나누었던 일이 새록새록 떠올랐다. 허면 이 아이들이 태어나 그가 삼신산에서 풀려났던 것인가.

무장이 두 아기를 어루만지며 웃음과 울음이 한데 섞인 얼굴을 하고 있었다. 다시는 못 볼지도 모른다고, 어쩌면 그를 잊고 청룡의 후계와 연분 맺을지도 모른다고 생각했던 바리가 이렇게 두 아이를 뱃속에 품고 기르고 있었구나. 그의 눈에서 눈물이 떨어졌다.

"너를 잃을까 봐 보낼 수밖에 없었다."

내내 부아 돋은 얼굴을 하고 있던 바리가 무장의 눈물에 미간을 좁혔다. 그의 사정 모르고 덜컥 화를 낸 것인가 싶어 바리가 가만히 그의 말 듣는데 믿을 수 없는 말들이 그의 입에서 흘러나오는구나.

"삼신산에서 두 아이를 더 낳았다간 너도 아이도 죽을 것 같아서 보낸 것이다. 삼신산에서 내가 너에게 해줄 수 있는 게 그것뿐이어서……."

가만히 귀 기울여 듣고 있던 바리가 차츰 그때의 상황을 떠올리며 무장의 말이 무슨 뜻인지 깨닫기 시작했다. 갑자기 천계로 돌아간다던 무장, 그 전날 자신에게 약려수와 꽃의 비밀 이야기 해주고 내외간의 정 나누는 내내 울 것 같은 얼굴을 하였지. 그땐 그저 팔삭둥이로 태어난 무휼이 무사히 백일이 되어 감격하여 그런 것인 줄 알았는데 그게 아니었구나. 이미 그때 자신을 보내려고 마음먹어 홀로 울었던 것이구나.

"그럼, 아재 혼자 그곳에 계속 있었단 말이에요?"

바리가 울음 섞인 목소리로 되묻자 무장이 고개를 끄덕였다. 그러자 바리 후두둑 눈물을 쏟는구나. 그것도 모르고 그녀를 두고 가버렸다고, 그녀와의 부부지연 아무것도 아니라 생각하고 있다 여겨 홀로 원망하고 미워하고 서러워하였다.

"왜 그랬어요? 바보같이. 살아도 같이 살고 죽어도 같이 죽는 게 부부 아니에요?"

미처 몰랐던 그의 마음 고맙고 고마우나 그 삼신산에서 그녀를 보내고 홀로 지냈을 걸 생각하니 가슴이 아팠다. 비록 두 아이 얻어 이렇게 그도 삼신산에서 풀려났지만 만약 아이가 생기지 않았으면 그는 영영 그곳에 발이 묶여 있어야 했던 게 아닌가.

"다시는 그러지 말아요. 나중에 내가 그걸 알았으면 얼마나 억장이 무너졌겠어요."

바리는 청목이 황천강에 빠졌다는 걸 나중에 알고 얼마나 눈앞이 캄캄했는지를 생각했다. 누군가의 희생은 받는 이에게는 마음의 짐이요, 풀 수 없는 응어리가 되니 이제 그런 것 원치 않았다.

바리가 엉엉 울며 무장과 이렇게 다시 만난 것을 하늘에게 감사드리는데 움막을 드나들던 아귀들은 어느새 미역국 끓여 솥단지째 들고 몰려들어 오고 있었다. 그러더니 바리가 배가 고파 우는 줄 알고 대접째 손에 들려주고 어서 퍼먹어라 재촉을 하였다.

"애 낳느라고 어제부터 아무것도 못 먹더니 눈물나지?"

"것 봐, 우리보고 만날 왜 우냐고 성질부리더니 너도 배고프니까 눈이 돌아가지?"

바리가 어이가 없어서 대접을 손에 쥔 채 한숨을 내쉬는데 아귀들 왜 어서 안 먹느냐 웅성웅성하였다. 허나 그들의 눈빛 바리가 걱정스러운 게 아니라 미역국 먹고 싶어 죽겠다는 눈치였다.

"뜨거워서 못 먹나?"

한 아귀가 그 말 하자마자 빙 둘러앉은 아귀들이 식혀주겠다며 솥단지에 후후 바람을 불기 시작했다. 이미 미역국 먹고 싶어 침이 가득 고였던 아귀들이니 후후 바람을 불 때마다 침이 튀어 미역국으로 들어가는구나. 대접 멍하니 들고 있던 바리가 그 광경을 보고는 언제 울었냐는 듯 재빨리 대접으로 미역국 떠서 자신 몫 챙겨놓고는 나머지는 나눠 먹어라 하였다. 그러자 아귀들 눈이 돌아가서는 너도나도 먹겠다며 달려들었다. 여하튼 이렇게 아귀들 때문에 정신이 없는데, 무장은 자신에게 두 아이가 더 생겼다는 게 믿어지지 않는지 어느새 웃음이 가득 번진 얼굴을 하고 아이들을 양쪽에 안고 둥개둥개 해주고 있었다.

"아무리 봐도 날 빼다 박은 거 같아. 어찌 이리 영특하게 생겼는지."

두 아이 열세 달 만에 나왔다는 것이 새삼 신기해 무장이 팔불출 같은 소리 하는데 대접에 있던 미역국 호로록 마시던 바리가 그런 무장을 흘겨보았다.

언제는 다른 사내 아이 낳았다 생각하더니 이제는 자신과 똑같다며 얼빠진 듯 웃는 그 모습에 왠지 약이 올랐던 것이다. 삼신산에서 그 홀로 남아 외롭긴 하였겠지만 어찌 됐든 자신은 혼자 두 아이 뱃속에 품고 있느라 온갖 고생을 하였기에 왠지 무장이 두 아이를 날로 얻는 것만 같았다.

"아재 아이들이기는 한데 벌써 그 아이들 다른 사람한테 주기로 약속을 하였으니 꼭 아재 아이들이라고만은 말 못해요."

"응? 다른 사람한테 주다니?"

"한 아귀가 뱃속에 있는 그 아이를 너무 탐내기에 이십 년 후에 잡아먹으러 와라 그랬거든요."

"뭐? 잡아먹어?"

무장이 어이가 없어 이맛살을 찡그렸다. 아무리 상황을 모면하려고 해도 그렇지 어찌 이십 년 후에 찾아오라는 말을 할 수 있단 말인가. 만약 이승에서 태어난 그 아귀 정말 그 약속 잊지 않고 이 아이를 찾아오면 어쩌나 겁이 덜컥 났다.

"어쩌자고 아귀랑 그런 약속을 해? 그 아귀는 그래 지금 어디 있어?"

"혼백이 되어 사라졌으니 아마 이승으로 돌아갔겠죠."

바리는 그 아귀가 청목이란 것 굳이 말하지 않았다. 무장은 아무래도 신경이 쓰인다는 얼굴로 아이들을 내려다보았다.

"흠, 혹시 모르니 온갖 무예 다 익히게 해야겠군. 수호꾼들도 여럿 붙이고……."

무장 그러다 딸아이인 아이를 바라보았다.

"이 아이는 아예 지상에 내려오질 못하게 해야겠어."

그렇게 찜찜해하며 이런저런 방비책을 세우던 무장이 어느 순간 바리에게 엄한 얼굴로 말했다.

"어찌 그런 약속을 하였어? 혼백과는 함부로 약속 같은 것 하는 게 아니란 말이야."

미역국 다시 퍼먹고 있던 바리가 벌컥 소리쳤다.

"그럼, 어떻게 해요? 애 낳을 때까지 기다렸다가 애를 먹겠다는데."

무장이 못마땅하지만 더 이상 뭐라 할 수 없어 아무 말 안 하는데 바리가 한마디 덧붙여 그를 더 기함하게 했다.

"여하튼 약속을 했으니까 아이들 이름은 그 아귀 이름 따서 내가 지어줄 거예요."

"뭐? 아귀가 무슨 이름이 있어?"

바리는 더 이상 말할 생각 없다는 듯 슬쩍 시선을 돌렸다. 그러다 옆에서 미역국 퍼먹고 있는 아귀들을 보고는 혀를 찼다. 솥단지에 가득했던 미역국 벌써 동이 나고, 아예 혀로 싹싹 핥고 있었던 것이다.

"아니, 애를 지들이 낳았나."

아귀들은 바리가 구시렁거리든 말든 시끄럽다는 듯 배를 탁탁 두드리며 볼일 다 봤다는 식으로 밖으로 나갔다. 바리는 그런 아귀들에게 미역 더 구해오라고 소리를 지르고는, 숯과 솔잎 구하러 간 우웩이는 왜 안 오나 궁금해하였다. 그러자 우웩이 때마침 움막 안으로 날아 들어와 입에 문 솔잎과 발로 움켜쥐고 가져온 숯을 내려놓는구나.

무장은 이름 짓는 건 다시 생각해 보자 말하려 하다가 신우가 들어오는 것을 보고 도대체 신우가 어찌하여 이곳에 있나 신기해하였다.

우웩이가 갑자기 곱사등이노인 댁에 나타나 황천강 앞까지 따라왔었다 바리가 말하니, 무장은 신우가 자신을 돕기 위해 바리와 동행을 하였구나 금방 알 수 있었다. 헌데 신우가 도대체 바리의 출산을 어찌 알고 이곳에 왔을까 의구심이 들었다. 게다가 천계에 돌아왔을 때 천제께서 보이지 않았던 것도 이상하거니와, 생각해 보니 예전부터 신우와 있을 때는 천제를 본 적이 없고 천제와 함께 있을 때는 신우를 불러도 오지 않았다는 것이 불현듯 머릿속을 스쳐 지나갔다. 두서너 번 있던 일들이라 그때는 그저 신우가 천제를 두려워하여 그런 것인가 했는데 이 순간 그게 아니라는 생각이 들었다. 그는 생각에 잠긴 듯 눈을 가늘게 뜨고 신우를 바라보는가 싶더니 의미심장한 말 한마디를 건네었다.

"손자 손녀들을 지켜주러 오신 겁니까?"

이건 또 뭔 소리인가 싶어 바리가 어리둥절 무장과 우웩이를 번갈아 쳐다보는데 우웩이 말없이 무장을 쳐다보는가 싶더니 고개를 갸웃하며 웃는 듯한 표정을 지어 보였다. 무장은 신우의 태도를 보고 천제라는 것을 확신했다.

신우이자 우웩이는 날갯짓을 하며 무장과 바리에게 날아오는가 싶더니 두 아이 바라보고는 무장을 응시했다. 해처럼 금빛으로 빛나는 그 두 눈 똑바로 마주 보기 두려울 정도로 모든 것을 꿰뚫는 듯했다.

"이제 다 되었다. 이제 네게 천계를 맡기고 떠날 수 있겠구나."

우웩이의 말인지 신우의 말인지 아니면 천제의 말인지 알 수 없는 목소리가 무장에게 들려왔다. 무장은 신우이자 천제인 해동청의 두 눈을 똑바로 마주 보며 물었다.

"떠나다니…… 무슨 말씀입니까?"

해동청은 빙긋이 웃는 듯한 표정을 짓더니 무장에게 말했다.

"네가 돌아오기를 기다렸다."

그 말 뱉자마자 해동청은 성큼성큼 걸어 무장의 품에 들어오더니 웅크리듯 두 날개 접고 앉았다. 무장은 천제께서 어찌 자신의 품에 앉으시는가 기이하여 내려다보는데 천제의 목소리가 또 들려왔다.

"잊지 마라. 다른 이의 고통을 내 고통으로 받아들일 때, 또한 내 고통이 내 것으로만 여겨지지 않을 때 모든 생명을 살리는 길이 열린단다. 허니 외면하지 말거라. 물러서서 구경하고 있지 말거라. 온 마음을 다하여 그들의 고통을 바라보아라."

해동청은 그 말을 남기고 서서히 고개를 숙이더니 어느 순간 숨을 멈추었다.

"아버지……."

무장, 천제이자 아버지인 해동청이 품 안에서 숨을 거두자 믿어지지 않는 듯 천제를 불렀다. 허나 해동청 이미 숨을 거두고 혼백 되어 가셨는지 해동청의 몸 서서히 식어가고 있었다. 그 해동청을 무장이 떨리는 손으로 쓰다듬었다.

"아버지……."

무장의 눈에서 눈물이 흘러내렸다. 아버지의 이런 마음 모르고 천제로서 후계를 경계하시기 위해 삼신산 보내는 것은 아닌가 의심하였구나. 모든 것에서 거리를 두고 점점 혼자가 되어가는 아들 무장을 보며 천제는 안타까워하였던 것이구나. 스스로의 생이 얼마 남지 않았다는 것을 알기에 삼신산에 보내서라도 깨닫게 해주려 하였던 것이구나.

"아버지……."

무장이 해동청을 품에 안고 울음을 삼켰다. 바리는 어째서 무장이 우웩이에게 아버지라 부르는지 이상하고 기이하였지만 그의 눈물 안타까워 두 아기 내려놓고 무장을 안아주었다.

마침내 무장이 해동청을 품에 안고, 바리와 두 아이를 데리고 이승으로 돌아가려 하니 아귀들 바리의 치맛자락 붙잡고 가지 마라, 가지 마라 매달리고 울었다. 바리는 그런 아귀들에게 두 아이 이승에서 조금만 더 키우다가 때 되면 또 오겠다 약속을 하였다. 허니 그동안 가르쳐 준 대로 삼베 짜서 옷 해 입고 어서어서 혼백 되어 새 몸으로 태어나라 말해주니 아귀들 고개를 끄덕이며 바리를 보내주는구나.

무장과 바리가 아이들을 데리고 일월산으로 다시 돌아왔을 땐 천제의 빈천(賓天) 소식 들은 지계의 모든 수호자들 새로운 천제를 맞이하기 위하여 일월산에서 무장을 기다리고 있었다. 남해용왕은 아직 휴면에서 깨어나지 않았는지 모습을 볼 수 없었고, 얼마 전 다시 돌아온 청목의 혼백이 여의주에 소환되었던 용의 기운과 만나 다시 원래의 모습을 되찾으니 일월산에 나타난 동해용왕은 얼굴이 활짝 개어 있었다. 게다가 휴면 중이던 서해의 황룡과 흑룡 깨어나 새 천제를 맞이하러 오니 무장 남해용왕 적한을 걱정하였다.

이렇게 남해용왕을 제외한 사해의 수호자들과 지계의 수호자 십이지가 새 천제를 맞이하기 위해 등극을 준비하고 있을 때 무장은 천마를 불러 바리를 목지국에 바래다주라 하고는 천계로 올라가 천제이자 아버지였던 해동청의 육신을 천계의 제단에 뉘었다.

천제이면서 때때로 해동청의 모습으로 지상을 살펴보고 하늘을 가르며 시원한 바람을 즐기던 천제 7)무제(無際)는 그렇게 해동청의 모습으로 생을 마쳤다. 무장은 천제의 혼백이 좋은 곳에서 태어나기를 기원하는 제를 올렸다.

한편 바리가 두 아이를 데리고 궁에 도착해 보니 해월공주 무휼을 왕후마마에게 맡겨놓고 적문을 데리고 남해로 가 궁에 없었다. 바리가 어미 정에 목말라 하는 무휼에게 젖을 먹이고 있을 때, 해월공주는 아들 적문을 데리고 남해 바다 앞에 당도해 있었다.

다섯 살이 되도록 바다를 본 적 없던 적문은 남해 바다를 보고 본능

---
7)넓고 멀어서 끝이 없음

적으로 무언가를 느꼈는지 갑자기 아장아장 걸어 바닷속으로 걸어갔다. 그러면서 해월공주 돌아보며 어서 오라 손을 내저었다.

"엄마, 이리 와."

해월공주 처음에는 적문이 바닷속에 빠져 죽으면 어쩌나 싶어 얼른 달려가 아이를 안아 올리려는데 아이는 파도에 휩쓸려 바닷속으로 들어가더니 이내 바닷속에서 작은 적룡이 고개를 내밀고 해월공주 바라보았다. 인간 세상에서 살고 있지만 제 자신이 용의 후손인 것 피에 새겨져 있으니 바닷속에 들어가자 적룡으로 변하였던 것이다. 해월공주 그 모습 보고서야 소맷자락 안에 넣어둔 비늘 입에 물고 천으로 둘러맸다. 적룡은 벌써 바닷속으로 다시 들어가 유유히 헤엄치고 있었다.

해월공주가 바다에 몸을 던져 깊은 물속으로 들어가자 적룡이 제 어미의 곁으로 다가왔다. 하여 해월공주가 바다 깊은 곳까지 헤엄치고 나아가니 적문이 어미 곁을 따라왔다.

얼마나 깊은 물속을 가르고 또 갈랐을까. 마침내 저 멀리 산호와 진주로 꾸며진 용궁이 나타났다. 해월공주가 솟을대문 지나 용궁의 문을 열기 위해 힘주어 밀었다. 헌데 웬일인지 문이 열리지 않았다. 밖에서는 열리지 않는 것인지, 아니면 용왕의 휴면으로 용궁 전체에 결계가 둘러진 것인지 알 수 없었다. 헌데 곁에서 지켜보던 적문이 어디론가 향했다. 해월공주 용왕의 혈통이니 무언가 알고 있는 것인가 뒤를 따라갔다. 적문은 작은 지창을 발견하더니 꼬리로 냅다 후려쳐 지창을 부수어 버렸다.

해월공주, 다섯 살밖에 되지 않은 아이가 지창을 부수는 모습 보고 깜짝 놀랐다. 인간의 모습을 하고 있을 때 저런 모습 본 적이 없는데 용의 모습을 하고 있어서 그런 것인가 그녀가 이제껏 알고 있던 아들이 아니었다.

부서진 지창 안으로 해월공주 궁 안으로 들어갔다. 궁은 고요하다 못해 칼끝처럼 날카로운 정적이 감돌고 있었다. 마치 궁 전체가 안으로 들어서는 자를 지켜보고 있는 듯 이상하게 긴장이 되었다. 허나 해월공주 한때는 두어 달을 이곳에서 지냈으니 궁의 모든 전각과 통하는 길 훤하였다. 공주가 적한과 지내던 침상이 있는 곳을 향해 곧장 걸음을 옮기기 시작했다. 비록 용왕의 휴면을 함부로 깨워서는 안 된다 하였지만 그녀에게만은 온 마음과 몸을 다 주었던 적한이었으니 그녀를 해치지는 않을 것이라 믿었다. 헌데 침상이 있었던 전각으로 막 다다르고 있을 때 어디선가 굉음 같은 목소리가 전각 전체에 쿵쿵 울렸다.

"누가 감히 내 잠을 방해하느냐."

그것은 해월공주 한 번도 들어본 적 없는 적한의 목소리였다. 온몸의 털이 다 곤두설 정도로 무시무시한 소리였다. 허나 그녀와 부부지연 맺고 아이까지 낳은 지아비이다. 그녀라면 끔찍이 아끼고 어쩔 줄 몰라 하였으니 해월공주 겁에 질려 떨리는 가슴을 진정하고 차분히 응수했다.

"저예요, 해월."

목소리의 주인은 해월공주 전혀 모르는 듯 진노한 목소리로 위협했다.

"내 잠을 방해하는 자, 멸족을 피할 수 없을 것이니 물러가라."

감히 범접할 수 없는, 하여 그의 여인인 것 내세우며 말 건넬 수 없는 그런 목소리였다. 지상의 인간을 지배하는 동시에 수호하는 용왕의 목소리일 뿐이었다.

해월공주 한동안 두려움에 사로잡혀 아무 말도 하지 못하고 서 있다가 이대로 포기할 수 없다는 생각에 다시 침상이 있는 곳으로 걸음을 옮겼다. 여기서 뒤돌아서 가버리면 그와는 영영 이별일 것만 같았다. 여기서 그의 휴면을 내버려 둔다면 그녀는 한때 용왕이 취했던 지상의 여인밖에 지나지 않을 것만 같았다.

해월공주의 직감 사실 틀린 것이 아니었다. 용왕의 존재 한 번 긴 휴면에 들고 나면 예전의 기억 훌훌 털어버리니 새롭게 태어나는 것과 진배없어서 적룡이 휴면에서 깨어나면 해월공주와 아들 적문 잊어버릴 수도 있었다. 해월공주 그 사실 아는 것은 아니었지만 지난 이 년 동안 그녀와 아이가 있음에도 돌아오지 않는 적한을 보면서 그가 언제든 용왕으로 돌아가 그녀를 한갓 지상의 인간으로 볼 수도 있겠다는 생각이 들기 시작했다. 그렇지 않고서야 어찌 두 해가 지나도록 돌아오지 않을 수 있단 말인가.

그에게 모든 것을 주었다. 비록 첫 아이 잃었을 때 그에게 다시는 모든 것 걸지 않겠다 작심하였지만 다시 재회하고 아이 낳으면서 그에게 온 마음을 주었다. 허니 이제 와서 그에게 잊혀져 버리고 방치되는 존재로 남을 수 없다. 그가 찾아오는 것 더 이상 기다리고 있지만은 않겠다 그리 생각했다.

"내게 오는 자, 그 걸음을 멈추라."

그 목소리 계속 들려올수록 해월공주의 걸음도 빨라졌다. 아니, 마지막에는 뛰다시피 하였다. 제 어미를 뒤따르던 적문은 해월공주가 향하는 곳으로 앞서 나아가더니 먼저 문을 열어주었다. 해월공주 그 문 열리자마자 우뚝 걸음을 멈추었다. 침상이 있는 그 방에 거대한 용이 잠들어 있었다. 온몸에 붉은 비늘 두른 거대한 용은 똬리를 틀고 방 전체를 가득 메우고 있었다.

"적한?"

해월공주 오래전 기저국에서 그에게 잡혀간 이후로 용의 모습 본 적 없으니 용왕인 그의 모습 새삼 놀랍고 무서웠다. 그는 칼처럼 날카롭고 긴 수염을 흐느적거리며 깊은 잠에 빠져 있었다.

"적한, 나예요."

"감히 내 잠을 깨우려 하다니 죽고 싶으냐?"

용왕은 여전히 눈을 감고 있었는데, 말소리가 계속 들려왔다. 해월 공주 이렇게 해서는 도저히 그를 깨울 수 없다는 생각에 무장이 말해 준 대로 역린을 건드려야겠다 마음을 먹었다. 하여 그의 몸에 둘러진 붉은 비늘을 움켜쥐고 머리까지 기어올라 가기 시작했다. 허나 그의 몸 얼마나 거대하고 높은지 뿔 달린 머리까지 기어올라 갔음에도 턱 아래 있는 역린을 건드리기 쉽지가 않았다. 팔을 힘껏 뻗었지만 역린에는 손이 닿지 않아 해월공주 그의 콧잔등까지 내려가서야 역린에 손이 닿을 수 있었다.

해월공주, 이판사판이다 하는 심정으로 그의 역린 손으로 꽉 움켜잡고 흔들어댔다. 헌데 남해용왕 눈을 뜨지 않고 여전히 쿠르르 콧소리를 내며 잠을 자고 있구나. 다만 어딘가 화가 난 듯 온몸에 둘러진 비늘이 꼿꼿하게 일어나고 거친 털로 뒤덮인 눈썹이 일그러졌다.

"일어나요, 좀."

해월공주 그 말 속삭이며 역린을 다시 건드려 보는데 문 앞에서 이를 지켜보던 적문이 고개를 갸웃하며 중얼거렸다.

"엄마, 이분 말고 그때 그분이랑 다시 혼인하면 안 돼요?"

다섯 살이지만 인간 아이들과 달리 총명함이 유달라 적문은 벌써 쓰고 읽고 말하였다. 헌데 적문이 그 말 하자 용왕의 콧잔등이 씰룩였다. 해월공주는 적문이 건네는 뜻밖의 말에 멍하니 아들을 바라보았다.

"그분이라니?"

해월공주 씰룩이는 콧잔등 위에서 안 떨어지려고 움찔거리며 되묻는데 적문은 불만스러운 듯 남해용왕 노려보며 말했다.

"난 이 아저씨보단 그때 찾아왔던 그 아저씨가 더 좋은데."

해월공주 누굴 말하는 건가 어리둥절하다가 얼마 전 찾아왔던 무장을 말하고 있다는 걸 깨달았다.

"바리 이모 찾으러 왔던 무장아재를 말하는 것이니?"

"응. 난 그 아재가 훨씬 더 좋은데. 그 아재가 내 아버지 되면 안 되나?"

그때 무휼을 안고 인자하게 쓰다듬고 웃어주던 무장을 보았던 적문은 곁에 없는 제 아버지보다는 무휼의 아버지가 훨씬 좋다는 생각을 하였다. 항시 제 곁에 없어 기억이 없는 아버지가 바로 이 용왕이라는 것도 썩 내키지가 않았다. 잠 깨우지 마라 무섭게 위협하고 고함치니 아이 적문은 제 아버지가 두렵고 싫었다.

해월공주는 적문의 말에 쓴웃음 지으며 말했다.

"그래, 지금 와선 나도 그분을 만나는 게 더 나았겠다는 생각이 든다. 이리 네 아버지처럼 잠잔다고 마누라랑 자식새끼를 다 팽개칠 분은 아니니 말이야. 헌데 그분은 절대 네 아버지가 될 수 없는 분이니 나도 그것이 원통하다."

헌데 잠들어 있던 남해용왕 적한 해월공주와 아들이 나누는 이 대화 다 듣고 있었는지 갑자기 뜨거운 콧김 내뿜으며 눈을 번쩍 떴다. 그 눈 어찌나 형형하고 붉게 타고 있는지 보기만 하여도 몸이 움츠러들 정도였다. 남해용왕은 콧잔등에 있는 해월공주 휙 침상 위에 내던지더니 성질이 치민 듯 갑자기 천장을 뚫고 나갔다. 동시에 전각이 부서지는 굉음 소리와 요동이 넘쳐 나기 시작했다.

갑자기 내던져진 해월공주가 침상 위에서 정신을 차리려고 애를 쓰는데 적룡은 용궁 전체를 부수고 있는지 침상이 있는 그 방도 우지끈 소리를 내며 흔들렸다. 천장에서도 파편으로 된 산호 조각들이 마구 떨어져 해월공주 다칠 것 같았다. 적문이 얼른 제 어미에게로 다가가 파편들 몸에 떨어지지 않게 위에서 덮어주었다. 나이 비록 어리나 용의 후손이라 철갑 같은 비늘 두르고 있으니 차라리 제 몸으로 막아주고 있었다. 헌데 문 앞으로 잔뜩 뿔이 난 적한이 나타나더니 씩씩거리며 해월공주에게 소리쳤다.

"내가 무장보다 못한 게 뭐야아아?"

적한은 자신이 가지지 못한 성품과 능력을 가진 무장에게 질투를 하고 있었는지 화르륵 성질을 내고 있었다. 허나 깨어난 그 모습 그녀가 알던 모습이니 해월공주 침상에서 벌떡 일어나 적한에게로 달려갔다. 그리곤 적한이 씩씩거리든 말든 그 얼굴 두 손으로 부여잡고 입맞춤을 하였다. 웃음을 머금고 있던 해월공주의 얼굴 위로 어느새 눈물이 흘러내렸다.

"보고 싶었어요, 적한."

잔뜩 성이 나서 해월공주가 하는 입맞춤 냉랭하게 노려보고만 있던 적한이 그녀의 눈물과 속삭임 듣고서야 어느 정도 화가 가라앉는지 공주에게 입맞춤 되돌렸다. 허나 다시 생각해도 화가 난다는 듯 문득 고개 들고 따졌다.

"다시 한 번 말해봐, 무장이 뭐 어쩌고 어째?"

"아니, 그건 그냥 당신이 하도 안 일어나니까 해본 말이죠."

해월공주 우물쭈물하는데 적한이 아들 적문을 조용히 노려보았다. 적문은 어머니가 쪼르르 달려가 적한에게 입맞춤하고 품에 안기는 것이 못마땅한지 입술을 부루퉁하게 내밀고 방을 나가 버렸다.

"칫, 무장아재가 훨씬 나은데."

적문은 어느새 작은 적룡으로 변하여 물속을 가르고 있었다. 그 모습 지켜보던 적한이 한마디 하였다.

"멀리 가지 말고 물속 세상 구경 좀 하고 있거라."

적문이 대답없이 온통 부서진 용궁을 빠져나가는데 적한이 고래고래 소리쳤다.

"대답 안 해애애애애?"

"알았다고요요요요요."

적문도 고래고래 소리를 지르며 대답을 하더니 혼자 물속 세상 구경

길에 나섰다. 처음 와본 남해이니 구경할 것 천지라 적문은 금방 제 아버지 어머니 잊어버리고 철갑상어와 함께 헤엄치며 놀았다.

후계 적문이 제 세상 만난 듯 철갑상어와 힘싸움하며 서로 자신의 부하가 되어라 대서고 있을 때 적한은 해월공주 무섭게 노려보며 되묻고 있었다.

"무장이 나보다 낫다는 말 진심이야?"

"또 잠들어 버리면 그럴지도 모르죠."

슬쩍 약을 올리는 해월공주 씩씩거리며 노려보던 적한이 해월공주 끌어안고 거칠게 입맞춤하기 시작했다.

"뭐예요? 애 있는 데에서?"

해월공주가 순순히 안기지 않고 저항을 하였지만 적한은 상관하지 않고 그대로 해월공주 치마 걷어 올리고 허벅지 들어 올렸다. 그리고 제 허리에 다리 걸고 선 채로 해월공주 취하니 해월공주 오랜만에 갖는 교접에 그의 몸 상대하기 버겁구나.

"눈 뜨자마자 하는 짓이 또 이거예요?"

해월공주 앙탈 부리듯 중얼대는데 적한이 뜨거운 입김 귓가에 뱉어내며 속삭였다.

"둘째 가지라고 그러는 거야."

적한은 해월공주가 혹여라도 다른 사내와 정분날까 두려워 어서 둘째 셋째 낳게 해야겠다 그리 작심하였다. 하여 해월공주 몸속 깊이 제 몸 묻고 천천히 움직이기 시작하니 해월공주 괴로운 듯 떨리는 듯 그의 목에 팔 감고 신음을 뱉어내는구나. 적한은 달뜬 얼굴로 교음 내뱉는 해월공주 바라보며 싱긋 웃었다.

"답답하여 이곳 싫다 하더니 어떻게 올 생각을 다 했어?"

해월공주 신음 사이로 간신히 속삭였다.

"당신이…… 이곳에…… 있으니까……."

그 말 적한의 입맞춤에 막혀 더 이상 흘러나오지 못했다. 허나 적한이 해월공주 몸에 잠긴 채 그대로 안아 들고 침상에 누이더니 그 말이 얼마나 그를 기쁘게 하는지 몸으로 보여주었다.

용궁은 부서지고 무너졌지만 남해용왕 해월공주와 후계 적문이 왔으니 금방 새로 지을 수 있을 것이다. 진정 원하였던 거처 그에게 생겼으니 두려울 것이 무엇이랴.

이렇게 해월공주 휴면에서 깨어난 적한에게 안겨 기뻐하고 있을 때 바리는 대왕마마와 왕후마마에게 두 아기 안겨주며 오랜만에 담소를 나누고 있었다. 대왕마마 아들 딸 쌍둥이를 보시더니 어째 저승에만 가면 애를 낳아오느냐 그것참 신통하다 그런 멋대가리없는 말 내뱉고는 두 아기 번갈아 안아보시며 내내 웃음을 멈추지 못하였다.

어찌하여 지난날 아들딸 구별하여 스스로 지옥 만들었던가, 사내를 후계로 인정해 왔던 역사와 그 권위에 사로잡혀 천륜을 저버리고 할 짓 못할 짓 많이도 하였구나. 허나 대왕 본시 아이들 끔찍이 여기시는 성품이니 후계에 대한 속박에서 스스로 벗어난 후 이렇게 평온하고 행복할 데가 없었다. 게다가 시집간 다섯 딸 제각기 서너 명의 손자 손녀 낳았지만 친정 나들이 쉽지 않으니 이렇게 여유롭게 품에 안고 둥개둥개 해줄 일 거의 없었던 대왕마마 두 아이 울음소리조차 흥겨운 노랫가락으로 들려왔다. 여섯째 해월공주의 아이 또한 예뻐하였으나 용왕의 아이라 안아주면서도 떨어뜨려 다치게 할까 봐 불안불안하였다. 게다가 막내공주가 저승에서 온갖 고생하며 낳은 아이들이니 어찌 예쁘고 귀하지 않겠는가. 하여 바리가 궁에 돌아와 몸조리하는 백 일 동안 두 마마가 손수 아이 끼고 돌봐주었다.

그사이 보위 이어받을 후계 물색하여 살펴보던 대왕마마 외유내강 겉으로는 따뜻하고 인자하나 안으로는 누구보다 심지 강하고 남의 눈치 살피지 않는 해월공주가 어떠한가 지어미인 길대부인과 논의하였다. 대왕마마 돌아가신 후 그 유골 막내공주가 올 때까지 장례 치르지 못하게 막아섰던 해월공주였으니 그 말 많고 의견 제각각인 신하들 설득하고 막아선 것 보면 녹록치 않은 수완과 행동력이라, 길대부인 참으로 현명한 판단이오 지아비인 어비대왕 뜻에 적극 찬성하였다.

적한과 재회하여 운우지정 오랜만에 나누고 아들 적문과 궁에 돌아온 해월공주 두 마마께 예전에 인사드렸던 고원국 개로가의 적한이란 자와 혼례 올리고 싶다 말하려 하는데 대왕마마 떡하니 후계 네가 이어받아라 하시는구나. 정식으로 혼례 치르지 못하고 용왕의 아이 낳았다 수군수군 외간 사내와 통정하였다 수군수군하는 사람들의 말 더 이상 듣기 싫어 정식으로 혼례 치르고 남해로 내려가고자 했던 해월공주는 대왕마마의 그 말 듣고 화들짝 놀랐다. 물론 바리가 후계 자리 거절한 일 알고 있었으나 오랫동안 사내아이만 고집하는 어비대왕이었던지라 자신의 자리 될 것이다 생각지도 않았는데 그녀에게 나라의 안위를 맡긴다 하니 놀랍고 어안이 벙벙했다.

적한 또한 이번에야말로 정식으로 혼례 치르고 데려갈 수 있다 생각하여 기대 잔뜩 하고 어서어서 용궁 새로 지어야지 하였는데 대왕마마의 말 들은 해월공주 심각하게 갈등하며 이것저것 생각하니 이러다 다시 우물 속 두레박 신세 되는 건가 싶어 떨떠름하였다.

어비대왕과 길대부인에게 왕위 이어받으라는 말 들은 해월공주, 어느 날 적한과 아들 적문을 궁에 두고 홀로 말을 타고 나가더니 몇 날 며칠 목지국 두루두루 살펴보고 돌아왔다. 그리곤 백 일 몸조리 마친 바리와 깊이 논의를 하더니 며칠 후 대왕마마에게 후계 잇겠다 답하였다. 이미 적한과도 깊이 상의하여 내린 결정이니 적한도 더 이상 가타부타 말하지 않고 해월공주의 앞날을 축복해 주었다. 적한 처음에는 해월공주와 떨어져 지내는 것 때문에 반대하였으나 혼례 치르고 궁에 와서 같이 살자 하니 더 이상 반대할 이유 없었다. 게다가 자신의 용궁 휴면에서 깨느라 다 부셔놓았으니 당장 데려갈 수도 없었다. 해월공주 적한과 따로 약속하였다.

"적한, 당신도 중요하지만 내 나라의 앞날도 제게는 중요하답니다. 딱 십 년만 보위에 올라 제가 그동안 품고만 있었던 뜻과 꿈을 펼쳐 보고 싶어요. 온 힘을 다하여 내 나라 내 백성 다스리고 다른 이에게 보위를 넘겨줄 것이니 내 선택을 축복해 주면 안 될까요."

그렇게 진심 어리게 약조하고 제 뜻을 말하는 해월공주 바라보며 적한은 결국 그러마 대답했다. 물론 궁에서 고원국 개로가의 독자로 행세하며 여왕의 부군으로 살아갔지만 때마다 남해로 내려가 비 내리고 폭풍 일으켜 남해의 수호자로서 그 역할 다하였다. 하여 바리를 찾기 전까지 막내공주였던 해월공주, 일 년 후 어비대왕의 뒤를 이어 목지국의 십일대 왕이 되었다.

무장이 목지국으로 찾아온 것은 바리의 몸조리 끝나고 한참 두 아이에게 젖 먹이고 있을 때였다. 등극제 치르고 천제에 오른 무장은 어느 날 갑자기 바리의 처소 앞마당에 천마 타고 나타나더니 이제 가자 하는구나.

"지상의 존재가 천계로 오려면 낮달이 뜨기를 기다려야 한다. 천마를 이곳에서 지내라 할 터이니 낮달이 뜨면 바로 세 아이와 함께 타고 오너라."

바리는 젖 먹는 아이를 가만히 내려다보며 생각에 잠기는가 싶더니 한 가지를 물었다.

"천계로 가면 내 원할 때 언제든지 지상으로 내려와 볼 수 있나요?"

"그 또한 낮달이 떠야 가능하다."

"자유롭게 오갈 수 없다면 천계라 하여도 저에게는 삼신산처럼 느껴질 것 같아요."

언제든 마음대로 오갈 수 있는 천제 무장은 바리의 입장 미처 생각지 못하였다는 걸 깨닫고 원하는 것을 물었다. 바리는 오랫동안 생각해 온 것이라는 듯 진중하게 답했다.

"땅에는 부모님과 제 형제들이 있고, 바다에는 적한아재와 청목이가 있고, 하늘에는 당신이 있어요. 허니 저는 저승지옥에 가서 서러움에 떠도는 아귀들과 혼백들을 달래주고 싶어요."

"허나 아이들까지 그곳에 데려가는 것은 위험하다. 또한 내 천제라 하여도 저승지옥 마음대로 드나들 수 없으니 네가 그곳에서 내내 지내는 것은 반갑지 않구나."

함께 지내고픈 무장의 마음 알기에 바리가 생각에 잠겼다. 그녀도 아이들 두고 저승지옥에서 계속 지내는 것은 힘든 일이고, 그가 보고 싶을 때 많을 것이니 시간을 분배하였다.

"봄과 가을에는 제가 지상에서 아이들과 지낼 터이니 그때 함께 지내요. 그리고 여름과 겨울에는 당신이 아이들을 천계로 데려가 보살피고요."

바리는 지상의 여인이라 낮달이 떠야 드나들 수 있었지만 아이들은 무장의 피를 이어받아 천계의 존재이니 오고 가는 것이 자유로웠던 것이다.

그 정도면 적당하다 생각하고 무장이 고개를 끄덕이는데 왜 하필 봄과 가을에 지상에서 지내겠다 하는 건지가 궁금하였다. 헌데 바리의 대답 가관이었다.

"여름에는 더워서 자주 씻어야 하고, 겨울에는 추워서 아예 씻기 싫단 말이에요. 허니 여름과 겨울에는 저승으로 갈래요."

무장이 못마땅한 시선으로 바리를 노려보자 바리 슬쩍 시선을 피하고 젖 먹고 막 잠이 든 아이를 무장의 품에 안겨주었다.

"청랑아, 청우야, 아버지한테 인사드려야지."

그사이 무장의 등에 찰싹 달라붙어 아버지 어깨까지 기어올라 가 매달려 있던 무휼은 제 어미의 품이 비워지자 쌩하니 내려가 바리에게 다다다 달려갔다. 바리가 그런 무휼을 덥석 끌어안고 깔깔깔 웃어댔다.

"그래그래, 청랑이 청우 젖 다 먹였다. 이제 엄마는 무휼이 차지다."

젖먹이 때 제 어미와 헤어졌던 무휼은 제 어미가 어디 갈까 봐 한시도 눈을 떼지 않고 어미에게 매달려서 바리 그 불안한 마음 어루만져 주었다.

"엄마가 무휼이를 얼마나 좋아하는데, 청랑이랑 청우는 젖 먹이느라 그런 거지 사실은 젖 먹이면서도 무휼이 안아주고 싶어 몸이 근질거렸다."

이렇게 바리가 무휼을 안고 뒹굴뒹굴 굴러대며 웃어대는데 오랜만에 두 아이 품에 안은 무장은 방금 전 지나가듯이 들은 아이 이름 떠올리곤 미간을 좁혔다.

"청랑과 청우?"

바리는 무휼을 배 위에 올려두고 이리 뒹굴 저리 뒹굴 하면서 별일 아닌 듯 답하였다.

"예, 푸른 파도와 푸른 비예요."

무장이 말없이 그 의미 되새겨 보는데 바리는 눈을 빛내며 무장을 쳐다보았다.

"예쁘게 잘 지었죠? 내가 이래 뵈도 배운 여자잖아요."

무장은 눈썹을 꿈틀거리는가 싶더니 미심쩍은 얼굴로 바리를 노려보며 물었다.

"푸를 청(靑)?"

"예. 왜요?"

바리는 멀뚱히 대답했지만 무장의 눈은 더 가늘어졌다. 청룡의 집안이 대대로 푸를 청(靑)을 돌림자로 써왔는데 어찌하여 이 아이들에게 그런 이름을 지어준 것인지 심히 의심스러웠던 것이다.

"아귀의 이름을 붙여준다 하지 않았어?"

바리는 짧은 순간 그 아귀가 청목이었다 말을 할까 말까 하다가 무장이 왠지 들고일어나며 이름 바꾸겠다 할 것 같아 시치미를 잡아뗐다.

"그렇긴 한데, 막상 아귀 이름 따서 짓는 게 좀 꺼림칙해서요. 해서 그냥 짓고 싶은 대로 지어준 거예요. 왜요? 맘에 안 들어요?"

바리가 오히려 도끼눈을 하고 무장을 쳐다보자 무장 한 걸음 물러섰다.

"아니, 마음에 안 드는 건 아닌데 푸를 청을 돌림으로 쓴 게 좀…… 마음에 걸려서……."

"뭐가 걸려요? 천마 타고 오면서 봤던 푸른 바다가 너무 인상 깊어서 그렇게 지은 건데요."

바리가 천연덕스럽게 그것이 진심인 듯 눈 똑바로 뜨고 무장을 바라보니 무장도 더 이상 꼬투리를 잡을 수 없었다. 괜히 청룡의 후계 이름을 따서 지은 것 아니냐 말하였다가는 사람 의심한다며 난리를 칠 것만 같았다. 저승으로 바리를 찾으러 갔을 때도 두 아이가 그의 아이인 것 믿지 않자 여인의 정조를 뭐로 보고 그런 생각을 하느냐 온갖 난리를 치지 않았던가. 하여 찜찜하고 의심스럽지만 무장 더 이상 묻지 않고 아이들 이름을 불러주었다.

"청랑아, 청우야, 아비다."

청랑과 청우는 제 이름이 마음에 쏙 드는지 아니면 아비의 목소리가 좋았던 것인지 까르륵 배냇짓하며 웃어댔다. 헌데 제 이름 불린 것 좋다며 웃어대는 두 아이 보니 무장 더더욱 기분이 좋지 않았다.

천제 무장이 바리와 재회하고 앞으로 어찌 지낼 것인가 결정하고 나니 지상은 온통 봄 햇살로 가득했다. 그 봄 햇살을 받으며 바리 세 아이와 함께 동해안으로 길을 내달렸다. 백 일 동안 몸조리 한 후에도 아이들 젖 먹이고 기저귀 가느라 바깥 구경 하지를 못했으니 답답하여 미칠 판이었고 공덕할멈과 비럭할아범에게 청랑과 청우 아직 보여주지 못했으니 인사를 드리기 위해서였다. 아이가 셋이나 되니 천마 훌쩍 타고 길 나설 수 없는지라 시녀 둘과 말몰이꾼의 도움받아 수레 가마 타고 동해안으로 향하였다. 천마 쏜살이는 천제 무장을 태우고 수레 가마를 지켜보며 그 뒤를 따라갔다.

마침내 동해안에 다다르자 수레 가마 곧장 마을 뒷산으로 향하였다. 비탈진 산길은 걸어서 올라가야 해서 무장이 무휼을 안고 시녀들이 청랑과 청우를 안았다. 바리는 길잡이를 하며 앞장을 섰다.

헌데 묘지에 다다르니 기이하고 놀라운 광경 펼쳐져 있었다. 산에 사는 온갖 동물들 묘지 주위에 모여들어 한 걸음 한 걸음 올라오는 무장과 바리 바라보고 있었던 것이다. 새로 천제로 등극하신 분이 찾아온다는 소식 듣고 산짐승들 하나둘씩 구경하려고 모여들었던 것이다. 게다가 천제 무장의 아내가 지상의 여인인데 저승지옥 두 번이나 갔다 온 범상한 분 아닌데다 이미 천제의 아이 셋이나 낳았다니 도대체 어떻게 생긴 여인인가 모두 궁금해하던 참이었다.

산을 호령하는 호랑이부터 겁 많은 토끼에 엉큼한 너구리에 재빠른 족제비에 새침한 노루에 잘난 척하는 여우에 싸가지 늑대까지 고루고루 모여 그들을 구경하는데 바리는 그곳에 살 때 한 번씩은 다 잡으려다 놓친 짐승들이라 이게 웬 떡이냐 눈을 빛냈다. 헌데 묘지 주위를 빙 두르고 있던 많은 짐승들 천제 무장의 여인이 바리인 것을 보고 모두 펄쩍 뛰어오르더니 냅다 도망을 치는구나.

세상에나, 세상에나, 천제 무장 온후하고 자애로워 여인 또한 그런 분이려니 하였는데 그 숲에서 만날 포악 떨며 자신들을 잡아먹겠다며 눈을 희번덕거리고 침을 흘리며 쫓아다녔던 바리이니 어찌 놀라지 않을 수 있겠는가. 하여 걸음아 날 살려라 꽁지에 불붙은 듯 온갖 털 다 휘날리며 앞서거니 뒤서거니 도망을 쳐버렸다.

바리가 그 모습 보고는 아깝다 두어 마리만 잡아도 오늘 밤 배불리 먹을 수 있었는데 아쉬움 가득한 얼굴로 한탄을 하였다. 짐승들에게 그동안 잘 지내었느냐 인사를 건네려던 무장은 바리의 그 말 듣고 희뜩 놀라 바리를 쳐다보았다. 무휼 또한 어머니 무섭다며 겁먹은 얼굴로 무장의 목을 꽉 끌어안았다.

그렇게 산짐승들이 다 도망을 가버린 후에 바리와 무장이 공덕할멈과 비럭할아범에게 인사를 드렸다.

"할매, 할배, 제 지아비예요."

무장이 천계에서 가져온 귀한 술을 따라 무덤에 뿌려주는데 바리의 말 가관이었다.

"나이는 좀 많지만 힘은 좋아요. 허니 걱정 마세요."

사내는 다 필요없고 힘이 좋아야 한다는 공덕할매의 말을 들었던 바리였기에 그렇게 말한 것인데 무장은 술 뿌리다가 그대로 얼어붙었다. 청랑과 청우를 안고 있는 두 시녀들은 갑자기 얼굴을 확 붉히더니 두 아이의 귀를 손으로 막아주었다. 아이들 뭔 뜻인지 못 알아듣는다 하여도 귀에 닿아 좋을 것 없다는 판단이었다. 바리는 왜들 그러나 멀뚱한 얼굴로 주위를 둘러보았다.

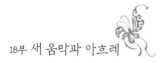

어느 해 봄이었다. 저승에서 겨울 내내 아귀들과 함께 지내며 그들의 배고픔 달래주고 새 옷 만들어준 바리가 여름에 또 만나자 인사를 하고 지상으로 돌아왔다. 바리는 지상에 돌아오자마자 동해안에 새 움막을 지었다. 공덕할멈과 비럭할아범 두 분과 함께 살았던 움막, 그 자리였다. 무장도 천계에서 내려와 함께 지으니 움막 하나 짓는 건 금방이었다. 두 사람은 이곳을 부부와 아이들만 함께 지내는 별저로 쓰자 하고는 새 짚을 엮어 열심히 만들었다. 바리 지난날 비럭할아범과 육손이노인에게서 짚 꼬는 법 갖가지로 배우고 공덕할멈과 숯쟁이에게서 화덕 만드는 것 배우고 곰보할멈과 염색장이에게서 삼베 짜고 염색하는 것 배웠으니 막힘없이 짚 꼬고 두르고 베고 드리워 멋들어지게 지을 수 있었다.

그 움막 그을음 끼지 않게 밥 짓는 화덕 밖에 따로 만들고 안에는 돌화로만 두기로 하였다. 어차피 겨울에는 바리가 저승으로 가서 비워둘 것이니 필요치 않았다. 하여 구수하고 푸릇한 냄새 물씬 풍기는 새 짚으로 단단히 엮어 만든 그 움막에 바리가 짠 삼베 색색으로 물들여 지창에 드리우고 작은 문에도 드리우니 아늑하고 아기자기한 것이 그럴 듯하였다.

무장은 움막 다 지어지자 천계로 올라가 아이들 데려오니 이제 막 다섯 살이 된 청랑이와 청우는 색색의 삼베와 처음 보는 아늑한 움막 안에 신기해하며 데굴데굴 굴러다녔다. 무휼은 그런 동생들을 보며 혀를 찼다.

"으휴, 철딱서니…… 없는 것들……."

가끔 천계에서 무장 천제가 저승에서 사고치는 바리 소식 들으면 혀를 차며 그 말 하였는데 무휼이 그 말 듣고 금방 제 동생들에게 써먹고 있었다. 바리는 딸아이가 무장에게 배운 것인 줄은 까맣게 모르고 허리가 꺾이도록 웃어댔다.

"여보, 무휼이가 글쎄 청랑이랑 청우한테 철딱서니가 없대요."

움막 밖의 부뚜막에서 점심거리를 만들던 바리가 무장에게 그 말 하니 무장도 어이가 없다는 듯 웃음 터뜨리며 장작을 쪼개었다.

무휼은 그러든 말든 팔짱을 끼고 선 채 움막을 둘러보며 미간을 찌푸렸다. 천계의 자미궁부터 목지국 궁까지 온갖 호화로운 전각에서만 지내던 무휼이었으니 움막 안의 모습이 꽤나 충격적이었던 것이다. 헌데 그런 무휼에게 바리가 한마디 이죽거렸다.

"무휼아, 너는 철딱서니가 많아서 좋겠다, 야."

무휼은 어머니가 비꼰 것을 느꼈는지 이리 대꾸하였다.

"아버지도 만날 엄마보고 철딱서니없어서 큰일이라고 그랬는걸 뭐."

바리가 큰딸의 말에 갑자기 인자한 웃음을 지으며 부드럽게 물었다.

"아버지가 그리 말해? 네 어미 철딱서니없다고?"

"응. 철딱서니도 없고 싸가지도 없고 겁대가리도 없고 또…… 뭐가 없다고 했는데."

바리가 더 해사한 웃음을 물었다.

"또 뭐가 없대?"

무휼은 잠깐 미간을 좁히고 두 눈을 치뜨더니 갑자기 두 눈을 번쩍 떴다.

"아, 맞다. 나긋나긋한 맛도 없댔어."

"그래?"

바리가 봄 햇살처럼 따사로운 얼굴로 무휼에게 웃어 보이더니 칼국수 반죽 미느라고 쥐고 있던 평미레 들고 무장에게 다가갔다. 한참 장작 패며 땀 흘리고 있던 무장, 바리가 다가오니 왜 그러냐는 듯 도끼질을 멈추었다.

"사랑하는 지아비야, 철딱서니도 없고 싸가지도 없고 겁대가리도 없고 나긋나긋한 맛도 없는 지어미랑 사느라 고생이 참 많네요."

나긋나긋하게 웃으며 말하는 바리 멀뚱히 바라보고 있던 무장이 갑자기 도끼를 내려놓고 후다닥 움막 안으로 달려갔다. 그러더니 무휼을 답삭 안아 들고 먼발치에서 봄 풀 한창 뜯고 있던 천마에게 달려갔다. 그러더니 무휼을 앞에 앉혀놓고 천마에 훌쩍 올라타더니 소리쳤다.

"무휼이한테 천마 타는 법 좀 가르치고 올게."

그리고는 천마에게 어서 가자 재촉을 하니 풀 뜯다가 갑자기 날아라 명받은 천마 귀찮은 듯 뭉그적뭉그적 날개 펴고 하늘로 올라가면서도 연신 콧잔등을 찡그렸다. 그런 천마에게 바리가 소리쳤다.

"쏜살아, 무휼이는 먹여야 하니까 대강 둘러보다가 와라."

그 말 무장은 밥 없다는 뜻이니 무장 울적한 얼굴로 한숨을 내쉬는구나.

무장이 바리 피해서 무휼이 데리고 도망 아닌 도망을 치고 있을 때 동해안의 사람들 살피러 나왔던 청목은 논밭길로 웬 어린아이 둘이 아장아장 걸어오는 것을 보고 기이하여 눈을 휘둥그레 떴다. 그 아이들 서너 살은 되어 보였는데 어른도 없이 둘이서만 아장아장 걷고 있으니 어찌 된 연유인가 걱정스러웠다. 게다가 한 아이 아직 발 힘 약해 걷다가 논두렁에 굴러 떨어지니 청목 그 모습 보고 화들짝 놀라 아이들한 테 달려갔다.

청랑과 청우는 바리가 음식 만드는 것에 정신 파는 사이 움막에서 나와 세상 구경하고 있었던 것이다. 두 아이 움막 안에서 잘 놀고 있겠거니 생각하고 곁들어 먹을 푸성귀와 냉이를 무치고 있던 바리, 문득 움막 안이 너무 조용하여 드리워 놓은 삼베 천 걷어보다가 놀라서 그 대로 얼어붙었다. 두 아이가 감쪽같이 없어진 것이다. 바리가 대경하여 주위를 두리번거리다 아이들 이름 불러 젖히며 주위를 마구 뛰어다 녔다. 어차피 아장아장 걷는 아이들이니 멀리 가지는 못했을 터, 산짐 승 있다 하여도 천제의 아이들이니 누가 감히 해하리오.

바리가 뛰는 가슴 진정하고 아이들 찾아 헤매는데 저 멀리 웬 사내 가 두 아이 양쪽에 안고 걸어오고 있었다. 바리가 얼른 그 사내에게 달려가 고맙다는 말 급히 쏟아내다 두 아이 안고 온 그 사내가 청목인 것을 알아보고는 멈칫 멍한 얼굴을 하였다.

청목은 아이 어미가 너무 놀라서 멍한 것인 줄 알고 진정을 시키는 구나.

"논밭에서 구르기는 하였으나 다친 데는 없으니 너무 놀라지 마시 오."

"예."

바리가 멍하니 대답하고는 두 아이 받아 안으려는데 청목이 한 아이 만 넘겨주고 한 아이는 제가 안고 있었다.

"두 아이 다 안고 가려면 힘들 터이니, 이왕 데려온 것 바래다 드리 지요."

"예, 고맙습니다."

바리가 희미하게 웃음을 지으며 고개를 끄덕이고는 청우를 품에 안았다. 청목은 청랑이를 안고 바리의 곁을 따르더니 어느 순간 미간을 좁히며 바리를 뚫어지게 바라보았다.

"혹시 예전에도 여기에서 살지 않았소?"

바리는 자신을 몰라보는 청목에게 어찌 대답해야 하나 잠시 갈등하다가 있는 그대로 말했다.

"어…… 어린 시절을 이곳에서 보냈어요."

청목의 눈이 커졌다.

"어, 그럼 너 혹시 바리 아니니? 저기 움막에서 살던……."

바리가 대답을 못하고 그저 고개만 끄덕이는데 청목이 반가운 듯 웃음을 지었다.

"나야, 청목이. 기억 안 나니? 예전에 우리 아버지가 네 할아버지랑 장기 둔다고 같이 가곤 했었는데."

"음, 기…… 기억나."

청목은 두 아이의 어미가 된 바리를 보는 것이 새삼 신기한 듯 두 아이를 번갈아 쳐다보며 말했다.

"그때 목지국으로 갔을 때가 열다섯이었는데 벌써 네가 아이엄마가 된 거야?"

"으응."

그는 바리가 목지국으로 떠나기 전의 모습만을 기억하고 있는 듯했다. 청목은 그 팻국물에 걸신쟁이였던 바리가 이렇게 어엿한 여인이 되어 두 아이를 낳았다는 게 놀랍고 감탄스러운지 계속 감회에 젖은 얼굴을 하였다.

"야아, 진짜 세월이 유수 같구나. 네가 이리 두 아이를 기르는 어엿한 엄마가 되었으니 말이야."

바리가 멋쩍은 듯 웃었다.

"짚신도 짝이 있더라고."

"짚신은 무슨, 마지막으로 너 봤을 때 참으로 예쁘다 생각하였는걸."

이미 다 지난 옛날 일인 듯 청목은 사심없이 그런 말 하고 있었다. 허나 자신 때문에 황천강에 빠지고 아귀가 되었던 청목이니 바리 그 말 듣는 게 가슴 아프구나.

"너는 어떻게 지내고 있어? 혼인은 하였어?"

바리의 물음에 청목이 씁쓸한 웃음 베어 물더니 고개를 저었다.

"아니, 아직. 왜 그런지 딱히 마음 가는 여인이 없네."

돌아오면 가시버시 맺자 그 말을 하고 싶었다고 했었지, 바리는 그때 아귀가 하였던 말 떠올리며 근심 어린 얼굴을 하는데 청목은 걱정 마라는 듯 너털웃음을 터뜨렸다.

"걱정 마. 마음이 있으면 인연이 닿는다는데 언젠가 만나겠지 뭐."

바리가 말없이 고개를 끄덕였다.

"아이 이름은 뭐야?"

"청랑이랑 청우."

청목이 제가 안고 있던 청랑이를 보며 이름을 불러주니 청랑이가 눈을 말똥거리며 청목을 올려다보았다.

"예쁘다, 이름. 나랑 같은 자를 써서 그런지 더 정이 간다."

바리는 청목의 이름을 따서 지었다는 말은 하지 않고 그냥 웃기만 하는데 청목은 청랑이의 이목구비 살펴보며 신기한 듯 감탄을 했다.

"네 어릴 때 모습이 아이한테 그대로 다 있네. 참 신기하다."

"무슨, 난 그때 씻지도 않고 먹을 것만 밝히고 완전히 망나니였는걸."

"아니야, 나중에 생부모한테 간다고 꾸몄었잖아. 그때 너 얼마나 예뻤는데. 청랑이 보니까 그때 너랑 똑같은걸."

천계에서 지어준 때때옷 입고 선녀들이 온갖 정성들여 보살폈으니 청랑이 지상의 아이들과는 비교도 되지 않게 예쁜 얼굴을 하고 있었다. 평소에 낯을 심하게 가리는 청랑이는 청목이 자신을 예뻐하는 것을 느꼈는지 옹알옹알 분명치 않은 말을 하였다.

"아찌, 밥 머꼬 가요."

"응?"

청목이 그 옹알거리는 소리 귀엽고 재밌어서 웃음을 짓는데 같이 걷던 바리가 다시 말을 건넸다.

"마침 칼국수 하고 있던 중인데 아직 점심 안 들었으면 먹고 가. 나 칼국수나 수제비 잘하거든."

청목은 잠시 망설이는가 싶더니 옛 친구와 오랜만에 이렇게 보는 것도 괜찮다는 듯 고개를 끄덕였다. 사실 열여섯 살부터 열여덟 살까지의 기억이 나지 않기에 그때 누굴 만났는지 궁금하기도 하였다. 아버지의 말로는 자신이 심한 병을 앓고 다시 여의주 기운받아 눈을 떴다하는데 어찌 된 일인지 삼 년여 간의 기억만 나지 않았다. 자신이 병을 앓아 휴면에 들어갔으면 예전 기억이 나지 않는 것 당연한 일이기는 한데 가끔씩은 그 삼 년 동안 자신이 어찌 지냈을까 궁금했다. 청목은 묵언의 명을 받은 이후부터를 기억하지 못하고 있었기에 문득 해월공주의 소식도 궁금하여 물었다.

"해월공주는 어찌 지내니?"

묵계를 알려주는 바람에 해월공주 그때 아이를 잃었으니 청목 그 일이 마음에 걸리곤 하였다.

"해월 언니는 보위를 이어받았어."

의외의 소식에 청목이 놀라워하였다.

"그래? 꽤 여려 보였는데."

"언니가 겉으로는 그래도 강단이 있거든."

"그럼, 혼인은?"

"적한아재랑 혼례 치르고 궁에서 같이 살아."

청목은 바리가 자신이 청룡인 것 모르고 있다 생각하여 그저 고개만 끄덕였다. 남해용왕과 해월공주 다시 만나 부부가 되었다 하니 마음의 짐이 조금은 덜어지는 것 같은 그였다.

두 사람이 움막에 도착해 보니 무장은 아직도 돌아오지 않고 있었다. 무휼이 데리고 이참에 천계로 올라가 더 맛있는 것 먹고 있을지도 모른다는 생각이 들어 바리는 청목에게 칼국수 많으니 배불리 먹고 가라 하였다. 헌데 청랑이를 내려놓은 청목은 잠깐만 국수 넣지 말고 기다려다오 하더니 금방 어디서 구해왔는지 양손에 바지락과 모시조개 오징어 등 온갖 해물을 한가득 들고 왔다.

"그래도 바닷가인데 호박만 넣어서 쓰나. 이런 것도 넣어야 맛있지."

바리는 청목이 용이 되어 바다에서 금방 건져 올려 왔다는 것 알면서도 모른 척하고 해물 씻어 끓는 물에 넣었다. 그 안에 송송 썰어둔 국수까지 넣으니 그야말로 바다 냄새 물씬 풍기는 먹음직한 칼국수가 만들어졌다. 하여 상 가운데 솥단지를 올려놓고 그릇에 퍼주었는데 청랑이와 청우 먹이느라 바리가 먹지를 못하자 청목이 청랑이를 맡아 조개 하나씩 발라내어 먹여주었다. 그 모습 바리가 물끄러미 바라보는데 청목이가 문득 고개를 돌려 바리를 쳐다보았다.

"왜?"

"아니, 아버지 되면 아이들한테 잘할 것 같아서."

"훗, 청랑이가 잘 따라서 그렇지, 실제로는 아이들 보면 정신없어서 이렇게 못해."

바리가 고개를 저었다.

"아니야, 정이 깊어서 아이들도 너한테는 잘 따를 거야."

"내가 정이 깊었니?"

청목은 잃어버린 기억 한 조각을 찾듯이 물었다.

"응. 깊었어. 누군가에게 정을 줄줄 아는 사람이었어."

"그래?"

청목은 언뜻 수긍은 가지 않았다. 어느 날 잠에서 깬 이후로 누군가와 깊은 정을 주고받아 본 적 거의 없었던 것이다. 물론 부모님이야 정이 있지만, 막역한 지기를 만나거나 애틋한 여인을 만나지도 못하였으니 가끔은 자신이 정이 없는 메마른 성품인가 보다 그런 생각을 하였다.

"있지, 내가 목지국으로 가지 않고 여기서 계속 지냈으면 어쩌면 너랑 가시버시 맺고 싶어했을지도 몰라."

청목은 믿을 수 없다는 얼굴로 눈을 휘둥그레 떴다. 열다섯 그때 기억으로는 그가 바리에게 씻지 않고 고기만 챙긴다고 어연간히 구박을 했는데 말이다.

"나랑? 왜? 나 그때 너 구박했는데."

바리가 콧방귀를 뀌면서도 웃었다.

"그때는 그랬지만 또 어찌 아니. 내가 너 좋아해서 따라다녔을 줄. 넌 그때도 멀끔하니 천상 도련님이었거든."

청목은 어린 시절 자신이 좀 샌님처럼 굴었다는 것을 알기에 지금 생각해도 재미있다는 듯 웃었다. 지금은 누가 봐도 장성한 사내인 그는 꽤나 속이 깊은 눈빛을 하고 있었다. 그는 생각에 잠긴 얼굴로 청우와 청랑을 바라보더니 엷은 미소를 지었다.

"그랬다면 이 아이들은 내 아이가 되었을 수도 있겠구나."

"음, 아마도."

바리가 조금은 장난스럽게 웃으며 고개를 끄덕이는데, 갑자기 움막에 드리워진 삼베 천이 휙하니 걷어졌다. 무장은 무휼을 품에 안고 들어서다 청목을 보고는 그대로 굳어져 있었다. 청목은 처음엔 바리의 부군인가 하다가 무장의 얼굴을 뚫어지게 쳐다보았다. 그리곤 천제라는 것을 깨닫고는 벌떡 일어섰다.

"천제님, 어찌 이곳에……."

청목이 말을 멈추고 바리와 아이들 그리고 무장을 번갈아 바라보더니 이내 무언가 깨달은 듯 놀란 얼굴을 하였다.

"그럼, 천제의 아이를 낳았다는 지상의 여인이……."

바리가 곤혹스러운 얼굴로 답했다.

"어, 어쩌다 보니……."

청목의 두 눈빛이 잠시 흔들리는가 싶더니 바리에게 허리를 숙여 예를 표했다.

"천후님을 몰라뵙고 불경을 저질렀습니다."

바리가 당황스러움에 얼른 손사래를 쳤다.

"아니야. 불경은 무슨……."

무장은 말없이 두 사람을 노려보는가 싶더니 상에 오붓하게 놓여 있는 그릇 네 개와 청목의 품에 안겨 있는 청랑을 응시했다. 그는 다소 굳어진 얼굴로 청목에게 말했다.

"어떻게 여기에 있는 건가?"

청목이 천제께 예를 표하고 답하였다.

"예, 우연히 가는 길에 만났습니다."

"우연히?"

무장의 한쪽 눈썹이 꿈틀거렸다. 바리가 얼른 말을 덧붙였다.

"청랑이랑 청우가 움막 밖으로 나갔는데 청목이 데려다 주었어요. 해서 점심이나 같이하자고 한 거예요."

무장이 별다른 표정 없이 고개를 끄덕이더니 무휼을 움막에 내려놓았다. 무휼은 배가 고팠는지 바리에게 어서 밥 달라 청하였다. 청목이 무장의 표정이 굳어진 걸 느끼고 이만 가보겠다 하니 바리가 청목을 붙잡았다.

"왜? 청랑이 먹이느라 넌 먹지도 못했잖아. 허니 얼른 앉아."

허나 무장의 무뚝뚝한 말 곧장 들려왔다.

"내 건 어디 있어?"

가든 말든 내버려 둬라 하는 뜻 역력하게 표하니 바리가 발끈 무장에게 한마디 하였다.

"퍼다 먹어요."

평소 때라면 말없이 퍼다 먹는 무장이었지만 지금 이 순간 그의 얼굴이 잔뜩 굳어져 있었다. 그는 말없이 바리를 노려보는가 싶더니 다시 입을 열었다.

"곧장 천계로 가봐야 하니 얼른 먹고 준비하자고."

봄이라 움막에서 지내기로 하였는데 이건 또 무슨 소리? 바리가 청목을 쫓으려는 심술인 것을 금방 깨닫고 무장을 노려보니 청목은 더 이상 있다간 괜한 오해 사 천제와 천후가 한바탕하겠다는 생각이 들어 다시 인사를 하였다.

"그럼 가보겠습니다. 나중에 또 뵙지요."

"그러지."

무장의 대답이 어찌나 빠른지 바리가 콧방귀를 뀌었다. 허나 청목이 움막을 나가자 청랑이 갑자기 일어서더니 아장아장 뒤따라 걷는 게 아닌가.

"가지 마, 청모 아찌."

무장이 그 모습 보고 뿔이 난 듯 청랑이를 휙 안아 들고는 움막 밖으로 나갔다. 그리곤 움막 앞에 서서 먼발치로 걸어가며 인사를 나누는 바리와 청목을 지켜보았다. 청목이 그런 천제를 잠시 뒤돌아보더니 바리에게 웃음 섞인 말을 하였다.

"아무래도 오해를 하신 것 같은데."

"하든 말든. 속알딱지가 아주 밴댕이 속알딱지야."

바리가 입을 삐죽거리며 툴툴거리자 청목이 그 모습 오랫동안 바라보더니 미소를 지었다.

"어서 들어가. 천제께서 배고파하시던 눈치던데."

"그건 걱정 말고, 나중에 또 보자. 내가 그때는 더 맛있는 거 만들어줄게."

청목이 작당 모의 하듯 웃었다.

"그래, 그땐 내가 대게랑 꽃게 잡아올 테니 실컷 먹어보자."

대게와 꽃게라는 말에 바리가 눈을 빛냈다.

"알았어. 나 봄이랑 가을엔 여기서 지내니까 언제든 놀러 와."

청목은 고개를 끄덕이고는 걸음을 옮겼다. 바리가 청목의 뒷모습 물끄러미 바라보고 있는데 청목이 저 멀리 소나무 숲으로 걸어갔다. 잠시 후 소나무 숲 속에서 청룡이 하늘로 올라가고 있었다.

움막 앞에서 두 사람을 지켜보며 버티고 서 있었던 무장은 두 눈을 가늘게 좁히고 걸어오는 바리를 바라보았다.

"어린 시절 벗인데, 뭐가 그리 애틋해?"

"내가 언제 애틋했어요? 당신이 밥도 못 먹게 하고 쫓아내니까 그런 거죠."

"청룡이 무슨 칼국수야. 용궁에서 매일 온갖 산해진미 다 맛보는데."

"으휴, 내가 말을 말아야지. 무슨 놈의 천제가 덕이 없어, 덕이."

덕 많기로 소문 자자한 천제에게 바리 그렇게 타박을 놓고는 움막 안으로 훌쩍 들어가 버렸다. 헌데 무장이 그 뒤 따라가며 꼬치꼬치 캐묻는구나.

"그리고 우연히 만났는데, 어째서 칼국수에 해물이 그렇게 많아? 아까 분명 해물 없이 호박만 있었잖아."

바리가 한숨을 내쉬며 상에 앉더니 칼국수 혼자 열심히 먹고 있는 무휼에게 말했다.

"아가, 어미가 이러고 산다. 해물 넣은 것도 죄니?"

무휼이 칼국수 한줄기 입에 대롱대롱 매단 채 눈을 동그랗게 떴다.

"아니, 해물 넣으니까 진짜 맛있는데."

"그치?"

"응."

무장이 청랑이를 내려놓고 앉더니 자기 것도 새 그릇에 퍼 담으며 구시렁거렸다.

"뭐야, 양이 부족하잖아. 이거 먹고 어떻게 힘을 써?"

청목이 먹고 가서 양이 부족하다는 말이렷다. 바리가 그런 무장을 보며 혀를 찼다.

"으이그, 저 인간을 천제라고 온갖 생명들이 떠받들고 있으니. 남들은 천후 돼서 좋다고 하는데, 내가 이러고 사는 걸 누가 알아?"

이렇게 천제와 천후가 옥신각신 칼로 물을 베고 있는데, 청랑이가 아쉬운 듯 움막 밖을 바라보다 바리에게 묻는구나.

"엄마, 청모 아찌 또 언제 와?"

"왜?"

"청모 아찌, 너무…… 잘생겼떠."

청랑이 청목아재를 떠올리는 것만으로도 기분 좋은지 헤실거리는데 천제 무장은 그런 청랑을 못마땅한 눈길로 바라보았다. 그러더니 다음 날 청랑과 청우를 데리고 천계로 올라가 버렸다. 아침에 눈 뜨자마자 두 아이와 무장이 없어진 것 알고 깜짝 놀라던 바리는 머리맡에 있는 목간을 보고 파르르 분에 떨었다.

「천마를 두고 갈 터이니 낮달이 뜨면 무휼이 데리고 타고 와. 올 때까지 청랑이와 청우는 내가 데리고 있을 터니, 그리 알어.」

"허, 기가 막혀서……."

바리가 어이가 없다는 듯 콧방귀를 뀌었다. 청목이랑 도대체 자신이 뭘 했다고 이리 과민반응을 하는 것인지 모르겠다. 오랜만에 얼굴 봐서 반가운 마음에 마침 먹으려던 칼국수 같이 먹은 것밖에 더 있었는가. 청목이 기억도 잃고 외롭게 지내는 것 같아 그렇잖아도 마음이 복잡하기로 말할 수가 없었는데 지아비란 인간이 감싸주기는커녕 이리 유치하게 나올 수 있는 것인가.

바리는 무휼이 일어나자 느긋하게 씻기고 어제 청목이가 준 남은 해물로 맛나게 오순도순 밥을 해먹고는 천마 타고 목지국으로 길을 잡았다.

"흥, 내가 청랑이 청우 데려가면 무서워할 줄 알았냐? 나도 갈 데 있다 이거야!"

바리가 그렇게 온갖 콧방귀 뀌어대며 친정인 목지국으로 향하는데 날갯짓하는 쏜살이는 천제와 천후 사이에 끼어 괜히 불똥 맞는 건 아닌가 불안하구나.

한편 천계에서 눈코가 다 빠지게 바리가 달려오기를 기다렸던 무장은 천마에게서 바리가 목지국으로 갔다는 말을 듣고는 잔뜩 뿔이 돋기 시작했다. 설혹 과민이라 하여도 예전부터 청목이 이야기만 꺼내면 뭔가 생각에 잠긴 듯 그리운 얼굴을 하는 바리를 보며 슬쩍슬쩍 부아가 돋았는데 이제는 아예 별저인 움막에서 밥까지 먹이고 있으니 어느 지아비가 의심하지 않겠는가. 하여 청랑과 청우 데리고 온 것인데 지아비에게 대서며 친정으로 줄행랑을 치니 뿔이 안 날 수가 없었다.

무장이 홀로 천마 타고 목지국으로 향하더니 목지국에 있는 모든 집 짐승들에게 집 나가라 명하는구나. 풀 먹고 모이 쪼며 일해주고 알 낳아주던 온갖 집짐승들 천제의 명 듣고 이게 웬 반가운 소식인가 하는 낯으로 어느 날 죄다 도망을 쳤다. 하여 궁에 계신 해월대왕에게 이 소식 전해지고 신하들 이게 무슨 불길한 징조인가 노심초사 들썩거리니 바리 그 모습 보고 천계로 올라가지 않을 수 없구나. 하여 낮달 뜨기 기다려 천마 불러 천계로 올라가니 무장이 예상대로 되었다는 듯 히죽 얄미운 웃음 짓고 있었다.

"천후, 오셨구려."

바리가 눈 가늘게 좁히고 천제 무장을 노려보다가 휙하니 자미궁 전각으로 들어가 버렸다.

천후 바리 낮달이 떠야만 천계를 오갈 수 있는 지상의 존재이니, 지아비가 천제여도 아주 가끔 일 년에 한두 번 천계에 왔다 갈 뿐이었다. 항시 선녀들에게 신기한 저승지옥 이야기 들려주고 천인들에게는 삼베를 곱게 물들여 건곽과 절풍건 만들어 나눠 주니 천후 바리 오면 선녀들과 천인들 모두 좋아하였다. 헌데 이번엔 천후의 태도 뭔가 달랐다. 갑자기 봄맞이 대청소를 하겠다며 자미궁을 발칵 뒤집어놓은 것이다. 궁에 있는 모든 가구 새로 배치한다며 이리 놓고 저리 놓기를 수십 번, 드리워진 항라 색색으로 이것도 드리우고 저것도 드리우며 선녀들 못살게 구시고 천제께서 예민하고 까다로워 내 고생이 이만저만 아니다 한탄을 하시니 선녀들 이 모든 것이 천제 무장 탓이라 여기고 우르르 달려가 제발 천후의 마음 좀 달래주소 애원을 하였다.

천후 바리 이대로 두었다가는 천제 무장 선녀들과 천인들에게 원망의 말 바가지로 듣게 생겼으니 무장이 천후 바리를 당장 모셔 오라 하여 맞대면을 하였다. 바리는 아무 일도 모른다는 듯 시치미를 딱 잡아떼고, 웬일로 부르셨소 있는 대로 벋댔다. 천제 무장 바리 오면 살살 달래고 이제까지 있던 일 모두 없는 걸로 치고 앞으로 잘 지냅시다 하려다가 끝까지 벋대는 천후를 보니 열불이 치미는구나.

"청랑이 청우, 이름을 바꿔야겠어."

천제 무장 그렇게 어깃장을 놓았다. 그러자 천후 바리 맞대응을 놓았다.

"그러세요, 그럼. 대신 전 무휼이 이름을 바꿔야겠어요. 청목이로!"

전좌하고 있었던 천제 무장, 그 말에 벌떡 일어나 소리쳤다.

"뭐! 청목이?"

청목이 때문이라는 것 말하지 않고 지금껏 심술을 부렸던 천제 무장, 대놓고 후계 무휼의 이름을 청목이라 짓는다 하니 열이 뻗치지 않을 수 없었다. 바리 또한 사정 모르고 사람 복장을 뒤집어온 천제에게 화라락 소리를 쳤다.

"네, 청목이요. 어때서요? 청룡의 후계 명민하고 온후하기로 소문이 자자한데 그 이름이라도 붙여주면 애가 지 애비 속알딱지 덜 닮지 않겠어요?"

"그렇게 명민하고 온후한데 왜 나한테 시집을 왔니? 청목인지 청승인지 그놈한테 시집을 가지. 저번에 보니까 아주 좋아 죽더만."

천후가 천제 무장을 조용히 노려보더니 이죽거렸다.

"흥, 그러게 말입니다. 내 이참에 애 셋 다 놔두고 시집 한 번 거나하게 가봐야겠네요. 뭔 대단찮은 일도 없는데 이리도 사람을 달달 볶으니 어디 살겠어요?"

"그래, 나보다 젊은 놈 만나서 실컷 은애해라. 나는 뭐 좋았는지 아니? 이건 마누라고 만날 저승에 가서 볼 수도 없고, 움막에서는 무슨 천제를 머슴처럼 부려먹고 나도 말을 안 해서 그렇지 할 말이 없는 줄 아니?"

"잘됐네요. 내 그동안 당신 때문에 고기도 일절 못 먹고 살았는데 청목이 만나서 석 달 열흘 동안 산짐승들 뜯어먹을 거야, 내가.”

지상의 모든 생명 소중히 여기고 다스려야 하는 천제의 지어미인 죄로 바리 인간이면서도 그동안 육식을 일절 하지 않고 있었다. 천제 무장은 그 말 듣더니 콧방귀를 뀌며 이죽댔다.

“어이구, 이 와중에도 먹는 타령이냐? 청목인지 청승인지 그놈이 해산물 잡아다 주니까 아주 좋아죽겠지?”

“맛나기만 합디다. 내가 왜 그동안 소처럼 풀만 뜯고 살았는지 아주 원통함이 이를 데가 없습디다.”

이러고 천제와 천후가 남이 들을까 봐 무서운 유치한 대거리를 하고 있는데 아버지 어머니 함께 있다는 말 전해 듣고 언니 무휼과 대전을 찾아온 청랑과 청우가 대전 안으로 들어서다 제 부모 언성 높이고 싸우는 것을 듣고는 울먹울먹 불안해하였다. 무휼이 그런 동생들을 달래며 토닥였다.

“괜찮아. 좋아서 저러는 거야.”

청우가 눈물 꼬리 매단 채 누이 무휼을 바라보았다.

“좋아하는데 왜 싸워?”

무휼이 한숨을 내쉬며 설명해 주었다.

“아버지는 어머니가 좋은데 어머니가 안 좋아해 주는 것 같으니까 그런 거고, 어머니는 아버지를 좋아하는데 아버지가 그 마음을 몰라주니까 그런 거야.”

옆에서 듣고 있던 청랑이 언뜻 이해가 되지 않는지 고개를 갸웃하다가 말했다.

“그냥 서로 좋아한다 그러면 되잖아.”

무휼이 어린 동생들을 보며 이맛살을 찌푸렸다.

“어휴, 내가 너희들 데리고 무슨 말을 하겠니. 이건 뭐 말귀를 알아먹어야 대거리를 하지.”

그리고는 청랑과 청우를 데리고 무휼이 대전 안으로 들어섰다. 세 아이 나타나자 한참 대거리하며 주거니 받거니 말로 널을 뛰고 있던 천제와 천후가 잠시 널을 멈추고 아이들을 바라보았다. 그러다 답답해 미치겠다는 듯 무휼에게 이러는구나.

"무휼아, 아버지가 너무한 거니? 너도 그때 봤지? 그 아재한테 내 먹을 것 다 주고 자기들끼리 먹고 있던 거."

"무휼아, 엄마가 잘못한 거야? 어릴 때 친한 벗이어서 밥 한 그릇 같이 먹었는데 그게 그렇게 큰 잘못이니?"

무휼이 천제와 천후의 말을 가만히 듣고만 있더니 한숨을 내쉬곤 말하였다.

"그건 두 분이 알아서 결정하시고요. 저는 동생들 데리고 외가댁으로 갈 테니까 누가 잘했는지 못했는지 실컷 싸워보세요. 언젠간 답이 나오겠죠."

그 말 남기고는 무휼이 쌩하니 대전을 나가 버리자 청랑이와 청우도 아장아장 누이 뒤를 따라갔다. 그 모습 멍하니 지켜보던 천제와 천후 문득 감탄을 하며 이러는구나.

"참, 누굴 닮아서 저리 단호하고 명민하지? 어린 녀석이 신통하단 말이야."

천제가 이러니 천후가 또 이런다.

"그러게요. 내가 낳았지만 가끔은 내가 낳은 애가 맞나 한다니까요."

오랜 대거리 끝에 갑자기 의견 일치를 본 두 사람이 말없이 서로를 쳐다보았다. 천제 무장 헛기침을 하더니 우물우물 한마디 건넸다.

"미안해, 당신이 청룡의 후계에게 고마운 마음이 있어서 그런 것 아는데 그날 나 없이 너무 오순도순해 보이기에 뽈따구가 나서 그랬어."

천후 바리가 새침하게 응수했다.

316

"알아요. 나도 뿔따구가 나서 그런 거지, 청목이한테 갈 마음 있어서 그런 거 아니에요."

천제 무장이 층층이 내려서서는 천후에게 다가가더니 슬쩍 손을 잡았다.

"당신 친정에 저번에 한 짓 후회하고 있던 참인데, 뭐 들고 갈까?"

바리가 무장이 잡은 손은 빼지 않으면서도 괜히 딴 데 보며 대답하였다.

"뭐, 언니 둘째 가져서 요즘 입덧하니까 복숭아나 많이 따가죠. 언니가 여기 복숭아 좋아하잖아요."

"그럴까?"

그리고는 두 사람 언제 싸웠냐는 듯 오붓하게 손잡고 걸어나가 복숭아밭에서 복숭아 딴다며 한바탕 난리법석을 떨었다. 헌데 복숭아밭에서 천제 무장이 무슨 짓을 하였기에 천후 바리의 두 볼이 복숭아처럼 발그레한 것인지 복숭아밭을 나오는 천제와 천후를 선녀들이 의심쩍은 눈으로 지켜보았다.

한편 동해안 움막에서 뜻하지 않게 천후 바리를 만났던 청목은 며칠 후 일월산으로 향했다. 바리를 만난 후 자꾸만 일월산에서 누군가를 찾아 헤매는 꿈을 꾸니 이것이 혹시 잃어버린 기억의 단초인가 싶었던 것이다. 그는 꿈속에서 일월산 벼랑에 주저앉아 누군가를 목 놓아 부르며 찾고 있었는데 꿈에서 깨어나 보면 누구의 이름을 불렀던 것인지 생각이 나지 않았다. 정말 잃어버린 기억 한 조각을 되풀이하여 꿈으로 보고 있는 것인지 아니면 그저 꿈인 것인지 알 수가 없지만 그래도 혹시나 하는 마음으로 일월산 벼랑에 내려섰다.

만약 그것이 진짜 예전 일이라면 그는 누구를 그리 애타게 찾고 있었던 것인지 궁금하였다. 찾고자 했던 사람이 지금 어딘가에서 그를 기다리고 있을 거란 생각이 들 때면 청목은 괜스레 가슴이 두방망이질 치고 속이 까맣게 타는 것만 같았다. 만약 그 사람에게 돌아온다고 약속을 하여놓고 그가 기억을 하지 못해 안 가고 있는 것이라면 그 사람 얼마나 눈물을 흘리고 있을까. 그래서 깨어난 후 그토록 가슴 한구석이 헛헛하고 누군가가 그를 기다리고 있는 것 같은 기분이 자꾸 들었던 걸까.

일월산 꼭대기에 내려선 청목이 무언가라도 기억이 났으면 하는 마음으로 주위를 두리번거렸다. 허나 아무리 둘러봐도 기억이 나지 않았다. 그는 꿈에서 했던 것처럼 낭떠러지 있는 벼랑 끝까지 걸어가 주저 앉아 보았지만 그래도 기억은 나지 않고 일월산을 에두르고 있는 흰 구름밭만 선명하게 눈에 들어올 뿐이었다. 어찌하여 저 구름밭을 향해 누군가를 애통하게 불렀던 것인지 모든 것이 오리무중이었다. 물론 지금에 와서 기억이 난다 하여도 뭐가 그리 달라지겠냐마는 소중한 무언가를 잊고 있는 것인지도 모른다는 생각이 들 때면 가슴 한구석이 지그시 답답해져 왔다. 벼랑 끝에 한참 동안 주저앉아 있던 청목이 끝내 아무것도 생각이 나지 않자 자리에서 일어났다. 헌데 그의 등 뒤에서 조심스러운 목소리가 들려왔다.

"한 번 더 생각해 보시지요."

'응?'

청목이 뒤를 돌아보니 스물 정도 되어 보이는 청년이 서 있었다. 약 초꾼인지 청년은 짚으로 만든 주루막을 메고 손에는 단단히 엮은 밧줄을 쥐고 있었다.

"뭘 한 번 더 생각해 보라는 거요?"

청목은 이 청년이 자신이 기억 잃은 걸 어찌 아나 싶어 의아해하는데 청년의 대답은 전혀 다른 것이었다.

"꼭 죽는 게 답인지 생각해 보라는 것입니다."

318

청년의 말 듣고서야 자신이 어찌 보였는지 알 수 있었다. 험한 일월산 벼랑에 서 있으니 낭떠러지에 몸을 날리려고 하는 것으로 오해했다는 것을 말이다. 청목이 피식 웃으며 청년을 바라보았다.

"그런 것 아니니 오해 말아요. 뭣 좀 생각할 것이 있어 한 번 와본 것뿐이오."

청년은 곧이곧대로 믿어지지는 않는지 아직도 걱정스러운 얼굴로 청목을 바라보았다.

"그러시다면 다행이고요. 헌데 이곳은 워낙 험하기로 유명하여 낙마하기 십상이니 웬만한 분들은 안 오시는 게 좋습니다."

청년은 귀족 집 자제처럼 차려입은 곱상한 청목에게 그리 말하는데, 청목은 오히려 청년이 걱정스럽다는 듯 한마디 건넸다.

"이곳은 영기(靈氣)가 강한 곳이라 드나들면 위험하니 그대도 다른 산에서 약초를 캐는 게 좋을 것이오."

청목 말을 하면서도 인간의 발길 허락지 않는 일월산에 어찌 이 청년이 올라올 수 있었는지 신기하였다. 설혹 올라온다 하여도 하산할 때 무사히 돌려보내는 곳이 아니니 걱정되었다. 청년은 히죽 웃으며 넉살 좋게 대꾸하였다.

"그건 걱정 마십쇼. 제가 원래 어릴 적에 죽을 팔자였는데 누가 산삼을 주어서 살아난 후로는 웬만해서는 죽지를 않습니다."

이건 또 무슨 소리인가? 청목은 산삼 먹었다고 안 죽는다고 말하는 청년의 말 기막혀서 웃었다.

"그래요?"

청목이 못 미더운 눈으로 쳐다보니 청년은 정말이라는 듯 그동안 있었던 일을 이야기해 주었다.

"진짜라니까요, 제가 말 타다가도 굴러떨어지고 초가지붕 새로 얹다가도 떨어져서 사경을 헤맸는데 그때마다 이상한 꿈을 꾸었다는 것 아닙니까."

"이상한 꿈이요?"

"예, 저승사자처럼 보이는 분이 저에게 너는 이미 한 번 죽었다 살아나서 안 와도 된다 그랬다니까요."

"그거야 살아날 팔자니까 그런 꿈을 꾸었겠지요."

청목이 믿을 수 없어하자 청년은 믿든 안 믿든 상관없다며 손사래를 쳤다.

"어휴, 그렇게 다들 안 믿어요. 글쎄. 여하튼 제 목숨은 질기니까 전 걱정 마시고 어서 내려가십쇼. 여기는 해가 지면 안개가 더 심해지니 그때는 내려가려 해도 못 내려갑니다."

청년은 그리 말하더니 들고 있던 밧줄을 나무에 빙빙 감아 돌려 질기게 매듭을 매었다.

"뭘 하는 거요?"

약초꾼이라 생각하였는데 청년은 벼랑 가까이에 있는 나무에 밧줄을 매니 의아하였다. 청년이 매듭이 잘 묶였나 두서너 번을 잡아당기며 시험을 하더니 이젠 자신의 허리에 감았다.

"석이를 따려고 하오."

청목이 일월산 암벽에 드문드문 붙어 있는 석이를 보고는 그제야 이해가 되었다. 허나 일월산 함부로 인간이 드나들기에는 위험하니 벼랑 아래로 천천히 자세를 잡고 내려가려는 그에게 말했다.

"다른 산도 많지 않소?"

"일월산은 영기가 강해 그 약효가 남다르단 말이오."

청년은 그 말을 끝으로 천천히 벼랑 암벽을 타고 내려가기 시작했다. 청목은 제 목숨 믿고 그러는 인간을 말려봐야 소용없다는 생각에 발길을 돌리는데 갑자기 투둑 무슨 소리가 들려왔다. 주위를 둘러보니 청년이 밧줄을 묶었던 나무의 뿌리가 뽑힐 듯 소리를 내며 흔들리고 있었다. 청목이 얼른 그 나무로 뛰어가 나무 기둥을 잡고 소리쳤다.

"이보시오, 당신 목숨 줄 매달아놓은 나무가 지금 뽑히기 직전이니 얼른 올라오시오."

이미 나무 뽑히는 기세 몸으로 느끼고 바위에 딱 달라붙어 간이 오그라져 있던 청년은 창백하게 변한 얼굴로 벼랑을 올라가기 시작했다. 목숨 질겨 괜찮다 하던 그 청년 땅 위에 올라서자마자 두 다리가 후들거리는지 땅바닥에 그대로 주저앉았다. 나무에 두 팔을 두르고 붙잡고 있던 청목이 그제야 청년에게 다가갔다.

"것 보시오. 일월산은 위험하다 하지 않았소."

호기로웠던 청년은 숨을 가다듬다 말고 죽상을 지으며 말했다.

"아버지 병환이 심해 석이라도 먹여보면 좀 나을까 했던 것인데, 이젠 어디서 석이를 구하나."

아버지에게 석이를 먹이면 좋다는 의원의 말 듣고 일월산에서라도 석이를 따려 했던 장수는 낭패 어린 얼굴을 하였다. 허나 한 번 크게 놀라 온몸에서 기운이 쫙 빠졌으니 다시 시도하는 것도 쉽지가 않은 일이었다. 청목이 그런 장수를 보며 생각 끝에 말하였다.

"내 석이를 구하게 되면 가져다 드릴 터이니 너무 실망 말고 어서 집으로 돌아가시오."

청년은 귀족 양반이 이쯤에서 포기하게 하려고 그냥 하는 말이라 여겼다. 하여 괜찮다 다른 약을 구해보겠다 그렇게 말하고 산을 내려갔다.

청목이 저 멀리 산을 내려가는 청년을 지켜보다가 청년이 작은 점으로 보이자 용으로 변하였다. 그리곤 그 큰 발톱으로 벼랑에 있는 석이버섯 가득 따서 땅 위에 올려놓으니 얼마 지나지 않아 한 바구니를 가득 채울 정도로 석이가 쌓였다.

그날 저녁이었다. 청목이 일월산 아랫마을에 내려서 보니 청년은 이제 막 산을 내려왔는지 마을길을 따라 걷고 있었다. 곧장 아는 체하며 건네주었다가는 자신보다 더 빨리 산 내려온 것 의아해할 것이라 청년이 집으로 들어간 후에 한참이 지나서야 싸리문 밖에서 청년을 불렀다. 청년은 늦은 저녁을 먹고 있었는지 우물거리며 마루로 나오더니 싸리문 밖에 서 있는 청목을 보고는 놀란 얼굴로 뛰어나왔다.

"세상에, 정말 석이를 구한 겁니까?"

청목이 싱긋 웃으며 석이를 한가득 담은 보따리를 들어 올렸다. 청년은 어찌 이분이 석이를 구할 수 있었는지 의아할 뿐이었다. 누구에게서 샀다 하여도 산을 내려와 갔다 오려면 한참을 걸리는 일인데 바로 석이를 구해왔으니 말이다. 참으로 이상하고 기이한 분이로구나. 허나 오래전 객으로 하룻밤 지내고 갔던 바리라는 분이 그에게 산삼 먹이고, 쌀 주고 간 것 생각하니 이분도 그런 분인가 싶다.

장수는 얼른 싸리문 열고 안으로 들어오셔서 저녁이라도 들고 가시라 하였다. 청목이 잠시 고민하다 고개를 끄덕이고 안으로 들어섰다.

"능소야, 손님 오셨으니 상 좀 차려다오."

누가 오셨나 싶어 막 마루로 나오던 장수의 여동생 능소가 그 말에 곧장 반빗간으로 향하였다. 절뚝아재 장수가 병 낫고 살림 펴진 후 과부와 재혼을 하였는데 그때 데려온 딸이었다. 청목이 장수의 방으로 들어서서는 정좌하자 능소가 금방 새 상을 차려 내왔다. 오라비와 함께 밥을 먹고 있었는지 능소가 제 자리에 앉았다.

"헌데 아버님 병환이 많이 중하오?"

병환 중하면 가끔 석이 따다가 갖다주어야겠다는 생각에 청목이 묻는데 장수는 근심 어린 얼굴로 고개를 주억거렸다.

"연세도 있으시고, 젊을 적 다리를 다쳐 절뚝거리니 이래저래 몸이 많이 상하였지요. 석이라도 드시면 괜찮으려니 하는데 솔직히 어떻게 될지 잘은 모르겠습니다."

"흠……"

청목이 별말없이 듣기만 하는데 장수가 머리를 긁적이며 중얼거렸다.

"바리라는 분은 아버지 살리려고 저승 가서 약려수까지 구해왔는데 저는 뭐 하고 있는 것인지……"

청목의 눈이 커졌다.

"바리를 어떻게 아시오?"

장수 또한 귀족 자제 분이 바리를 알고 있는 눈치이자 놀라워하였다.

"오래전에 저희 집에서 하룻밤 묵은 적이 있습니다. 그때 약려수 구해왔다고 하였지요. 헌데 아시는 분입니까?"

"어릴 적 벗이오."

장수는 이리 기이한 인연이 다 있나 싶어 감탄을 하였다. 도대체 무슨 인연이기에 이리 만난 것인지 생각할수록 놀라웠다. 장수는 바리의 안부를 물었다.

"그때 바리 누이가 아이를 안고 있었는데 잘살고 있는지요? 아버지 살렸다는 소식은 소문으로 들어 알고 있습니다만."

그 아이 천제의 아이인 것 말할 수 없으니 청목은 바리가 그저 여염집 사내와 혼인하여 잘살고 있다 대답해 주었다.

오래전 장수 대신에 청목이 저승 간 것 모르고 두 사람 주거니 받거니 바리 이야기하다가 느지막한 밤이 되어서야 헤어졌다. 저녁 먹고 난 후 술상까지 같이한 두 사람은 나이가 비록 다섯 살 차이가 났지만 형 아우로 지내자는 의기투합까지 하였다. 하여 청목이 나중에 또 보자 인사를 하고는 초가를 나서 싸리문 벗어나 고샅길로 막 접어들 때쯤이었다.

"저기……"

청목이 뒤를 돌아보니 장수의 여동생이 그를 뒤따라오고 있었다.

"왜 그러느냐?"

무엇을 두고 간 건가 청목이 제 두 손을 살펴보았다. 다니기 편하게 들고 다니지 않는 편이라 두고 간 게 없을 터인데 왜 부르나 싶다. 여동생은 몇 걸음 더 가까이 걸어오더니 머뭇머뭇 입을 열었다.

"혹시 바리라는 분이 어디에 사시는지 아시나요?"

"그건 왜……."

또 보자 약속을 하였지만 천후인 바리 이승과 저승 오고 가는 자유로운 분이라 딱히 어디에 산다 말할 수가 없었다. 물론 그 움막에서 봄가을 지낸다 하였으나 사정 모르고 알려줄 수는 없는 일이었다.

능소는 어딘가 푸른빛이 감도는 청목의 두 눈동자가 너무 아름다워 자신도 모르게 그 눈을 빤히 응시하였다.

"그분을 만나뵙고 약려수 구할 방법을 알려달라 부탁을 드리려고요."

넋을 놓고 청목의 두 눈을 응시했던 능소가 청목이 깊은 눈으로 자신을 바라보자 쑥스러운 듯 얼른 눈길을 내렸다. 헌데 청목이란 분 무슨 생각을 하고 있는지 아무 말 없이 자신을 뚫어지게 바라만 보고 있구나. 얼마나 시간이 지났을까, 청목의 눈길에 급기야는 얼굴이 온통 새빨개진 능소가 모르시면 되었다는 말을 하려는데 그가 언뜻 정신을 차린 사람처럼 입을 열었다.

"아…… 일단 바리에게 먼저 말을 꺼내보고 알려주어도 괜찮은지 말해주리다."

능소가 얼른 고개를 끄덕였다.

"예."

너무 뚫어지게 쳐다봐서 민망스러웠던지라 능소가 얼른 허리 숙여 인사하고 집으로 돌아가려는데 그런 그녀를 불러 세웠다.

"이름이 능소라 하였느냐?"

"예. 어머니가 능소화를 좋아해서요."

청목이 빙긋이 웃더니 하나 물었다.

"나이가 몇이냐?"

"열일곱이요."

"열일곱……."

청목이 생각에 잠긴 얼굴로 능소의 나이를 읊조리더니 다시 말을 하였다.

"바리가 열일곱이었을 때 저승지옥에 있었단다."

"저승이요?"

"그래. 약려수는 저승지옥을 다 거치고 황천강을 건너야 구할 수 있단다. 해서 내가 그 위험한 길을 말리려고 무진 애를 썼었지."

위험한 길이니 가지 마라는 뜻이라 듣고 능소가 조심스레 답하였다.

"그래도 구해오신 걸 보면 저도 가능하지 않을까 해서요."

청목은 그 대답 듣고 오랫동안 침묵하더니 빙긋이 웃었다.

"하기는…… 내가 말린 것도 저승에 가는 것 때문만은 아니었으니……."

그는 바리에게 꼭 말을 전해주마 답하고는 다시 몸을 돌려 고샅길 어둠 속으로 걸어갔다. 능소는 멍하니 그 뒷모습 바라보다가 왠지 먼발치에서라도 그 뒷모습 더 보고 싶어 고샅길을 따라 걸어갔는데 어찌된 일인지 그의 모습 이미 사라지고 없었다. 그녀가 고개를 갸웃하며 그분 걸음 한번 참으로 빠르시구나 감탄하고 있을 때 청목은 구름을 가르고 동해로 향하고 있었다.

구름 속 지나가는 청룡의 푸른 눈에서 이슬방울 같은 물기가 배어 나오더니 곧이어 하늘에서 비가 내리기 시작했다. 봄비련가. 메마른 땅 적셔주는 그 비 참으로 애달프고 촉촉하여 마치 사람을 감싸주는 것 같았다. 약려수 구하러 가겠다는 능소의 말 듣고 황천강에 빠졌던 일까지 기억이 떠올랐던 청목은 그렇게 따스하고 부드러운 봄비를 내렸다.

동해안에 내린 봄비로 나무들이 꽃을 피우고 연둣빛으로 해사하게 빛나고 있던 날, 청목이 움막을 찾아갔다. 헌데 움막이 비워져 있어 걸음을 돌리려 하는데 하늘에서 천마 내려서더니 천제 무장과 천후 바리가 세 아이와 함께 땅에 내려섰다. 목지국 궁에서 오랜만에 언니 부부와 시간을 보내고 막 아이들 데리고 온 참이었다. 바리는 움막 앞에 서 있는 청목을 보고는 반가움에 후딱 달려갔다.

"청목아."

꽃게와 대게 가져와서는 실컷 먹자 하더니 벌써 가져왔나 싶어 바리 청목의 두 손을 살펴보는데 청목이 허리 숙여 천후에 대한 예를 표하고는 말하였다.

"아무것도 안 들고 왔으니 그만 살펴봐라. 오늘은 할 말이 있어서 온 거야."

"아……."

바리가 웃으며 고개를 끄덕이는데 무장이 세 아이 데리고 움막으로 오자 청목이 예를 표했다. 무장은 다소 얼굴이 굳어져 있었으나 바리가 도끼눈을 하고 노려보고 있자 험험 헛기침을 하고는 반가이 인사를 건넸다.

"어서 오게, 후계."

청목은 천제의 태도가 저번 날과 좀 다르다는 것을 느꼈지만 더욱 조심스럽게 말을 건넸다.

"천후께 상의드릴 일이 있어서 온 것입니다."

"아, 그래?"

무장이 같이 안으로 들어가자 하며 움막 안으로 들어서려 하자 바리가 그런 무장에게 넌지시 말을 건네었다.

"내려주고 곧장 천계로 가보셔야 한다고 하지 않았어요?"

그렇잖아도 천계로 십이지의 청이 올라왔다는 전갈에 무장 가봐야한다 하였는데 청목이 나타나니 듣고 가겠다는 식으로 움막 안에 들어서던 것이다. 무장이 슬쩍 의심쩍은 눈으로 바리를 쳐다보며 좀 더 있다 가도 된다 답하니, 바리는 또 의심이냐 기분 나쁘다는 눈을 하고 무장을 노려보았다. 천제 무장, 천후의 눈길 매서운 것 보고 여기서 안물러나면 바리가 정말 대판지게 뒤집겠다는 생각이 들어 이맛살을 찌푸리며 말하였다.

"아무래도 가봐야 할 것 같으니 이야기 나눠."

"예."

바리 냉큼 대답하는데 무장이 청목에게 의미심장하게 말을 건넸다.

"그럼, 내 지어미와 이야기 잘 나누고…… 가게."

"예."

청목은 말 속의 뼈 못 알아들은 양 멀뚱히 대답을 하였다.

"들어가자. 그렇잖아도 친정에서 온갖 맛난 것 싸왔는데 잘됐다."

바리 그 말하며 청목의 팔 잡고 안으로 들어가라 하는데 천마 있는 곳으로 걸어가는 무장은 휙하니 그 모습 뒤돌아서 보고 있는 대로 찢은 눈을 하였다. 그러다 쓰디쓴 입맛 다시며 천마에 올라타더니 다른 천마에게 명하였다.

"찰나야, 네 여기서 지켜보고 있다가 천후와 후계가 너무 오래 안나오면 가서 들여다보거라."

천마 찰나가 왜 그래야 하냐는 얼굴로 천제 무장을 쳐다보는데 무장은 신신당부를 하였다.

"다 이유가 있어 그런 것이니 잘 지켜봐."

아이 셋이 함께 있는데 뭔 걱정을 하는 것인지 천제 무장 불안스런 눈빛으로 움막 노려보더니 이내 쏜살이 타고 천계로 올라갔다. 천계에서 일 보고 내일이나 올 생각이었던 무장은 두 사람 말 주고받다 잊은 옛정 새록새록 떠올라 다른 마음 품게 될까 두려워 일 끝나자마자 바로 와야겠다 길을 서둘렀다.

천마 찰나는 천제의 명대로 움막을 지켜보고 있었는데 어찌 된 일인지 오래 있기는커녕 무장이 떠난 후 얼마 되지도 않아 청룡의 후계 벌써 움막을 나오고 있었다. 청목은 바리에게 손을 저으며 인사를 건네더니 곧장 하늘로 올라가 버렸다. 바리 또한 또 보자 인사를 하며 움막 안으로 들어가 버리니 천마 찰나 황당해하였다.

이렇게 둘이 금방 헤어진 줄 모르고 천계에서 무장이 열심히 십이지의 청 살피고 일의 앞뒤사정 알아보는 사이 청목은 일월산 아랫마을로 향하고 있었다. 그는 장수의 집으로 갈 생각에 마을 고샅길을 걷는데 어린 애기씨가 커다란 물동이를 머리에 이고 걸어가고 있었다. 그 뒷모습 낯이 익어 혹시나 하여 가까이 가보았더니 장수의 여동생 능소였다.

"오랜만이다."

능소가 퍼뜩 놀란 눈으로 그를 쳐다보다가 청목이인 것을 알아보고는 걸음을 멈추었다.

"오셨어요?"

능소가 길게 눈을 마주치지 못하고 발그레한 얼굴로 눈길을 돌렸다. 이제 막 열일곱 어린 애기씨이니 그 모습 얼마나 어여쁠까. 청목은 능소의 발그레한 얼굴 가만히 내려다보다가 물동이 이리 다오 손을 내밀었다.

"이거 안 해보신 분들은 다 흘려요."

"흘리면 내가 다시 떠올 테니 이리 주렴."

그래도 내어주지 않으려 하자 청목이 능소가 두 손으로 잡고 있는 물동이 고리에 손을 가져갔다. 헌데 청목의 손길 능소의 손에 닿자 갑자기 능소가 화들짝 놀라며 두 손을 놓아버렸다. 그 바람에 미처 물동이 꽉 잡지 못했던 청목이 그대로 물동이를 놓쳐 버려 땅바닥에 떨어진 물동이가 와장창 깨져 버렸다.

"이를 어째……."

능소가 얼른 무릎을 구부리고 앉아 깨진 물동이 조각을 손으로 집어 드는데 청목이 그 손길 말렸다.

"그러다 다친다. 내가 할 테니 가서 주워 담을 함지나 가져오렴."

능소가 머뭇머뭇하더니 얼른 일어나 집으로 뛰어갔다. 그리곤 헐레벌떡 함지를 들고 뛰어오니 청목 기다리고 있다 그 모습 보고 자신도 모르게 웃음을 삼켰다. 누가 빨리 안 가져오면 혼을 낸다고 하였나, 호랑이한테 쫓기는 사람처럼 빨리도 뛰어갔다 오니 그 모습 안쓰럽기도 하고 귀엽기도 하였다. 허나 모른 척하고 가져온 함지에 깨진 조각 집어넣는데 그 모습 능소가 물끄러미 내려다보는가 싶더니 같이 구부리고 앉아 주웠다.

"어쩌냐. 나 때문에 물동이가 깨어졌으니."

청목의 말에 능소가 얼른 고개를 저으며 당치도 않다는 듯 대답했다.

"아뇨, 제가 조심성이 없어서 그런걸요."

청목이 문득 고개 들어 능소를 바라보니 능소는 고개 푹 숙이고 깨진 조각만 줍고 있었다. 그는 능소의 볼과 귓불을 잠시 쳐다보는가 싶더니 자신도 고개를 숙이고 조각을 마저 주웠다.

"바리한테 말을 해봤는데 한 번 데려오라 하더구나."

능소가 놀란 눈으로 청목을 쳐다보았다.

"정말요?"

"헌데 조건이 있었어. 말도 소도 가마도 일체 타지 말고 혼자 걸어서 자신이 있는 곳까지 오라 하는구나."

살림 넉넉하여 말과 소 있는지라 타고 갈 수 있는 능소였지만 그 말에 얼른 고개를 끄덕였다.

"네. 그럴게요."

야무지게 입술을 무는 능소를 청목이 바라보더니 걱정스럽게 말하였다.

"바리가 있는 곳이 동해안이라 여기서 걸어가려면 이레는 족히 걸어야 할 텐데 괜찮겠느냐?"

아직 한 번도 혼자 먼 길을 가본 적 없는지라 자신할 수는 없었지만 능소는 해보겠다는 의지를 내비쳤다.

"해볼게요. 약려수 구하려면 더 먼 길도 가야 할 터인데 그 정도도 혼자 못 가면 어떡하겠어요."

강가에 있는 까만 조약돌처럼 여문 능소의 두 눈을 청목이 바라보더니 이내 알았다 고개를 끄덕였다.

"허면 동해안에서 보자. 내 사는 곳도 그곳이라 바리 만날 때 같이 볼 수 있을 것이다."

"고맙습니다."

능소가 인사를 하자 청목이 빙긋이 웃으며 고개를 젓고는 땅에 남아 있는 작은 파편 두어 개를 마저 함지에 집어넣었다. 능소가 그 함지 들려 하자, 청목이 되었다며 함지를 들고 걸었다.

초가에 도착해 보니 절뚝아재 마루에서 부인의 간병받으며 해바라기 하고 있고, 장수는 일을 나갔는지 보이지 않았다. 청목이 함지를 내려놓고는 절뚝아재에게 인사를 했다.

"기억하십니까? 예전에 한 번 왔다 갔었는데요."

절뚝아재 나이가 들어서인지 아니면 병환이라 그런지 청목을 못 알

아보았다. 능소는 어머니가 상을 차려 아버지에게 가는 것을 보고는
자신은 새참 챙겨 오라버니한테 갔다 오겠다 하였다.

"오라버니랑 같이 새참 드시고 가세요."

청목이 장수 얼굴도 볼 겸 고개를 끄덕이니 능소는 뭐가 그리 좋은
지 빙긋이 웃음 물고 새참거리 챙기기 시작했다. 청목이 능소가 들고
나온 큰 소쿠리 받아 들자 능소가 머뭇거리며 건네주었다.

앞서거니 뒤서거니 두 사람이 논일하고 있는 장수에게로 가서는 풀
밭에 셋이 앉아 새참을 먹었다. 그 맛 어찌나 좋은지 청목이 어찌 이리
음식 맛이 좋은 것인가 감탄을 하는데 장수가 슬쩍 진담 섞인 농을 하
였다.

"우리 능소가 만든 음식을 그리 좋아하니, 형은 아무래도 능소를 아
내로 맞아야겠수?"

옆에서 오물오물 조용히 먹고 있던 능소가 사례가 걸린 듯 기침을
했다. 헌데 기침을 하면서도 얼굴이 온통 붉어져서는 제 오라버니를
있는 대로 노려보는데 그 모습 가만히 바라보던 청목이 빙긋이 웃으며
이런다.

"그러게 말이야. 음식 솜씨가 이리 좋으니 남 주기는 좀 아까운걸."

오라비 노려보던 능소가 그 말에 고개를 푹 숙이고 꿀 먹은 벙어리
가 되었다. 장수는 그 모습 보고는 멈칫 놀란 얼굴로 놀리듯 떠보았다.

"뭐야, 우리 능소 진짜 청목이 형한테 마음 있는 거야?"

슬쩍 궁금하여 청목도 유심히 능소 쳐다보고 있는데 능소가 눈물까
지 대롱대롱 매달고 창피해 죽겠다는 얼굴로 오라비를 노려보더니 갑
자기 벌떡 일어나 쌩하니 논밭길을 걸어가 버렸다.

"야, 아무리 부끄러워도 밥은 먹고 가야지."

장수가 등 뒤에 대고 놀리자 능소가 뒤돌아서서는 안 먹는다 바락
소리를 내지르고는 후다닥 뛰어가 버렸다. 청목은 싱글싱글 웃으며 그

런 능소를 쳐다보고 있었다.

아흐레 후였다. 이레 정도 걸릴 것이라 청목은 생각했지만 그건 사
내 걸음을 두고 한 말이라 능소가 동해안에 도착하는 덴 아흐레가 걸
렸다. 열일곱 살 애기씨가 혼자 먹고 자고 하면서 아흐레를 걸었으니
오죽 힘들었을까. 움막에 도착할 무렵에는 두 발에 물집이 다 터지다
못해 피가 배어 나올 정도였고 제대로 씻지 못해 그 곱던 얼굴이 얼룩
덜룩하였다. 물론 바리가 씻지 않았던 때의 모습에 비하면 훨씬 낫지
만 처음 겪어보는 일에 능소는 자꾸만 몸을 긁어댔다.

그 모습, 사실은 청목이 구름 속에 숨어 지켜보고 있었다. 어린 애기
씨가 동해안까지 혼자 걸어가는 게 은근히 걱정되어 무사히 가고 있나
하루에 두어 번씩 지켜보러 왔던 것이다. 하여 주막이나 헛간 아니면
남의 집에서 능소가 하룻밤 잘 때는 그가 밖에서 보초를 서고 있었다.
어쩌다 이리 어린 애기씨 파수꾼이 되었나 싶기도 하였지만 괜히 바리
에게 가다가 뭔 일이라도 생기면 그가 길 나서게 하였으니 마음이 무
거울 것 같았다. 능소는 청목이 밖에서 지켜주어 험한 일 안 겪은 줄도
모르고 혼자 다녀도 괜찮구나 그러고 있었다. 바리처럼 사내 행색을
하지 않고 애기씨 모습하고 길을 나섰으니 늦은 밤 방문 앞에 기웃대
는 사내들 청목이 이미 여럿 잡아 집어던진 후였다.

청목이 지켜준지도 모르고 혼자 잘 왔다 스스로를 대견해하며 능소
가 청목이 알려준 대로 움막을 찾아 걷는데 어딘가에서 청목이 나타나
더니 능소를 부르는구나.

"마침 잘되었구나. 나도 지금 바리에게 가는 길인데."

능소가 반가움이 가득한 얼굴로 청목을 보고는 걸음이 느려 늦게 도
착했다 말하였다. 청목이 한층 초췌해진 능소를 안타까운 눈길로 바라
보더니 장하다 칭찬을 하였다.

"고생했다. 어리기만 한 줄 알았더니 대견하네."

"생각보다 괜찮았어요. 계속 걸어서 발이 좀 아파서 그렇지 걱정했던 것보단 아무 위험도 없었어요."

청목은 빙그레 웃으며 고개를 끄덕이고는 움막 쪽으로 길잡이를 하였다.

청목이 능소와 함께 움막에 당도했을 땐 이미 청목에게서 전갈받은 바리가 움막 밖으로 마중을 나와 있었다. 바리는 은행나무 아래 골풀자리 깔아놓고 같이 먹을 음식거리 준비해 놓았다. 물론 청랑이와 청우가 먼저 먹지 않게 무휼에게 당부까지 하고는 말이다. 하여 아흐레나 걸어온 능소가 골풀자리에 앉자마자 우선 먹을 것 해 먹였다.

청목이 대게와 꽃게 전날 그득 잡아다 주었으니 만날 산에서 나는 나물만 먹었던 능소는 처음 먹어보는 대게를 굉장히 맛있어 하였다. 헌데 처음 먹어보는 것이라 살 파먹기 쉽지 않고 바리 또한 아직 어린 청랑이와 청우 챙겨 먹이느라 정신이 없으니 청목이 살 발라내어 능소의 밥그릇에 연신 올려주었다. 그 모습 문득문득 쳐다보던 바리는 묘한 웃음 지으며 밥을 먹었다. 그렇게 함께 점심 먹고 감로차와 다과상 내오니 능소 융숭한 바리의 대접에 몸 둘 바를 몰라 했다. 바리가 그런 능소 보며 개의치 말라 손을 내저었다.

"나는 다른 이들한테 더 많이 받았어요. 이건 아무것도 아니에요."

능소는 그렇게 말해주는 바리가 고마웠다. 바리는 찻잔 세 개에 감로차 쪼르륵 따라 하나씩 건네주곤 능소에게 물었다.

"여기까지 오는 데 아흐레가 걸렸죠, 그 아흐레 동안 먹고 자고 하는 모든 것을 어떻게 해결했어요?"

능소가 하나씩 짚어보며 차근차근 답하였다.

"음…… 먹는 건 출발할 때 넉넉히 챙겼고요. 자는 건 주막에서도 자고 헛간에서도 자고 그것도 여의치 않으면 어느 집에서 하룻밤 묵고 그랬어요."

"중간에 먹을 게 떨어지지는 않았어요?"

"아, 닷새째 되던 날 떨어졌어요. 해서 노잣돈 가져온 걸로 주막에서 사기도 하고, 어쩔 땐 하룻밤 묵은 곳에서 챙겨주기도 했어요."

바리가 가만히 고개를 끄덕이며 찻잔을 내려놓고는 능소의 발을 물끄러미 바라보았다. 새까매진 버선 위로 피가 배어 나와 발끝 쪽이 붉게 물들어 있었다.

"저한테 오는 아흐레 동안에도 그렇게 신세를 지고 고생을 하게 되는데, 약려수 구하러 가는 길은 그것과는 비교도 되지 않게 고생을 해야 하고 또 신세를 져야 해요."

내내 왜 아흐레 동안의 여정을 묻나 궁금해하던 능소는 바리의 말에 귀 기울였다. 해사한 웃음 머금고 있었던 바리의 얼굴은 어느새 진중해져 있었다.

"헌데 그 신세라는 게 도저히 갚을 수가 없는 신세여서 설혹 구한다 하여도 평생 마음의 짐이 될 거예요."

"하지만…… 아버지를 낫게 할 수만 있다면……."

바리는 그 말 하는 능소를 오랫동안 바라보더니 다시 입을 열었다.

"있죠, 이렇게 생각해 보는 건 어때요? 저한테 오는 아흐레를 아버지와 함께 지냈다면 어땠을까요?"

능소가 그 말에 생각에 잠긴 듯 침묵했다. 아버지 병환 낫게 해드리고 싶다는 생각뿐이었지, 아버지와 함께 지낼 수 있는 시간 중 아흐레를 다른 곳에 썼다는 건 미처 생각지 못했던 것이다. 바리는 그런 능소에게 더 많은 말을 해주었다.

"저는 너무나 많은 분들에게 신세를 지고, 약려수 구해오는 데 사년이 걸렸어요. 헌데 사 년도 정말 운이 좋아서, 아니, 누군가의 희생이 있었기 때문에 가능했어요."

침묵하고 있던 능소가 조심스레 한 가지를 물었다.

"누군가의 희생 없이 제 힘으로만 갔다 올 수는 없나요?"

바리는 쓸쓸한 웃음 입가에 물고 고개를 저었다.

"그곳은 누군가의 희생이 없이는 갔다 올 수가 없는 길이에요. 사람의 힘으로는 다다를 수가 없어요. 굳이 다다르려 한다면 아버지만큼이나 소중한 분들을 여럿 죽이게 돼요."

능소의 눈이 놀란 빛을 띠며 커졌다. 아버지만큼이나 소중한 분이라면 어머니와 오라버니 그리고 옆에서 조용히 이야기를 들으며 감로차를 마시고 있는 분을 죽이게 된다는 뜻인가. 능소는 그 정도의 길이라고는 생각지 못했는지 눈을 끔벅였다. 허나 이대로 아버지의 죽음을 기다려야 한다 생각하니 능소의 눈에 눈물이 그렁그렁 맺혔다. 바리가 그 마음 느끼고 다른 말을 건네었다.

"아버지가 당장 숨을 거두는 게 아니라면 약려수를 구하는 그 긴 시간을 아버지와 함께 보내는 게 어떨까요? 차라리 숨을 거두실 때 여한이 없도록 아버지가 남은 시간을 알차게 보낼 수 있도록 도와드리는 게 어떨까요?"

능소는 바리가 건네는 그 말이 현명한 방법이라 생각하면서도 차마 고개를 끄덕이지 못하고 눈물을 떨어뜨렸다. 그러자 바리가 능소의 손을 잡아주고 토닥였다.

"그거 모르죠? 약려수로 내 아버지를 살렸지만 아버지는 결국 사 년만에 돌아가셨어요. 내가 약려수를 구해오는 데 걸렸던 딱 그 시간만큼이었어요. 물론 아버지가 그 사 년 동안 값진 시간을 보냈기에 후회는 없지만 나 때문에 목숨을 잃었던 이들을 생각하면 나는 아직도 자다가도 일어나 울음을 쏟아요."

한마디 한마디 아픔이 서려 있는 바리의 말 가만히 듣고만 있던 능소가 후두둑 눈물을 떨어뜨리면서도 고개를 끄덕였다.

"무슨 말씀인지 알 것 같아요."

황천강에 빠졌던 청목이와 대신 화살을 맞고 죽었던 검덕이, 그리고 떠난 줄도 모르고 떠나보내야 했던 공덕할멈과 비럭할아범, 바리는 말을 하다 그들이 모두 생각나 결국 눈물을 흘렸다. 비록 청목이 다시 이승으로 돌아왔지만 그가 겪은 고통과 눈물을 어찌 지난 일이라 치부하며 모른다 하겠는가.

"능소님, 제가 약려수를 구해오면서 깨달은 건 사람이 오래 사는 게 중요한 게 아니라는 거예요."

능소가 눈물로 얼룩진 두 눈으로 바리를 응시했다. 바리는 맑고 여문 그 눈동자를 깊이 응시하며 말했다.

"오래 사는 게 중요한 게 아니고, 어떻게 살다 가느냐가 중요한 거더라고요. 일평생 무엇이 되었느냐가 아니고 무엇을 행하였느냐가 중요한 거더라고요. 그리고 일평생 무엇을 얻고 가졌냐가 아니라 무슨 죄상을 짓고 무슨 덕을 쌓았느냐 그게 중요한 거더라고요."

눈물로 한마디 한마디를 잇던 바리가 마지막엔 빙긋이 웃었다.

그 모습 물끄러미 지켜보고 있던 청목 또한 혼자만의 생각에 잠긴 듯 빙긋이 미소 지었다. 바리를 찾기 위해 저승에 가고 황천강에 빠졌던 그 모든 일이 떠오른 후 자신이 헛짓을 한 게 아니었을까 공허감에 시달렸던 청목은 바리를 보며 그것이 결코 헛된 희생이 아니었다는 생각이 들었다. 비록 바리가 그의 여인이 되진 못했지만 이토록 다른 이의 눈물과 고통을 어루만지고 감싸주며 살고 있으니 그것으로 충분치 않은가. 천후로서 온갖 권세와 영화 누릴 수 있음에도 여름과 겨울이면 저승에 가서 아귀들과 함께하며 그 고통 어루만지니 그가 치렀던 희생 값진 열매가 된 것이 아닌가. 청목 그렇게 생각하였다.

다음날 움막에서 하룻밤을 지낸 능소가 다시 제집으로 돌아가고자 길 떠날 채비를 하였다. 돌아가는 길엔 고생하지 말라며 바리가 천마를 타고 가게 하려는데 어느새 나타난 청목이 자신의 말 데리고 오더니 바래다준다 하는구나.

바리가 의미심장한 미소 지으며 발그레하게 얼굴을 붉히는 능소를 바라보더니 청목에게 조만간 국수 먹을 수도 있겠구나 농을 하였다. 헌데 청목 굳이 아니라는 말 하지 않고 피식 웃으며 능소를 말에 태우고 일월산으로 향하였다. 바리가 그 모습 오래도록 지켜보고 서 있는데 움막에서 막 잠이 깨 아장아장 걸어나온 청랑이 제 어미 치맛자락을 붙잡고 물었다.

"청모 아찌 왔어?"

"응?"

"청모 아찌 목소리 들렸는데."

청랑은 두리번거리며 청목을 찾았지만 청목은 이미 기저국의 숲길을 달리고 있었다. 바리가 청랑을 안아 들고 움막으로 가보니 천제 무장이 볼일 다 마치고 막 움막 앞에 내려서고 있었다.

"약려수 구하러 간다는 애기씨가 온다 하더니 잘 만났어?"

"예. 마음이 목련꽃처럼 어찌나 순백한지 보고 있는 것만으로도 기분이 좋아지는 애기씨였어요."

무장이 고개를 끄덕이더니 청랑이를 받아 안고는 배고프다 어서 밥 달라 하였다. 바리가 알았다 하면서도 무장에게 다른 말을 또 전했다.

"있죠, 청목이 그 애기씨랑 어쩌면 부부지연 맺을지도 모르겠어요."

무장의 두 눈이 번쩍했다. 태어나 이리 기쁜 소식 처음이라는 듯 감탄까지 쏟아내며 반가워하는구나.

"그으래? 인연이 또 거기 있었네."

너무 반가워하는 무장의 얼굴 보며 바리가 살짝 심기가 뒤틀리는지 눈을 가늘게 뜨고 지아비를 흘겼다.

"어유, 그렇게 좋을까?"

"그럼, 당신은 안 좋아? 친한 벗이라면서 청룡의 후계가 그대로 늙었으면 좋겠어?"

"내가 언제 그렇대요?"

"근데 표정이 왜 그래? 무슨 곶감 빼앗긴 아이마냥."

"뭐, 그냥 좀 시원섭섭하다 이거죠."

바리가 그 말을 하고는 움막 안으로 쏙 들어가 버리는데 무장의 품에 안겨 있던 청랑이 얼굴을 잔뜩 찡그리고 있어 무장이 걱정스럽게 물었다.

"청랑아, 어디 아파? 왜 그래?"

"청모 아찌, 장가가?"

"응. 그렇긴 한데, 그건 왜? 청랑이는 청목아재가 혼인하는 거 싫어?"

청랑이 아버지의 말 듣고는 갑자기 울먹울먹하더니 급기야 대성통곡을 하는구나.

"어어어엉, 어어엉, 청모 아찌 안 돼."

천제 무장, 그런 청랑 내려다보며 어서 청목이 그 애기씨랑 혼인하였으면 좋겠다 빌고 또 빌었다. 그 애기씨랑 혼인하면 평생 해로할 수 있게 온갖 도움 다 주리라 작심도 하고 말이다.

이렇게 걸핏하면 울음을 터뜨리던 울보 애기 청랑은 훗날 해월대왕의 뒤를 이어 목지국의 열두 번째 대왕이 되었다. 허고 용왕과 혼인하는 것이 집안 내력이 되어가는지 청랑 동해안에 있는 어머니와 지내면서 동해용왕의 손자를 만나 혼인을 하였다.

울보 청랑의 쌍둥이인 청우는 여름과 겨울이면 저승에 가 있던 어머니 바리를 그리워하여 저승에 찾아갔다가 저승의 온갖 고통과 눈물 눈으로 보고 어머니를 돕게 되어 훗날 저승의 열한 번째 대왕이 되었다. 게다가 전륜대왕의 딸과 부부지연 맺게 되니 저승의 청우대왕 전륜대왕의 도움받아 열 지옥을 거치고도 허기와 서러움에 사로잡혀 저승을 떠도는 아귀들과 슬픈 기억 잊지 못해 저승화가 되어버린 혼백들을 구원하였다.

무휼은 훗날 천제 무장의 뒤를 이으니, 천제 무휼 가엾음을 어루만진다는 그 이름대로 수많은 생명의 고통을 어루만지고 지상의 생명들이 죄를 짓지 않도록 온 힘을 다하였다. 또한 천제 무장처럼 지상의 존재와 혼인하여 아이를 낳으니 지상의 존재들 모두 기뻐하였다.

이 세 아이의 어머니였던 바리는 이승과 저승, 하늘과 땅, 육지와 바다를 모두 오가며 후회도 여한도 없는 죽음을 맞기 위해 온 힘을 다해 주어진 생을 살아갔다고 한다.

바리의 지아비이자 천제였던 무장은 삼신산에서 바리를 떠나보냈던 그 마음을 잊지 않고 살아가니 천후 바리를 참으로 은애하며 아꼈다고 한다. 천후 바리, 천제의 아이 그 후에도 넷을 더 낳았으니 그 부부애가 얼마나 깊었는지 가히 짐작할 만하다.

『목지국 막내공주傳』終

작가 후기

서른 무렵이었다.

고등학교를 졸업하자마자 밖으로만 나돌았던 나는 서른이 될 즈음에서야 덤덤하게 집을 찾아갈 수 있었다. 일 년에 두서너 번 나그네처럼 집에 들렀다 갔던 그즈음, 나는 집에서 낯선 두 노인을 보고 그야말로 얼어붙어 버렸다. 곰팡이가 난 음식을 먹어도 끄떡없을 정도로 정정했던 아버지는 교통사고로 두 번의 수술을 받고 병실에 누워 있었고, 지팡이를 짚고 시장통을 다니며 아주머니들과 웃고 떠들던 어머니는 앉은뱅이가 되어 기어다니고 있었다.

아버지는 없고 백발이 성성한 추레한 노인이 침을 흘리며 밥을 흘리고 있었고, 어머니는 없고 무릎이 짓무르고 까진 어느 노인이 방 한쪽에 둔 세숫대야에 소변을 보며 질질 오줌을 흘리고 있었다. 두 노인에게서 역한 냄새가 진동했고, 구역질로 밥을 넘길 수 없었다. 아버지가 자리보전하고 똥을 쌀까 두려웠고, 어머니가 치매에 걸릴까 봐 무서웠다.

병실에서 오도독오도독 과자를 쥐고 깨물어먹던 아버지의 그 손과 주방을 기어가 쟁반에 밥상을 차려 조금씩 밀면서 내 앞에 갖다주었던 어머니의 그 무릎이 각인처럼 내 눈에 박혀 버렸다.

나는 효녀가 아니다. 효녀는커녕 오히려 패륜아에 가까울 정도로 부모를 원망하고 외면하고 모른 체하고 나밖에 몰랐던 이기적인 사람이었다. 내가 해결할 수 없는 부모님의 문제 앞에서 수없이 무력감을 느껴야 했기에 부모님을 마주하는 걸 버거워했었다. 아버지의 어리석고 무지한 삶과 맹목적이고 집착적인 어머니의 삶이 받아들여지지 않아 그 내력을 이어받지 않으려고 발버둥을 쳤다. 아버지에게서 물려받은 성실함과 재치 그리고 어머니에게서 물려받은 긍정적인 사고방식과 이야기에 대한 재능은 모두 내 스스로 만들어온 것이라고 그렇게 자부하며 말이다.

왜 나를 늦둥이 막내로 낳아서 내 나이 서른에 벌써 이렇게 늙은 부모를 봐야 하느냐고 억울해하기까지 했다. 부모님과 친구처럼 지내며 쇼핑을 하고 여행을 가는 내 동년배 친구들이 부럽고 밉기까지 했다.

그렇게 늙어버린 부모를 마주하고 방황은 다시 시작되었다. 부모가 병들고 늙고 죽는 것은 너무나 자연스러운 일이기에 덤덤히 받아들여야 할 문제이건만 마음은 도저히 진정이 되지 않았다. 병들고 늙은 부모를 어찌 대해야 하는 건지 방법을 모르겠고, 그 누구도 방법을 알려주지 않았다. 공허감에 시달리며 기댈 곳을 찾았지만, 기댈 곳을 찾을 수 없었다. 부모의 오줌똥이 역하고 더럽게 느껴질 때 어찌해야 담담히 똥오줌을 받아낼 수 있는 건지, 자식들 눈치를 보며 조금만 먹고 조금만 싸려는 부모님에게 어떤 말을 해줘야 하는 것인지 그 누구도 나에게 답을 알려주지 않고 그저 가슴 아파해 줄 뿐이었다.

공허했다. 사실은 미치도록 공허하고 답답했다. 인간의 삶이 이토록 아무 것도 아니라는 것에, 이렇게 병들고 늙어서 죽는 것이 내가 살아가는 길에도 어김없이 기다리고 있다는 게 나는 때때로 미칠 것처럼 슬프고 괴로웠다. 아무것도 해결하지 못한 채로, 아무것도 이루지 못한 채로 이렇게 부모 자식 간으로 만났다 헤어지는 것이 인생이란 말인가.

그런 공허함에 나도 모르게 찾게 된 이야기가 무가로 전해져 내려오는 바리데기 설화였다. 부모에게서 버림받고 외면당했던 바리가 부모를 원망하면서도 약려수를 구하러 가고, 저승에서 온갖 넋을 만나고 인간의 고통을 보게 되는 이야기다.

나는 바리가 궁금했다. 무슨 마음으로 그 길을 떠났을까, 무슨 마음으로 저승으로 다시 갔을까. 부모의 늙음을 보고 난 후 길에서 노인 분들만 보면 어찌할 줄 모르고 우두커니 서서 바라보는 나 자신을 그 이야기 속에서 보게 되었다. 헌데 바리데기 이야기는 어린이를 위한 동화로 쓰인 게 대부분이어서 위로받고 싶은 내 갈증을 채워주지 못했다. 한 사람을 온전히 사랑하지 못하고 끊임없이 아버지와 어머니를 찾고 있는 내 결핍도 채워주지 못했다.

그래서 이 이야기를 썼다. 답을 알았기에 쓴 것이 아니라, 답을 찾고 싶어서 썼다. 사람들에게 들려줄 답이 없으면서도 이 괴로움과 공허함을 똑같이 겪고 있을 누군가를 찾고 싶어서 이 글을 썼다. 가볍고 재밌게 술술 읽으면서 그래도 마음 한 자락 위로받을 수 있는 그런 글을 내가 읽고 싶어서, 한편으론 누군가도 그런 글을 읽고 싶어하지 않을까 싶어서 이 글을 썼다.

효녀로서 치장된 바리데기 설화가 싫어서 오랫동안 외면했었다. 그 이야기를 서른 무렵에 스스로 찾아 읽고 지역별로 이야기 구조가 다른 바리데기 무가를 비교해 가며 웅얼웅얼 따라 읽고 생전 처음으로 무당굿까지 가서 보고 들었다. 그 속에서 나는 지난날 딸이라는 이유만으로 버림받았던 그 수많은 여자들이 병들고 늙은 부모를 두고 어떻게 제 삶을 변화시켰는지 알 수 있었다. 자기연민에 빠지지 않고, 자신에게 찾아온 고통과 절망을 용기있게 마주하고, 그 속에서 만나게 되는 수많은 사람들과 사랑하는 사람을 통해 결국 인간을 넘어서 신이 된 한 여인을 만나게 되었다.

부족한 공부와 미천한 실력으로 그 위대한 성취를 제대로 담지 못했다는 아쉬움과 부끄러움이 내 안에 오롯하게 자리 잡고 있지만, 어떻게든 위로받고 답을 찾고 싶어했던 서투른 진심을 독자 분들께 건넨다.

시시때때로 부모를 원망하고 귀찮아하고 홀대하면서도 마치 세상에서 가장 효녀인 듯 부모의 늙음을 애통해하고 은혜에 고마워하는 모습만 이 글에 담은 것 같아 많이 찔린다. 글을 쓴다는 핑계로, 몸이 약하다는 이유로 모든 걸 언니 오빠에게 미루고 오히려 엄마에게 아직도 받기만 하는 나를 어찌해야 좋을지……

내가 결핍과 갈증을 해결하느라 내가 쓰고 싶은 글에만 매달려 있는 사이, 언니와 오빠는 엄마의 오줌똥을 치우고 음식을 하며 묵묵히 엄마와 나를 돌보고 먹이고 있다. 언니 오빠에게 절대 이 책을 보여주지 않을 생각이지만 그래도 이 책을 빌어 언니와 오빠에게 고맙다는 말을 건넨다.

언니, 고마워. 오빠, 정말 고마워. 형만 한 아우 없다는 그 말이 정말이었어.

오늘도 나는 엄마한테 말한다.
"엄마, 냄새나, 옷 갈아입어."
"엄마, 오줌 좀 흘리지 마, 갖다 버릴 거야."
"많이 먹지 마, 갖다 버릴 때 힘들어."

엄마는 내게 말한다.
"어, 어제 갈아입었는데 냄새나?"
"야, 버릴 거거든 큰언니 집 앞에 갖다 버려라."
"많이 먹어야 무거워서 못 갖다 버리지."

아무쪼록 이 유치하고 서투른 이야기가 여러분께 조금이나마 위로가 되고 즐거움이 되기를 바라 마지않는다. 또한 사람을 먹이고 살게 해주는 모든 동식물과 묵묵히 제 분야에서 무언가를 만드는 이 세상 모든 장인들에게 고맙다는 말을 조용히 속삭여 본다.

2009년 5월 20일